燈火樓台

下

胡雪巖系列

新校版

高陽

目次

13 改弦易轍

匯豐銀行的買辦曾友生，為人很勢利，喜歡借洋人的勢力以自重。他對胡雪巖很巴結，主要的原因是，胡雪巖跟匯豐銀行的「大班」，不論以前是否認識，都可以排闥直入去打交道，所以他不敢不尊敬；但胡雪巖卻不大喜歡這個人，就因為勢利之故。

但這回他是奉了他們「大班」之命，來跟胡雪巖商量，剛收到五十萬現銀，需要「消化」，問胡雪巖可有意借用？

「現在市面上頭寸很緊，你們這筆款子可以借給別人，何必來問我這個做錢莊的？」

「市面上頭寸確是很緊，不過局勢不大好；客戶要挑一挑。論到信用，你胡大先生是天字第一號的金字招牌。」曾友生陪著笑說：「胡大先生，難得有這麼一個機會，請你挑挑我。」

「友生兄，你言重了。匯豐的買辦，只有挑人家的；哪個夠資格來挑你？」

「你胡大先生就夠。」曾友生說：「真人面前不說假話，除了你，匯豐的款子不敢放給別人，所以只有你能挑我。」

「既然你這麼說，做朋友能夠幫忙的，只要辦得到，無不如命。不過，我不曉得怎麼挑法？」

「無非在利息上頭，讓我稍稍戴頂帽子。」曾友生開門見山地說：「胡大先生，這五十萬你都用了好不好？」

「你們怕風險，我也怕風險。」胡雪巖故意問古應春：「王中堂有二十萬銀子，一定要擺在我們這裡，能不能回掉他？」

古應春根本不知道他說的「王中堂」是誰？不過他懂胡雪巖的意思，是要表示阜康的頭寸很寬裕，便也故意裝困惑地問：「呀！小爺叔，昨天北京來的電報，你沒看到？」

「沒有啊！電報上怎麼說？」

「王中堂的二十萬銀子、一半在北京，一半在天津，都存進來了。」古應春又加一句：「莫非老宓沒有告訴你？」

「老宓今天忙得不得了，大概忘掉了。」胡雪巖臉看著曾友生說：「收絲的辰光差不多也過了，實在有點為難。」

「胡大先生，以你的實力，手裡多個幾十萬頭寸，也不算回事；上海謠言多，內地市面不壞。馬上五荒六月，青黃不接的時候，阜康有款子，不怕放不出去，你們再多想一想看。吃進這筆頭寸，只有好處，沒有壞處。」

胡雪巖點點頭停了一下問道：「利息多少？」

「一個整數。」曾友生說：「不過我報只報八五。胡大先生，這算蠻公道吧？」

「年息還是月息？」

「自然是月息。」

「月息一分，年息就是一分二。這個數目，一點都不公道。」

「現在的銀根，胡大先生，你不能拿從前來比，而且公家借有扣頭，不比這筆款子你是實收。」

胡雪巖當然不會輕信他的話，但平心而論，這筆借款實在不能說不划算，所以彼此磋磨，最後說定年息一分，半年一付；期限兩年，到期得展延一年。至於對匯豐銀行，曾友生要戴多少帽子，胡雪巖不問，只照曾友生所開的數目承認就是。

胡雪巖原來就已想到，要借匯豐這筆款子；而匯豐亦有意貸放給胡雪巖。彼此心思相同，加以有胡雪巖不貪小利，提前歸還這很漂亮的一著，匯豐的大班，越發覺得胡雪巖確是第一等的客戶，所以曾友生毫不困難地將這筆貸款拉成功了，利息先扣半年，曾友生的好處，等款子劃撥到阜康，胡雪巖自己打一張票子，由古應春轉交曾友生，連宓本常都不知道這筆借款另有暗盤。

司行中的消息很靈通，第二天上午城隍廟豫園的「大同行」茶會上，宓本常那張桌子上，熱鬧非凡，都是想來拆借現銀的。但宓本常的手很緊，因為胡雪巖交代，這筆款子除了彌補古應春的宕帳以外，餘款他另有用途。

「做生意看機會。」他說：「市面不好，也是個機會；當然，這要看眼光，看準了賺大錢，看走眼了血本無歸。現在銀根緊，都在脫貨求現，你們看這筆款子應該怎麼用？」

古應春主張囤茶葉，宓本常提議買地皮，但胡雪巖都不贊成，唯一的原因是，茶葉也好，地皮也好，投資下去要看局勢的演變，不能馬上發生作用。

「大先生，」宓本常說：「局勢不好，甚麼作用都不會發生；我看還是放拆息最好。」

「放拆息不必談；我們開錢莊，本意就不是想賺同行的錢。至於要發生作用，局勢固然有，主要的是看力量。力量夠，稍微再加一點，就有作用發生。」胡雪巖隨手取過三隻茶杯，斟滿其中的一杯說：「這兩隻杯子裡的茶只有一半，那就好比茶葉同地皮，離滿的程度還遠得很；這滿的一杯，只要倒茶下去，馬上就會流到外面，這就是你力量夠了，馬上能夠發生作用。」

古應春頗有領會了，「這是四兩撥千斤的道理。」他說：「小爺叔，你的滿杯茶，不止一杯，你要哪一杯發生作用？」

「你倒想呢？」

「絲？」

「不錯。」

古應春大不以為然。因為胡雪巖囤積的絲很多，而這年的「洋莊」並不景氣；洋人收絲，出價不高，胡雪巖不願脫手，積壓的現銀已多，沒有再投入資金之理。

「不！應春。」胡雪巖說：「出價不高，是洋人打錯了算盤，以為我想脫貨求現，打算買便宜貨，而且，市面上也還有貨，所以他們還不急。我呢！你們說我急不急？」

忽然冒出這麼一句話來，古應春與宓本常都不知如何回答了。

「你們倒說說看，怎麼不開口。」

「我不曉得大先生怎麼樣？」宓本常說：「不過我是很急。」

「你急我也急、我何嘗不急，不過越急越壞事；人家曉得你急，就等著要你的好看了。譬如匯豐的那筆款子，我要說王中堂有大批錢存進來，頭寸寬裕得很，曾友生就越要借給你，利息也討俏了；只要你一露口風，很想借這筆錢，那時候你們看著，他又是一副臉嘴了。」

「這似乎不可以一概而論。」古應春總覺得他的盤算不對，但卻不知從何駁起。

「你說不可一概而論，我說道理是一樣的。現在我趁市價落的時候，把市面上的絲收光，洋人買不到絲，自然會回頭來尋我。」

「萬一倒是大家都僵在那裡，一個價錢不好不賣；一個價錢太貴，不買。小爺叔，那時候，你要想想，吃虧的是你，不是他。」

「怎麼吃虧的是我？」

「絲不要發黃嗎？」

「不錯，絲要發黃。不過也僅止於發黃而已，漂白費點事，總不至於一無用處，要攢到汪洋大海。」胡雪巖又說：「大家拚下去，我道裡是地主，總有辦法好想；來收貨的洋人，一雙空手回去，沒有原料，他廠要關門。我不相信他拚得過我。萬一他們真是了心殺我的價，我還有最後一記死中求活的仙著。」

大家都想聽他說明那死中求活的一著是甚麼？但胡雪巖裝作只是信口掩飾短處的一句「游詞」；笑笑不再說下去了。

可是當他只與古應春兩個人在一起時，態度便不同了，「應春，你講的道理我不是沒有想過。」他顯得有些激動，「人家外國人，特別是英國，做生意是第一等人。我們這裡呢，士農工商，做生意的，叫啥『四民之末』；現在更加好了，叫做『無商不奸』。我如果不是懂做官的訣竅，不會有今天。你說，我是不是老實話？」

「不見得。」古應春答說：「小爺叔光講做生意，一定也是第一流人物。」

「你說的第一流，不過是做生意當中的第一流，不是『四民』當中的第一流。應春，你不要『暈陶陶』，真的當你做生意的本事有多大！我跟你說一句，再大也大不過外國人，尤其是英國人。為啥？他是一個國家在同你做生意；好比借洋款，一切都談好了；英國公使出面了，要總理衙門出公事，你欠英商的錢不還，就等於欠英國女皇的錢不還。真的不還，你試試看，軟的，海關捏在人家手裡；硬的，他的兵艦開到你口子外頭，大砲瞄準你城裡熱鬧的地方。應春，這同『閻王帳』一樣，你敢不還？不還要你的命！」

胡雪巖說話的語氣，一向平和，從未見他如此鋒利過。因此，古應春不敢附和；但也不敢反駁，因為不管附和還是反駁，都只會使得他更為偏激。

胡雪巖卻根本不理會他因何沉默？只覺得「話到口邊留不住」，要說個痛快，「那天我聽吳秀才談英國政府賣鴉片，心裡頭感慨不少。表面上看起來，種鴉片、賣鴉片的，都是東印度公司，其實是英國政府在操縱，只要對東印度公司稍為有點不利，英國政府就要出面來交涉了。東印度公司的盈餘，要歸英國政府，這也還罷了。然而，絲呢？完全是英國商人自己在做生意，盈虧同英國政府毫不相干；居然也要出面來干預，說你們收的繭捐太高了，英商收絲的成本加重，所以要減低。人家的政府，處處幫商人講話；我們呢？應春，你說！」

「這還用得著我說？」古應春苦笑著回答。

「俗語說：不怕不識貨，只怕貨比貨。政府也是一樣的。有的人說，我們大清朝比明朝要好得多，照明朝末年皇帝、太監那種荒唐法子，明朝不亡變成沒有天理了。但是，貨要比三家，所謂貨比三家不吃虧，大清朝比明朝高明，固然不錯；還要比別的國家，這就是比第三家。你說，比得上那一國，不但英法美德，照我看比日本都不如——。」

「小爺叔，」古應春插嘴說道：「你的話扯得遠了。」

「好！我們回來再談生意。我，胡某人有今天，朝廷幫我的忙的地方，我曉得；像錢莊，有利息輕的官款存進來，就是我比人家有利的地方。不過，這是我幫朝廷的忙所換來的；朝廷是照應你出了力，戴紅頂子的胡某人，不是照應你做大生意的胡某人，這中間是有分別的。你說是不是？」

「小爺叔，你今天發的議論太深奧了。」古應春用拇指揉著太陽穴說：「等我想一想。」

「對！你要想通了，我們才談得下去。」

古應春細細分辨了兩者之間的區別。以後問道：「小爺叔的意思是，朝廷應該照應做大生意的？」

「不錯。」胡雪巖說：「不過，我是指的同外國人一較高下的大生意而言。凡是銷洋莊的，朝廷都應該照應；因為這就是同外國人『打仗』，不過不是用真刀真槍而已。」

「是，是。近來有個新的說法，叫做『商戰』，那就是小爺叔的意思了。」

「正是。」胡雪巖說：「我同洋人『商戰』，朝廷在那裡看熱鬧，甚至還要說冷話、扯後腿，你想，我這個仗打得過、打不過人家？」

「當然打不過。」

「啱！」胡雪巖突然大聲說道：「應春，我胡某人自己覺得同人家不同的地方就在這裡，明曉得打不過，我還是要打。而且，」他清清楚楚地說：「我要爭口氣給朝廷看；教那些大人先生自己覺得難為情。」

「那，」古應春笑道：「那不是爭氣，是賭氣了。」

「賭氣同爭氣，原是一碼事。會賭氣的，就是爭氣；不懂爭氣的，就變成賭氣了。」

「這話說得好。閒話少說，小爺叔，我要請教你，你的這口氣怎麼爭法？萬一爭不到，自扳石頭自壓腳，那就連賭氣都談不到了。」

這就又談到所謂「死中求活的仙著」上頭來了。胡雪巖始終不願談這個打算，事實上他也從沒有認真去想過，此時卻不能不談不想了。

「大不了我把幾家新式繅絲廠都買了過來，自己來做絲。」

此言一出，古應春竟有些不相信自己的耳朵了。胡雪巖一向不贊成新式繅絲廠，現在的做法完全相反，實在不可思議。

然而稍微多想一想，就覺得這一著實在很高明。古應春在這方面跟胡雪巖的態度一直不同，他懂洋文跟洋人打交道的辰光也多，對西方潮流比較清楚，土法做絲，成本既高、品質又差，老早該淘汰了。只因為胡雪巖一直顧慮鄉下絲戶的生計，一直排斥新式繅絲，現在難得他改變想法，不但不反對，而且更進一步，自己要下手做，怎不教人既驚且喜。

「小爺叔，就是洋人不跟你打對台，你也應該這樣做的。你倒想──。」

古應春很起勁地為胡雪巖指陳必須改弦易轍的理由，第一是新式繅絲機器，比手搖腳踏的「土機器」，要快好幾倍，繭子不妨儘量收，收了馬上運到廠裡做成絲，既不用堆棧來存放乾繭，更不怕繭中之蛹未死，咬出頭來；第二、出品的勻淨、光澤，遠勝於土法所製；第三、自己收繭，自己做絲，自己銷洋莊，「一條鞭」到底，不必怕洋人來競爭，事實上洋人也無法來競爭。

這三點理由，尤其是最後一點，頗使胡雪巖動心；但一時也委決不下，只這樣答一句：「再看吧！這不是很急的事。」

但古應春的想法不同，他認為這件事應該馬上進行。胡雪巖手裡有大批乾繭，如果用土法做成絲，跟洋人價錢談不攏，擺在堆棧裡，絲會發黃；如果自己有廠做絲直接外銷，就不會有甚麼風險了。

因此，他積極奔走，去打聽新式繅絲廠的情形，共有五家，最早是法國人卜魯納開設的寶昌絲廠，其次是美商旗昌洋行附設的旗昌絲廠。

第三家去年才開，名為公和永，老闆是湖州人黃佐卿。此外怡和、公平兩家洋行，跟旗昌洋行一樣，也都附設了絲廠。

這五家絲廠，規模都差不多，也都不賺錢，原因有二：第一、是乾繭的來路不暢，機器常常停工待料；第二，機器的效用不能充分發揮，成品不如理想之好。據說，公和永、怡和、公平三家打算聯合聘請一名義大利有名的技師來管工程。其餘兩家，已有無意經營之勢，如果胡雪巖想收買，正是機會。

古應春對這件事非常熱中，先跟七姑奶奶商量，看應該如何向胡雪巖進言。

「新式繅絲廠的情形，我不大清楚，不過洋絲比土絲好，那是外行都看得出來的，東西好就不怕沒有銷路。」古應春說：「小爺叔做甚麼生意，都要最好的；現在明明有最好的東西在那裡，他偏不要，這就有點奇怪了。」

七姑奶奶想了一下說：「我來跟他說。」

「七姐，不是我不要。我也知道洋絲比起土絲來起碼要高兩檔。不過，七姐，做人總要講定旨、講信用，我一向不贊成新式繅絲，現在反過來自己下手，那不是反覆小人？人家要問我，我有啥話好說。」

「小爺叔，所謂此一時也，彼一時也，世界天天在變。我是從小生長在上海的，哪裡會想到現在的上海，會變成這個樣子？人家西洋，樣樣進步；你不領盆，自己吃虧。譬如說，左大人西征，不是你替他買西洋的軍火，他哪裡會成功？」

「七姐，你誤會了，我不是說洋絲不好——。」

「我知道，我也沒有誤會。」七姑奶奶搶著說：「我的意思是，人要識潮流，不識潮流，落在人家後面，等你想到要趕上去，已經來不及。小爺叔，承你幫應春這麼一個忙，我們夫婦是一片至誠——。」

「七姐，七姐，」胡雪巖急忙打斷，「你說這種話，就顯得我們交情淺了。」

「好！我不說。不過，小爺叔，我真是替你擔足心思。」七姑奶奶說：「現在局勢不好，聽說法國人預備拿兵艦攔在吳淞口外，不准商船通行，那一來洋莊不動，小爺叔，你墊本幾百萬銀子的繭子跟絲，怎麼辦？」

「這，這消息，你是從哪裡來的？」

「是替我看病的洋大夫說的。」

「真的？」

「我幾時同小爺叔說過假話？」

「喔，喔，」胡雪巖急忙道歉，「七姐，我說錯了。」

「小爺叔，人，有的時候要冒險，有的時候要穩當，小爺叔，我說句很難聽的話，白相人說的『有床破棉被，就要保身家。』小爺叔，你現在啥身家？」

胡雪巖默然半晌，嘆口氣說：「七姐，我何嘗不曉得？不過，有的時候，由不得自己。」

「我不相信。」七姑奶奶說：「事業是你一手闖出來的，哪個也做不得你的主。」

「七姐，這你就不大清楚了，無形之中有許多牽制。譬如說，我要一座新式繅絲廠，就有多少人來央求我，說：『你胡大先生不拉我們一把，反而背後踢一腳，我們做絲的人家，沒飯吃了。』這一來，你的心就狠不下來了。」

七姑奶奶沒有料到，他的話會說在前頭，等於先發制人，將她的嘴封住了。當然，七姑奶奶絕不會就此罷休；另外要想話來說服他。

「小爺叔，照你的說法，好比從井救人。你犯得著、犯不著？再說新式繅絲是潮流，現在光是銷洋莊；將來廠多了，大家都喜歡洋機絲織的料子，土法做絲，根本就沒人要；只看布好了，洋布又細又白又薄，到夏天哪個不想弄件洋布衫穿？毛藍布只有鄉下人穿；再過幾年鄉下人都不穿了。」

「這不可以一概而論的。」

「為啥不可以，事情是一樣的。」七姑奶奶接著又說：「從井救人看自己犯得著、犯不著是一樁事；值得不值得救，又是一樁事。如果鮮龍活跳一個人，掉在井裡淹死了，自然可惜；倘或是個骨瘦如柴的癆病鬼，就救了起來，也沒有幾年好活，老實說，救不救是一樣的，現在土法做絲，就好比是個去日無多的癆病鬼。」

她這個譬仿，似乎也有點道理，胡雪巖心想，光跟她講理，沒有用處，只說自己的難處好了。

「七姐，實在是做人不能『兩面三刀』，『又做師娘又做鬼』。你說，如果我胡某人是這樣一個人，身家一定保不住。」

七姑奶奶駁不倒他；心裡七上八下轉著念頭，突然靈機一動，便即問道：「小爺叔，照你剛才的話，你不是不想做新式繅絲廠，是有牽制，不能做，是不是？」

「是的。」

「那麼牽制沒有了，你就能做，是不是。」

「也可以這麼說。」

「那好，我有一個法子，包你沒有牽制。」

「你倒說說看。」

「很容易，小爺叔，你不要出面好了。」

「是——，」胡雪巖問：「是暗底下做老闆？」

「對！」

胡雪巖心有點動了，但茲事體大，必須好好想一想。見此光景，七姑奶奶知道事情有轉機了，鬆不得勁，當即又想了一番話說。

「小爺叔，局勢要壞起來是蠻快的，現在不趁早想辦法，臨時發覺不妙，就來不及補救了。幾百萬銀子，不是小數目；小爺叔，就算你是『財神』，只怕也揹不起這個風險。」

這話自然是不能當為耳邊風的；胡雪巖不由得問了一句：「叫哪個來做呢？」要談到委託一個出面的人，事情就好辦了，七姑奶奶說：「我在想，最好請羅四姐來；我的身子風癱了，腦子沒有壞，也可以幫她出出主意。」

「她一來，一家人怎麼辦？」胡雪巖說：「除非七姐你能起床，還差不多。」

「我是絕不行的。要麼——。」她沉吟著。

「你是說應春？不過應春同我的關係，大家都曉得的，他出面同我自己出面差不多。這種掩耳盜鈴的做法，不大妥當。」

「我不是想到應春，我光是在想，哪裡去尋一個靠得住的人。」七姑奶奶停了一下說：「小爺叔，你自己倒想一想，如果真的沒有，我倒有個人。」

「那麼，你說。」

「不！一定要小爺叔你自己先想。」

胡雪巖心想，做這件事少不了古應春的參預，而他又不能出面；如果七姑奶奶舉薦一個人，就等於古應春下手一樣，那才比較能令人放心。

這樣一轉念頭，根本就不去考慮自己這方面的人，「七姐，」他說：「我沒有人。如果你有人，我們再談下去，不然就以後再說吧！」

這是逼著她薦賢。七姑奶奶明白，這是胡雪巖更加重她的責任；因而重新又考量了一下，確知不會出紕漏，方始說道：「由我五哥出面來做好了。」

尤五退隱已久，在上海商場上，知道他的人不多，但他在漕幫中的勢力仍在，由他出面，加以有古應春做幫手，這件事是可以做的。

「如果五哥肯出面，我就沒話說了。」胡雪巖說：「等應春回來，好好商量。」

古應春專程到松江去了一趟，將尤五邀了來，當面商談。但胡雪巖只有一句話：事情要做得隱祕，他完全退居幕後，避免不必要的紛擾。

「若要人不知，除非己莫為。」尤五的話很坦率：「不過，場面出來以後，生米煮成熟飯，就人家曉得了，也不要緊。」

「這也是實話，不過到時候，總讓我有句話能推託才好。」

「小爺叔你不認帳，人家有甚麼辦法？」

七姑奶奶說道：「到時候，你到京裡去一趟，索性連耳根都清淨了。」

「對，對！」胡雪巖連連點頭，「到時候我避開好了。」

這就表示胡雪巖在這樁大生意上是完全接受了古應春夫婦的勸告。買絲收繭子，在胡雪巖全部事業中，規模僅次於錢莊與典當而占第三位，但錢莊與典當都有聯號，而且是經常性的營業，所以在制度上都有一個首腦在「抓總」，唯獨絲繭的經營，是胡雪巖自己在指揮調度錢莊、典當兩方面的人，只要是用得著時，他隨時可以調用，譬如放款「買青」，要用到湖州等地阜康的檔手；存絲、存繭子的堆棧不夠用，他的典當便須協力，銷洋莊跟洋人談生意時，少不了要古應春出面。絲行、繭行的「檔手」，只是管他自己的一部分業務，層次較低，地位根本不能跟宓本常這班「大夥」相比。

多年來，胡雪巖總想找一個能夠籠罩全局的人，可以將這部分的生意，全盤託付；但一直未能如願。如今他認為古應春應該是順理成章地成為適當的人選了。

「應春，現在我都照你們的話做了，以後這方面的做法也跟以前大不相同了。既然如此，絲跟繭子的事，我都交了給你。」胡雪巖又說：「做事最怕縛手縛腳，尤其是同洋人打交道，不管合作也好，競爭也好，貴乎消息靈通，當機立斷，如果你沒有完全作主的權柄，到要緊關頭仍舊要同我商量，那就一定輸人家一著了。」

他的這番道理說得很透澈；態度之誠懇，更令人感動，但古應春覺得責任太重，不敢答應；七姑奶奶卻沉默無語，顯得跟他的感覺相同，便越發謹慎了。

但他不敢推託；因為堅持不允，便表示他對從事新式繅絲，並無把握的事，極力勸人家去做，是何居心？光在這一點上就說不通了。

於是他說：「小爺叔承你看得起我，我很感激；以我們多少年的交情來說，我亦絕無推辭之理。不過，一年進出幾百萬的生意，牽涉的範圍又很廣，我沒有徹底弄清楚，光是懂得一點皮毛，是不敢承擔這樣大的責任的。」

「這個自然是實話。」胡雪巖說：「不過，我是要你來掌舵，下面的事有人做。專門搞這一行的人，多是跟了我多年的，我叫他們全集攏來，跟你談個一兩天，其中的訣竅，你馬上就都懂了。」

「如果我來接手，當然要這麼做。」古應春很巧妙地宕開一筆：「凡是要按部就班來做，等我先幫五哥，把收買兩個新式繅絲廠的事辦妥當了，再談第二步，好不好？」

「應該這樣子辦。」七姑奶奶附和著說：「而且今年蠶忙時期也過了；除了新式繅絲廠以外，其餘都不妨照年常舊規去辦。目前最要緊的是，小爺叔手裡的貨色要趕緊脫手。」

她的話，要緊的是最後一句；她還是怕局勢有變，市面越來越壞，脫貨求現為上上之策。但胡雪巖的想法正好相反，他覺得自己辦了新式繅絲廠，不愁繭子沒有出路，則有恃無恐，何不與洋商放手一搏？

胡雪巖做生意，事先倒是周諮博詢，不恥下問，但遇到真正要下決斷時，是他自己在心裡拿主意。他的本性本就是如此，加以這十年來受左宗棠的薰陶，領會到岳飛所說的「運用之妙，存乎一心」的道理，所以七姑奶奶的話，並未多想，也不表示意見，只點點頭顯示聽到了而已。

「現在我們把話說近來。」胡雪巖說：「既然是請五哥出面，樣子要做得像，我想我們要打兩張合同。」

「是的，這應該。」尤五答說：「我本來也要看看，我要做多少事，負多少責任？只有合同上才看得清楚。」

「五哥，」胡雪巖立即接口：「你有點誤會了，我不是要你負責任。請你出來，又有應春在，用不著你負責任；但願廠做發達了，你算交一步老運，我們也沾你的光。」

「小爺叔，你把話說倒了……。」

「唷、唷，大家都不要說客氣話了。」七姑奶奶性急，打斷尤五的話說：「現在只請小爺叔說，打怎樣兩張合同？」

「一張是收買那兩個廠，銀子要多少；開辦要多少；將來開工、經常運轉又要多少？把總數算出來，跟阜康打一張往來的合同、定一個額子，額子以內，隨時憑摺子取款。至於細節上，我會交代老宓，格外方便。」

「是的。」古應春說：「合同稿子請小爺叔交代老宓去擬；額子多少，等我談妥當，算好了，再來告訴小爺叔。現在請問第二張。」

「第二張是廠裡的原料，你要仔細算一算，要多少繭子，寫個跟我賒繭子，啥辰光付款的合同。」胡雪巖特別指示：「這張合同要簡單，更不可以寫出新式繅絲廠的字樣。我只當是個繭行，你跟我買了繭子去，作啥用途，你用不著告訴我，我也沒有資格問你。你懂不懂我的意思？」

「怎麼不懂？」古應春看著尤五說：「總而言之一句話，不要把小爺叔的名字牽連到新式繅絲廠。」

「這樣行，我們先要領張部照，開一家繭行。」

「一點不錯。」胡雪巖說：「這樣子就都合規矩了。」

「好的，我來辦。」古應春問：「小爺叔還有啥吩咐？」

「我沒有事了。倒要問你，還有啥要跟我談的。」

「一時也想不起了。等想起來再同小爺叔請示。」

「也不要光談新式繅絲廠。」七姑奶奶插進來說：「小爺叔手裡的那批絲，不能再擺了。」

「是啊！」古應春說：「有好價錢好脫手了。」

「當然！」

聽得這一聲，七姑奶奶心為之一寬。但古應春心裡明白，「好價錢」之「好」，各人的解釋不同，有人以為能夠保本，就是好價錢，有人覺得賺得不夠，價錢還不算好。胡雪巖的好價錢，絕不是七姑奶奶心目中的好價錢。

正在談著，轉運局派人來見胡雪巖，原來是左宗棠特派專差送來一封信，上面標明「限兩日到」，並鈐著「兩江總督部堂」的紫泥大印，未曾拆封，便知是極緊急的事。果然胡雪巖拆信一看，略作沉吟，起身說道：「應春，你陪我到集賢里去一趟。」

「集賢里」是指阜康錢莊。宓本常有事出去了，管總帳的二夥周小棠，一面多派學徒，分頭去找宓本常；一面將胡雪巖引入只有他來了才打開的，一間布置得非常奢華的密室，親自伺候，非常殷勤。

「小棠，」胡雪巖吩咐，「你去忙你的，我同古先生有話談。」

等周小棠諾諾連聲地退出，胡雪巖才將左宗棠的信，拿給古應春看。原來這年山東鬧水災，黃河支流所經的齊河、歷城、齊東等地都決了好大的口子，黃流滾滾，災情甚重。山東巡撫陳士杰，奏准「以工代賑」——用災民來搶修堤工，發給工資，以代賑濟。工料所費甚鉅，除部庫撥出一大筆款子外，許多富庶省份，都要分攤助賑；兩江分攤四十萬兩，但江寧藩庫只能湊出半數，左宗棠迫不得已，只好向胡雪巖乞援，信上說：「山東河患甚殷，廷命助賑，而當事圖興工以代，可否以二十萬借我？」

「真是！」古應春大為感慨，「兩江之富，舉國皆知，哪知連四十萬銀子都湊不齊。國家之窮，可想而知了。」

「這二十萬銀子，不知道甚麼時候才能還，」胡雪巖說：「索性算我報效好了。」

「不！」古應春立即表示反對，「現在不是小爺叔踴躍輸將的時候。」

「喔，有啥不妥當？」

「當然不妥當。第一，沒有上諭勸大家捐款助賑，小爺叔何必自告奮勇？好像錢多得用不完了。其次，市面不好，小爺叔一捐就是二十萬，大家看了眼紅。第三，現在防務吃緊，軍費支出浩繁，如果有人上奏，勸富商報效，頭一個就會找到小爺叔，那時候報效的數目，只怕不是二十萬能夠過關的。小爺叔，這個風頭千萬出不得！」

最後一句話，措詞直率，胡雪巖不能不聽，「也好。」他說：「請你馬上擬個電報稿子，問在哪裡付款。」

於是古應春提筆寫道：「江寧制台衙門，密。賜函奉悉，遵命辦理。款在江寧抑濟南付，乞示。職道胡光墉叩。」

胡雪巖看完，在「乞」字下加了個「即」字，隨即交給周小棠，派人送到轉運局去發。

其時宓本常已經找回來了，胡雪巖問道：「那五十萬銀子，由匯豐撥過來了？」

「是的。」

「沒有動？」

「原封未動。」宓本常說：「不過先扣一季的息，不是整數了。」

「曉得。」胡雪巖說：「這筆款子的用途，我已經派好了。左大人同我借二十萬，餘數我要放給一個繭行。」

這兩筆用途，都是宓本常再也想不到的；他原來的打算，是想用這筆款子來賺「銀拆」，經過他表弟所開的一家小錢莊，以多報少，弄點「外快」。這一來如意算盤落空，不免失望；但心裡還存著一個挽回的念頭。

因為如此，便要問了：「左大人為啥跟大先生借銀子？」他說：「左大人有啥大用場，要二十萬？」

「不是他借，是江寧藩庫借。」

如果是左宗棠私人借，也許一時用不了這麼多，短期之內，猶可周轉；公家借就毫無想頭了。

「藺行呢？」他又問：「是哪家藺行？字號叫啥？」

「還不曉得啥字號。」

「大先生，」宓本常越發詫異，「連人家字號都不曉得，怎麼會借這樣一筆大數目？」

「實在也不是借人家，是我們自己用；你還要起個合同稿子。」胡雪巖轉臉又說：「應春，經過情形請你同老宓說一說，稿子弄妥當，打好了合同，我就好預備回杭州了。」

宓本常不作聲，聽古應春細說了收買新式繅絲廠的計畫，心裡很不舒服；因為他自己覺得是胡雪巖的第一個「大夥」，地位在唐子韶之上。

而且絲跟錢莊有密切關係，這樣一件大事，他在事先竟未能與聞，自然妒恨交加。

「你看著好了！」他在心裡說：「『倒翻狗食盆，大家吃不成。』」

14 家有喜事

合同稿子是擬好了，但由於設立繭行需要呈請戶部核准，方能開張，宓本常便以此為藉口，主張等「部照」發下來，再簽合同。胡雪巖與古應春哪裡知道他心存叵測？只以為訂合同只是一個形式，只要把收買新式繅絲廠這件事談好了，款子隨時可以動用，所以都同意了。

在上海該辦的事都辦了，胡雪巖冒著溽暑，趕回杭州；原來胡三小姐的紅鸞星動，有人做媒，由胡老太太作主，許配了「王善人」的獨養兒子。

王善人本名王財生，與胡雪巖是多年的朋友，年紀輕的時候，都是杭州人戲稱為「櫃台猢猻」的商店夥計，所不同的是行業，王財生是一家大醬園的「學徒」出身。

當胡雪巖重遇王有齡，青雲直上時，王財生仍舊在醬園裡當夥計，但到洪楊平定以後，王財生搖身一變，以紳士姿態出現，有人說他之發財是由於「趁火打劫」；有人說他「掘藏」掘到了「長毛」所埋藏的一批金銀珠寶。但不管他發財的原因是甚麼，他受胡雪巖的邀約，同辦善後，扶傷救死，撫緝流亡，做了許多好事，博得個「善人」的美名，卻是事實。杭州克復的第二年，王財生得了個兒子，都說他是行善的報應。

那年是同治四年乙丑，所以王財生的這個獨子，小名阿牛，這年十九歲。王財生早就想跟胡雪巖結親家，而胡雪巖因為阿牛資質愚魯，真有其笨如牛之概，一直不肯答應，不道這年居然進學成了秀才；因而舊事重提，做媒的人說：阿牛天性淳厚，胡三小姐嫁了他一定不會吃虧，而況又是獨子，定受翁姑的寵愛。至於家世，富雖遠不敵胡雪巖，但有「善人」的名聲彌補，亦可說是門當戶對，所欠缺的只不過阿牛是個白丁；如今中了秀才，俗語說「秀才乃宰相之根苗」，前程遠大，實在是良緣匹配的好親事。

這番說詞，言之成理，加以胡老太太認為阿牛是獨子，胡三小姐嫁了過去，既無妯娌，就不會受氣，因而作主許婚，只寫信告訴胡雪巖有這回事，催他快回杭州，因為擇定七月初七「傳紅」。

回到杭州，才知道王家迎娶的吉期也定下了，是十一月初五；為的是王善人的老娘，風燭殘年，朝不保夕，急於想見孫媳婦進門；倘或去世，要三年之後才能辦喜事，耽誤得太久了。

這番理由，光明正大，胡老太太深以為是，好在嫁妝是早就備好了的；只要再辦一批時新的洋貨來添妝就是了。

但辦喜事的規模，卻要等胡雪巖來商量；這件事要四個人來決定，便是胡雪巖與他的母、妻、妾——螺螄太太。而這四個人都有一正一反的兩種想法，除了胡雪巖以外，其餘三人都覺得場面應該收束，但胡老太太最喜歡這個小孫女兒，怕委屈了她；胡太太則認為應該一視同仁，她的兩個姊姊是啥場面，她也應該一樣地風光，螺螄太太則是為自己的女兒設想，因為開了一個例子在那裡，將來自己的女兒出閣，排場也就闊不起來了。至於胡雪巖當然愈闊愈好，但市面不景氣，怕惹了批評。

因此談了兩天沒有結果；最後是胡雪巖自己下了個結論：「場面總也要過得去，是大是小，相差也有限；好在還有四個月的功夫，到時候再看吧。」

「場面是擺給人家看的。」螺螄太太接口說道：「嫁妝是自己實惠。三小姐的陪嫁，一定要風光；這樣子，到時候場面就小一點，對外，說起來是市面不好，對內，三小姐也不會覺得委屈，就是男家也不會有話說。」

這番見解，真是面面俱到，胡老太太與胡太太，聽了都很舒服；胡雪巖則認為唯有如此，就算排場不大，但嫁妝風光，也就不失面子了。

「羅四姐的話不錯。嫁妝上不能委屈她。不過添妝也只有就現成的備辦了。」

「那只有到上海去。」胡太太接著她婆婆的話說；同時看著羅四姐。

羅四姐很想自告奮勇，但一轉念間，決定保持沉默；因為胡家人多嘴雜，即使盡力，必定也還有人在背後說閒話；甚至造謠言：三小姐不是她生的，她哪裡捨得花錢替三小姐添妝。

胡雪巖原以為她會接口；看她不作聲，便只好作決定了，「上海是你熟，你去一趟。」他說：「順便也看看七姑奶奶。」

「為三小姐的喜事，我到上海去一趟，是千該萬該的。不過，首飾這樣東西，貴不一定好；我去當然挑貴的買，只怕買了來，花樣款式不中三小姐的意。我看，」螺螄太太笑一笑說：「我陪小姐到上海，請她自己到洋行、銀樓裡去挑。」

「不作興的！」胡老太太用一口道地的杭州話說：「沒有出門的姑娘兒，自己去挑嫁妝，傳出去把人家笑都笑殺了。」

「就是你去吧！」胡雪巖重複一句。

螺螄太太仍舊不作承諾，「不曉得三小姐有沒有興致去走一趟？」她自語似地說。

「不必了。」胡太太說：「三丫頭喜歡怎麼樣的首飾，莫非你還不清楚？」

最後還是由胡老太太一言而決，由螺螄太太一個人到上海去採辦。當然，她要先問一問胡三小姐的愛好，還有胡太太的意見，同時最要緊的是，一個花費的總數，這是只有胡雪巖才能決定的。

「她這副嫁妝，已經用了十幾萬銀子了。現在添妝，最多再用五萬銀子。」胡雪巖說：「上海銀根很緊，銀根緊，東西一定便宜，五萬銀子起碼好當七萬用。」

到了上海，由古應春陪著，到德商別發洋行裡一問，才知道胡雪巖的話適得其反。國內的出產，為了脫值求現，削價出售，固然不錯；但舶來品卻反而漲價了。

「古先生，」洋行的管事解釋：「局勢一天比一天緊，法國的宰相換過了，現在的這個叫茹斐理，手段很強硬，如果中國在越南那方面，不肯讓步，他決定跟中國開仗。自從外國報紙登了法國水師提督孤拔到越南的消息以後，各洋行的貨色，馬上都上漲了一成到一成五；現在是有的東西連出價都買不到了。」

「這是為啥？」螺螄太太發問。

「胡太太，戰事一起，法國兵艦封住中國的海口，外國商船不能來；貨色斷檔，那時候的價錢，老實說一句，要多少就是多少，只問有沒有，不問貴不貴。所以現在賣一樣少一樣，大家拿好東西都收起來了。」

「怪不得！」螺螄太太接著玻璃櫃子中的首飾說：「這裡的東西，沒有一樣是我看上眼的。」

「胡太太的眼光當然不同。」那管事說道：「我們對老主顧，不敢得罪的。胡太太想置辦哪些東西，我開保險箱，請胡太太挑。」

螺螄太太知道，在中國的洋人，不分國籍，都是很團結的；他們亦有「同行公議」的規矩，這家如此，另一家亦復如此，「貨比三家不吃虧」這句話用不上，倒不如自己用「大主顧」的身分來跟他談談條件。

「我老實跟你說，我是替我們家三小姐來辦嫁妝，談得攏，幾萬銀子的生意，我都作成了你。不然，說老實話，上海灘上的大洋行，不是你別發一家。」

聽說是幾萬銀子的大生意，那管事不敢怠慢，「辦三小姐的嫁妝，馬虎不得。胡太太，你請裡面坐！」他說：「如果胡太太開了單子，先交給我，我照單配齊了，送進來請你看。」

螺螄太太是開好了一張單子的，但不肯洩漏底細，只說：「我沒有單子。只要東西好，價錢克己，我就多買點。你先拿兩副鑽鐲我看看。」

中外服飾好尚不同，對中國主顧來說，最珍貴的首飾，就是鑽鐲；那管事一聽此話，心知嫁妝的話不假，這筆生意做下來，確有好幾萬銀子，是難得的一筆大生意，便越發巴結了。

將螺螄太太與古應春請到他們大班專用的小客廳，還特為找了個會說中國話的外籍女店員招待；名叫艾敦，螺螄太太便叫她：「艾小姐。」

「艾小姐，你是哪裡人？」

「我出生在愛丁堡。」艾敦一面調著奶茶，一面答說。

螺螄太太不知道這個地名，古應春便即解釋：「她是英國人。」

「喔！」螺螄太太說道：「你們英國同我們中國一樣的，都是老太后當權。」

艾敦雖會說中國話，也不過是日常用語，甚麼「老太后當權」，就跟螺螄太太聽到「愛丁堡」這個地名一樣，瞠目不知所對。

這就少不得又要靠古應春來疏通了：「她是指你們英國的維多利亞女皇，跟我們中國的慈禧太后。」

「喔，」艾敦頗為驚異，因為她也接待過許多中國的女顧客，除了北里嬌娃以外，間或也有貴婦與淑女，但從沒有一個人在談話時會提到英國女皇。

因為如此，便大起好感，招待螺螄太太用午茶，非常殷勤。接著，管事的捧來了三個長方盒子，一律黑色真皮，上燙金字，打開第一個盒子，藍色天鵝絨上，嵌著一雙光芒四射的白金鑽鐲，鑲嵌得非常精緻。

仔細看去，盒子雖新，白金的顏色卻似有異，「這是舊的？」她問。

「是的。這是拿破崙皇后心愛的首飾。」

「我不管甚麼皇后。」螺螄太太說：「嫁妝總是新的好。」

「這兩副都是新的。」

另外兩副，一副全鑽，一副鑲了紅藍寶石，論貴重是全鑽的那副，每一隻有四粒黃豆大的鑽石，用碎鑽連接，拿在手裡不動都會閃耀；但談到華麗，卻要算鑲寶石的那副。

「甚至價錢？」

「這副三萬五，鑲寶的這副三萬二。」管事的說：「胡太太，我勸你買全鑽的這副，雖然貴三千銀子，其實比鑲寶的划算。」

螺螄太太委決不下，便即說道：「艾小姐，請你戴起來我看看。」

艾敦便一隻手腕戴一樣，平伸出來讓她仔細鑑賞，螺螄太太看了半天轉眼問道：「七姐夫，你看呢？」

「好，當然是全鑽的這副好，可惜太素淨了。」

這看法跟螺螄太太完全一樣，頓時作了決定，「又是新娘子，又是老太太在，不宜太素淨。」她向管事說道：「我東西是挑定了，現在要談價錢，價錢談不攏，挑也是白挑。我倒請問你，這副鐲子是啥時候來的？」

「一年多了。」

「那麼一年以前，你的標價是多少？」

「三萬。」

「我不相信，你現在只漲了兩千銀子，一成都不到。」

「我說的是實話。」

管事的從天鵝絨襯底的夾層中，抽出來一張標籤說：「古先生，請你看。」

標籤上確是阿拉伯字的「三萬」；螺螄太太也識洋數碼，她的心思很快，隨即說道：「你剛才自己說過，買全鑽的這副划算，可見得買這副不划算。必是當初就亂標的一個碼子，大概自己都覺得良心上過不去，所以只漲了一成不到，是不是？」

「胡太太真厲害。」

管事的苦笑道：「駁得我都沒有話好說了。」

螺螄太太一笑說：「大家駁來駁去，儘管是講道理，到底也傷和氣。這樣，鐲子我一定買你的，現在我們先看別的東西，鐲子的價錢留到最後再談，好不好？」

「是，是。」

於是看水晶盤碗、看香水、看各種奇巧擺飾；管事的為了想把那副鑲寶鑽鐲賣個好價錢，在這些貨色上的開價都格外公道。挑停當了，最後再談鐲價。

「這裡一共是一萬二。」螺螄太太說道：「我們老爺交代，添妝不能超過四萬銀子；你看怎麼樣？」她緊接著又說：「不要討價還價，成不成一句話。」

「胡太太，」管事的答說：「你這一記『翻天印』下來，教我怎麼招架？」

「做生意不能勉強。鐲子價錢談不攏，我只好另外去物色；這一萬二是談好了的，我先打票子給你。」

管事的楞住了，只好示意艾敦招待螺螄太太喝茶吃點心，將古應春悄悄拉到一邊，苦笑著說：「這胡太太的手段我真服了。為了遷就，後來看的那些東西，都是照本賣的，其中一盞水晶大吊燈，盛道台出過三千銀子，我們沒有賣，賣給胡太太只算兩千五。如果胡太太不買鐲子，我這筆生意做下來，飯碗都要敲破了。」

「她並不是不買，是你不賣。」

「哪裡是我不賣？價錢不對。」

古應春說：「做這筆生意，賺錢其次；不賺也就是賺了！這話怎麼說呢？胡財神嫁女兒，漂亮的嫁妝是別發洋行承辦的，你想想看，這句話值多少錢？」

「原就是貪圖這個名聲，才格外遷就，不過總價四萬銀子，這筆生意實在做不下來！」

「要虧本？」

「虧本雖不至於，不過以後的行情——。」

「以後是以後，現在是現在。」古應春搶著說道：「說老實話，市面很壞，有錢的人都在逃難了；以後你們也未見得有這種大生意上門。」

管事的沉默了好一會才說了句：「這筆生意我如果答應下來，我的花紅就都要賠進去了。」

古應春知道洋行中的規矩，薪金頗為微薄，全靠售貨的獎金，看他的神情不像說假話，足見螺螄太太殺得太凶；也就是間接證明，確是買到了便宜貨，因而覺得應該略作讓步，免得錯過了機會。

「你說這話，我要幫你的忙。」他將聲音放得極輕，「我作主，請胡太太私下津貼你五百兩銀子，彌補你的損失。」

管事的未饜所欲，但人家話已說在前面，是幫他的忙，倘或拒絕，變成不識抬舉，不但生意做不成，而且得罪了大主顧，真正不是「生意經」了。

這樣一轉念頭，別無選擇，「多謝古先生。」他說：「正好大班在這裡，我跟他去說明白。古先生既然能替胡太太作主，那麼，答應我的話，此刻就先不必告訴胡太太。」

古應春明白，他是怕螺螄太太一不小心，露出口風來，照洋人的看法，這種私下收受顧客津貼的行為，等於舞弊，一旦發覺，不但敲破飯碗，而且有吃官司的可能。因而重重點頭，表示充分領會。

於是，管事的向螺螄太太告個罪，入內去見大班。不多片刻，帶了一名洋人出來，碧眼方頤，留兩撇往上翘的菱角鬚，古應春一看便知是德國人。

果然，是別發的經理威廉士，他不會說英語，而古應春不通德文，需要管事的翻譯；經過介紹，很客氣地見了禮。

威廉士表示，他亦久慕胡雪巖的名聲，愛女出閣，能在別發洋行辦嫁妝，在他深感榮幸。至於價格方面，是否損及成本，不足計較，除了照螺螄太太的開價成交以外，他打算另外特製一隻銀盤，作為賀禮。

聽到這裡，螺螄太太大為高興，忍不住對古應春笑道：「有這樣的好事，倒沒有想到。」

「四姐，你慢點高興。」古應春答說：「看樣子，另外還有話。」

「古先生看得真準。」管事的接口，「我們大班有個主意，想請胡太太允許，就是想把胡三小姐的這批嫁妝，在洋行裡陳列一個月，陳列期滿，由我們派專差護送到杭州交貨。」

在他說到一半時，古應春已經向螺螄太太遞了個眼色；因此，她只靜靜地聽著，不置可否，讓古應春去應付。

「你們預備怎麼樣陳列？」

「我們闢半間店面，用紅絲繩攔起來，作為陳列所。」

「要不要作說明？」

「當然要。」管事的說：「這是大家有面子的事。」

「不錯，大家有面子。不過，這件事我們要商量、商量。」古應春問道：「這是不是一個交易的條件？」

管事的似乎頗感意外——在他的想法，買主絕無不同意之理；因而問道：「古先生，莫非一陳列出來，有啥不方便的地方。」

「是的。或許有點不方便。原因現在不必說：能不能陳列，現在也還不能定規，只請你問一問你們大班，如果我們不願意陳列，這筆交易是不是就不成功了。」

管事的點點頭，與他們大班用德國話交談了好一會，答覆古應春說：「我們大班說：這是個額外的要求，不算交易的條件。不過，我們真的很希望古先生能賞我們一個面子。」

「這不是我的事。」古應春急忙分辯，「就像你所說的，這是大家有面子的事，我亦很希望能陳列出來。不過，胡大先生是朝廷的大員，他的官聲也很要緊。萬一不能如你們大班的願，要請他原諒。」

一提到「官聲」，管事的明白了，連連點頭說道：「好的，好的。請問古先生，啥辰光可以聽回音？」

古應春考慮了一會答說：「這樣，你把今天所看的貨色，開一張單子，註明價錢，明天上午到我那裡來，談付款的辦法。至於能不能陳列，明天也許可以告訴你，倘或要寫信到杭州，那就得要半個月以後，才有回音。」

「好的，我照吩咐辦。」管事的答說：「明天我親自到古先生府上去拜訪。」

對於這天的「別發」之行，螺螄太太十分得意，坐在七姑奶奶床前的安樂椅上，口講指畫，津津樂道。古應春談到私下許了管事五百兩銀子的津貼，螺螄太太不但認帳，而且很誇獎他處理得法。見此光景，七姑奶奶當然亦很高興。

「還有件事，」螺螄太太說：「請七姐夫來講。」

「不是講，是要好好商量。」古應春談了陳列一事，接著問道：「你們看怎麼樣？」

「我看沒有啥不可以。」螺螄太太問道：「七姐，你說呢？」

「恐怕太招搖。」

「尤其，」古應春接口，「現在山東在鬧水災；局勢又不大好，恐怕會有人說閒話。」

聽得這話，螺螄太太不作聲，看一看七姑奶奶，臉色陰下來了。

「應春，」七姑奶奶使個眼色，「你給我搖個『德律風』給醫生，說我的藥水喝完了，再配兩服來。」

古應春會意，點點頭往外便走；好容她們說私話。

「七姐，」螺螄太太毫不掩飾她內心的欲望，「我真想把我們三小姐添妝的這些東西陳列出來，讓大家看看。」

七姑奶奶沒有想到她對這件事，如此重視；而且相當認真，不由得楞在那裡說不出話。

在螺螄太太，做事發議論，不發則已，一發就一定要透澈；所以接著她自己的話又說：「那個德國人，不說我再也想不到；一說，我馬上就動心了。七姐，你想想，嫁女兒要花多少功夫，為來為去為點啥？為的是一個場面。辦嫁妝要教大家都來看，人越多，越有面子，花了多少心血，光看那一天，人人稱讚、個個羨慕，心裡頭就會說：『喏，這就叫人生在世。』七姐，拿你我當初做女兒的辰光，看大戶人家嫁女兒，心裡頭的感想，來想想『大先生』現在的心境，你說，那個德國人的做法，要不要動心？」

七姑奶奶的想法，開始為她引入同一條路子了。大貴大富之家，講到喜慶的排場，最重視的是為父母做壽及嫁女兒，但做壽在「花甲」以後，還有「古稀」；「古稀」以後還有八十、九十，講排場的機會還有；只有嫁女兒，風光只得一次，父母能盡其愛心的，也只有這一次，所以踵事增華，多少闊都可以擺。七姑奶奶小時候曾看過一家巨室辦嫁妝，殿後的是八名身穿深藍新布袍的中年漢子，每人手裡一個朱漆托盤、盤中是一本厚厚的毛藍布面的簿子，這算甚麼陪嫁？問起來才知道那家的陪嫁中，有八家當鋪，那八名中年漢子，便是八家當鋪的朝奉，盤中所捧，自然是那當鋪的總帳。這種別開生面的「嫁妝」，真正是面子十足，令人歷久難忘。

如今別發洋行要陳列胡三小姐的一部分嫁妝，在上海這個五方雜處的地方，有這樣一件新聞，會弄得雲貴四川，再僻遠的地方也會有「胡雪巖嫁女兒」如何闊氣這麼一個傳說，這是花多少錢也買不來的一件事，難怪螺螄太太要動心。

「大先生平生所好的是個面子；有這樣一件有面子的事，我拿它放過了，自己覺得也太對不起大先生了。七姐，你說呢？」

「那，」七姑奶奶說：「何不問問他自己？」

「這不能問的。一問——，」螺螄太太停了一下說：「七姐，你倒替他設身處地想一想呢！」稍為想一想就知道行不通。凡是一個人好虛面子，口中絕不肯承認的，問到他，一定拿「算了，算了」，這些不熱中但也不反對的語氣來答覆。不過，現在情勢不同，似乎可以跟他切切實實談一談。

念頭尚未轉定，螺螄太太卻又開口了，「七姐，」她說：「這回我替我們三小姐來添妝，說實話，是件吃力不討好的事，價錢高低，東西好壞，沒有個『準稿子』，便宜不會有人曉得，但只要買貴了一樣，就儘有人在背後說閒話了。現在別發把我買的東西陳列出來，足見這些東西的身價，就沒有人敢說閒話了。至於對我們老太太，還有三小姐的娘，胡家上上下下我也足足可以交代了，我要教大家曉得，我待我們三小姐，同比我自己生的還要關心。」

最後這句話，打動了七姑奶奶，這件事對螺螄太太在胡家的聲名地位很重要。由於別發洋行陳列了胡三小姐的嫁妝，足以證明螺螄太太所採辦的都是精品，同時也證明了螺螄太太的賢慧，對胡三小姐愛如己出。

從另一方面看，有這樣一個出鋒頭的機會，而竟放棄了，大家都不會了解，原因是怕太招搖，於胡雪巖的官聲不利；只說都因為是某些拿不出手的不值錢的東西，怕人笑話，所以不願陳列。這一出一入之間關係的變化是太重要了。

七姑奶奶沉吟了好一會說：「別發的陳列，是陳列給洋人看的；中國人進洋行的很少，陳列不陳列，不生多大的關係。所以別發陳列的這些東西，我看純然是拿給洋人看的。既然如此，我倒有個想法，你看行不行？」

「你說。」

「陳列讓他陳列，說明都用英文，不准用中國字。這樣子就不顯得招搖了。」

螺螄太太稍想一想，重重地答一聲：「好。」顯得對七姑奶奶百依百順似地。

於是七姑奶奶喊一聲：「妹妹！」

喊瑞香為「妹妹」，已經好幾個月了；瑞香亦居之不疑，答應得很響亮，但此時有螺螄太太在座，卻顯得有些忸怩，連應聲都不敢，只疾趨到床前，聽候吩咐。

「你看老爺在哪裡？請他來。」

瑞香答應著走了，螺螄太太便即輕聲說道：「七姐，我這趟來三件事，一是我們三小姐添妝；二是探望你的病；還有件事就是瑞香的事。怎麼不給他們圓房？」

「我催了他好幾遍了——。」

這個他是指古應春；此時已經出現在門外，七姑奶奶便住了口，卻對螺螄太太做個手勢，遞個眼色，意思是回頭細談。

「應春，我想到一個法子；七姐也贊成的。」七姑奶奶接著便說了她的辦法。

古應春心想，這也不過是掩耳盜鈴的辦法；不過比用中文作說明，總要好些，當下點點頭說：「等別發的管事來了，我告訴他。不過——。」

他沒有再說下去。七姑奶奶卻明白，「只要不上報，招搖不到哪裡去了。」她說：「你同『長毛狀元』不是吃花酒的好朋友？」

「對！你倒提醒我了；我來打他一個招呼。」胡應春問道：「還有甚麼話？」

「就是這件事。」

「那，」古應春轉臉說道：「四姐，對不起，今天晚上我不能陪你吃飯。我同宓本常有個約，很要緊的，我現在就要走了。喔，還有件事，他也曉得你來了，要請你吃飯，看你哪天有空？」

「不必，謝謝他囉。」螺螄太太說：「他一個人在上海，沒有家小，請我去了也不便。姐夫，你替我切切實實辭一辭。」

等他一走，螺螄太太有個疑團急於要打開，不知道「長毛狀元」是怎麼回事？

「這個人姓王，叫王韜，你們杭州韜光的韜。長毛得勢的時候開過科，狀元就是這個王韜。上海人都叫他『長毛狀元』。」

「那麼，上報不上報，關長毛狀元啥事情？」

「長毛狀元在申報管事，蠻有勢力的；叫應春打他一個招呼，別發陳列三小姐的嫁妝那件事，不要上報，家裡不曉得就不要緊了。」

「原來如此！」螺螄太太瞄了瑞香一眼。

七姑奶奶立即會意，便叫瑞香去監廚；調開了她好談她的事。

「我催了應春好幾次，他只說：慢慢再談。因為市面不好，他說他沒心思來做這件事。你來了正好，請你勸勸他；如果他再不聽，你同他辦交涉。」

「辦交涉？」螺螄太太詫異，「我怎麼好同姐夫辦這種交涉？」

「咦！瑞香是你的人，你要替瑞香說話啊！」

「喔！」螺螄太太笑了，「七姐，甚麼事到了你嘴裡，沒理也變有理了。」

「本來就有理嘛！」七姑奶奶低聲說道：「他們倒也好，一個不急；一個只怕是急在心裡，嘴裡不說。苦的是我，倒像虧欠了瑞香似地。」

「好！」螺螄太太立即接口，「有這個理由，我倒好同姐夫辦交涉；不怕他不挑日子。」

「等他來挑，又要推三阻四了。不如我們來挑。」七姑奶奶又說：「總算也是一杯喜酒，你一定要吃了再走。」

「當然。」螺螄太太沉吟著說：「今天八月二十八，這個月小建，後天就交九月了。三小姐的喜事只得兩個月的功夫，我亦真正是所謂歸心如箭。」

「我曉得，我曉得。」七姑奶奶說：「四姐，黃曆掛在梳妝台鏡子後面，請你拿給我。」取黃曆來一翻，九月初三是「大滿棚」的日子。由於螺螄太太急於要回杭州，不容別作選擇，一下就決定了九月初三為古應春與瑞香圓房。

「總要替她做幾件衣服，打兩樣首飾，七姐，這算是我的陪嫁，你就不必管了。」

「你陪嫁是你的。」七姑奶奶說：「我也預備了一點，好像還不大夠；四姐，你不要同我客氣。」說著，探手到枕下，取出一個阜康的存摺，「請你明天帶她去看看，她喜歡啥，我託你替她買。」

彼此有交情在，不容她客氣，更不容她推辭；螺螄太太將摺子接了過來，看都不看，便放入口袋了。

「七姐，我們老太太牽記你得好厲害。十一月裡，不曉得你能不能去吃喜酒？」

「我想去！就怕行動不便，替你們添麻煩。」

「麻煩點啥？不過多派兩個丫頭老媽子照應你。何況還有瑞香。」

七姑奶奶久病在床，本就一直想到那裡去走走，此時螺螄太太一邀，心思便更加活動了，但最大的顧慮，還在人家辦喜事已忙得不可開交，只怕沒有足夠的功夫來照料她。果然有此情形，人家心裡自是不安；自己忖度，內心也未見得便能泰然。因此任憑螺螄太太極力慫恿，她仍舊覺得有考慮的必要。

「太太，」瑞香走來說道：「你昨天講的兩樣吃食，都辦來了。餓不餓？餓了我就開飯。」

「哪兩樣？」螺螄太太前一天晚上閒話舊事時談到當年嘗過的幾種飲食，懷念不置，不知瑞香指的是那兩樣，所以有此一問。

「太太不是說，頂想念的就是糟鉢頭，還有菜圓子？」

「對！」螺螄太太立即答說：「頂想這兩樣，不過一定要三牌樓同陶阿大家的。」

「不錯，我特為交代過，就是這兩家買來的。」瑞香又說：「糟鉢頭怕嫌油膩、奶奶不相宜，菜圓子可以吃。要不，我就把飯開到這裡來。」

「好！好！」七姑奶奶好熱鬧，連連說道：「我從小生長在上海，三牌樓的菜圓子，只聞其名，沒有見過，今天倒真要嘗嘗。」

「三牌樓菜圓子有好幾家，一定要徐寡婦家的才好。」

「喔，好在甚麼地方？」

原來上海稱元宵的湯圓為圓子。三牌樓徐寡婦家的圓子，貨真價實，有那省儉的顧客，一碗肉圓子四枚，僅食皮子，剩下餡子便是四個肉圓，帶回家用白菜粉條同燴，便可佐膳。

但徐寡婦家最出名的卻是菜圓子，「她說有祕訣，說穿了也不稀奇。」螺螄太太說：「我去吃過幾回，冷眼看看，也就懂了。祕訣就是工要細，揀頂好的菜葉子，黃的、老的都不要；嫩葉子還要抽筋，抽得極乾淨，滾水中撈一撈，斬得極細倒在夏布袋裡把水分擠掉，加細鹽、小磨麻油拌勻，就是餡子。皮子用上好水磨粉，當然不必說。」

「那麼，」七姑奶奶恰好有些餓了，不由得嚥了口唾沫，惹得螺螄太太笑了。

「七姐，我老實告訴你，那種淨素的菜圓子，除了老太太以外，大家都是偶爾吃一回還可以，一多，胃口就倒了。」螺螄太太又說：「我自己也覺得完全不是三牌樓徐家的那種味道。」

糟缽頭是上海道地的所謂「本幫菜」，通常只有秋天才有，用豬肚、豬肝等等內臟，加肥雞同煮，到夠火候了，傾陶缽加糟，所以稱之為「糟缽頭」。糟青魚切塊，與黃芽菜同煮作湯菜，即是「川糟」。

「那麼，你覺得比陶阿大的是好，還是壞？」

「當然不及陶阿大的。」螺螄太太說：「不然，我也不會這麼想了。」

「只怕現在不會像你所想的那樣子好。」

「喔，」螺螄太太問道：「莫非換過老闆？」

「菜圓子我沒有吃過，縣衙前陶阿大的糟缽頭，我沒有得病以前是吃過的。去年臘月裡五哥從松江來了，還特為去吃過。人家做得興興旺旺的生意，為啥要換老闆？」

「那麼，」螺螄太太也極機警，知道七姑奶奶剛才的話，別有言外之意，便即追問：「既然這樣子，你的話總有啥道理在裡頭吧？」

七姑奶奶想了一下說：「我是直性子；我們又同親姐妹一樣。我或者說錯了，你不要怪我。」

「哪裡會！七姐，你這話多餘。」

「我在想，做菜圓子，或者真的有啥訣竅；至於糟缽頭，我在想，你家吃大俸祿的大司務，本事莫非就不及陶阿大？說到材料，別的不談，光是從紹興辦來的酒糟，這一點就比陶阿大那裡要高明了。所以府上的糟缽頭，絕不會比陶阿大來得差。然而，你說不及陶阿大的糟缽頭這是啥道理。」

「七姐！」螺螄太太笑道：「我就是問你；你怎麼反倒問我？」

「依我看，糟缽頭還是當年的糟缽頭，羅四姐不是當年的羅四姐了。」七姑奶奶緊接著說：「四姐，我這話不是說你忘本，是說此一時，彼一時。這番道理，也不是我悟出來的，是說書先生講的一段故事，唐朝有個和尚叫懶殘——。」

講了懶殘和尚煨芋的故事，螺螄太太當然絕不會覺得七姑奶奶有何諷刺之意，但卻久久無語，心裡想得很深。

這時瑞香已帶了小大姐來鋪排餐桌，然後將七姑奶奶扶了起來，抬坐在一張特製的圈椅上，椅子很大，周圍用錦墊塞緊，使得七姑奶奶不必費力便能坐直，前面是一塊很大的活動木板，以便放置盤碗，木板四周鑲嵌五分高的一道「圍牆」以防湯汁傾出，以不致流得到處都是。

那張圈椅跟「小兒車」的作用相同；七姑奶奶等瑞香替她繫上「圍嘴」以後，自嘲地笑道：

「無錫人常說『老小、老小』，我真是越來越小了。」

「老倒不見得。」螺螄太太笑道：「皮膚又白又嫩，我都想摸一把。」說著便握住她的手臂，輕輕捏了兩下，肌肉到底鬆弛了。

「是先吃圓子，還是先吃酒？」瑞香問說。

菜圓子，已經煮好了，自然先吃圓子；圓子很大，黃花細瓷飯碗中只放得下兩枚，瑞香格外道地加上幾條火腿絲，兩三片芫荽，紅綠相映，動人食欲。

「我來嘗一個。」七姑奶奶拿湯匙舀了一枚，噓幾口氣，咬了一口，緊接著便咬第二口，欣賞之意顯然。

螺螄太太也舀了一枚送入口中，接著放回圓子舀口湯喝，「瑞香，」她疑惑地問：「是三牌樓徐寡婦家買的？」

「是啊！」瑞香微笑著回答。

看她的笑容，便知內有蹊蹺，「你拿甚麼湯下的圓子？」她問。

「太太嘗出來了。」瑞香笑道：「新開一家廣東杏花樓，用它家的高湯下的。」

「高湯？」

在小館子，「高湯」是白送的；肉骨頭熬的湯，加一匙醬油，數粒蔥花便是。這樣的湯下菜圓子能有這樣的鮮味，螺螄太太自然要詫異了。

「杏花樓的高湯，不是同洗鍋水差不多的高湯；它是雞、火腿、精肉、鯽魚，用文火熬出來的湯，論兩賣的。」

「怪不得！」七姑奶奶笑道：「如說徐寡婦的菜圓子有這樣的味道，除非她是仙人。」

「瑞香倒是特別巴結我，不過我反而吃不出當年的味道來了。」

「那麼太太嘗嘗糟缽頭，這是陶阿大那裡買回來以後，原封沒有動過。」

螺螄太太點點頭，挾了一塊豬肚，細細嚼；同時極力回憶當年吃糟缽頭的滋味，可是沒有用，味道還不如她家廚子做的來得好。

「七姐，你的話不錯。我羅四姐，不是當年的羅四姐了。」

七姑奶奶默不作聲，心裡還頗有悔意，剛才的話不應該說得那麼率直，惹起她的傷感。

瑞香卻不知她們打的甚麼啞謎，瞪圓了一雙大眼睛發楞。羅四姐便又說道：「瑞香，你總要記牢，吃得苦中苦，方為人上人。」

瑞香仍舊不明她這話的用意，只好答應一聲：「是。」

「話要說回來，人也不是生來就該吃苦的。」七姑奶奶說道：「有福能享，還是要享。不過——。」她覺得有瑞香在旁，話說得太深了也不好，便改口說道：「就怕身在福中不知福。」

「七姐這句話，真正是一針見血。」螺螄太太說：「瑞香，你去燙一壺花雕來，我今天想吃酒。」

螺螄太太的酒量很不錯，燙了來自斟自飲，喝得很猛；七姑奶奶便提了一句：「四姐，酒要吃得高興，慢慢吃。」

「不要緊，這一壺酒醉不倒我。」

「醉雖醉不倒，會說醉話；你一說醉話，人家就更加不當真的了。」

這才真正是啞謎，只有她們兩人會意。螺螄太太想到要跟古應春談瑞香的事，便聽七姑奶奶的勸，淺斟低酌，閒談著將一壺酒喝完，也不想再添，要了一碗香粳米粥吃完，古應春也回來了。

先是在七姑奶奶臥室中閒話；聽到鐘打九下，螺螄太太便即說道：「七姐，只怕要睏了；我請姐夫替我寫封信。」

「好！到我書房裡去。」

等他們一進書房，瑞香隨即將茶端了進來，胡家的規矩，凡是主人家找人寫信，下人是不准在旁邊的，她還記著這個規矩，所以帶上房門，管自己走了。

「姐夫，寫信是假，跟你來辦交涉是真。」

「甚麼事？」古應春說：「有甚麼話，四姐交代就是。」

「那麼，我就直說。姐夫，你把我的瑞香擱在一邊，是啥意思。」

看她咄咄逼人，看有點辦交涉的意味，古應春倒有些窘了。本來就是件不容易表達清楚的事，在這樣的情況之下，自然更是訥訥然無法出口。

羅四姐原是故意作此姿態，說話比較省力，既占上風，急忙收斂，「姐夫，」她的聲音放得柔和而懇切，「你心裡到底是啥想法？儘管跟我說；是不是日子一長，看出來瑞香的人品不好——。」

「不、不！」古應春急急打斷，「我如果心裡有這樣的想法，那就算沒良心到家了。」

「照你說，瑞香你是中意的。」

「不但中意──。」古應春笑笑沒有再說下去。

「意思是不但中意，而且交關中意？」

「這也是實話。」

「既然如此，七姐又巴不得你們早早圓房，你為啥一點都不起勁。姐夫，請你說個道理給我聽。」螺螄太太的調子又拉高了。

古應春微微皺眉，不即作答；他最近才有了吸煙的嗜好──不是鴉片是呂宋煙；打開銀煙盒，取出一支「老美女」，用特製的剪刀剪去煙頭，用根「紅頭火柴」在鞋底上劃燃了慢慢點煙。

霎時間螺螄太太只聞到穠郁的煙香，卻看不見古應春的臉，因為讓煙霧隔斷了。

「四姐，」古應春在煙霧中發聲：「討小納妾，說實話，是我們男人家人生一樂。既然這樣子，就要看境況、看心情，境況不好做這種事，還可以說是苦中作樂；心情不好，就根本談不到樂趣了。」

這個答覆，多少是出人意外的；螺螄太太想了一會說：「大先生也跟我談過，說你做房地產受了姓徐的累，不過現在事情已經過去了，心情也應該不同了。」

「恰恰相反。事情是過去了，我的心情只有更壞。」

「為啥呢？」

「四姐，小爺叔待我，自然沒有話說；十萬銀子，在他也不會計較。不過，在我總是一樁心事，尤其現在市面上的銀根極緊；小爺叔不在乎，旁人跟他的想法不一樣。」

最後這句話，絃外有音；螺螄太太不但詫異，而且有些氣憤，「這旁人是哪一個？」她問：「旁人的想法，同大先生啥相干？你為啥要去聽？」

古應春不作聲，深深地吸了口煙，管他自己又說：「小爺叔幫了我這麼大一個忙，我想替小爺叔盡心盡力做點事，心裡才比較好過。上次好不容易說動小爺叔，收買新式繅絲廠，自己做絲直接銷洋莊；哪曉得處處碰釘子，到今朝一事無成。尤哥心灰意冷，回松江去了。四姐，你說我哪裡會有心思來想瑞香的事？」

這番話說得非常誠懇，螺螄太太深為同情；話題亦就自然而然地由瑞香轉到新式繅絲廠了。

「當初不是籌畫得好好的？」她問：「處處碰釘子是啥緣故；碰的是啥個釘子？」

「一言難盡。」古應春搖搖頭，不願深談。

螺螄太太旁敲側擊，始終不能讓古應春將他的難言之隱吐露出來。以至於螺螄太太都有些動氣了。但正當要說兩句埋怨的話時，靈機一動想到了一個激將法。

「姐夫，你儘管跟我說，我回去絕不會搬弄是非；只會在大先生面前替你說話。」

一聽這話，古應春大為不安。如果仍舊不肯說，無異表示真的怕她回去「搬弄是非」。同時聽她的語氣，似乎疑心他處置不善，甚至懷有私心，以致「一事無成」。這份無端而起的誤會，亦不甘默然承受。

於是，古應春抑制激動的心情，考慮了一會答說：「四姐，我本來是『打落牙齒和血吞』，有委屈自己受。現在看樣子是非說不可了！不過，四姐，有句話，我先要聲明，我決沒有疑心四姐會在小爺叔面前搬弄是非的意思。」

「我曉得，我曉得。」螺螄太太得意地笑道：「我不是這樣子逼一逼，哪裡會把你的逼出來？」

聽得這話，古應春才知道上當了：「我說是說。不過，」他說：「現在好像是我在搬弄是非了。」

「姐夫，」螺螄太太正色說道：「我不是不識輕重的人。你告訴我的話，哪些能說，哪些不能說，我當然也會想一想。為了避嫌疑不肯說實話，就不是自己人了。」

最後這句話，隱然有著責備的意思，使得古應春更覺得該據實傾訴：「說起來也不能怪老宓，他有他的難處──。」

「是他！」螺螄太太插進去說：「我剛就有點疑心，說閒話的旁人，只怕是他，果不其然。他在阜康怎麼樣？」

「他在阜康的情形我不清楚，我只談我自己。我也弄不懂是甚麼地方得罪了老宓，有點處處跟我為難的味道──。」

原來，收買繅絲廠一事，所以未成，即由於宓本常明處掣肘、暗處破壞之故。他放了風聲出去，說胡雪巖並無意辦新式繅絲廠，是古應春在做房地產的生意上扯了一個大窟窿，所以買空賣空，希圖無中生有，來彌補他的虧空。如果有繅絲廠想出讓，最好另找主顧；否則到頭來一場空，自誤時機。

這話使人將信將疑，信的是古應春在上海商場上不是無名小卒，信用也很好。只看他跟徐愚齋合作失敗，而居然能安然無事，便見得他不是等閒之輩了。

疑的是，古應春的境況確實不佳；而更使人覺得不可思議的是，胡雪巖一向反對新式繅絲，何以忽然改弦易轍？大家都知道，胡雪巖看重的一件事是：說話算話。大家都想不起來，他做過甚麼出爾反爾的事。

因為如此，古應春跟人家談判，便很吃力了，因為對方是抱著虛與委蛇的態度。當然只要沒有明顯的決裂的理由，儘管談判吃力，總還要談下去，而且遲早會談出一個初步的結果。

其時古應春談判的目標是公和永的東主黃佐卿。他跟怡和、公平兩洋行，同時建廠，規模大小相仿，都有上百部的絲車，買的是義大利跟法國的絲車；公平洋行的買辦叫劉和甫，提議三廠共同延請一名工程師，黃佐卿同意了，由劉和甫經手，聘請了一個義大利人麥登斯來指導廠務、訓練工人，此人技術不錯，可是人品甚壞，最大的毛病是好色。

原來那時的工人，以女工居多，稱之為「湖絲阿姐」。小家碧玉，為了幫助家計，大致以幫傭為主；做工是領了材料到家來做，舊式的如繡花、糊錫箔；新式的如糊火柴匣子、縫軍服，但做「湖絲阿姐」，汽笛一聲，成群結隊，招搖而過，卻是前所未有，因而看湖絲阿姐上工、放工，成了一景。這些年輕婦女，拋頭露面慣了，行動言語之間，自然開通得多；而放蕩與開通不過上下床之別，久而久之便常有蕩檢踰閑的情事出現；至於男工，「近水樓台先得月」，尤其是

「小寡婦」，搭上手的很多。當然這是「互惠」的，女工有個男工作靠山，就不會受人欺侮；倘或靠山是個工頭，好處更多，起碼可以調到工作輕鬆的部門。相對地，工頭倘或所欲不遂，便可假公濟私來作報復，調到最苦的繅絲間，沸水熱汽，終年如盛暑；盛暑偶爾還有風，繅絲間又熱又悶，一進去要不了一頓飯的功夫，渾身就會濕透，男工可以打赤膊，著短袴，女工就只好著一件「濕布衫」，機器一開就是十二個鐘頭，這件火熱的「濕布衫」就得穿一整天。夏天還好，冬天散工，冷風一吹，「濕布衫」變成「鐵衣」，因而致病，不足為奇，所以有個洋記者參觀過繅絲間以後，稱之為「名副其實的活地獄」。

工頭如此，工程師自然更可作威作福，麥登斯便視蹂躪湖絲阿姐為他應享的權利，利用不肖工頭，予取予求，黃佐卿時常接到申訴，要求劉和甫警告麥登斯，稍微好幾天，很快地復萌故態，如是幾次以後，黃佐卿忍無可忍，打算解雇麥登斯，哪知劉和甫跟人家訂了一張非常吃虧的合約，倘或解雇須付出鉅額的賠償。為此黃佐卿大為沮喪，加以生意又不好做，才決定將公和永盤讓給古應春。

條件都談好了，廠房、生財、存貨八萬銀子「一腳踢」。古應春便通知宓本常，照數開出銀票；哪知所得的回答是：「不便照撥。」

「怎麼？」古應春詫異，「不是有『的款』存在那裡的嗎？」

當初滙豐借出來的五十萬銀子，除了左宗棠所借的二十萬以外，餘數由胡雪巖指明，借給尤五出面所辦的繭行，作為收買新式繅絲廠之用，這一點宓本常並不否認，但他有他的說法。

「應春兄，『死店活人開』，大先生是有那樣子一句話，不過我做檔手的，如果只會聽他的話，像算盤珠一樣，他撥一撥、我動一動，我就不是活人，只不過比死人多口氣。你說是不是呢？」

古應春倒抽一口冷氣，結結巴巴說：「你的話不錯，大先生的話也要算數。」

「我不是說不算數，是現在沒有；有，錢又不是我的，我為啥不給你。」

「這錢怎麼會沒有？指明了做這個用途的。」

「不錯，指明了做這個用途的。不過，應春兄，你要替我想一想，更要替大先生想一想。幾次談到繅絲廠的事，你總說『難，難，不曉得啥辰光才會成功？』如果你說：快談成功了，十天半個月就要付款，我自然會把你這筆款子留下來。你自己都沒有把握，怎麼能怪我？」

「你不必管我有沒有把握，指明了給我的，你就要留下來。」

這話很不客氣；宓本常冷笑一聲說道：「如果那時候你請大先生馬上交代，照數撥給你，另外立個摺子，算是你的存款，我就沒有資格用你這筆錢。沒有歸到你名下以前，錢是阜康的。阜康的錢是大先生所有；不過阜康的錢歸我宓某所管。受人之祿、忠人之事，銀根怎麼緊，我不把這筆錢拿來活用；只為遠在杭州的大先生的一句話，把這筆錢死死守住，等你不知道哪天來用，你說有沒有這個道理？」

這幾句話真是將古應春駁得體無完膚，他不能跟他辯，也不想跟他辯了。

可是宓本常卻還有話：「你曉得的，大先生的生意越做越大，就是因為一個錢要做八個錢、十個錢的生意。大先生常常說：『八個罏子七個蓋，蓋來蓋去不穿幫，就是會做生意。』以現在市面上的現款來說，豈止八個罏子七個蓋？頂多只有一半，我要把他搞得不穿幫，哪裡是件容易的事。老兄，我請問你，今天有人來提款，庫房裡只有那二十幾萬銀子，我不拿來應付，莫非跟客戶說：那筆銀子不能動，是為古先生留在那裡收買繰絲廠用的？古先生啊古先生，我老宓跟你，到那時候，不要說本來就是阜康的錢，哪怕是兩江總督衙門的官款，明天要提了去給兄弟們關餉，我都要動用。客戶這一關過不去，馬上就有擠兌的風潮，大先生就完完大吉了。」

「四姐，老宓的說法，只要是真的，就算不肯幫忙，我亦沒話說。因為雖然都是為小爺叔辦事，各有各的權限，各有各的難處，我不能怪他。」

「那麼，」螺螄太太立即釘一句：「你現在是怪他囉？」

古應春老實答道：「是的。有一點。」

「這樣說起來，是老宓沒有說真話！不然你就不會怪他。」螺螄太太問道：「他那幾句話不真？」

「還不是頭寸。」話到此處，古應春如箭在弦，不發不可，「他頭寸是調得過來的，而且指定了收買繰絲廠的那筆款子，根本沒有動，仍舊在匯豐銀行。」

「我聽人說的。」

一聽這話，螺螄太太動容了，「姐夫，」她問：「你怎麼知道他沒有動過？」

「是哪個？」

「這——，」古應春答說：「四姐，你不必問了。我的消息很靠得住。」

螺螄太太有些明白了，阜康管總帳的周小棠，跟宓本常不甚和睦，也許是他透露的消息。

「姐夫要我不問，我就不問。不過我倒要問姐夫，這件事現在怎麼辦？」

「收買繅絲廠的事，已經不必再談了。現在就有八萬銀子，也買不成功；人家黃佐卿看我拿不出現銀，另外尋了個戶頭，賣了九萬五千銀子。」古應春說到這裡，搖一搖頭，臉色非常難看，「四姐，我頂難過的是，在上海灘上混了幾十年，聽了一句教人要吐血的話。」

「噢！」螺螄太太大為同情，「你說出來，我來替你出氣。」

「出氣？」古應春連連搖頭，「那一來變成『窩裡反』了，不好，不好。」

「就算我不響，你也要說出來；心裡有委屈，說出來就舒服。」

古應春沉吟了說：「好，我說。那天——。」

那天——螺螄太太到上海的前兩天，黃佐卿發了個帖子請古應春吃花酒。買賣不成，朋友還是朋友，古應春準時赴約；場所很熱鬧，黃佐卿請了有近二十位的客，兩桌麻將，一桌牌九，打了上千大洋的頭。接下來吃花酒，擺的是「雙雙檯」；客人連叫來的局，不下五十人之多，須將整樓三個大房間打通，才擺得下四桌酒。

主客便是收買公和永的潮州幫「鴉片大王」陳和森；古應春也被邀在這一桌坐。笙歌嗷嘈之餘，黃佐卿舉杯向古應春說道：「應春兄，我特為要敬你一杯酒；如果十天之前不是你頭寸不便，我就不會跟『陳大王』談公和永，也就少賣一萬五千銀子了。說起來這一萬五千兩，是你老哥挑我賺的，我是不是應該敬杯酒。」說完哈哈大笑，管自己乾了酒。

講完了這一段，古應春又說：「四姐，你想，這不是他存心給我難堪？當時，我真正是眼淚往肚子裡流。」

螺螄太太亦為他難過，更為他不平，「這件事，大先生曉不曉得？」她問。

「這件事，我怎麼好告訴大先生？不過收買公和永不成這一節，我已經寫信給大先生了。」

「我在杭州沒有聽說。」

古應春想了一下說：「算起來你從杭州動身的時候，我的信還沒有到。」

「好！這一節就不去談它了。至於老宓勒住銀子不放，有意跟你作對，這件事我一定要問問他。」

「不！」古應春說：「請四姐一定要顧大局，現在局勢不大好，全靠大家同心協力，你一問他，必生是非，無論如何請你擺在心裡。」

「你曉得的，我也同七姐一樣，有不平的事，擺在心裡，飯都吃不下的。」螺螄太太說：「我只要不『賣原告』，他哪裡知道我的消息是哪裡來的。」

看她態度非常堅決，古應春知道無法打消她的意向；考慮了一會說：「四姐，你以為不提我的名字，他就不會疑心到我，那是自己騙自己。你總要有個合情理的說法，才可以瞞得過他。」

「你講，應該怎麼個說法？」

「在滙豐銀行，你有沒有認識的人？」

螺螄太太想了一下說道：「有個張紀通，好像是匯豐銀行的。」

「不錯，張紀通是匯豐銀行的『二寫』。」古應春問：「四姐跟他熟？」

「他太太，我們從前是小姐妹。去年還特為到杭州來看過我。」

「好！那就有說法了。四姐，你如果一定問這件事，見了老宓就這樣子說：你說，古應春告訴我，阜康的頭寸緊得不得了；可是，我聽張紀通的太太說：阜康有二十幾萬銀子，一直存在匯豐沒有動過。看他怎麼說？」

「我懂了，我會說得一點不露馬腳；明天早晨我先去看張太太，做得像真的一樣。我看他一定沒話可說；那時候我再埋怨他幾句，替你出氣。」

「出氣這兩個字，不必談它。」

「好，不談出氣，談你圓房。」

螺螄太太急轉直下地說：「這件事就算不為你，也不為瑞香，為了七姐，你也要趁我在這裡，請我吃這杯喜酒。」

古應春終於答應了。於是螺螄太太便將與七姑奶奶商量好的計畫，一一說知；事到如今，古應春除了唯唯稱是以外，別無話說。

第二天早飯既畢，螺螄太太便催瑞香出門。這是前一天晚上就說好了；但瑞香因為一出門便得一整天，有好些瑣屑家務要安排好，因而耽誤了功夫，七姑奶奶幫著一催再催，快到不耐煩時，方始相偕登車，看表上已經十一點了。

「剛剛當著七姑奶奶，我不好說，我催你是有道理的，先要到張太太家去一趟，稍微坐一坐再到阜康去開銀票。現在，辰光不對了，吃中飯的時候去了，一定留住；下半天等去了阜康，就辦不成事了。看首飾不能心急；不然十之八九要後悔。現在，沒法子，張家只好不去了。」

「都是我不好。」瑞香陪笑說道：「太太何不早跟我說一句。」

「我也不曉得你這麼會磨！摸東摸西，忘記掉辰光。喔！」螺螄太太特為關照：「回頭我同宓先生說，我們是從張家來，你不要多說甚麼，免得拆穿西洋鏡。」

瑞香答應著，隨同螺螄太太坐轎子到了阜康；宓本常自然奉如上賓，他的禮貌很周到，從胡老太太起，胡家全家，一一問到。接下來又敷衍瑞香，笑嘻嘻地問道：「瑞姑娘，哪天請我們吃喜酒？」

瑞香紅著臉不答；螺螄太太接口：「快了，快了！」她說：「今天就是為此到錢莊來的，我想支兩千銀子。七姑奶奶也有個摺子在這。」

取出七姑奶奶的摺子來一看，存銀四千五百餘兩，螺螄太太作主，也提二千，一共是四千銀子，關照宓本常開出數目大小不等的十來張銀票，點收清楚，要談古應春的事了。

「宓先生，」她閒閒問說：「這一晌，上海市面怎麼樣？」

「不好，不好！銀根越來越緊了。」

「我們阜康呢？」

「當然也緊。」

「既然緊，」螺螄太太擺出一臉困惑的神情，「為啥我們有二十幾萬銀子擺在滙豐銀行，動都不動？」

一聽這話，宓本常心裡一跳；正在難於作答時，不道螺螄太太又添了一句話，讓他鬆了口氣。

「這筆款子是不是滙豐借出來的？」

「是的。」

「滙豐借出來的款子，當然要出利息；存在滙豐雖也有利息，不過一定放款利息高，存款利息低，是不是？」

「是的。」

「借他的錢又存在他那裡，白貼利息的差額；宓先生，這把算盤是怎麼打的，我倒不太懂了。」

這時宓本常已經想好了一個很巧的理由，可以搪塞；因而好整以暇地答說：「羅四太太，這裡頭學問很大，不是我吹，其中的訣竅是我跟了大先生十幾年才摸出來的。我們先吃飯，等我慢慢講給羅四太太你聽。」

已是午飯辰光，而且宓本常已有預備，螺螄太太也就不客氣了。不過既無堂客相陪，而瑞香的身分不同，不肯與螺螄太太同桌，卻頗費安排；最後是分了兩樣菜讓瑞香在另一處吃，宓本常陪螺螄太太一面吃、一面談。

「羅四太太，阜康有款子存在滙豐，想來是應春告訴你的？」

「不是。」螺螄太太從從容容地答說：「今天去看一個張太太，他們老爺也在滙豐，是她告訴我的。」

「呃，是弓長張，還是立早章？」

「弓長張。」

「那麼是張紀通？」

「對的，他們老爺叫張紀通。」

宓本常心想，螺螄太太明明是撒謊。張紀通跟他也是朋友，前一天還在一起打牌；打到深夜一點鐘，張紀通大輸家，「扳轎槓」一定要再打四圈。

當時就有人說：「老張，你向來一到十二點，一定要回去的。今天夜不歸營，不怕張大嫂罰你跪算盤珠，頂馬桶蓋。」

原來張紀通懼內，所以這樣打趣他；哪知他拍一拍胸脯說：「放心，放心，雌老虎前天回常熟娘家，去吃她姪兒的喜酒去了。」

這是所謂「欲蓋彌彰」，越發可以證實，滙豐存款的消息，是古應春所洩漏。不過他絕不說破，相反地，在臉上表現了對古應春抱歉的神態。

「螺螄太太，阜康的存款、放款都有帳可查的，存在滙豐的這筆款子當然也有帳；不過每個月倒貼的利息，在帳上看不出是虧損。啥道理呢？這筆利息的差額是一釐半，算起來每個月大概要貼四百兩銀子，我是打開銷裡面，算正當支出。」說到這裡他停了下來，看螺螄太太的表情。

她當然是面現訝異之色，「是正當開支？」她問，彷彿自己聽錯了似地。

如果她聲色不動，宓本常便不能確定，她是不是把他的話聽了進去；而驚訝卻是正常的，他就更有把握能將她的疑團消除了。

「不錯，是正當開支，好比逢年過節要應酬官場一樣，是必不可少的正當開支。」他說：「螺螄太太，你曉得的，阜康全靠公家同大戶的存款，阜康的利息比人家低，為啥願意存阜康，就因為可靠。如果有人存點疑惑怕靠不住，來提存款，一個兩個不要緊，人一多，消息一傳，那個風潮一鬧開來，螺螄太太我就只有一條路好走。」

「喔！哪一條路？」

「死路。不是一條繩子，就是三錢鴉片煙。」宓本常說：「我只有來生報答大先生了。」

螺螄太太再精明，也不能不為宓本常蓄意表示盡忠負責的神態所感動，「宓先生，你不要這麼說！只要你實心實力，一定不會沒有好結果。」她說：「你的忠心，大先生曉得的。」

「就為了大先生得罪了人也值得。」宓本常馬上又將話拉回來，「螺螄太太，有阜康這塊金字招牌，存款不必我去兜攬，自會送上門來。我的做法，就是要把我們的這塊金字招牌擦得晶光丈亮，不好有一點點不乾淨的地方。款子存在滙豐，倒貼利息，就是我保護金字招牌的辦法。」

「嗯！嗯！」螺螄太太想了一會說：「你的意思是阜康有二十幾萬銀子存在滙豐，不去動它，顯得阜康的頭寸很寬裕，人家就放心不來提存了。」

「一點不錯。螺螄太太，你真是內行。」宓本常舉一舉杯，自己喝了一大口，得意之情，溢於言表。

「原來有這樣一招在裡面。說起來也是迫不得已。」

「先是迫不得已，後來我才悟出訣竅，實在是正當的做法，就銀根不緊，也應該這麼辦。有一回法大馬路周道台的五姨太來提款，我說：你是不是要轉存滙豐？如果要存滙豐，我打滙豐的票子給你，轉帳不但方便，而且進出不必『貼水』，比較划算。螺螄太太，你道她聽了我的話怎麼說？」

「我猜不著，她怎麼說？」

「她說：算了，算了。我們老爺說，現在市面上銀根緊，阜康只怕要緊要慢的時候沒有現銀，不如存到外國銀行。現在聽你這樣子說，我倒不大好意思了。還是存在你們這裡好了。

「螺螄太太，我當時悟出一個訣竅，我們這塊金字招牌，要用外國貨的擦銅油來擦。啥叫外國貨的擦銅油，就是跟外國銀行往來，我要到所有外國銀行去開戶頭，像遇到周家五姨太那種來提存的戶頭，我問她要哪家外國銀行的票子，說哪家就是哪家；這一下阜康的招牌不是更響了。」

螺螄太太因為他的話中聽，所以能夠深入，這時聽出來一個疑問：「法子是蠻好，不過這一來不是有大筆頭寸擱在那裡了？」

「哪裡，哪裡！」宓本常亂搖著雙手，「那樣做法不是太笨了？」

「不笨怎麼辦？」

「這裡頭又有訣竅了。每家銀行開個戶頭，存個三兩千銀子；等開出票子，我先一步把頭寸調足送進去，就不會穿幫了。」

「來得及嗎？」

「來得及，來得及。喏，這就是德律風根的好處，拿起話筒搖過去，說有這麼一回事，那裡的行員，自會替我們應付。」

螺螄太太聽他的談論，學到很多東西；中國錢莊經營的要訣，她聽胡雪巖談過幾回，並不外行，但外國銀行的情形，卻不知其詳，這時聽宓本常說得頭頭是道，遇事留心的她，自然不肯放棄機會，所以接上來便問，是如何應付？人家又為甚麼會替阜康應付？

「應付的法子多得很，不過萬變不離其宗，就是拖一拖辰光，等我們把頭寸調齊補足。」

「萬一調不齊呢？」

「不錯，不怕一萬，只怕萬一。這種情形，從來沒有過，不過不能不防。說到這上頭，就靠平常的交際，外國銀行的『康白度』，我都有交情的；那班『洋行小鬼』，平時也要常常應酬，所以萬一遇到頭寸調不齊，只要我通知一聲，他們會替我代墊。這是事先說好了的，代墊照算拆息，日子最多三天。」宓本常特為又重複一句：「不過，這種情形從來沒有過。」

「喔，」螺螄太太又問：「我們跟哪幾家外國銀行有往來？」

「統統有。」接下來，宓本常便屈指細數。上海的外國銀行，最有名的是英文名稱叫做「香港上海銀行有限公司」的匯豐銀行，但最老的卻是有利銀行，咸豐四年便已開辦；不過後來居上的卻是麥加利銀行。這家銀行的英文名稱叫做：Chartered Bank of India, Australia and China。但香港分行與上海分行的譯名不同，香港照音譯，稱為渣打銀行；上海的銀錢業嫌它叫起來不響，而且顧名不能思義，所以用他總經理麥加利的名字，稱之為麥加利銀行。「麥加利是英國女皇下聖旨設立的，不過這家洋行是專門為了英國人在印度、澳洲，同我們中國經商所開的，重在存放款跟匯兌，純然是商業銀行，跟匯豐銀行帶點官派的味道不大一樣。」宓本常又說：「自從左大人到兩江，大先生亦不經手償洋債了，我們阜康跟匯豐的關係就淡了。所以我現在是向麥加利下功夫。這一點順便拜託螺螄太太告訴大先生。」

「好的，我曉得了。」

螺螄太太對宓本常的長袖善舞，印象頗為深刻；觀感當然也改變了，覺得他是為了本身的職司，要對得起老闆，就免不了得罪朋友。不過，自己是在古應春面前誇下海口，要來替他出氣。如今搞成個虎頭蛇尾，似乎愧對古應春。

這樣轉著念頭，臉上自不免流露出為難的神氣。善於察言觀色的宓本常便即問道：「螺螄太太，你是不是有啥話，好像不大肯說，不要緊的，我跟大先生多年，就同晚輩一樣；螺螄太太，你是長輩，如果我有啥不對，請你儘管說！我是、我是——，掉句書袋，叫做『有則改之，無則加勉』。」

螺螄太太聽他的話很誠懇，覺得稍微透露也不妨，於是很含蓄地說：「你沒有啥不對，大先生把阜康交給你，你當然顧牢阜康，這是天經地義。不過，有時候朋友的事，也要顧一顧，到底大家都是在一條船上的人。」

這一下等於是洩了底，螺螄太太是為了他勒住該付古應春的款子來興師問罪，當即認錯，表示歉意：「是！是！我對應春，是想到阜康是大先生事業的命脈，處理得稍微過分了一點；其實公是公、私是私！我同他的交情是不會變的。如今請螺螄太太說一句我應該怎麼樣同他賠不是？我一定遵命。」

「賠不是的話是嚴重了。」螺螄太太忽然靈機一動：「眼前倒有個能顧全你們交情的機會。」她朝外看了一下，沒有再說下去。

宓本常稍微想一想，便能領悟，是指古應春納寵而言。她剛才看一看，是防著瑞香會聽見。

「我懂了。我來辦；好好替他熱鬧、熱鬧。」

說送一份重禮，不足為奇；如果是宓本常自告奮勇來為古應春辦這場喜事，費心費力，才顯得出朋友的交情。螺螄太太非常滿意，但怕他是敷衍面子，不能不敲釘轉腳加一句：「宓先生，這是你自己說的噢！」

「螺螄太太請放心，完全交給我，一定辦得很風光。」宓本常接著很鄭重地表示：「不過，公是公，私是私。我剛才同螺螄太太談的各樣情形，千萬不必同應春去講。」

「我曉得。」

宓本常一面應酬螺螄太太，一面心裡在轉念頭。原來他也有一番雄心壯志，看胡雪巖這麼一片「鮮花著錦」的事業，不免興起「大丈夫當如是耶」的想法，覺得雖蒙重用，畢竟是做夥計，自己也應該創一番事業。此念起於五年以前，但直到前年年底，方成事實。

原來他有個嫡親的表弟叫陳義生，一向跟沙船幫做南北貨生意，那年押貨到北方，船上出事，一根桅杆忽然折斷，砸傷了他的腿，得了殘疾；東家送他兩千銀子，請他回寧波原籍休養；宓本常回家過年，經常在一起盤桓，大年三十夜裡談了一個通宵，談出結果來了。

宓本常是盤算過多少遍的，如果跟胡雪巖明言，自己想創業，胡雪巖也會幫他的忙，但一定是小規模從頭做起，而又必須辭掉阜康的職務。不做大寺廟的知客，去做一個小茅庵的住持，不是聰明的辦法——他認為最聰明的辦法是，利用在阜康的地位，調度他人的資本，去做自己的生意；但絕不能做錢莊，也不能做絲繭，因為這跟「老闆」的事業是犯衝突的。他的難題是：第一、不知道哪種生意回收得快？因為要調集三、五十萬，他力量是夠得到，只是臨時周轉，周而復始，看不出他在挪用公款，期限一長，少不得要露馬腳。其次，他不能出面；一出面人家就會打聽，他的資本來自何處，更怕胡雪巖說一句：「創業維艱，一定要專心，你不能再替我做檔手了。不然『駝子跌跟斗，兩頭落空』，耽誤了你自己，也耽誤了我。』」那一來，甚麼都無從談起了。

這兩個難題，遇到陳義生迎刃而解。他說：「要講回收得快，莫如南北貨；貨色都是須先定好的，先收定洋，貨到照算。南貨銷北，北貨銷南，一趟船做兩筆生意；只要兩三個來回，本常哥，你馬上就是大老闆了。」

「看你講得這麼好，為啥我的朋友當中，做這行生意的，簡直找不出來？」

「不是找不出來，是你不曉得而已。」陳義生說：「做這行生意，吃本很重，不是一般人能做的。至於真正有錢想做這行生意的，又吃不起辛苦。做南北貨生意，如果不是內行，不懂行情，也不會看貨，哪怕親自下手押船，也一定讓人家吃掉。所以有錢的人，都是放帳叫人家去做，只要不出險，永遠都是賺的。」

「對了，汪洋大海出了事，船沉了，貨色也送了海龍王了，那時候怎麼辦？」

「就是這個風險。不過現在有保險公司也很穩當。」

「從前沒有保險呢？」

「沒有保險，一樣也要做。十趟裡面不見得出一趟事，就算出一趟事，有那幾趟的賺頭，也抵得過這一趟的虧蝕。」

聽得這一說，宓本常大為動心，「義生，」他說：「可惜你的腳跛了。」

「我的腳是跛了。」陳義生敲敲自己的頭，「我的腦子沒有壞。而且傷養好了，至多行動不大方便，又不是病倒在床起不來。」

宓本常心想，如果讓陳義生出面，由於他本來就幹這一行，背後原有好些有錢的人撐腰，資本的來源絕沒有人會知道。就怕他起黑心，因而沉默不語。

陳義生當然也看出宓本常的心意，很想乘此機會跟他合作，一個發大財、一個發小財；見此光景，不免失望。但他有他的辦法，將他的老娘搬請了出來。

陳義生的娘是宓本常的姑母，年初四那天，將宓本常請了去說：「阿常，你同義生是一起長大的，你兩歲死娘，還吃過我的奶。這樣子像同胞手足的表兄弟，你為啥有話不肯同義生說？」

宓本常當然不能承認，否則不但傷感情，而且以後合作的路子也斷了，所以假託了一個理由。

「我不是不肯同義生說，錢不是我的，我總要好好兒想一想；等想妥當了再來談。」

「我懂你的意思，你是怕風險。風險無非第一、路上不順利；第二、怕義生對不起你。如果是怕路上出事，那就不必談；至於說義生對不起你，那就是對不起我。今天晚上燒『財神紙』，我叫義生在財神菩薩面前賭個咒，明明心跡。」

這天晚上到一交子時，便算正月初五，財神菩薩趙玄壇的生日，家家燒財神紙，陳義生奉母之命，在燒紙時立下重誓；然後與宓本常計議，議定一個出錢，一個出力，所得利潤，宓本常得兩份，陳義生得一份，但相約一年之內，彼此都不動用盈餘，這樣才能積累起一筆自己的本錢。

於是陳義生又到了上海，在十六鋪租了房子住下來。等宓本常撥付的五萬銀子本錢到手，開始招兵買馬，運了一船南貨到遼東灣的營口；回程由營口到天津塘沽，裝載北貨南下，一去一來恰好兩個月，結算下來，五萬銀子的本錢，除去開銷、淨賺三千，是六分的利息，而宓本常借客戶的名義，動支這筆資金，月息只得二釐五，兩個月亦不過五釐。

宓本常之敵視古應春，就因為自己做了虧心事，怕古應春知道了會告訴胡雪巖，所以不願他跟阜康過於接近。但現在的想法卻大大地一變，主要的是他有了信心，覺得以自己的手腕，可以表現得大方些；再往深處去想，胡雪巖最信任的就是螺螄太太與古應春，將這兩個人籠絡好了，更是立於不敗之地，局面越發得以開展。

就這一頓飯之間，打定了主意，而且立刻開始實行，自告奮勇帶個伶俐的小徒弟，陪著螺螄太太與瑞香，先到他們寧波同鄉開的方九霞銀樓去看首飾；然後到拋球場一帶綢緞莊去看衣料。宓本常在十里洋場上也是響噹噹的人物，奉命唯謹地侍奉在兩個堂客左右；不但螺螄太太覺得面子十足，瑞香的觀感亦為之一變——平時聽古應春與七姑奶奶談起宓本常，總說他「面無四兩肉」，是個難纏的人物，如今才知道並非如此。

到得夕陽西下，該置辦的東西都辦齊了，帳款都歸宓本常結算，首飾隨身攜帶，其餘物品，送到阜康錢莊，憑貨取款，自有隨行的小徒弟去料理。

「螺螄太太，辰光不早了，我想請你同瑞姑娘到虹口去吃一頓大菜。」宓本常又說：「今天月底，九月初三好日子，喜事要連夜籌備才來得及；我們一面吃，一面商量。」

「多謝、多謝。吃大菜是心領了。不過商量辦喜事倒是要緊的。我把你這番好意，先同應春說一說，你晚上請到古家來，一切當面談，好不好？」

「好、好！這樣也好。」

宓本常還是將螺螄太太與瑞香送回家，只是過門不入而已。

螺螄太太見了古應春，自然另有一套說法，她先將宓本常是為了「做信用」、「教客戶好放心」，才在滙豐存了一筆款子的解釋說明白，然後說道：「他這樣做，固然不能算錯，不過他對朋友應該講清楚。這一點，他承認他不對；我也好好說了他一頓。」

「這又何必？」

「當然要說他。世界上原有一種人，你不說，他不曉得自己錯；一說了，他才曉得不但錯了，而且大錯特錯，心裡很難過。宓本常就是這樣一個人，為了補情認錯，他說九月初三的喜事，歸他來辦；回頭他來商量。」螺螄太太緊接著說：「姐夫，你亦不必同他客氣。我再老實說一句：他是大先生的夥計，你是大先生的好朋友，要他來當差，也是應該的。」

聽得這一說，古應春唯有拱手稱謝。但也就是剛剛談完，宓本常已經帶著人將為瑞香置辦的衣物等等送到；見了古應春，笑容滿面地連連拱手。

「應春兄，恭喜、恭喜。九月初三，我來效勞；日子太緊，我不敢耽誤功夫，今天晚上在府上叨擾，喜事該怎麼辦？我們一路吃、一路談，都談妥當了它；明天一早就動手，儘兩天辦齊，後天熱熱鬧鬧吃喜酒。」

見他如此熱心，古應春既感動、又困惑——困惑的是，宓本常平時做人，不是這個樣子的；莫非真的是內疚於心，刻意補過。

心裡是這樣想，表面上當然也很客氣，「老宓，你是個大忙人，為我的事，如此費心，真正不安、不敢當。」他說：「說實在的，我現在也沒有這種閒心思，只為內人催促、螺螄太太的盛意，不得不然，只要像個樣子，萬萬不敢鋪張。」

「不錯，總要像個樣子。應春兄，你也是上海灘上鼎鼎大名的人物，喜事的場面不可以太儉樸，不然人家背後會批評。原是一樁喜事，落了些不中聽的閒話，就犯不著了。」

這話倒提醒古應春了。七姑奶奶是最討厭閒言閒語的，場面過於儉樸，就可能會有人說：「古應春不敢鋪張；因為討小老婆的場面太熱鬧了，大老婆會吃醋。」倘若有這樣的一種說法，傳到七姑奶奶耳朵裡，她會氣得發病。

這是非同小可的一件事；古應春很感謝宓本常能適時提醒，讓他有此警惕。因而拱著手說：「老宓，你完全是愛護我的意思，我不敢不聽。不過到底只有兩天的功夫預備，也只好適可而止。」

「當然、當然，一定要來得及。現在第一件要緊的是，把請客的單子擬出來。你的交遊一向很廣，起碼也要請個十桌八桌，我看要另外借地方。」

「不，不！那一來就沒有止境了。請客多少只能看舍間地方大小而定。」

於是細細估量，將內外客廳、書房、起坐間都算上，大概只能擺七桌，初步決定五桌男客，兩桌女客。

「本來天井裡搭篷，還可以擺四桌，那一來『堂會』就沒地方了。」宓本常說：「好，準定七桌，名單你開，帖子我叫我那裡的人來寫，至晚明天下午一定要發出。菜呢，你看用哪裡的菜？」

「請你斟酌；只要好就好。」

「不但要好，還要便宜。」宓本常又問：「客人是下半天四五點鐘前後就來了，堂會準定四點鐘開場，到晚上九點鐘歇鑼，總要三檔節目；應春兄，你看，用哪三檔？」

「此道我亦是外行，請你費心提調。」

「我看？」宓本常一面想，一面說：「先來檔蘇州光裕社的小書；接下來弄一檔魔術，日本的女魔術師天勝娘又來了，我今天就去定好了；壓軸戲是『東鄉調大戲』，鬧熱鬧的。」

古應春稱是，都由宓本常作主。等他告辭而去，古應春將所作的決定告訴七姑奶奶，她卻頗有意見。

「我看堂客不要請了。」她說：「請了，人家也未見得肯來。」

本來納寵請女客，除非是兒孫滿堂的老封翁，晚輩內眷為了一盡孝心，不能不來賀喜見禮；否則便很少有請女客的。上海雖比較開通，但吃醋畢竟是婦人天性，而嫡庶之分，又看得極重；如果是與七姑奶奶交好的，一定會作抵制。古應春覺得自己同意請女客，確是有欠思量。

「再說，我行動不便，沒法子作主人；更不便勞動四姐代我應酬。」七姑奶奶又說：「如果有幾位堂客覺得無所謂的，儘管請過來；我們亦就像平常來往一樣不拘禮數，主客雙方都心安，這跟特為下帖子是不同的。你說是不是呢？」

「完全不錯。」古應春從善如流地答說：「不請堂客。」

「至於堂會熱鬧、熱鬧；順便也算請四姐玩一天，我贊成。不過，東鄉調可以免了。」

原來東鄉調是「花鼓戲」的一種，發源於浦東，所以稱為「東鄉調」，又名「本灘」是「本地灘簧」的簡稱。曲詞卑俚，但連唱帶做，淫冶異常，所以頗具號召力，浦東鄉下，點起火油燈唱東鄉調的夜台戲，真有傾村來觀之盛，但卻難登大雅之堂。

「『兩隻奶奶抖勒抖』，」七姑奶奶學唱了一句東鄉調說：「這種戲，怎麼好請四姐來看？」看她學唱東鄉調的樣子，不但古應春忍俊不禁，連下人都掩著嘴笑了。

「不唱東鄉調，唱啥呢？」

「杭州灘簧，文文氣氣，又彈又唱，說是宋朝傳下來，當時連宮裡都准去唱的。為了請四姐，杭州灘簧最好；明天倒去打聽打聽，如是上海有，叫一班來聽聽。」

「好！」古應春想了一下說：「堂客雖不請，不過你行動不便，四姐可是作客，總要請一兩個來幫忙吧！」

「請王師母好了。」

王師母的丈夫王仲文是古應春的學生，在教堂裡當司事；也收學生教英文，所以稱他的妻子為「師母」；七姑奶奶也是這樣叫她。但七姑奶奶卻不折不扣地是王師母的「師母」，因此，初次聽她們彼此的稱呼，往往大惑不解。

螺螄太太即是如此，那天王師母來了，七姑奶奶為她引見以後，又聽王師母恭恭敬敬地說：「師母這兩天的氣色，比前一晌又好得多了。」便忍不住要問。

「你們兩位到底哪個是哪個的師母？」

「自然是師母是我的師母；我請師母不要叫我小王師母，師母不聽，有一回我特為不理師母，師母生氣了，只好仍舊聽師母叫我小王師母。」

一片嘰嘰喳喳的師母聲，倒像在說繞口令；螺螄太太看她二十五、六歲年紀，生就一張圓圓臉，覺得親切可喜，自然而然地便熟悉得不像初見了。

尤其是看到小王師母與瑞香相處融洽的情形，更覺欣慰。原來瑞香雖喜終身有託，但在好日子的這一天，跟一般新嫁娘一樣，總不免有悽惶恐懼之感，更因是螺螄太太與七姑奶奶雖都待她不壞，但一個是從前的主母，一個是現在的大婦，平時本就拘謹，這一天更不敢吐露內心的感覺，怕她們在心裡會罵她「輕狂、不識抬舉」。幸而有熱心而相熟的小王師母，殷勤照料，不時噓寒問暖，竟如同親姊妹一般；瑞香一直懸著的一顆心才能踏實，臉上也開始有笑容了。

在螺螄太太，心情非常複雜，對瑞香，多少有著嫁女兒的那種心情；但更重要的是古家的交情。因此，她雖了解瑞香心裡的感覺，卻苦於沒有適當的話來寬慰她；如今有了小王師母能鼓舞起瑞香的一團喜氣，等於自己分身有術，可以不必顧慮瑞香，而全力去周旋行動不便的七姑奶奶，將這場喜事辦得十分圓滿。

當然，這場喜事能辦得圓滿，另一個「功臣」是宓本常。對於他的盡心盡力，殷勤周到，不但螺螄太太大為嘉許，連古應春夫婦都另眼相看了。

果如七姑奶奶的估計，堂客到得極少，連一桌都湊不滿，但男客卻非常踴躍。當堂會開始時，估計已經可以坐滿五桌了。

由於是納妾，鋪陳比較簡單，雖也張燈結綵，但客堂正中卻只掛了一幅大紅緞子綵繡的南極壽星圖，不明就裡的，只當古家做壽。這是七姑奶奶與螺螄太太商量定規的，因為納妾向來沒有甚麼儀節，只是一乘小轎到門，向主人主母磕了頭，便算成禮。如今對瑞香是格外優遇，張燈結綵，已非尋常，如果再掛一幅和合二仙圖，便像正式結褵，禮數稍嫌過分，所以改用一幅壽星圖。

瑞香的服飾，也是七姑奶奶與螺螄太太商量過的。婦人最看重的是一條紅裙，以瑞香的身分，是沒有資格著的；為了彌補起見，許她著紫紅夾襖，時日迫促，找裁縫連夜做亦來不及；仍舊是宓本常有辦法，到跟阜康錢莊有往來的當鋪中去借了一件全新的來，略微顯得小了些，但卻更襯托出她的身材苗條。

到得五點鐘吉時，一檔《白蛇傳》的小書結束，賓客紛紛從蓆棚下進入堂屋觀禮。七姑奶奶由僕婦揹下樓來，納入一張太師椅中，抬到堂前；她的左首，另有一張同樣的椅子，是古應春的座位。

於是便有人起鬨地喊道：「新郎倌呢？新郎倌！」

「新郎倌」古應春為人從人叢中推了出來，寶藍貢緞夾袍，玄色西洋華絲葛馬褂，腳踏粉底皂靴，頭上一頂硬胎緞帽，帽簷正中鑲一塊碧玉，新剃的頭；他是洋派不留鬍子，越顯得年輕了。

等他一坐下來，視線集中，自然而然地看到了七姑奶奶，下身百褶紅裙，上身墨綠夾襖，頭上戴著珠花，面如滿月，臉有喜氣，真正福相。

再看到旁邊，扶著七姑奶奶的椅背的一個中年婦人，一張瓜子臉，脂粉不施，天然丰韻，一雙眼睛，既黑且亮，恍如陽光直射寒潭，只覺得深不可測，令人不敢逼視。她穿的是玄色緞襖，下面也是紅裙；頭上沒有甚麼首飾，但扶著椅背的那雙手上戴著一枚鑽戒，不時閃出耀眼的光芒，可以想見戒指上鑲的鑽，至少也有蠶豆瓣那麼大。

「哪是誰？」有人悄悄在問。

「聽說是胡大先生的妾。」

「是妾，怎麼著紅裙？」

「又不是在她自己家裡，哪個來管她？」

「不！」另有一個人說：「她就是胡家的螺螄太太；著紅裙是胡老太太特許的。」

那兩個人還想談下去，但視線為瑞香所吸引了。只見她低著頭，但見滿頭珠翠，卻看不清臉，不過長身玉立，皮膚雪白，已可想見是個美人。

她是由小王師母扶著出來的，嬝嬝婷婷地走到紅氈條前立定；古家的老王媽贊禮：「新姑娘見老爺、太太磕頭：一叩首、二叩首、三叩首、興！」

小王師母便將瑞香扶了起來；七姑奶奶抬抬手喊一聲：「你過來！」

老王媽便又高唱：「太太賞新姑娘見面禮。」

這時螺螄太太便將一個小絲絨匣子悄悄遞了給七姑奶奶，她打開匣子——也是一枚鑽戒，拉起瑞香的手，將戒指套在她右手無名指上。

「謝謝奶奶！」瑞香低聲道謝；還要跪下去，卻讓螺螄太太拉住了。

這就算禮成了，不道奇峰突起，古應春站起身來，看著螺螄太太說道：「四姐，你請過來，應該讓瑞香給你磕頭。」

「沒有這個規矩，這算啥一齣？」

說著，便待避開，哪知七姑奶奶早就拉住了她的衣服；適時瑞香竟也走上前來，扶著她說：「太太請坐。」

小王師母與老王媽亦都上前來勸駕，螺螄太太身不由主，只好受了瑞香的大禮。亂哄哄一陣過去，正要散開，奇峰又起，這回是宓本常，站到一張凳子上，舉雙手喊道：「還要照照相，照照相。」

這一下大家都靜下來，聽從他的指揮，照了兩張相，一張是古應春、七姑奶奶並坐，瑞香侍立在七姑奶奶身後；一張是全體合照，螺螄太太覺得自己無可站位置，悄悄地溜掉了。

照相很費事，第二張鎂光不亮，重新來過；到開席時，已經天黑了。

女客只有一桌，開在樓上，螺螄太太首座；七姑奶奶因為不耐久坐，行動也不便，特意命瑞香代作主人，這自然是抬舉她的意思。螺螄太太也覺得很有面子，不由得又想到了宓本常，都虧他安排，才能風風光光嫁了瑞香，了卻了一樁心事，成全了主婢之情。

15 甲申之變

上海的市面更壞了，是受了法國在越南的戰事的影響。

法國覬覦越南，由來已久。同治元年，法皇拿破崙第二，以海軍大舉侵入越南。其時中國正因平洪楊自顧不暇，所以越南雖是中國的屬國，卻無力出兵保護；越南被迫訂了城下之盟，割讓慶和、嘉定、定祥三省。嘉定省便是西貢，法國人在那裡竭力經營，作為進一步侵略越南、進窺中國雲南的根據地。

同治十一年，越南內亂，頭目叫做黃崇英，擁眾數萬，用黃旗，號稱「黃旗軍」。法國人勾通了黃崇英，攻取「東京」，渡漢江，攻取廣西鎮南關外的諒山。廣西巡撫是湘軍宿將劉長佑，派兵助越平亂，同時邀請劉永福助剿——劉永福是廣西上思州人，本是個私梟，咸豐年間，洪楊亂起，劉永福卻另有心胸，率領部下健兒三百人，出鎮南關進入越南保勝；此地本為一個廣東人何均昌所占領，為劉永福起而代之，所部用黑旗，號稱「黑旗軍」。既受劉長佑的邀請，復又受越南王的招撫，與廣西官兵夾擊法軍，威震一時。但越南內部意見紛歧，最後決定議和，所派遣的大臣三名，為法軍所拘禁，被迫訂了廿二條的《西貢條約》，割地通商以外，承認受法國的保護。為了安撫劉永福，授職為三宣副提督；劉永福便在邊境深山中，屯墾練兵，部下聚集至二十萬之多，其中勁旅兩萬人，年齡在十七以上，二十四以下，一個個面黑身高，孔武有力，越林超澗，輕捷如猿，士氣極其高昂，因而為法軍視如眼中釘，曾經懸重金買他的首級。

自從《西貢條約》訂立以後，越南舉國上下，無不既悔且憤，越南王阮福時，決意重用黑旗兵。

不道法國先下手為強，以重兵陷河內；於是在順化的阮福時遂授予黑旗軍驅逐法軍的任務。越南若失，廣西、雲南便受威脅，而且法國已正式向中國提出通商的要求。朝中議論，分為主戰、主和兩派，主戰派以李鴻藻為首，除了支持雲貴總督岑毓英支持劉永福以外，且特起曾國荃為兩廣總督，部署海防。此外左宗棠亦力主作戰，清議更為激昂；但主和派的勢力亦不小。當然，李鴻章是主和的，駐法公使曾紀澤亦不主張決裂；但對其中的利害得失，看得最清楚的是曾經使法的郭嵩燾。這年光緒九年正月，李鴻章與法國公使寶海，本已達成「中國撤兵、法不侵越」的協議，不意法國發生政潮，內閣改組，新任外務部長拉克爾是個野心家，一面將寶海撤任、推翻成議；一面促使法國增兵越南。於是朝旨命丁憂守制之中的李鴻章迅往廣東督辦越南事宜，節制兩廣雲南防軍。就表面看，是派李鴻章去主持戰局，而實際並非如此；此中消息為郭嵩燾所參透，特意從他的家鄉、湖南湘陰派專差送了一封長信給李鴻章，以為「處置西洋，始終無戰法」，他說，洋人意在通商，就跟他談通商好了。只要一答應談判通商，越南的局勢自然就會緩和。如今派李鴻章出而督師，大張旗鼓，擺出一決雌雄的陣勢，是逼迫法國作戰。法國本無意於戰，逼之應戰，是兵法上的「不知彼」。

如果真的要戰，又是「不知己」。他的話說得很沉痛：「用兵三十餘年，聚而為兵，散而為盜，蔓延天下，隱患方深。重以水旱頻仍，吏治凋敝，盜賊滿野，民不聊生，而於是時急開邊釁，募兵以資防禦，曠日踰時，而耗敝不可支矣。」這是就軍費者言，說中國不能戰。

就算戰勝了，又怎麼辦？戰勝當然要裁兵，將剛招募的新兵遣散，結果是「游蕩無所歸」，聚集「飢困之民圖逞」，是自己製造亂源。

接下來，他轉述京中的議論：「樞府以滇督擐甲厲兵，而粵督處之泰然，數有訾議，是以屬中堂以專征之任。」看起來是因為岑毓英想打，而曾國荃袖手旁觀，前方將帥意見不一，需要一個位高權重的李鴻章去籠罩全面，主持一切。事實上呢，「京師議論，所以屬之中堂，仍以議和，非求戰也」。

李鴻章雖然在守制之中，但朝中情形，毫不隔膜，他在京師有好幾個「坐探」，朝中一舉一動，無不以最快的方法，報到合肥，知道恭王於和戰之際，猶疑不決；而主戰最力的是「北派」領袖李鴻藻及一班清流，尤其是左副都御史張佩綸。

因此，李鴻章縱有議和之意，卻不敢公然表示，因為清議的力量很大；而且劉永福的黑旗軍打得很好，更助長了主戰派的聲勢，此時主和是冒天下之大不韙。所以遲遲其行，到上海以後，與接替寶海的新任法國公使德理固，談了幾次，態度不軟亦不硬，掌握了一個「拖」字訣。

「拖」下去會有甚麼結果呢？這是連李鴻章自己都不知道的事；不過他在暗中大下功夫，想消除幾個議和的障礙，第一個左副都御史張佩綸，他是清流的中堅，能把他疏通好，主戰的高調不是唱得那麼響，議和便較易措手。

另一個是駐法公使曾紀澤，他不主張交涉決裂，但並不表示他主張對法讓步；尤其是在從俄國回到巴黎以後，眼看法國的政策亦在搖擺之中，主戰的只是少數。因此特地密電李鴻章及總理衙門，建議軍事援越；對德理固的交涉不妨強硬。李鴻章對曾紀澤的意見，不置可否，但卻致書郭嵩燾，暗示希望他能影響曾紀澤。郭嵩燾與曾紀澤的關係很深，而且駐法是前後任，他的言論一定能為曾紀澤所尊重。

就在這「拖」的一兩個月中，法國與越南的情勢，都起了變化，法國的政策已趨一致，內閣總理茹斐理向國會聲稱，決心加強在越南的軍事行動，同時派出九千人援越；另遣軍艦十二艘東來；水師提督孤拔代陸軍提督布意為法軍統帥。

越南則國王阮福時去世，由王弟阮福昇繼位，稱號為「合和王」；由這稱號，便知他是願意屈服於法國的，即位只有一個月，便與法國訂立了二十七條的《順化和約》，正式承認越南為法國的保護國，而又尊重中國為宗主國，原來每年進貢，取道鎮南關循陸路進京，今後改由海道入貢。

這一法越《順化和約》，促成了法國政策的一致，同時也賦予了法軍名正言順得以驅逐黑旗軍的地位。因此越南政府中的主戰派大為不滿，弒合和王而另立阮福昊，稱號是「建福王」。

儘管已到天津回任的李鴻章仍與法國公使在談判越南的主權，而事實上中法雙方劍拔弩張，開仗幾不可免；尤其是特命彭玉麟辦理廣東軍務，消息一傳，上海的人心越發恐慌。其時在九月中旬，正當螺螄太太由上海回到杭州時。

就在她回到杭州的第二天，江寧派了個專差來，身穿紅裝，風塵滿面，但頭上一頂披滿紅絲穗的緯帽，高聳一粒紅頂子；後面還拖一條花翎；身後跟著四名從人，亦都有頂戴。他們是由陸路來的，五匹高頭大馬，一路沙塵滾滾、鑾鈴噹噹、威風凜凜，路人側目。一進了武林門，那專差將手一揚，都勒了馬，其中一個戴暗藍頂子的武官，走馬趨前，聽候吩咐。

「問問路！」

「喳！」那人滾鞍下馬，一手執韁；一手抓住一個中年漢子問道：「來、來，老兄，打聽一個地名，元寶街在哪裡？」

「啊！你說啥？」

原來那武官是曾國藩的小同鄉，湖南話中湘鄉話最難懂；加以武夫性急，說得很快，便越發不知他說些甚麼了。

還好，那武官倒有自知之明，一字一句地答道：「元寶街。」說著雙手上捧，作手勢示意元寶。

「喔、喔、喔，你老人家是說元寶街！」那人姓卜，是錢塘縣「禮房」的書辦；不作回答，卻反問：「請問：你們是從哪裡來的？江寧？」

「不錯。」

「這樣說，到元寶街是去看胡大先生？」

「胡大先生？」那人一楞，旋即想到：「不錯，不錯，胡大先生就是胡雪巖胡大人。」

卜書辦點頭；趨前一步，手指著低聲問道：「馬上那位紅頂子的人，是甚麼人？」

那武官有些不耐煩了，天下人走天下路，問路應是常事，知道而熱心的，詳細指點，知道而懶得回答的，說一聲「不清楚」；真的不知道而又熱心的，會表示歉意，請對方另行打聽；不知道而又懶得回答的，隻字不答，掉頭而去。像這樣問路而反為別人所問，類似盤查，卻還是第一次遇見。

卜書辦看那武官的臉色，急忙提出解釋：「你老人家不要嫌我嚕囌，實在是馬上那位大人一品武官，我不敢怠慢，曉得了身分，好稟報本縣大老爺；有啥差遣，不會誤事。」

原來是這樣一番好意！那武官倒覺得過意不去，但卻不知如何回答——那專差本名高老三，投效湘軍時，招募委員替他改名「樂山」來諧音；「仁者樂山」而又行三，因而又送他一個別號叫「仁叔」。

這高樂山原隸劉松山帳下；左宗棠西征，曾國藩特撥劉松山一營隸屬於左，時人稱為「贈嫁」。劉松山在西征時，戰功彪炳，左宗棠大為得力；左曾不和，在才氣縱橫的左宗棠眼中，曾國藩無一事可使他佩服，唯獨對「贈嫁」劉松山，心悅誠服，感激不已。因為如此，左宗棠對劉松山，亦總是另眼看待；這高樂山原是劉松山的馬弁，為人誠樸，有一次左宗棠去視察，宿於劉營，劉松山派高樂山去伺候，徹夜巡更，至曉不眠，為左宗棠所賞識，跟劉松山要了去，置諸左右。每有「保案」，在「密保」中總有高樂山的名字，現在的職銜是「記名總兵加提督銜」，在

「綠營」中已是「官居極品」，但實際的職司，仍是所謂「材官」，僅奔走之役；在左宗棠的部屬中，他的身分猶如宮中的「御前侍衛」。

但一品武官不過是個「高等馬弁」，這話說出去，貶損了高樂山的紅頂子；所以那藍頂子的武官含含糊糊地答說：「是左大人特為派來看胡大先生的。」

「我就猜到，」卜書辦又拍手、又翹拇指，「一定是左大人派來的。好、好、好，元寶街遠得很，一南一北；等我來領路。你請等一等，等我去租一匹馬來。」

武林門是杭州往北進出的要道，運河起點的拱宸橋就在武林門外，所以城門口有車有轎有騾馬，雇用租賃，均無不可。卜書辦租賃了一匹「菊花青」，洋洋得意地在前領路。

那匹「菊花青」是旗營中淘汰下來的老馬，馴順倒很馴順，但腳程極慢——馬通靈性，為人雇乘太久，出發時知道負重任遠，一步懶似一步，因為走得越快越吃虧；及至回程，縱不說如渴驥奔泉，但遠非去路可比，昂首揚鬃，急於回槽。那匹菊花青，正是這樣一個馬中的「老油條」。

當書辦的，十之八九是「老油條」；這一下「老油條」遇著「老油條」，彼此得其所哉。卜書辦款款徐行，後隨五名武官，亦步亦趨，倒像是他的跟馬。杭州的文武官員，品級最高的是「將軍」；其次是巡撫，本身雖都是紅頂子，但出行的隨從，從無戴紅頂子的。

因此，卜書辦滿臉飛金，得意之狀，難描難畫；尤其是一路上遇著熟人，在馬上一會兒抱拳揚臂；一會兒彎腰點頭，同時一定要高聲加一句：「我帶他們去看胡大先生。」有幾次得意忘形，幾乎掉下馬來；急急扳住馬鞍上的「判官頭」，才能轉危為安。這樣醜態百出，惹得路人笑逐顏開，而高樂山的臉色卻越來越難看了。

快到元寶街時，卜書辦在轉角之時，向前揚一揚手，示意暫停；自己卻雙腿夾一夾馬腹，催快往前，直到胡府大門前勒住了馬。

「老卜，」胡家門前的下人中，有一個認得他，「你來作啥？」

「我來報信，兩江總督左大人，派了紅頂子的武官來看胡大先生；一進城門，是我領路來的。」

「在哪裡？」

「在後面。」

那人抬眼一看，果然有五匹馬在後面；紅藍頂子在明亮的秋陽中看得很清楚。這一來，胡家門前的十幾個人都緊張了。

原來左宗棠派紅頂子的戈什哈傳令是常事；但當初是陝甘總督，公私事務派專差只到上海轉運局。直接派到胡家卻是頭一回；少見自然多怪，頓時便有機伶的，不看熱鬧，搶先報到上房。

螺螄太太一聽嚇一跳。原來胡家為了紅頂子，花了好大的氣力，胡雪巖本身是道員加按察使銜，三品頂戴藍頂子；倘或胡雪巖肯做官，放一任實缺的道員，左宗棠保他加布政使的銜，是一定辦得到的事，無奈胡雪巖只能做一個「官商」，如果真的「商而優則官」，必須「棄商從官」，不但「做此官，行此禮」，胡雪巖受不了那種拘束，而且也絕不會是一個出色的官。這一點不但他本人有自知之明，凡是愛護他的，亦莫不認為胡雪巖要是真的去做官，便是捨長就短，最為不智。

因為如此，要擺官派，只有拿錢來做官；本身捐官有限制，到三品便是「官居極品」，但父母的榮銜，卻是花錢可以買體面的，十餘年來每逢水旱災荒，胡雪巖總是用胡老太太的名義，捐銀、捐米、捐棉衣、捐藥材，好不容易才得了個「一品夫人」的封典，胡雪巖「子以母貴」也能戴紅頂子了。

紅頂子是如此珍貴，在螺螄太太的記憶中，紅頂子的文武大員登門拜訪，沒有幾次；每一次都是事先得到信息，如何迎接、如何款待、如何打發從人，都要好幾天籌畫，臨時鄭重將事。像這樣突然來了個紅頂子的武官，自然要嚇一跳，緊張得有些不知所措了。

但胡雪巖卻是司空見慣的，高樂山又是熟人，不妨從容以禮款接；當下先交代了螺螄太太一番，換了官服到花廳相見。

一個稱「雪翁」，一個稱「高軍門」，平禮相見，又到走廊上向高樂山的從人，請教了姓氏，寒暄了一陣，另外派人接待，然後說道：「請換便衣吧！」

話剛說完，已有一名聽差，捧著衣包，進屋伺候——官場酬酢，公服相見是禮；便衣歡敘是情，但總是客人忖度與主人的交情，預料有此需要，自己命跟班隨帶衣包，像這樣由主人供應便衣的情形，高樂山不但是第一次經驗，而且也是聞所未聞。

不過，想到胡雪巖以豪闊出名，那麼類此舉動，自亦無足為奇。當下說道：「雪翁亦請進去換衣服吧！」

「是，是，換了衣服細談。」

等胡雪巖換了衣服出來，只見高樂山已穿上簇新的一身鐵灰的縐夾袍、上套珊瑚扣的貢緞馬褂；頭上一頂紅結子的青緞小帽，而且剛洗了臉，顯得容光煥發，神采奕奕。

「衣服倒還合身？」

「多謝，多謝。比我自己叫裁縫來現製還要好。我也不客氣了，雪翁、多謝，多謝！」說著高樂山又連連拱手。

「左大人精神還好吧？」

聽這一說，高樂山的笑容慢慢收斂，「差得多了。」他說：「眼力大不如前，毛病不輕。」

「請醫生看了沒有呢？」

「請了。」高樂山答說：「看也白看！醫生要他不看公事，不看書，閉上眼睛靜養。雪翁，你想他老人家辦得到嗎？」

「那麼，到底是甚麼病呢？」

「醫生也說不上來。左眼上了翳，右面的一隻迎風流淚。」

「會不會失明？」

「難說。」

「我薦一個醫生。」胡雪巖說：「跟了高軍門一起去。」

「是。」高樂山這時才將左宗棠的信拿了出來。

信上很簡單，只說越南軍情緊急，奉旨南北洋的防務均須上緊籌畫；並須派兵援越，因而請胡雪巖抽功夫到江寧一晤。至於其他細節，可以面問高樂山。

胡雪巖心想，這少不得又是籌械籌餉。不在其位，不謀其政，自己並未受兩江總督衙門的任何委任，倘須效勞，純粹是私人關係；這一層不妨先向高樂山說明白。

「高軍門曉得的，左大人說啥就是啥，我只有『遵辦』二字。不過，江寧不是陝甘，恐怕有吃力不討好的地方。」

「是的。」高樂山答道：「左大人亦說了，江寧有江寧的人，胡某替我辦事，完全是交情；論到公事，轉運局是西征的轉運局，我只有跟他商量，不能下札子。這就是要請雪翁當面去談的緣故。」

「喔，不曉得要談點啥？」胡雪巖問：「是錢，是械？」

「是槍械。」

「嗯，嗯。」胡雪巖稍稍放了些心，「不談錢，事情總還好辦。」

「雪翁預備那天動身？」

「這還要跟內人商量起來看。」胡雪巖率直回答，他所說的「內人」，自然是指螺螄太太；接下來又問：「左大人預備派那位到廣西？」

「是王大人。」

「王大人？」胡雪巖一時想不起來，左宗棠手下有哪個姓王的大將。

「是，王閬帥。」

「喔，是他。」

原來高樂山指的是王德榜；他跟高樂山一樣，有個很雅致的別號叫閬青，是湖南永州府江華縣人，這個偏僻小縣，從古以來也沒有出過甚麼出色的人物，但王德榜在湘軍中卻是別具一格，頗有可稱道的宿將。

此人在咸豐初年，毀家練鄉團，保衛家鄉頗有勞績；後來援江西有功，早在咸豐七年，便敘文職「州同」，改隸左宗棠部下後，數建奇功，是有名的悍將，賜號「銳勇巴圖魯」，賞穿黃馬褂，同治四年積功升至藩司，從左宗棠征新疆，功勞不在劉松山叔姪之下，但始終不得意，藩司虛銜領了七、八年，始終不能補實缺。

原來王德榜是個老粗，當他升藩司奉召入覲時，語言粗鄙，加以滿口鄉音，兩宮太后根本不知道他說些甚麼，因而名為藩司，當的卻是總兵的職司。光緒元年丁憂回籍，六年再赴新疆，不久左宗棠晉京入軍機，以大學士管兵部，受醇王之託，整頓旗營，特地保薦王德榜教練火器、健銳兩營；他的部下與修畿輔水利，挑泥濬河，做的是苦工而毫無怨言，因而亦頗得醇王賞識。

左宗棠當然深知他的長處，但他的短處實在也不少，只能為將，不能做官。這回彭玉麟向左宗棠求援，他想起王德榜，認為可以盡其所長，因而奏請赴援兩廣，歸彭玉麟節制，並答應接濟軍械，找胡雪巖去，便是商量這件事。

了解了經過情形，胡雪巖心裡有數了，「高軍門，」他說：「你在這裡玩兩天，我跟內人商量好了，或許可以一起走。」

「如果雪翁一起走，我當然要等；不然，我就先回去覆命了。左大人的性子，你知道的。」

「你想先回去覆命亦好。哪天動身？」

「明天。」

當下以盛筵款待，當然不用胡雪巖親自相陪，宴罷連從人送到客房歇宿，招呼得非常周到。

第二天要動身了，自然先要請胡雪巖見一面，問問有甚麼話交代。

傳話進去，所得到的答覆是，胡雪巖中午請他吃飯，有帶給左宗棠的書信面交。到了午間，請到花園裡，又是一桌盛筵，連他的從人一起都請；廳上已擺好五份禮物，一身袍褂，兩匹機紡，一大盒胡慶餘堂所產的家用良藥，另外是五十兩銀子一個的「官寶」兩個。額外送高樂山的一個打簧金表，一支牙柄的轉輪手槍。

「本來想備船送你們回去，只怕腳程太慢，說不得只好辛苦各位老哥，仍舊騎馬回去了。」

「雪翁這樣犒賞，實在太過意不去了。」高樂山連連搓手，真有卻之不恭，受之有愧之慨。

「小意思、小意思！請寬飲一杯。」

高樂山不肯多喝，他那四個部下，從未經過這種場面，更覺侷促不安；每人悶倒頭扒了三碗飯，站起身來向胡雪巖打千道謝兼辭行。

由於紅頂子的關係，胡雪巖自然開中門送客，大門照牆一並排五匹馬，仍是原來的坐騎，不過鞍轡全新，連馬鞭子都是新的。胡雪巖自己有一副「導子」，兩匹跟馬將高樂山一行，送出武林門外，一路上惹得路人指指點點，都知道是「胡大先生家的客人」。

高樂山走後，胡雪巖與螺螄太太商量行止。

「第二批洋款也到期了，我想先到上海料理好了，再到江寧。」胡雪巖說：「好在王閬青也不過剛從京裡動身，我晚一點到江寧也不至於誤事。」

「不好，既然左大人特為派差官來請，你就應該先到江寧，才是敬重的道理。至於上海這方面，有宓本常在那裡，要付的洋款，叫他先到上海道那裡去催一催，等你一到上海，款子齊了，當面交清，豈不是順理成章的事？」

「上海的市面，我也不大放心，想先去看看。」

「那更用不著了，宓本常本事很大，一定調度得好好的。」螺螄太太說：「你聽我的話沒有錯，一定要先到江寧，後到上海，回來辦喜事，日子算起來正好，如果先到上海，後到江寧，萬一左大人有差使交派，誤了喜期，就不好了。」

在天津的李鴻章，經過深思熟慮，認為張佩綸才高志大，資格又好，決心要收他做個幫手。張佩綸的父親在李鴻章的家鄉安徽做過官，敘起來也算世交，便遣人專程將他接了來。在北洋衙門長談了幾次；原來李鴻章也有一番抱負，跟醇王密密計議過，準備創辦新式海軍。他自己一手創立了淮軍，深知陸軍是無法整頓的了，外國的陸軍，小兵亦讀過書看得懂書面的命令；中國的陸軍，連營官都是目不識丁，怎麼比得過人家？再說，陸軍練好了，亦必須等到外敵踏上中華國土，才能發生保國衛民的作用；不如海軍得以拒敵於境外。因此，李鴻章已悄悄著手修建旅順港，在北洋辦海軍學堂；這番雄圖壯志，非十年不足以見功；而且得在平定的局勢之下，方能按部就班，寸寸積功。

這就是李鴻章力主對法妥協的原因，忍一時之憤圖百年之計，張佩綸覺得謀國遠慮，正應如此；因而也作了不少獻議，彼此談得非常投機。

「老夫耄矣！足下才氣縱橫，前程遠大；將來此席非老弟莫屬。」

這已隱然有傳授衣缽之意。張佩綸想到曾國藩說過，「辦大事以找替手為第一」，他當年遣散湘軍，扶植淮軍，便是找到了李鴻章作替手。想來，李鴻章以湘鄉「門生長」自居，顧念遺訓，找到他來作替手。這番盛意，關乎國家氣運，當仁不讓，倒不可辜負。

由於有了這樣的默契，張佩綸在暗中亦已轉為主和派。同時有人為李鴻章設計，用借刀殺人的手法，拆清流的台——將清流中響噹噹的人物，調出京去，賦以軍務重任；書生都是紙上談兵，一親營伍，每每僨事，便可借此收拾清流，而平時好發議論的人，見此光景，必生戒心，亦是箝制輿論的妙計。

李鴻章認為是借刀殺人，還是登壇拜將，視人而異，像張佩綸便屬於後者，決定設法保他督辦左宗棠所創辦，沈葆楨所擴大的福建船政局，作為他將來幫辦北洋海軍的張本。此外就不妨借刀殺人了。

但這是需要逐步布置，循圖實現的事；而眼前除了由張佩綸去壓低主戰的高調以外，最要緊的是，要讓主戰的實力派，知難而退，這實力派中，第一個便是左宗棠，得想法子多方掣肘，教他支援彭玉麟的計畫，步步荊棘，怎麼樣也走不通。這就是李鴻章特召邵友濂北上，要商量的事。

「左湘陰無非靠胡雪巖替他出力。上次賑災派各省協濟，兩江派二十萬銀子，江寧藩庫，一空如洗，他到江海關來借；我說要跟赫德商量。湘陰知難而退，結果是問胡雪巖借了二十萬銀子。湘陰如果沒有胡雪巖，可說一籌莫展。」

「胡雪巖這個人，確是很討厭。」李鴻章說：「洋人還是很相信他，以至於我這裡好些跟洋人的交涉，亦受他的影響。」

「既然如此，有一個辦法，教洋人不再相信他。」邵友濂說：「至少不如過去那樣相信他。」

「不錯，這個想法是對的；不過做起來不大容易，要好好籌劃一下。」

「眼前就有一個機會——。」

這個機會便是胡雪巖為左宗棠經手的最後一筆借款，到了第二期還本的時候了！

當邵友濂謁見李鴻章，談妥了以打擊胡雪巖作為對左宗棠掣肘的主要手段時，胡雪巖不過剛剛到了江寧。

原來胡雪巖與螺螄太太商量行程，螺螄太太力主先到江寧，後到上海；胡雪巖覺得她的打算很妥當；因為由於螺螄太太的誇獎，他才知道宓本常應變的本事很到家，這樣就方便了，在南京動靜要伺候左宗棠，身不由主；到了上海，是宓本常伺候自己，即令有未了之事，可以交給宓本常去料理，欲去欲留，隨心所欲，絕不會耽誤了為女兒主持嘉禮這一件大事。

於是，他一面寫信通知宓本常與古應春，一面打點到江寧的行李——行李中大部分是送人的土儀。江寧候補道最多，有句戲言叫做「群『道』如毛」。這些候補道終年派不到一個差使，但三品大員的排場，不能不擺，所以一個個苦不堪言，只盼當肥缺闊差使的朋友到江寧公幹，才有稍資沾潤的機會。胡雪巖在江寧的熟人很多，又是「財神」，這趟去自然東西是東西、銀子是銀子，個個要應酬到；銀子還可在江寧皁康支用，土儀卻必須從杭州帶去，整整裝滿一船；連同胡雪巖專用的坐船，由長江水師特為派來的小火輪拖帶，經嘉興、蘇州直駛江寧。

當此時也，李鴻章亦以密電致上海道邵友濂，要他赴津一行，有要事面談。上海道是地方官，不能擅離職守，所以在密電中說明，總理衙門另有電報，關照他先作準備，等總理衙門的公事一到，立即航海北上。

公事是胡雪巖從杭州動身以後，才到上海的。但因上海到天津的海道，費時只得兩天一夜，所以邵友濂見到李鴻章時，胡雪巖還在路上。

這南北洋兩大臣各召親信，目的恰好相反，左宗棠主戰，積極籌畫南洋防務以外，全力支持督辦廣東軍務的欽差大臣彭玉麟；李鴻章則表面雖不敢違犯清議，但暗中卻用盡了釜底抽薪的手段，削弱主戰派的力量及聲勢。第一個目標是左副都御史張佩綸，因為他是主戰派領袖大學士李鴻藻的謀主，制服他亦就是擒賊擒王之意。

就壓制主戰派這個目的來說，收服張佩綸是治本；打擊胡雪巖是治標。可是首當其衝的胡雪巖，卻還蒙在鼓裡；到了江寧，先到他自己所置的公館休息。

胡雪巖在通都大邑，都置有公館，但一年難得一到；江寧因為左宗棠的關係，這年是第二次來往。這個公館的「女主人」姓王，原是秦淮「舊院」釣魚巷的老鴇，運氣不佳，兩個養女，連著出事，一個殉情，一個私奔；私奔的可以不追究，殉情的卻連累老鴇吃了人命官司，好不容易才得無罪被釋；心灰意懶再不願意吃這碗「把勢飯」了。

既然如此，只有從良之一途。這個王鴇，就像《板橋雜記》中所寫的李香君的假母那樣，雖鴇不老，三十出頭年紀，風韻猶存，要從良亦著實有人願量珠來聘。但秦淮的勾欄中人，承襲了明末清初「舊院」的遺風，講究飲食起居，看重騷人墨客，而看中她的，腰有萬金之纏，身無一骨之雅；她看中的，溫文爾雅，不免寒酸。因而空有從良之志，難得終身之託。

這是三年前的事，江寧阜康新換一個檔手，名叫江德源，此人是由阜康調過來的，深通風月，得知有王鴇這麼一個人，延聘她來當「胡公館」的管家，平時作為應酬特等客戶的處所，等「東家」到江寧，她便是「主持中饋」的「主婦」。當然，這「主婦」的責任，也包括房幃之事在內。

王鴇為胡公館的飲食起居舒服，且又不受拘束，欣然同意。那年秋天，胡雪巖到江寧，首先就看中了她的裙下雙鉤，纖如新月，一夕繾綣，真如袁子才所說的「徐娘風味勝雛年」，厚贈以外，送了她一個外號叫做「王九媽」；南宋發生在西湖上的，有名的「賣油郎獨占花魁女」的故事，其中的老鴇就叫王九媽。

這王九媽已得到江德源的通知，早就迎合胡雪巖的喜好，除飲食方面有預備以外；另外還打聽了許多新聞，作為陪伴閒談的資料。

這些新聞中，胡雪巖最關切的，自然是有關左宗棠的情形。據說他衰病侵尋，意氣更甚，接見僚屬賓客，不能談西征，一談便開了他的「話匣子」，鋪陳西征的勛業，御將如何恩威並用；用兵如何神奇莫測。再接下來便要罵人，第一個被罵的曾國藩；其次是李鴻章，有時兼罵沈葆楨。這三個人都是左宗棠的前任，有好些舊部在江寧；尤其是曾國藩故舊更多，而且就人品來說，左宗棠罵李鴻章猶可，罵曾國藩則不免令人不服；因此，曾國藩的舊部，每每大庭廣眾之間批評他說：「大帥對老帥有意見，他們之間的恩怨，亦難說得很。就算老帥不對，人都過去了，也聽不見他的罵，何必在我們面前嚕嗦。而且道理不直，話亦不圓；說來說去，無非老帥把持餉源，處處回護九帥，耳朵裡都聽得生繭了。」

胡雪巖心想，也不過半年未見左宗棠，何以老境頹唐至此？便有些不大相信，及至一問江德源，果然如此；他說：「江寧現在許多事辦不通。為甚麼呢？左大人先開講，後開罵，一個人滔滔不絕，說到時候差不多了，戈什哈把茶碗交到他手裡，外面伺候的人馬上喊一聲『送客』。根本就沒法子談公事。」

「這是難得一次吧？」

「哪裡？可說天天如此。」江德源說：「左大人有點『人來瘋』，人越多他越起勁；大先生亦不必講究禮節，『上院』去見，不如就此刻在花廳或者簽押房裡見，倒可以談點正經。」

原來督撫接見「兩司」——藩司、臬司以及道員以下的僚屬，大致五天一次，「衙參」之期定在逢三、逢八的日子居多；接見之處，稱為「官廳」，而衙參稱之為「上院」。胡雪巖到的這天是十月十七，原想第二天「上院」；如今聽江德源這一說，決定接受他的建議，當即換了官服，坐轎直闖兩江總督的轅門。

轅門上一看「胡財神」到了，格外巴結，擅作主張開正門，讓轎子抬到官廳簷前下轎，隨即通報到上房；傳出話來：「請胡大人換了便服，在簽押房見面。」

於是跟班打開衣包，就在官廳上換了便服；引入簽押房，左宗棠已經在等了，胡雪巖自然是行大禮請安，左宗棠親手相扶，延入客座，少不得有一番寒暄。

胡雪巖一面說話，一面細看左宗棠的眼睛，左眼已長了一層白翳，右眼見風流淚，非常厲害，不時拿一塊綢絹擦拭；於是找一個空隙說道：「聽說大人的眼睛不好，我特為配了一副眼藥來；清涼明目，很有效驗。」該著，將隨手攜帶的一個小錦袱解開來又說：「還替大人配了一服膏滋藥；如果服得好，讓大人交代書啟師爺寫信來，我再送來。」

「多謝，多謝！」左宗棠說：「我現在多靠幾個朋友幫忙，不但私務，連公事都要累你。上次山東鬧水災，兩江派助賑四十萬，藩庫只拿得出一半；多虧你慷慨援手。不過，這筆款子，兩江還無法奉還。」

「大人不必掛齒。」胡雪巖原想再說一句：「有官款在我那裡，我是應該效勞的。」但話到口邊，又縮了回去。

「這一回越南吃緊，朝命彭雪琴督辦廣東軍務，我跟他三十年的交情，不能不助他一臂之力；

而況我奉旨籌辦南洋防務，粵閩洋務，亦在我管轄之下，其勢更不能兼籌並顧。可恨的是，兩江官場，從曾湘鄉以來，越搞越壞，推託敷衍，不顧大局，以至於我又要靠老朋友幫忙了。」

「是。」胡雪巖很沉重地答應著。

「王闓青已經出京回湖南去招兵了，打算招六千人，總要有四千枝槍才夠用；江寧的軍械局，為李少荃的大舅子搞得一塌糊塗，交上海製造局趕辦，第一是經費尚無著落；其次是時間上緩不濟急，所以我想由轉運局來想法子。雪巖，你說呢？」

「轉運局庫存洋槍，細數我還不知道。不過大人既然交代要四千枝，我無論如何要想法子辦齊。」

「好！」左宗棠說：「我就知道，跟你商量不過是一句話的事，最痛快不過。」

「光墉，」胡雪巖稱名謙謝：「承大人栽培，不敢不盡心盡力伺候。」

「好說，好說。還有件事，王闓青招來的兵，糧餉自然由戶部去籌畫；一筆開拔費，數目可觀，兩江不能不量力相助。雪巖，你能不能再幫兩江一個忙？」

如果是過去，胡雪巖一定會問：「要多少？」但目前情形不同；他想了一下說：「回大人的話，現在市面上銀根緊得不得了；就是不緊，大人要顧到老部下。如今我遵大人的吩咐，要多少籌多少；到了陝甘接濟不上時，就變成從井救人了。」

所謂「老部下」是指劉錦棠，而胡雪巖又是西征轉運局的委員，在他的職司有主有從，如兩江籌餉是額外的差使，行有餘力，不妨效勞，否則他當然要顧全西征軍為主。左宗棠了解到這一點，便不能不有所顧慮，想了一下說道：「這樣吧，明天我再找藩司來想法子，如果真有難處，那就不能不仰賴老兄拔刀相助了。」

「大人言重。」胡雪巖問道：「不知道甚麼時候再來請示。」

「請示」便是聽回音；左宗棠答說：「很快、很快，三兩天之內，就有信息。」

於是胡雪巖起身說道：「我聽大人的指揮辦理，今天就告辭了。」

「嗯，嗯。」左宗棠問：「今天晚上沒事吧？」

胡雪巖知道要留他吃飯，急說道：「今天晚上有個不能不去的飯局。」

「既然如此，我不留你了。我知道你事情多，不必來看我；等有了信息，我自然會派人來請你。」

於是胡雪巖請安辭出。接著便轉往秦淮河河房去赴宴會；在座的都是江寧官場上提得起來的人物，消息特別靈通，胡雪巖倒是聽了許多內幕，據說李鴻章已向總理衙門正式表明他的看法，中國實力不足，對越南之事應早結束；捨此別無良法。

但總理衙門主張將法國對中國種種挾制及無理的要求，照會世界各國，以明其曲在彼。如果法軍來犯，即與開戰。李鴻章雖不以為然，無奈他想談和，連對手都沒有；法國的特使德理固已轉往日本去了。

「中國的苦惱是，欲和不敢和；欲戰不能戰。」督署的洋務委員候補道張鳳池說：「現在是彼此『耗』的局面，就不知道誰耗得過誰了？」

「那麼，照鳳翁看，是哪個耗得過哪個？」

「這一層很難說。不過，在法國，原來只有他們的外務部長最強硬，現在意見已經融洽了，他們的內閣總理在國會演說：決心在越南打到底。而我們呢，朝廷兩大柱石，縱不說勢如水火，可是南轅北轍，說不到一起，大為可慮。」

所謂「朝廷兩大柱石」，自是指李鴻章與左宗棠。在座的雖以兩江的官員居多，但其中跟李鴻章淵源甚深的也不少；談到李、左不和，是個犯忌諱的話題，如果出言不慎，會惹麻煩上身，所以都保持著沉默。

只有一個人是例外，此人是山東的一個候補道，名叫玉桂，蒙古旗人；原來在兩江候補，署道實缺，也當過好些差使，資格甚老，年紀最長，大家都叫他「玉大哥」。此人理路很明白，勇於任事，本來是應該紅起來的一個能員，只以心直口快，妨了他的官運。這回是奉山東巡撫所派，到江寧來謁見左宗棠，商議疏濬運河；哪知來了半個月，始終不得要領，以致牢騷滿腹，一提到李左不和，忍不住要開口了。

「左、李兩公，勛業彪炳，天下仰望，朝廷酬庸有功，封侯拜相，過去的戰功是過去了，可以不談了；好漢不提當年勇，何必呢？」

這明明是在說左宗棠；八座咫尺，忌諱益甚，更沒有人敢置一詞。

有了三分酒意的玉桂，只當大家默許他的議論，因而就更起勁了，「如說打仗，兵貴神速，倘或一天到晚說空話，正事不辦，到得兵臨城下，還在大談春風已度玉門關，各位倒想，那會弄成怎麼一個局面？」

聽得這番話，座客相顧失色；有跟玉桂交情比較深的，便很替他擔心，因為這話一傳到左宗棠耳朵裡，就一定會找了他去，如果只是痛斥一頓倒還罷了，就怕找了他去質問：你說「兵臨城下」是甚麼兵？是法國軍隊嗎？一怒之下，指名嚴劾，安上他一個危言惑眾、動搖民心士氣的罪名，起碼也是一個革職的處分。

於是有人便亂以他語：「玉大哥、玉大哥，今宵只可談風月，喝酒，喝酒。」

玉桂還想再說，作主人的張鳳池見機，大聲說道：「玉大哥的黑頭、黃鐘仲呂，可以醒酒，來，來，來一段讓我們飽飽耳福。」

「對！」有人附和：「聽玉大哥唱黑頭，真是痛快淋漓。快，快，『場面』呢？」

文場、武場都現成，很快地擺設好了，「烏師」請示唱甚麼；張鳳池便說：「玉大哥最拿手的是『探陰山』跟『上天台』。我看先上天台，後探陰山吧！」

「不！」玉桂答說：「今天我反串，唱『鬍子』，來段『斬謖』。」

等打鼓佬下鼓槌領起胡琴，過門一到，玉桂變了主意，「我還是唱上天台吧。」他說。

原來玉桂編了一段轍兒，想罵左宗棠如《失街亭》的那個蜀中大將，「言過其實，終無大用」，但想想身居客地，而左宗棠到底是年高位尊，過於囂張，實在也不很相宜，所以不為已甚。

這些情形看在胡雪巖眼中頗有感觸，回想當年左宗棠意氣風發，連曾國藩都不能不讓他幾分，哪知如今老境頹唐，為人如此輕視，這樣轉著念頭，一面為左宗棠悲哀，一面也不免興起急流勇退的念頭。

在江寧已經十天了，左宗棠始終沒有派人來請他去見面。由於他事先有話，胡雪巖不便再去求見，只有託熟人去打聽。但始終不得要領。

好不容易左宗棠來請了，一見面倒沒有廢話，開門見山地說：「雪巖，陝甘那面我另有部署，你把轉運局的官款，撥二十五萬出來。」

這筆款子自然是撥給王德榜的，不加商量，直接交代，胡雪巖除了唯唯稱是以外，別無話說。

「這筆錢能不能在這裡撥？」左宗棠問。

「大人要在哪裡撥就哪裡撥。」

「好，就在這裡撥好了。你替王閬青立個摺子。」

「是。」

「你甚麼時候回去？」

「我一直在候大人的命，既然有了交代，我想明天就走。」

「對了，你要回去辦喜事。」左宗棠問：「令嬡出閣，我已經告訴他們備賀禮了。你我是患難之交，我不能去喝喜酒，心中未免歉然。」

「大人言重了。」

「我想再送點甚麼別致的賀禮。雪巖，你倒替我想想，不必客氣。」

「是。」胡雪巖想了一下說：「如果有大人親筆的一副喜聯，那就真的是蓬蓽生輝了。」

「這是小事。」左宗棠答說：「不過今天可來不及了，反正喜期以前，一定會送到。」

「大人公務太忙，我這個實在算是非分之求。既蒙大人許了，我把喜堂最上面的位置留下來了。」

這是變相的堅約，左宗棠不可言而無信，否則喜堂正面，空著兩塊不好看。左宗棠理會得這層意思，便喊一聲；「來啊！」

「喳！」

廳上一呼，廊上百諾，進來一名亮藍頂子的材官，站在他身旁待命。

「胡大人的小姐出閣，我許了一副喜聯；你只要看我稍為閒一點兒，就提醒我這件事，免得失禮。」左宗棠又說：「你要不斷提醒我。」

「是。」

「好！就這麼說了。」左宗棠又問：「你先到上海？」

「是的。」

「有甚麼事要我替你招呼？」

胡雪巖心裡不放心的是，那筆到期還本的洋債，為限已近；但看宓本常並無信來，諒想已經辦妥，就不必再請左宗棠費事了。

「等有事再來求大人。」

「好！」左宗棠說：「這回你來，我連請你吃頓飯的功夫都抽不出來，實在有點說不過去。」

「大人太客氣了。」胡雪巖問：「不知道大人在上海、在杭州，有甚麼委辦的事沒有？」

左宗棠想了一下說：「就是王閬青的那四千枝槍。」

「這件事，我一定辦妥當。」

「別的就沒有了。」左宗棠說：「就要你那句話，想起來再託你。」

胡雪巖告辭而出，又重重地託了那些材官，務必提醒喜聯那件事。當然，少不得還有一個上寫「別敬」的紅包奉送。

一到上海，胡雪巖才失悔在江寧荒廢的日子太多了。上海也彷彿變了一個樣子，真所謂市面蕭條；熟人一見了面，不是打聽戰事，就是相詢何處避難最好？這些情形在江寧是見不到的。

做錢莊最怕遇到這樣局勢，謠言滿天，人心惶惶。而且遇到這種時候，有錢的人都相信手握現款是最妥當的事，因此，錢莊由於存款只提不存，週轉不靈而倒閉的，已經有好幾家。阜康是塊金字招牌，所受的影響比較小，但暗中另有危機，只是宓本常守口如瓶，不讓胡雪巖知道而已。

但即令如此，已使得胡雪巖大為頭痛。首先是供應王德榜的四千枝洋槍，轉運局的庫存僅得兩千五，尚少一千五百枝，需要現購，每枝紋銀十八兩，連水腳約合三萬兩銀子；這倒還是小事，傷腦筋的是，他在左宗棠面前，已經大包大攬地答應下來，如果交不足數，信用有關。

「小爺叔亦不必過分重視這件事，將來拿定單給左湘陰看就是了。」

「應春，」胡雪巖說：「我在左湘陰面前，說話從來沒有打過折扣；而且，這回也只怕是最後一兩回替他辦差了，為人最要緊收緣結果，一直說話算話，到臨了失一回信用，且不說左湘陰保不定會起疑心，以為我沒有甚麼事要仰仗他，對他就不像從前那樣子忠心；就是自己，也實在不大甘心，多年做出來的牌子，為這件小事砸掉。應春你倒替我想想，無論如何要幫我一個忙。」

辦軍火一向是古應春的事，從來也沒有說過一句客氣，忽然冒出來這麼一句「無論如何要幫忙」的話，古應春心裡當然也很不是味道。

他盤算了好一會說：「看看日本那方面有沒有辦法好想；如果有現成的貨色，日子上還來得及，不過槍價就不能談了。」

「槍價是小事，只要快。應春，你今天就去辦。」

古應春依他的要求，奔走了兩天，總算有了頭緒；急於想要報告胡雪巖，哪知尋來尋去，到處撲空，但到得深夜，古應春正要歸寢時，胡雪巖卻又不速而至，氣色顯得有點不大正常。

「老爺只怕累壞了。」瑞香親自來照料，一面端來一杯參湯，一面問道：「餓不餓？」

「餓是餓，吃不下。」

「你去想想看，」古應春交代，「弄點開胃的東西來消夜。」

等瑞香一走，胡雪巖問：「七姐呢？睡了？」

「是的。她睡得早。」

「那就不驚動她了。」胡雪巖又問：「聽說你尋了我一天。」

「是啊！」古應春很起勁地說：「我有好消息要告訴小爺叔，槍有著落了。」

「這好！」胡雪巖也很高興，「是哪裡弄來的？」

「日本。說起來很有意思，這批槍原來是要賣給法國人的。」

「那就更妙了，怎麼個來龍去脈？」原來法國倉卒出兵增援，要就地在東方補充一批槍枝，找到日本一個軍火商，有兩千支槍可以出售。古應春多方探查，得到這麼一個消息，託人打電報去問，願出高價買一千五百支。回電討價二十五兩銀子一支，另加水腳。

「那麼，敲定了沒有呢？」

「敲定了，照他的價錢，水腳歸我們自理，已經電匯了一萬銀子去了。」古應春又說：「半個月去上海交貨。」

「二十五兩就二十五兩，總算了掉一樁心事。」

胡雪巖忽然問道：「應春，你有沒有聽說，老宓瞞住我私底下在做南北貨？」

古應春稍一沉吟後說：「聽是聽說了，不曉得詳細情形。」

「據說有一條船碰到法國人的水雷沉掉了，損失不輕。」

「損失不會大。」古應春答說：「總買了保險的。」

胡雪巖點點頭，臉上是安慰的神情，「應春，」他問：「你看我要不要當面跟老宓說破？」

這一點關係很大，古應春不敢造次，過了好一會卻反問一句：「小爺叔看呢？」

「只要風險不大，我覺得不說破比說破了好。俗話說的『橫豎橫、拆牛棚』。一說破了，他索性放手大做，那一來，我就非換他不可！苦的是，找不到合適替手。」

接下來，胡雪巖談他的另一個煩惱，應還洋商借款的第二期本金，期限即在十月底，宓本常是十月初就不斷到上海道衙門去催問，所得的答覆是：各省尚未匯到。及至胡雪巖一到上海，去拜訪上海道邵友濂，答覆如舊；不過邵友濂多了一句話：「老兄請放心，我盡力去催；期限前後，總可以催齊。」

「只能期前，不能期後。邵兄，你曉得的，洋人最講信用。」

「我曉得。不過錢不在我手裡，無可奈何。」邵友濂又說：「雪翁，五十萬銀子，在你算不了一回事，萬一期前催不齊，你先墊一墊，不過吃虧幾天利息。」

一句話將胡雪巖堵得開不出口，「他的話沒有說錯，我墊一墊當然無所謂；哪曉得偏偏就墊不出。」胡雪巖說：「不巧是巧，有苦難言。」

何謂「不巧是巧」？古應春要多想一想才明白，不巧的事湊在一起，成為巧合，便是「不巧是巧」。細細想去，不巧的事實在很多，第一是市面不景氣，銀根極緊；第二是，屯絲屯繭這件事，明知早成困局，力求擺脫，但陰錯陽差，他的收買新式繅絲廠，為存貨找出路的計畫，始終未能成功，目前天津、上海都有存絲，但削價求售，亦無買主；第三是左宗棠先為協賑借了二十萬銀子，如今又要撥付王德榜二十五萬兩，雖說是轉運局的官款，但總是少了一筆可調度的頭寸；第四是十一月初五的吉期在即，場面大，開銷多，至少還要預備二十萬銀子；最後就是宓本常私下借客戶的名義，提取存款去做南北貨生意，照古應春的估計，大概是十萬銀子左右。

「今天十月二十五了。這個月小建，到十一月初五，十天都不到。」胡雪巖說：「這筆頭寸擺不平，怎能放心去辦喜事。」

「小爺叔亦不必著急，到底只有五十萬銀子；再說，這又不是小爺叔私人的債務，總有辦法可想的。」

「要想就要早想。」

古應春沉吟了一下說：「如今只有按部就班來，一面催上海道，一面自己來想法子調頭寸，如果這兩方面都不如意，還有最後一著，請滙豐展期，大不了貼利息。」

「這一層我也想到過，就怕人家也同邵小村一樣，來一句『你先墊一墊好了。』我就沒有話好說了。」

「不會的。洋人公私分明，公家欠的債，他們不會叫私人來墊的。如果他們真的說這樣話，小爺叔回他一句：『我墊不如你墊，以前滙豐要放款給阜康；阜康不想用，還是用了，如今仍舊算阜康跟滙豐借好了。』看他怎麼說。」

「這話倒也是。」胡雪巖深深點頭。

「小爺叔願意這樣做，我就先同滙豐去說好了它。小爺叔不就可以放心了？」

「慢慢、慢慢！」胡雪巖連連搖手。

原來他有他的顧慮，因為請求展期，無異表示他連五十萬銀子都無法墊付。這話傳出去，砍他的金字招牌，不但左宗棠對他的實力與手腕，會生懷疑；十一月初五那一天，盈門的賀客少不得會談論這件事，喜事風光，亦將大為減色。

「我們先走第一步同第二步。」胡雪巖說：「第一步我來；第二步託你。」

第一步就是到上海道衙門去催問；第二步「自己想法子來調度」。這一步無非督促宓本常去辦；古應春因為有過去的芥蒂，不肯作此吃力不討好，而且可能徒勞無功的事，因而面有難色。

「怎麼樣？」

「我想你跟小爺叔調一調，頭一步歸我；第二步小爺叔自己來。」古應春說：「小爺叔催老宓，名正言順；我來催老宓，他心裡不舒服，不會賣帳的。」

「也好。」胡雪巖說：「事情要快了。」

「我明天一早就去；上海道衙門我有熟人。」古應春說：「小爺叔明天中午來吃飯，聽消息。」

「好。」胡雪巖說：「這幾天我們早晚都要碰頭。」

第二天中午，古應春帶來一個極好的消息，各省協助的「西餉」，已快收齊了，最早的一筆，在十月初便已匯到。

「有這樣的事！」胡雪巖大為困惑，「為啥邵小村同我說：一文錢都沒有收到？你的消息哪裡來的？」

「我有個同鄉晚輩，早年我照應過他；他現在是上海道衙門電報房的領班。」

「那就不錯了！」胡雪巖既喜且怒，「邵小村不曉得在打甚麼鬼主意？我要好好問他一問。」

「小爺叔不必如此。我想最好的辦法是請左大人打個電報給邵小村。」原來古應春從他同鄉晚輩中，另獲有很機密的消息，說是李鴻章正在設法打擊左宗棠，因而想到，邵友濂對胡雪巖有意留難，是別有用心。但這個消息，未經證實，告訴了胡雪巖，反而會生出是非，只有用左宗棠出面，措詞嚴厲些，帶著警告的意味，讓邵友濂心生顧忌，在期限之前撥出這筆代收的款子，了卻胡雪巖的責任，最為上策。

但胡雪巖又何從去了解他的用心，他仍舊是抱著在左宗棠面前要保持面子的用心。在江寧時，左宗棠原曾問過他，有甚麼事要他出面，意思就是指上海道代收「西餉」這件事，當時如說請他寫封信催一催友濂，是很正常的回答，左宗棠不會想到別的地方去；已經回答沒有甚麼事要他費心，而結果仍舊要他出面，這等於作了墊不出五十萬銀子的表示是一樣的。

因此，他這樣答說：「不必勞動他老人家了，既然各省都快到齊了，我去催他。」

胡雪巖一向沉得住氣，這一次因為事多心煩，竟失去了耐性，氣匆匆地去看邵友濂，門上回答：「邵大人視察製造局去了。」吃了個閉門羹，心中越發不快，回到轉運局命文案師爺寫信給邵友濂，措詞很不客氣，有點打官腔的味道；而且暗示，邵友濂如果不能如期付款，只好請左宗棠自己來料理了。

這封信送到江海關，立即轉送邵友濂公館，他看了自然有些緊張，因為「不怕官、只怕管」，自洪楊平定後，督撫權柄之重，為清朝開國以來所未有，左宗棠是現任兩江總督，如果指名嚴參，再有理也無法申訴，而況實際上確也收到了好幾省的「西餉」，靳而不予，也是件說不過去的事。

因此，他很不情願地作了個決定，將已收到的「西餉」開單送交轉運局，為數約四十萬兩，胡雪巖只須墊十萬銀子，便可保住他對洋人的信用，但就在寫好覆信，正發出之際，來了一個人，使得他的決定整個兒被推翻。

這個人便是盛宣懷，由於籌辦電報局大功告成，不但成了李鴻章面前有數的紅人，而且亦巴結上了醇親王的關係。此番是啣李鴻章之命，到上海跟邵友濂來商量，如何「救火」。

「救火」是盛宣懷形容挽救眼前局勢的一個譬喻；這也是李鴻章的說法，他認為由越南危局引起的中法衝突，他有轉危為安的辦法，但主戰派的行動，卻如「縱火」，清流的高調，則是火上澆油。但如火勢已滅，雖有助燃的油料，終無所用。意思就是打消了主戰的行動，清流便不足畏。

那麼，誰是「縱火」者呢？在李鴻章看，第一個就是左宗棠；第二個是彭玉麟。至於西南方面如雲貴總督岑毓英等，自有辦法可以控制；即使是彭玉麟，倘無左宗棠的支持，亦可設法讓他知難而退。換句話說，擒賊擒王，只要將左宗棠壓制住，李鴻章就能掌握到整個局勢，與法國交涉化干戈為玉帛。

「小村兄，你不要看甚麼『主戰自強』、『大奮天威』、『同仇敵愾』，這些慷慨激昂的論調，高唱入雲，這不過聽得見的聲音；其實，聽不見的聲音，才是真正有力量的聲音，中堂如果不是有這些聽不見的聲音撐腰，他也犯不著跟湘陰作對——湘陰老境頹唐，至多還有三、五年的富貴而已，何必容不得他？反過來說，如果容不得他，就一定有非去他不可的緣故在內。小村兄，中堂的心事，你先要明白。」中堂是指李鴻章。

盛宣懷的詞令最妙，他將李鴻章對左宗棠的態度，說得忠厚平和，一片恕詞；但在邵友濂聽來，是非常明白的，李、左之間已成勢不兩立，非拚個你死我活不可了。

「是的。」邵友濂矍然警覺，「我明白。不過，我倒要請問，是哪些聽不見的聲音？」

「第一是當今大權獨攬的慈禧皇太后，她辛苦了大半輩子，前兩年又生了一場死去活來的大病；你想，五十歲的老太太，哪個不盼望過幾年清閒日子的，她哪裡要打甚麼仗？」

「既然大權獨攬，她說個『和』字，哪個敢不奉懿旨？」

「苦就苦在她甚麼話都好說，就是這個字說不出口。為啥呢？洪楊戡定大亂，從古以來，垂簾的太后，沒有她這樣的武功；哪裡好向廷臣示弱。再說，清流的論調，又是如此囂張；只好表面上也唱唱高調，實際上全不是這麼回事。」

「我懂了，這是說不出的苦。」邵友濂又問：「第二個呢？」

「第二個是當政的恭王，他一向主張跟洋人打交道，以和為貴，如今上了年紀，更談不上甚麼雄心壯志了。」

「英法聯軍內犯，恭王主和，讓親貴罵他是『漢奸』，難怪他不敢開口。可是，醇王一向主戰，怎麼也不作聲呢？」

「這就是關鍵所在。如今的醇王，不是當年的醇王了；這幾年洋人的堅甲利兵，」盛宣懷停下來笑一笑說：「說起來倒是受了湘陰的教，西征軍事順手，全靠槍炮厲害，這一點湘陰在京時候，跟醇王談得很詳細。醇王現在完全贊成中堂的主張，『師夷之長以制夷』，正在籌劃一個闢旅順為軍港，大辦海軍的辦法；醇王對這件事，熱中得不得了，自然不願『小不忍則亂大謀』。」

「嗯！嗯！有這三位，中堂足足可以擇善固執。」

「提到擇善固執，還有個人不能忽略。小村，你是出過洋的，你倒說說看，當今之世，論洋務人才，哪個是此中翹楚？」

「那當然是玉池老人。連曾侯辦洋務都得向他請教。」

「玉池老人」是郭嵩燾自署的別號；「曾侯」指駐法欽差大臣曾紀澤。事實上不僅曾紀澤，連李鴻章辦洋務亦得向他請教，因為李鴻章雖看得多，卻不如郭崇燾來得透澈，同時亦因為李鴻章雖然亦是翰林，而學問畢竟不如郭嵩燾，發一議，立一論，能夠貫通古今中外而無扞格，以李鴻章的口才，來解說郭嵩燾的理論，便越覺得動聽了。

「現在彭雪琴要請款招兵；王閬青已經在河南招足了四千人，這就是湘陰派出去『縱火』的人，一旦禍發，立刻就成燎原之勢。中堂為此，著急得很；不說別的，只說法國軍艦就在吳淞口外好了，人家已經親口告訴中堂了，隨時可以攻製造局，這是北洋的命脈之一，你想，中堂著急不著急。」

聽得這話，邵友濂大吃一驚，他總以為中法如有衝突，不在廣西，便在雲南；如果進攻高昌廟的製造局，便是在上海作戰，他是上海道，守土有責，豈不是要親自上陣跟法國軍隊對壘。

轉念到此心膽俱裂，結結巴巴地說：「上海也有這樣的話，我總以為是謠言，哪知道人家親口告訴了中堂，是真有這回事！」

「你也不要著急。」盛宣懷安慰他說：「人家也不是亂來的，只要你不動手，就不會亂挑釁；你要動手了，人家就會先發制人。」

這話說得再明白不過，邵友濂立即答說：「無論如何不可讓湘陰把火燒起來。放火要有放火的材料，沒有美孚牌煤油、沒有一劃就來的火柴，火就放不起來。杏蓀兄，你說是不是？」

「一點不錯，這就叫釜底抽薪。」

「要釜底抽薪，只有一個辦法。」邵友濂說：「煤油、火柴都在胡雪巖手裡，沒有胡雪巖，湘陰想放火也放不成。江寧官場都不大買湘陰的帳，他說出話去，多多少少要打折扣，只有一個人，他說一是一，說二是二，就是胡雪巖，譬如——。」

譬如山東水災助賑，江寧藩台無法支應，左宗棠向胡雪巖借銀二十萬，如響斯應；這一回王德榜募兵援越不但四千桿洋槍由胡雪巖籌劃供給，補助路費亦由胡雪巖負責等等，邵友濂舉了好些實例。

結論是要使得左宗棠「縱火」不成，非除去胡雪巖不可。

「本常，」胡雪巖指著邵友濂覆他的信說：「你看了這封信就曉得了，人家說得很明白，各省的款子收齊了，馬上送過來，限期以前，一定辦妥當；誤了限期，一切責任由他來負。他到底是上海道，說話算話，不要緊的。」

宓本常看完了信問：「洋人的限期是哪一天？」

「放寬十天，只要十一月初十以前付款，就不算違限。」

「呃，」宓本常說：「大先生預備啥辰光回杭州？」

這句話問得胡雪巖大為不悅，「十一月初五的好日子。」他說：「今天是十月二十九，你說我應該啥辰光動身回杭州？」

由水路回杭州，用小火輪拖帶，至少也要三天。喜期以前，有許多繁文縟節，即便不必由他來料理主持，但必須由他出面來擺個樣子，所以無論如何，第二天——十月底一定要動身。

宓本常碰了個釘子，不敢再多說一句，心裡卻七上八下，意亂如麻；但胡雪巖不知道他的心事，只著重在洋債的限期上。

「這件事我當然要預備好。」他說：「限期是十一月初十，我們現在亦不必催邵小村，到了初五、六，你去一趟，看有多少銀子先領了回來，照我估計，沒有九成，也有八成，自己最多墊個十萬兩銀子，事情就可以擺平了。」

「是的。」

「現在現款還有多少？」

問到這話，宓本常心裡又是一跳。胡雪巖已經查過帳了，現款還有多少，他心裡應該有數；如今提出來，不是明知故問？

這樣想著，便忘了回答，胡雪巖便再催問一句：「多少？」

「呃！」宓本常說：「大先生不是看過帳了，總有四十萬上下。」

全上海的存銀不過一百萬兩，阜康獨家就有四十萬，豈能算少？不過胡雪巖也知道他挪用了一部分，心想，四十萬雖不足，三十萬應該是有的，墊上十萬兩銀子還不足為憂。

話雖如此，也不妨再問一句：「如果調度不過來，你有甚麼打算？」

這話就問得怪了！宓本常心想，現銀不足，自然是向「聯號」調動，無所謂「打算」。他問這話，是否有言外之意？

一時不暇細想，只有先大包大攬敷衍了眼前再說：「不會調度不過來的。上海、漢口、杭州三十三處的收支情形，我都很清楚，墊十萬銀子，不算回事。」他又加了一句：「寧波兩個號子，經常有十幾萬銀子在那裡。」

這是為了掩飾他利用客戶的名義，挪用存款；「光棍一點就透」，胡雪巖認為他是在暗示，承認他挪用了十幾萬銀子，必要時他會想法子補足。這樣就更放心了。

但他不知道，市面上的謠言已很盛了，說胡雪巖搖搖欲墜，一說他跟洋人在絲繭上鬥法，已經落了下風，上海雖無動靜，但存在天津堆棧裡的絲，賤價出售，尚無買主。

又一說便是應付洋債，到期無法清償。這個傳說，又分兩種，一種是說，胡雪巖雖好面子，但週轉不靈，無法如期交付，已請求洋人展限，尚在交涉之中；又一種說法是，上海道衙門已陸陸續續將各省協餉交付阜康，卻為阜康的檔手宓本常私下彌補了自己的虧空。

謠言必須有佐證才能取信於人，這佐證是個疑問：胡雪巖十一月初五嫁女兒，而他本人卻一直逗留在上海，為甚麼？

為的是他的「頭寸」擺不平。否則以胡雪巖的作風，老早就該回杭州去辦喜事了。這個說法，非常有力，因為人人都能看出這是件大出情理之外的事。但胡雪巖是「財神」，遠近皆知，所以大家疑憂雖深，總還有一種想法，既名「財神」，自有他莫測的高深，且等著看一看再說。

看到甚麼時候呢？十月底，看胡雪巖過得了關，過不了關。

這些消息——一半假、一半真，似謠言非謠言的傳言，大半是盛宣懷與邵友濂透過匯豐銀行傳出來的。因此眾所矚目的十月三十那天，有許多人到匯豐銀行去打聽消息；但更多的人是到阜康錢莊去看動靜。

「胡大先生在不在？」有個衣冠楚楚的中年人跟阜康的夥計說：「我來看胡大先生。」

「胡大先生回杭州了。」

「回杭州了？」

「是啊！胡府上十一月初辦喜事，胡大先生當然要趕回去。」

「喔，既然如此，應該早就動身了啊！為啥——？」

為啥？這一問誰也無法回答。那衣冠楚楚的中年人，便是盛宣懷所遣派的，散播謠言的使者，他向別人說：胡雪巖看看事情不妙，遁回杭州了。

於是當天下午就有人持著阜康的銀票來兌現，第一個來的「憑票付銀」五百兩，說是要行聘禮，不但要現銀，而且最好是剛出爐的「官寶」。阜康的夥計，一向對顧客很巴結，特為到庫房裡去要了十個簇新的大元寶，其中有幾個還貼著紅紙剪成的雙喜，正就是喜事人家的存款。

第二個來兌現八百兩，沒有說理由；夥計也不能問理由，這也是常有的事，無足為奇；但第三個就不對了。

這個人是帶了一輛板車，兩個腳伕來的；交到櫃上一共七張銀票，總數兩萬一千四百兩；像這樣大筆兌現銀，除非軍營發餉，但都是事先有關照的。夥計看苗頭不對，陪著笑臉說：「請裡面坐，吃杯茶、歇一歇。」

「好、好，費你的心。」說完，那人徐步走到客座，接受款待。

這時宓本常已接到報告，覺得事有蹊蹺，便趕出來親自接待，很客氣地請教：「貴姓？」

「敝姓朱。請教！」

「我姓宓，寶蓋下面一個必字。」宓本常說：「聽說朱先生要兌現銀？」

「是的。」

「兩萬多現銀，就是一千兩百多斤，大元寶四百多個，搬起來很不方便。」宓本常又說：「阜康做生意，一向要為主顧打算妥當；不曉得朱先生要這筆現銀啥用場，看看能不能匯到那裡，或者照朱先生指定的數目，分開來換票，豈不是省事得多。」

「多謝關照。」姓朱的說：「這筆款子，有個無可奈何的用場，我不便奉告。總而言之，人家指定要現銀，我就不能不照辦。我也知道搬起來很笨重，所以帶了車子帶了人來的。」

話說到這樣，至矣盡矣，宓本常如果再饒一句舌，就等於自己在金字招牌砍了一刀，所以喏喏連聲，馬上關照開庫付銀。

銀子的式樣很多，而萬多兩不是個小數目，也無法全付五十兩一個的大元寶，大小拼湊，還要算成色，頗為費事。

銀子是裝了木箱的，開一箱、驗一箱、算一箱、搬一箱，於是聚集了許多看熱鬧的人，議論紛紛，到最後自然而然地形成一個疑問：莫非阜康的票子都靠不住，所以人家才要提現？

等姓朱的一走，阜康則到了打烊的時候，上了排門吃夜飯；宓本常神情沮喪，食不下嚥，勉強吃了半碗飯，站起身來，向幾個重要的夥計招招手，到後面樓上他臥室中去密談。

「我看要出鬼！」他問：「現銀還有多少？」

「一萬八千多。」管庫的說。

「只有一萬八千多？」宓本常又問：「應收應解的一共多少？」

於是拿總帳跟流水帳來看，應收的是外國銀行的存款及各錢莊的票據，總共十五萬六千多兩；應付的只能算各聯號通知的匯款，一共七萬兩左右，開出的銀票，就無法計算了。

「這樣子，今天要連夜去接頭。都是大先生的事業，急難相扶；他們有多少現銀，開個數目給我，要緊要慢的時候，請他們撐一撐腰。」

所謂「他們」是指胡雪巖在上海所設的典當、絲行、繭行。阜康四個重要夥計，奔走半夜情況大致都清楚了，能夠集中的現銀，不過十二萬兩。宓本常將應收應付的帳目，重新仔細核算了一下，能夠動用的現銀，總數是二十三萬兩左右。

「應該是夠了。」宓本常說：「只要不出鬼，就不要緊。」他突然想起大聲喊道：「阿章、阿章！」

阿章是學徒中的首腦，快要出師了，一向經管阜康的雜務；已經上床了，復又被喊了起來說話。

「你『大仙』供了沒有？」

「供大仙是初二、十六，今天是月底。」

「提前供、提前供！現在就供。」

所謂「大仙」就是狐仙；初二、十六上供，一碗燒酒，十個白灼蛋，酒是現成，蛋要上街去買。時已午夜，敲排門買了蛋來，煮好上供，阿章上床已經兩點鐘了。

第二天在床上被人叫醒；來叫他的是他的師兄弟小毛，「阿章、阿章！」他氣急敗壞地說：「真的出鬼了！」

「你說啥？」

「你聽！」

阿章側耳靜聽了一下，除了市聲以外，別無他異，不由得詫異地問：「你叫我聽啥？」

「你聽人聲！」

說破了，果然，人聲似乎比往日要嘈雜，但「人聲」與「鬼」又何干？

「你們去看看，排門還沒有卸，主顧已經在排長龍了。」

阿章一聽，殘餘的睡意都嚇得無影無蹤了；急忙起來，匆匆洗把臉趕到店堂裡，只見宓本常仰臉看著高懸在壁的自鳴鐘。

鐘上指著八點五十分，再有十分鐘就要卸排門了；就這時只聽宓本常頓一頓足說：「遲開不如早開。開！」

於是剛剛起床的阿章，即時參加工作，排門剛卸下一扇，人群如潮水般湧來，將他擠倒在地；阿章大叫；「要出人命了！要出人命了！」

幸而巡捕已經趕到，頭裹紅布的「印度阿三」，上海人雖說司空見慣，但警棍一揚，還是有相當的彈壓作用；數百顧客，總算仍舊排好長龍。巡捕中的小頭目，上海人稱之為「三道頭」，進入阜康，操著山東腔的中國話問道：「誰是掌櫃？」

「是我！」宓本常挺身而出。

「你開錢莊？」

「錢莊不是阿拉開的，不過歸阿拉管。」

「只要是你管就好。快把銀子搬出來、打發人家走路，免得把市面弄壞。」

「銀子有的是。三道頭，拜託你維持維持秩序，一個一個來。」

三道頭點點頭，朝櫃台外面大聲說道：「銀子有的是，統通有，一個一個來！」

這一聲喊，顧客又安靜了些；夥計們都是預先受過叮囑的，動作儘量放慢，有的拿存摺來提存，需要結算利息，那一來就更慢了，站櫃台的六個人，一個鐘頭只料理了四、五十個客戶，被提走的銀子，不到一萬，看樣子局面可以穩住了。

到了近午時分，來了一個瘦小老者，打開手巾包，將一扣存摺遞進櫃台，口中說道：「提十萬。」

聲音雖不高，但宓本常聽來，恰如焦雷轟頂，急忙親自趕上來應付；先看摺子戶名，上寫「馥記」二字，暗暗叫一聲：「不妙！」

「請問貴姓？」

「敝姓毛。」

「毛先生跟兆馥先生怎麼稱呼？」

「朋友。」

「喔，毛先生請裡面坐。」

「也好。」

姓毛的徐步踏入客座，小徒弟茶煙伺候，等坐定了，宓本常問道：「毛先生是代兆馥先生來提十萬銀子？」

「是的。」

「不曉得在甚麼地方用，請朱先生吩咐下來，好打票子。」

「在本地用。」

「票子打幾張？」

姓毛的抬眼看了一下，慢吞吞地問道：「你是打哪裡的票子？」

宓本常一楞，心想自然是打阜康的銀票；他這樣明知故問，必有緣故在內，因而便探問地說：「毛先生要打哪裡的票子？」

「匯豐。」

宓本常心裡又是一跳，匯豐的存款只有六萬多，開十萬的支票，要用別家的莊票去補足；按規定當天不能抵用，雖可情商通融，但苦於無法抽空，而且當此要緊關頭，去向匯豐討情面，風聲一傳，有損信用。

轉念到此，心想與其向匯豐情商，何不捨遠就近向姓毛的情商，「毛先生，」他說：「可不可以分開來開？」

「怎麼分法？」

「一半匯豐、一半開本號的票子？」

姓毛的微微一笑，「不必了。」他說：「請你把存摺還給我。」

宓本常心想，果不其然，是張兆馥耍花樣；原來「馥記」便是張兆馥，此人做紗花生意，跟胡雪巖是朋友；宓本常也認識，有一回吃花酒，彼此都有了酒意，為了一個姑娘轉局，席面上鬧得不大愉快。第二天宓本常酒醒以後，想起來大為不安，特意登門去陪不是，哪知張兆馥淡淡地答了一句：「我是你們東家的朋友，不必如此。」意思是不認他作朋友，如今派人上門來提存，自是不懷好意，不過何以要提又不提了，其中是何蹊蹺，費人猜疑。

等將存摺接到手，姓毛的說道：「你害我輸了東道！」

「輸了東道？」宓本常問道：「毛先生你同哪位賭東道？賭點啥？」

「自然是同張兆馥——。」

姓毛的說，這天上午他與張兆馥在城隍廟西園吃茶，聽說阜康擠兌，張兆馥說情勢可危；姓毛的認為阜康是金字招牌，可保無虞。張兆馥便說阜康在滙豐銀行的存款，只怕不足十萬，不信的話，可以去試一試，如果阜康能開出滙豐銀行十萬兩的支票，他在長三堂子輸一桌花酒，否則便是姓毛的作東。

糟糕到極點了！宓本常心想，晚上這一桌花酒吃下來，明天十里夷場上就不知道有多少人會傳說：阜康在滙豐銀行的存款，只得五萬銀子。

果然出現這樣的情況，後果不堪設想，非力挽狂瀾不可。宓本常左思右想，反覆盤算，終於想到了一條路子，將上海道衙門應繳的協餉先去提了來，存在滙豐，作為阜康的頭寸，明天有人來兌現提存，一律開滙豐的支票。

宓本常每回到上海道衙門去催款或打聽消息，都找他的一個姓朱的同鄉，一見面便問：「你怎麼有功夫到這裡來？」

宓本常愕然：「為甚麼我沒有功夫？」他反問一句。

「聽說阜康擠兌。」姓朱的說：「你不應該在店裡照料嗎？」

宓本常一驚，擠兌的消息已傳到上海道衙門，催款的話就難說；但他的機變很快，心想正好用這件事來作藉口，「擠兌是說得過分了，不過提存的人比平常多，是真的，這都是十月二十一日的一道上諭，沿江戒嚴，大家要逃難的緣故。阜康的頭寸充足，儘管來提，不要緊。」

他緊接著又說：「不過，胡大先生臨走交代，要預備一筆款子，墊還洋款，如今這筆款子沒有辦法如數預備了，要請你老兄同邵大人說一說，收到多少先撥過來，看差多少，我好籌畫。」

「好！」姓朱的毫不遲疑地說：「你來得巧，我們東家剛到，我先替你去說。」

宓本常滿心歡喜，而且不免得意，自覺想出來的這一招很高明；哪知姓朱的很快地就回來了，臉上卻有狐疑的神氣。

「你請放心回去好了。這筆洋款初十到期，由這裡直接撥付，阜康一文錢都不必墊。」

宓本常一聽變色，雖只是一瞬間的事，姓朱的已看在眼裡，越加重了他的疑心，「老宓，我倒問你句話，我們東家怪我，怎麼不想一想，阜康現在擠兌，官款撥了過去，替你們填餡子，將來怎麼交公帳。」他問：「你是不是有這樣的打算？」

宓本常哪裡肯承認？連連搖手：「沒有這話，沒有這話！」

「真的？」

「當然真的，我怎麼會騙你。」

「我想想你也不會騙我，不然，你等於叫我來『掮木梢』，就不像朋友了。」

這話在宓本常是刺心的，惟有陪笑道謝，告辭出來，腳步都軟了，彷彿阜康是油鍋火山等著他去跳似的。

回到阜康，他是從「灶披間」的後面進去的，大門外人聲鼎沸，聞之心驚；進門未幾，有個姓杜的夥計攔住他說：「宓先生，你不要到前面去！」

「為啥？」

「剛才來了兩個大戶，一個要提二十五萬、一個要提十八萬，我說上海的頭寸，這年把沒有鬆過，我們檔手調頭寸去了，他說明天再來。你一露面，我這話就不靈了。」

山窮水盡的宓本常真有柳暗花明之樂，心想說老實話也是個搪塞法子；這姓杜的人很能幹，站櫃台的夥計，以他為首，千斤重擔他挑得動，不如就讓他來挑一挑。

於是他想了一下說：「不錯！你就用這話來應付，你說請他們放心，我們光是絲就值幾百萬銀子，大家犯不著來擠兌。」

「我懂。」杜夥計說：「不過今天過去了，明天要有交代。」

「那兩個大戶明天再來，你說我親自到寧波去提現款，要五天功夫。」宓本常又說：「我真的要到寧波去一趟，現在就動身。」

「要吃中飯了，吃了飯再走。」

「哪裡還吃得下飯。」宓本常拍拍他的肩，「這裡重重託你。等這個風潮過去了，我要在大先生面前好好保薦你。」

哪知道午後上門的客戶更多了；大戶也不比上午的兩個好說話，人潮洶湧、群情憤慨，眼看要出事故，巡捕房派來的那個「三道頭」追問宓本常何在？姓杜的只好說實話：「到寧波去了。」

「這裡怎麼辦？」

誰也不知道怎麼辦？只有阿章說了句：「只好上排門。」

16 變起不測

螺螄太太已經上床了，丫頭紅兒來報，中門上傳話進來，說阜康的檔手謝雲青求見。

「這時候——？」螺螄太太的心驀地裡往下一落，莫非胡雪巖得了急病？她不敢再想下去了。

「太太！」紅兒催問：「是不是叫他明天早上來？」

「不，」螺螄太太說：「問問他，有甚麼事？」

「只說上海有電報來。」

「到底甚麼事呢？去問他。」螺螄太太轉念，不是急事，不會此刻求見；既是急事，就不能耽誤功夫，當即改口：「開中門，請謝先生進來。」她又加了一句：「不要驚動了老太太。」

紅兒一走，別的丫頭服伺螺螄太太起床，穿著整齊，由丫頭簇擁著下了樓。

她也學會了矯情鎮物的功夫，心裡著急，腳步卻依舊穩重，走路時裙幅幾乎不動——會看相的都說她的「走相」主貴；她本人亦頗矜持，所以怎麼樣也不肯亂了腳步。

那謝雲青禮數一向周到，望見螺螄太太的影子，老遠就垂手肅立，眼觀鼻、鼻觀心地等候著，直到一陣香風飄來，聞出是螺螄太太所用的外國香水，方始抬頭作揖，口中說道：「這樣子夜深來打擾，實在過意不去。」

「請坐。」螺螄太太左右看了一下，向站在門口的丫頭發話：「你們越來越沒有規矩了，客人來了，也不倒茶。」

「不必客氣，不必客氣。我接得一個消息，很有關係，不敢不來告訴四太太。」

「喔，請坐了談。」說著，她擺一擺手，自己先在上首坐了下來。

「是這樣的。」謝雲青斜欠著身子落座，聲音卻有些發抖了，「剛剛接到電報，上海擠兌；下半天三點鐘上排門了。」

螺螄太太心頭一震，「沒有弄錯吧！」她問。

「不會弄錯的。」謝雲青又說：「電報上又說：宓本常人面不見，據說是到寧波去了。」

「那麼，電報是哪個打來的呢？」

「古先生。」

古應春打來的電報，絕不會錯；螺螄太太表面鎮靜，心裡亂得頭緒都握不住；好一會兒才問：「大先生呢？」

「大先生想來是在路上。」

「怎麼會有這種事？」螺螄太太自語似地說：「宓本常這樣子能幹的人，怎麼會撐不住，弄成這種局面？」

謝雲青無以為答，只搓著手說：「事情很麻煩，想都想不到的。」

螺螄太太驀地打了個寒噤，力持平靜地問：「北京不曉怎麼樣？」

「天津當然也有消息了，北京要晚一天才曉得。」謝雲青說：「牽一髮而動全身，明天這個關，只怕很難過。」

螺螄太太陡覺雙肩有股無可比擬的巨大壓力，何止千斤之重？她想擺脫這股壓力，但卻不敢，因為這副無形中的千斤重擔，如果她挑不起來，會傷及全家；而要想挑起來，且不說力有未逮，只一動念，便已氣餒，可是緊接著便是傷及全家，特別是傷及胡雪巖的信譽，因而只有咬緊牙關，全力撐持著。

「大先生在路上。」她說：「老太太不敢驚動；另外一位太太是拿不出主意的，謝先生，你有甚麼好主意？」

謝雲青原是來討主意的，聽得這話，只有苦笑：他倒是有個主意，卻不敢說出來，沉默了一會，依舊是螺螄太太開口。

「謝先生，照你看，明天一定會擠兌？」

「是的。」

「大概要多少銀子才能應付？」

「這很難說。」謝雲青說：「阜康開出去的票子，光是我這裡就有一百四十多萬，存款就更加多了。」

「那麼錢莊裡現銀有多少呢？」

「四十萬上下。」

螺螄太太考慮又考慮之後說：「有四十萬現銀，我想撐一兩天總撐得住，那時候大先生已經回來了。」

謝雲青心想，照此光景，就胡雪巖回來了，也不見得有辦法，否則上海的阜康何至於「上排門」，不過這話不便直說；他只問道：「萬一撐不住呢？」

這話如能答得圓滿，根本就不必謝雲青夤夜求見女東家，「謝先生，」螺螄太太反問道：「你說，萬一撐不住會怎麼樣？」

「會出事，會傷人。」謝雲青說：「譬如說，早來的、手長的，先把現銀提走了；後來的一落空，四太太你倒設身處地想一想，心裡火不火？」

這是個不必回答的疑問，螺螄太太只說：「請你說下去。」

「做事情最怕犯眾怒，一犯眾怒，官府都彈壓不住，錢莊打得粉碎不說，只怕還會到府上來吵，吵成甚麼樣子，就難說了。」

螺螄太太悚然而驚；勉強定一定心，從頭細想了一遍說：「犯眾怒是因為有的人有，有的人沒有，不公平了！索性大家都沒有，倒也是一種公平。謝先生，你想呢？」

「四太太，」謝雲青平靜地說：「你想通了。」

「好！」螺螄太太覺得這副千斤重擔，眼前算是挑得起來了，「明天不開門，不過要對客戶有個交代。」

「當然，只說暫時歇業，請客戶不必驚慌。」

「意思是這個意思，話總要說得婉轉。」

「我明白。」謝雲青又說：「聽說四太太同德藩台的內眷常有往來的？」

德藩台是指浙江藩司德馨，字曉峰；此人在旗，與胡雪巖的交情很深，所以兩家內眷，常有往還。螺螄太太跟德馨的一個寵妾且是「拜把子」的姊妹。

「不錯。」螺螄太太問：「怎麼樣？」

「明天一早，請四太太到藩台衙門去一趟，最好能見著德藩台，當面託一託他，有官府出面來維持，就比較容易過關了。」

「好的，我去。」螺螄太太問：「還有甚麼應該想到，馬上要做的。」

一直縈繞在螺螄太太心頭的一個難題是，這樣一個從來沒有想到過的大變化，要不要跟大太太說？

胡家中門以內是「一國三公」的局面，凡事名義上是老太太主持，好比慈禧太后的「垂簾聽政」，大太太彷彿恭親王；螺螄太太就像前兩年去世的沈桂芬。曾經有個姓吳的翰林，寫過一首詩，題目叫做「小姑嘆」，將由山西巡撫內調入軍機的沈桂芬，比做歸寧的小姑，深得母歡，以致當家的媳婦，大權旁落，一切家務都由小姑秉承母命而行。如果說天下是滿洲人的天下，作為滿洲人的沈桂芬，確似歸寧或者居孀的姑奶奶，越俎代庖在娘家主持家務。胡家的情形最相像的一點是，老太太喜歡螺螄太太，就像慈禧太后寵信沈桂芬那樣，每天「上朝」——一早在胡老太太那裡商量這天有甚麼要緊的事要辦，通常都是螺螄太太先提出來，胡老太太認可；或者胡老太太問到，螺螄太太提出意見來商量，往往言聽計從，決定之後才由胡老太太看著大太太問一句：「你看呢？」有時甚至連這句話都不問。

但是，真正為難的事，是不問胡老太太的，尤其是壞消息，更要瞞住。螺螄太太的做法是，能作主就作主了，不能作主問胡雪巖。倘或胡雪巖不在而必要作主，這件事又多少有責任，或許會受埋怨時，螺螄太太就會跟大太太去商量，這樣做並不是希望大太太會有甚麼好辦法拿出來，而是要她分擔責任。

不過這晚上謝雲青來談的這件事是太大了；情形也太壞了，胡老太太如果知道了，會受驚嚇；即令是大太太，只怕也會急出病來。但如不告訴她，自己單獨作了決定，這個責任實在擔不起；告訴她呢，不能不考慮後果——謝雲青說得不錯，如今要把局勢穩住，自己先不能亂；外面謠言滿天飛都還不要緊，倘由胡家的人說一句撐不下去的話，那就一敗塗地，無藥可救了。

「太太！」

螺螄太太微微一驚，抬眼看去，是大丫頭阿雲站在門口，她如今代替了瑞香的地位，成為螺螄太太最信任的心腹；此時穿一件玫瑰紫軟緞小套夾，揉一揉惺忪的倦眼，頓時面露驚訝之色。

「太太沒有睡過？」

「嗯！」螺螄太太說：「倒杯茶我喝。」

阿雲去倒了茶，一面遞，一面說：「紅兒告訴我，謝先生半夜裡來見太太——。」

「不要多問。」螺螄太太略有些不耐煩地揮著手。

就這時更鑼又響，晨鐘亦動；阿雲回頭望了一眼，失驚地說：「五點鐘了，太太再不睡，天就要亮了。今天『大冰太太』來吃第十三隻雞，老太太特為關照，要太太也陪；再不睡一會，精神怎麼夠？」

杭州的官宦人家稱媒人為「大冰老爺」，女媒便是「大冰太太」，作媒叫做「吃十三隻半雞」，因為按照六禮的程序，自議婚到嫁娶，媒人往還於乾坤兩宅，須十三趟之多，每來應以盛饌相饗，至少也要殺雞款待，而笑媒人貪嘴，花轎出發以前，還要來擾一頓，不過匆匆忙忙只來得及吃半隻雞，因而謂之為「吃十三隻半雞」。這天是胡三小姐的媒人，來談最後的細節；下一趟來便是十一月初五花轎到門之前吃半隻雞的時候了。

螺螄太太沒有接她的話，只嘆口氣說：「三小姐也命苦。」緊接著又說：「你到夢香樓去看看，那邊太太醒了沒有？如果醒了，說我要去看她。」

「此刻？」

「當然是此刻。」螺螄太太有些發怒，「你今天早上怎麼了？話都聽不清楚！」

阿雲不敢作聲，悄悄地走了；大太太住的夢香樓很有一段路，所以直到螺螄太太喝完一杯熱茶，阿雲方始回來；後面跟著大太太的心腹丫頭阿蘭。

「夢香樓太太正好醒了，叫我到床面問：啥事情？我說：不清楚。她問：是不是急事？我說：這時候要談，想來是急事。她就叫阿蘭跟了我來問太太。」

螺螄太太雖知大太太的性情，一向遲緩，但又何至於到此還分不出輕重，只好嘆口氣將阿蘭喚了進來說：「你回去跟太太說，一定要當面談，我馬上去看她。」一起到了夢香樓，大太太已經起床，正在吸一天五次第一次水煙；「你到真早！」她說：「而且打扮好了。」

「我一夜沒有睡。」

大太太將已燃著的紙煤吹熄，抬眼問道：「為啥？」

螺螄太太不即回答，回頭看了看說：「阿蘭，你們都下樓去，不叫不要上來。」

阿蘭楞了一下，將在屋子裡收拾床鋪裡衣服的三個丫頭都帶了出去，順手關上房門。

螺螄太太卻直到樓梯上沒有聲響了，方始開口：「謝雲青半夜裡上門要看我。他收到上海的電報，阜康『上排門了』。」

大太太一時沒有聽懂，心想上排門打烊，不見得要打電報來；念頭尚未轉完，驀地省悟，「你說阜康倒了？」她問。

「下半天的事，現在宓本常人面不見。」

「老爺呢？」

「在路上。」

「那一定是沒有倒以前走的。有他在，不會倒。」大太太說了這一句，重又吹燃紙煤，「呼嚕嚕、呼嚕嚕」地，水煙吸個不停。

螺螄太太心裡奇怪，想不到她真沉得住氣；看起來倒是應該跟她討主意了，「太太，」她問：「謝雲青來問，明天要不要卸排門？」說到這裡，她停下來等候大太太的反應。

有「上排門」這句話在先；「卸排門」當然就是開門做生意的意思，大太太反問一句：「是不是怕一卸排門就上不上了？」

「當然。」

「那麼你看呢？」

「我看與其讓人家逼倒，還不如自己倒。不是，不是！」螺螄太太急忙更正：「暫停營業，等老爺回來再說。」

「也只好這樣子。老爺不曉得啥辰光到？」

「算起來明天下半天總可以到了。」

「到底是明天，還是今天？」

「喔，我說錯了，應該是今天。」

「今天！」大太太惋惜地說：「就差今天這一天。」

她的意思是，胡雪巖如能早到一天，必可安度難關，而螺螄太太卻沒有這樣的信心。到底是結髮夫妻，對丈夫這樣信任得過；可是沒有用！她心裡在說：要應付難關，只怕你還差得遠。

這樣轉著念頭，不由得又起了爭強好勝之心，也恢復了她平時處事有決斷的樣子，「太太，」她首先聲明：「這副擔子現在是我們兩個人來挑，有啥事情，我們商量好了辦，做好做壞，是兩個人的責任。」

「我明白。你有啥主意，儘管拿出來，照平常一樣。」

照平常一樣，就是螺螄太太不妨獨斷獨行。

當然此刻應該尊重她的地位，所以仍是商量的語氣。

「我想，這個消息第一個要瞞緊老太太；等一下找內外男女總管來交代，是你說，還是我說？」

「你說好了。」

「說是我說，太太也要在場。」

「我會到。」

「今天中上午請大冰太太。」螺螄太太又說：「老太太的意思，要我也要陪；我看只好太太一個人做主人了，我要到藩台衙門去一趟。」

「是去看他們二姨太？」

「不光是她，我想還要當面同德藩台說一說；要在那裡等，中午只怕趕不回來。」螺螄太太提醒她說：「老太太或者會問。」

「問起來怎麼說？」

「德藩台的大小姐，不是『選秀女』要進京了。就說德太太為這件事邀我去商量。」

「噢！我曉得了。」

螺螄太太站起身來說：「太太請換衣服吧！我去把她們叫攏來。」

「叫攏來」的是胡家的七個管家四男三女；要緊的是三個女管家，因為男管家除非特別情形，不入中門，不怕他們會洩漏消息。

見面的地方是在靠近中門的一座廳上，胡家下人稱之為「公所」，男女總管有事商量都在此處，逢年過節，或者有甚麼重要話要交代，螺螄太太也常用到這個地方。但像這天要點了蠟燭來說話，卻還是頭一遭。

因此，每一個人都有一種沒來由的恐懼，而且十一月的天氣，冷汛初臨；那些男女總管的狐裘，竟擋不住徹骨的曉寒，一個個牙齒都在抖戰。

兩行宮燈，引導著正副兩太太冉冉而至，進了廳堂，兩人在一張大圓桌後面坐了下來，卸下玄狐袖筒，阿蘭與阿雲將兩具金手爐送到她們手裡，隨即又由小丫頭手裡接過金水煙袋開始裝煙。

「不要！」螺螄太太向阿雲搖一搖手，又轉臉看一看大太太。

「你說吧！」

於是螺螄太太咳嗽一聲，用比平時略為低沉的聲音說：「今天初二，大後天就是三小姐的好日子；大家多辛苦，一切照常。」

「多辛苦」是應該的，「一切照常」的話由何而來？一想到此，素來有咳嗽毛病的老何媽，頓覺喉頭發癢，大咳特咳。

大家都憎厭地望著她，以至於老何媽越發緊張，咳得越凶；但螺螄太太卻是涵養功深，毫無慍色，「阿雲，」她說：「你倒杯熱茶給老何媽。」

不用她吩咐，早有別的小丫頭倒了茶來，並輕聲問道：「要不要攙你老人家到別處去息一息？」

「馬上就會好的。」螺螄太太聽見了，這樣阻止；又問咳已止住的老何媽：「你的膏滋藥吃了沒有？」

「還沒有。」老何媽陪笑說道：「三小姐的喜事，大家都忙，今年的膏滋藥，我還沒有去配呢！」

「你不是忙，是懶，」螺螄太太喊一聲：「阿高！」

「在。」

「你叫人替老何媽去配四服膏滋藥，出我的帳好了。」

阿高是專管「外場」形同採辦的一個主管；當下答一聲：「是。」

等老何媽道過謝；螺螄太太又說：「你們都是胡家的老人，都上了年紀了，應該進進補；有空就到慶餘堂去看看蔡先生，請他開個方子，該配幾服，都算公帳。」

這種「恩典」是常有的，照例由年紀最大，在胡家最久的福生領頭稱謝；但卻不免困惑，這樣冷的黎明時分把大家「叫攏來」，只為了說這幾句話？

當然不是！不過看螺螄太太好整以暇的神情，大家原有的那種大禍臨頭的感覺，倒是減輕了好些。

再度宣示的螺螄太太，首先就是解答存在大家心頭的疑惑，「為啥說一切照常；莫非本來不應該照常的?話也可以這樣子說;因為昨天上海打來一個電報,市面不好,阜康要停兩天——。」

說到這裡,她特為停下來,留意大家的反應——反應不一,有的無動於衷,不知道是沒有聽懂,還是根本不了解這件事是如何不得了;有的卻臉色如死,顯然認為敗落已經開始了;有的比較沉著,臉色肅穆地等待著下文;只有一個人,就是跑「外場」管採辦的阿高,形神閃爍,眼珠滴溜溜地轉個不定,螺螄太太記在心裡了。

「昨天晚上謝先生告訴我,問我討辦法,我同太太商量過了,毛病出在青黃不接的當口,正好老爺在路上。老爺一回來就不要緊了。你們大家都是跟老爺多年的人,總曉得老爺有老爺的法子。是不是?」

「是。」福生代表大家回答:「老爺一生不曉得經過多少大風大浪,這一回也難不倒他的。」

「就是當口趕得不好!」螺螄太太接口道:「如今好比一隻大船,船老大正好在對岸,我們要把這隻船撐過去,把他接到船上,由他來掌舵,這隻船一定可以穩下來,照樣往前走。現在算是我同太太在掌舵,撐到對岸這一點把握還有,不過大家要同幫太太的忙。」

「請兩位太太吩咐。」仍然是由福生接話。

「有句老古話,叫做『同舟共濟』,一條船上不管多少人,性命只有一條,要死大家死,要活大家活,這一層大家要明白。」

「是。」有幾個人同聲答應。

「遇到風浪，最怕自己人先亂，一個要往東、一個要往西，一個要回頭、一個要照樣向前，意見一多會亂；一亂就要翻船。所以大家一定要穩下來。」螺螄太太略停一停問說：「那個如果覺得船撐不到對岸，想游水回來，上岸逃生的儘管說。」

當然不會有人；沉默了一會，福生說道：「請螺螄太太說下去。」

「既然大家願意同船合命，就一定要想到，害人就是害己。我有幾句話，大家聽好；第一，不准在各樓各廳，尤其是老太太那裡去談這件事。」

「是！」

「第二，俗語說的『來說是非者，便是是非人』，你們自己先不要到處去亂說；如果有人來打聽這件事，要看對方的情形，不相干的人，回答他一句：『不曉得。』倘或情分深，也是關心我們胡家的，不妨誠誠懇懇安慰他們幾句，市面上一時風潮，不要緊的。」

看大家紛紛點頭或者頗能領悟的表情，螺螄太太比較放心了；接著宣布第三件事。

第三件事仍舊是用一句俗語開頭：「俗語說『樹大招風』，大家平時難免有得罪了人的地方，所以阜康不下排門，一定會有人高興，或者乘此機會出點甚麼花樣。『見怪不怪，其怪自敗』，聽見有人在說閒話，不必理他們；倘或發現有人出花樣，悄悄兒來告訴我，只要查實了確有其事，來通風報信的人，我私下有重賞。」說到這裡，螺螄太太回頭叫一聲：「阿雲！」

「在這裡。」阿雲從她身後轉到她身旁。

「不管是哪一個，如果到中門上說要見我，都由你去接頭；有啥話你直接來告訴我，如果洩漏了，唯你是問，你聽明白了沒有。」

不但阿雲聽明白了，所有的人亦都心裡有數，只要告密就有重賞；不過一定要跟螺螄太太的心腹阿雲接頭，不但不會洩漏機密，而且話亦一定能夠不折不扣的轉達。

「太太有沒有甚麼話交代？」螺螄太太轉臉問說。

大太太點點頭，吸完一袋水煙，拿手絹抹一抹口說：「這裡就數福生經的事多，長毛造反以前，福生就在老爺身邊了，三起三落的情形都在他眼裡。福生，你倒說說看，老爺是怎樣子起來的？」

「老爺──，」福生咳嗽一聲，清一清喉嚨說：「老爺頂厲害的是，從不肯認輸，有兩回大家看他輸定了，哪曉得老爺像下棋，早就有人馬埋伏在那裡，『死棋肚子裡出仙著。』這一回，老爺一定也有棋在那裡，不過我們不曉得；等老爺一回來就好了。」

「你們都聽見了。」大太太說：「三小姐的好日子馬上到了，大家仍舊高高興興辦喜事；『天塌下來有長人頂』，你們只當沒有這樁事情好了。」

未到中午，好像杭州城裡都已知道阜康錢莊「出毛病了」！「賣朝報」的人也很不少──奔走相告，杭州人謂之「賣朝報」。固然有的是因為這是從洪楊平定以來，從未有過的大新聞；但更多的人是由於利害相關；胡雪巖的事業太多了，跟他直接間接發生關係的人，不知道多少，最著急的是公濟典總管唐子韶的姨太太月如，原來先是有胡家周圍的人，以胡家為目標在做生意，螺螄太太很不贊成，但胡雪巖認為「肥水不落外人田」，而且做生意是各人自由，無可厚非。這樣久而久之，成了一種風氣；月如見獵心喜，也做過一回生意，那是胡老太太做生日，大排筵席，杭州廚子這一行中有名的幾乎一網打盡，月如跟一個孫廚合作，包了一天，賺了四百多兩銀子，非常得意。這回胡三小姐出閣，喜筵分五處來開，除了頭等客人，由胡家的廚子自行備辦以外，其餘四處都找人承辦；阿高跟唐子韶走得很近，月如當然相熟，託他設法包了一處，午晚兩場，一共要開一百二十桌，仍舊跟孫廚合作，一個出力，一個墊本；如今阜康一出毛病，胡三小姐的喜事，不會再有那麼大的排場了。

月如家住公濟典後面，公濟典跟阜康只隔幾間門前，所以阜康不卸排門，擠兌的人陸續而來，高聲叫罵的喧囂情形，月如聽得很清楚；正在心驚肉跳，想打發人去找孫廚來商量時，哪知孫廚亦已得到消息，趕了來了。

「你的海貨發了沒有？」

「昨天就泡在水裡去發了。」孫廚答說：「不然怎麼來得及。」

「好！這一來魚翅、海參都只好自己吃了。」

「怎麼三小姐的喜事改日子了？」

「就不改，排場也不會怎麼大了！」月如又說：「就算排場照常，錢還不知道收得到，收不到呢？」

孫廚一聽楞住了，「那一來，我請了二十個司務，怎麼交代？」他哭喪著臉說。

月如一聽有氣，但不能不忍；因為原是講好了，墊本歸她，二十名司務的工錢，原要她來負責，不能怪孫廚著急。

「唐姨太，」孫廚問說：「你的消息總比我們靈吧，有沒有聽說胡大先生這回是為啥出毛病？」

「我哪裡曉得？我還在梳頭，聽見外面人聲，先像蒼蠅『嗡嗡嗡』地飛；後來像潮水『嘩嘩嘩』流，叫丫頭出去一打聽，才曉得阜康開門以來，第一回不卸排門做生意。到後來連公濟典都有人去鬧了。」月如又問：「你在外頭聽見啥？」

「外頭都說，這回胡大先生倒掉，恐怕爬不起來了！爬得高，掉得重；財神跌跤，元寶滿地滾，還不是小鬼來撿個乾淨。等爬起來已經兩手空空，變成『赤腳財神』。」

光是謂之「赤腳」，財神連雙鞋都沒有了，淒涼可知；月如嘆口氣說：「真不曉是啥道理，會弄成這個樣子？」

「從前是靠左大人，現在左大人不吃香；直隸總督李中堂當道，有人說，胡大先生同李中堂不和，他要跌倒了，李中堂只會踹一腳，不會拉一把。」

「這些我也不大懂。」月如把話拉回來，「談我們自己的事，我是怕出了這樁沒興的事，胡家的喜事，馬馬虎虎，退了我們的酒席。」

「真的退了我們的酒席，倒好了；就怕喜事照辦，酒席照開，錢收不到。」

「這，」月如不以為然，「你也太小看胡大先生了，就算財神跌倒，難道還會少了我們的酒席錢！」

「不錯！他不會少，就怕你不好意思去要。」孫廚說道：「唐姨太你想，那時候亂成甚麼樣子，你就是好意思去要，也不曉得同那個接頭。」

一聽這話，月如好半晌作聲不得，最後問說：「那麼，你說，我們現在怎麼辦？」

「現在，」孫廚嚥了口唾沫，很吃力地說：「第一要弄清楚，喜事是不是照常？」

「我想一定照常。胡大先生的脾氣我曉得的。」

「喜事照常，酒席是不是照開？」

「那還用得著說。」

「不！還是要說一句，哪個說，跟哪個算帳，唐姨太，我看你要趕緊去尋高二爺，說個清楚。」

「高二爺」是指阿高。這提醒了月如，阿高雖未見得找得到，但不妨到「府裡」去打聽打聽消息。

月如近年來難得進府。原因很多，最主要的是怕見舊日夥伴，原是燒火丫頭，不道「飛上枝頭作鳳凰」，難免遭人妒嫉，有的叫她「唐姨太」，有的叫她「唐師母」，總不如聽人叫月如來得順耳。尤其是從她出了新聞以後，她最怕聽的一句話就是：「老爺這兩天有沒有到你那裡吃飯？」

這天情勢所逼，只好硬著頭皮去走一趟；由大廚房後門進府，旁邊一間敞廳，是各房僕婦丫頭到大廚房來提開水、聚會之地，這天長條桌上擺著兩個大籮筐，十幾個丫頭用裁好的紅紙在包「桂花糖」——杭州大小家嫁娶都要討「桂花糖」吃，白糖加上桂花，另用玫瑰、薄荷的漿汁染色，用小模子製成各花樣，每粒拇指大小，玲瓏精緻，又好吃、又好玩，是孩子們的恩物。

胡三小姐出閣，在方裕和定製了四百公斤加料的桂花糖，這天早晨剛剛送到；找了各房丫頭來幫忙。進門之處恰好有個在胡老太太那裡管燭火香蠟的丫頭阿菊，與月如一向交好；便往裡縮了一下，拍拍長條桌說；「正好來幫忙。」

月如便挨著她坐了下來，先抬眼看一看，熟識的幾個都用眼色默然地打了招呼；平時頂愛講話的，這天亦不開口，各人臉上，當然亦不會有甚麼笑容。

見此光景，月如亦就不敢高聲說話了，「三小姐的喜事，會不會改日子？」她先問她最關心的一件事。

「你不看仍舊在包桂花糖。」阿菊低聲答說；「今朝天濛濛亮，大太太、螺螄太太在『公所』交代，一切照常。」

「怎麼會出這種事？」月如問說：「三小姐怎麼樣？有沒有哭？」

「哭？為啥？跟三小姐啥相干？」

「大喜日子，遇到這種事，心裡總難過的。」

「難過歸難過，要做新娘子，哪裡有哭的道理？不過，」阿菊說道：「笑是笑不出來的。」

「你看，阿菊，」月如將聲音壓得極低，「要緊不要緊？」

「甚麼要緊不要緊？」

「我是說會不會——。」

「會不會倒下來是不是？」阿菊搖搖頭，「恐怕難說。」

「會倒？」月如吃驚地問：「真的？」

「你不要這樣子！」阿菊白了她一眼，「螺螄太太最恨人家大驚小怪。」

月如也自知失態，改用平靜的聲音說：「你從哪裡看出來的，說不定會倒？」

「人心太壞！」

話中大有文章，值得打聽，但是來不及開口，月如家的一個老媽子趕了來通知，唐子韶要她趕緊回家。

「那幾張當票呢？」唐子韶問。

月如開了首飾箱，取出一疊票；唐子韶一張一張細看。月如雖也認得幾個字，但當票上那筆「鬼畫符」的草書，隻字不識；看他揀出三張擺在一邊，便即問道：「是些啥東西？」

原來唐子韶在公濟典舞弊的手法，無所不用其極，除了在滿當貨上動手腳以外，另外一種是看滿當的日期已到，原主未贖，而當頭珍貴，開單子送進府裡，「十二樓」中的姨太太，或許看中了要留下來；便以「掛失」為名，另開一張當票；此外還有原主出賣，或者來路不明，譬如「扒兒手」扒來，甚至小偷偷來的當票，以極低的價錢收了下來，都交給月如保管，看情形取贖。

這揀出來的三張，便是預備贖取的，一張是一枚帽花，極大極純的一塊波斯祖母綠，時價值兩千銀子，只當了五百兩；一張是一副銀枱面，重六百兩，卻當不得六百銀子，因為回爐要去掉「火耗」，又說它成色不足，再扣去利息，七折八扣下來，六百兩銀子滅掉一半，只當三百兩；可是照樣打這麼一副，起碼要一千銀子。

第三張就更貴重了，是一副鑽鐲，大鑽十二、小鑽六十四，不算鑲工，光是金剛鑽就值八千兩銀子，只當得二千兩，是從一個小毛賊那裡花八千兩銀子買來的；第二天，原主的聽差氣急敗壞來掛失，唐子韶親自接待，說一聲：「實在很對不起，已經有人來贖走了。」拿出當票來看，原主都說「不錯」；但問到是甚麼人來贖的？又是一聲：「實在對不起，不曉得。」天下十八省的當鋪，規矩是一樣的，認票不認人，來人只好垂頭喪氣去回覆主人。

「這三張票子趕緊料理。」唐子韶說：「阜康存了許多公款，從錢塘、仁和兩縣到撫台衙門，都有權來封典當；不贖出來，白白葬送在裡面。」

「阜康倒了，跟公濟典有啥關係？」

「虧你問得出這種話！只要是胡大先生的產業都可以封。」說完，唐子韶匆匆忙忙地去了。

月如送他到門口，順便看看熱鬧。她家住在後街，來往的人不多，但前面大街上人聲嘈雜，卻聽得很清楚；其中隱隱有鳴鑼喝道之聲，凝神靜聽，果然不錯，月如想起剛才唐子韶說過的話，不由得一驚，莫非官府真的來封阜康錢莊與公濟典了？

她的猜測恰好相反，由杭州府知府吳雲陪著來的藩司德馨，不是來封阜康的門，而是勸阜康開門營業。

原來這天上午，螺螄太太照謝雲青的建議，特地坐轎到藩司衙門去看德藩台的寵妾。相傳這座衙門是南宋權相秦檜的住宅；又說門前兩座石欄圍繞的大池，隱藏著藩庫的水門，池中所養的大鼋，杭州人稱之為「癩頭鼋」，便是用來看守藩庫水門的，這些傳說，雖難查證，但「藩司前看癩頭黿」，是杭州城裡市井中的一景，卻是亙百數十年不改。螺螄太太每次轎子經過，看池邊石欄上，或坐或倚的人群，從未有何感覺，這天卻似乎覺得那些閒人指指點點，都在說她：「喏，那轎子裡坐的就是胡大先生的螺螄太太；財神跌倒，變成赤腳，螺螄太太也要拋頭露面來求人家了。」

這樣胡思亂想著，她心裡酸酸地，突然覺得眼眶發熱；趕緊拭去眼淚，強自把心定下來，自己對自己說：不要緊的！無論如何自己不可先擺出著急的樣子。

於是她將平日來了以後的情形回憶了一下，警惕著一切如常，不能有甚異樣的態度。由於她那乘轎子格外華麗；更由於她平時出手大方，所以未進側門以前，不待執帖家人上前通報，便有德藩台的聽差迎了出來，敞開雙扉，容她的轎子沿著正廳西面的甬道，在花園入口處下轎。

德藩台的寵妾，名叫蓮珠，在家行二，她們是換帖姊妹，蓮珠比螺螄太太大一歲，所以稱之為二姊；蓮珠喚她四妹，出來迎接時，像平時一樣，彼此叫應了略作寒暄，但一進屋尚未坐定，蓮珠的神情就不一樣了。

「四妹，」她執著螺螄太太的手，滿腹疑惑的問：「是怎麼回事？一早聽人說，阜康不開門，我說沒有的事；剛剛我們老爺進來，我問起來才知道上海的阜康倒了，這裡擠滿了人，怕要出事。我們老爺只是嘆氣，我也著急；到底要緊不要緊？」

這一番話說得螺螄太太心裡七上八下，自己覺得臉上有點發燒，但力持鎮靜，不過要像平常那樣有說有笑，卻怎麼樣也辦不到了。

「怎麼不要緊？一塊金字招牌，擦亮來不容易；要弄髒它很方便。」螺螄太太慢條斯理地說：「怪只怪我們老爺在路上，上海、杭州兩不接頭；我一個女人家，就拋頭露面，哪個來理我？說不得只好來求藩台了。」

「以我們兩家的交情，說不上一個求字。」蓮珠喚來一個丫頭說：「你到中門上傳話給阿福，看老爺會客完了，馬上請他進來。」

阿福是德馨的貼身跟班，接到中門上傳來的消息，便借裝水煙袋之便，悄悄在德馨耳際說了一句：「姨太太請。」

德馨有好幾個妾，但不加區別僅稱「姨太太」便是指蓮珠。心想她有甚麼要緊事，等不及他回上房吃午飯時談？一定是胡家的事。這樣想著，便對正在會見的一個候補道說：「你老哥談的這件案子，兄弟還不十分清楚，等我查過了再商量吧！」

接著不由分說，端一端茶碗，花廳廊上的聽差，便高唱一聲：「送客！」將那候補道硬生生地攆走了。

看「手本」，還有四客要接見，三個是候補知縣，一個是現任海寧州知州；他躊躇了一回，先剔出兩個手本，自語似地說：「這兩位，今天沒功夫了。」

阿福取手本來一看，其中一個姓劉送過很大的一個門包，便即說道：「這位劉大老爺是姨太太交代過的。」

「交代甚麼？」

「劉大老爺想討個押運明年漕米的差使；姨太太交代，老爺一定要派。」

「既然一定要派，就不必見了。」

「那麼，怎麼樣回他？」

「叫他在家聽信好了。」

「是。」

「這一位，」德馨拿起另一份手本，沉吟了一下，用快刀斬亂麻的手法，連海寧州知州的手本，一起往外一推：「說我人不舒服，都請他們明天再來。」

說完，起身由花廳角門回到上房，逕自到了蓮珠那裡；螺螄太太一見急忙起身，襝衽為禮。

德馨跟胡雪巖的交情很厚，私底下管他叫「胡大哥」；對螺螄太太便叫「羅四姐」，他一開口便問：「羅四姐，雪巖甚麼時候回來？」

「今天下半天。」

「唉！」他頓一頓足說：「就差這麼一天功夫。」

意思是胡雪巖只要昨天到，今天的局面就不會發生。螺螄太太不知道他能用甚麼辦法來解消危機？但願傾全力相助的心意是很明顯的。

患難之際，格外容易感受他人的好意；於是螺螄太太再一次襝衽行禮，噙著淚光說道：「藩台這樣照應我們胡家，上上下下都感激的。」

「羅四姐，你別這麼說，如今事情出來了，我還不知道使得上力，使不上力呢？」

「有甚麼使得上，使不上？」蓮珠接口說道：「只要你拿出力量來，總歸有用的。」

「我當然要拿力量出來。胡大哥的事，能盡一分力，盡一分力。羅四姐，你先請回去，我過了癮，馬上請吳知府來商量。」德馨又說：「飯後我親自去看看；我想不開門總不是一回事。不過，事也難說。總而言之，一定要想個妥當辦法出來。」

有最後一句話，螺螄太太放心了；蓮珠便說：「四妹，今天你事情多，我不留你了。」說著，送客出來，到了廊上悄悄說道：「我會釘住老頭子，只要他肯到阜康，到底是藩台，總能壓得下去的。」

「是的。二姐，我現在像『沒腳蟹』一樣，全靠你替我作主。」螺螄太太又放低了聲音說：「上次你說我戴的珠花樣子好，我叫人另外穿了一副，明後天送過來。」

「不必，不必，你現在何必還為這種事操心？喔，」蓮珠突然想起，「喜事呢？」

「只好照常，不然外頭的謠言更多了。」螺螄太太又說：「人、勢利的多，只怕有的客人不會來了。」

「我當然要來的。」

「當然、當然。」螺螄太太怕她誤會，急忙說道：「我們是自己人。且不說還沒有倒下來，就窮得沒飯吃了，二姐還是一樣會來的。」

「正是這話。」蓮珠叮囑：「胡大先生一回來，你們就送個信來。」

「他一回來，一定首先來看藩台。」

「對！哪怕晚上也不要緊。」

「我曉得。」螺螄太太又說：「我看珠花穿好了沒有；穿好了叫他帶來，二姊好戴。」

回到家，螺螄太太第一件要辦的，就是這件事。說「叫人另外穿一副」是故意這樣說的；螺螄太太的珠花有好幾副，挑一副最瑩白的，另外配一隻金鑲玉的翠鐲，立即叫人送了給蓮珠。

這份禮真是送在刀口上。原來德馨在旗員中雖有能吏之稱，但出身紈袴，最好聲色；聽說胡家辦喜事，來了兩個「水路班子」——通都大邑的戲班，都是男角；坤角另成一班，稱為「髦兒戲」，惟有「水路班子」男女合演；其中有一班叫「福和」，當家的小旦叫靈芝草，色藝雙全，德馨聽幕友談過這個坤伶，久思一見，如今到了杭州，豈肯錯過機會，已派親信家人去找班主，看哪一天能把靈芝草接了來，聽她清唱。

也就是螺螄太太辭去不久，德馨正在抽鴉片過癮時，親信家人來回覆，福和班主，聽說藩台「傳差」，不敢怠慢，這天下午就會把靈芝草送來。德馨非常高興，變更計畫，對於處理阜康擠兌這件事，另外作了安排。

就這時蓮珠到了簽押房，她是收到了螺螄太太一份重禮，對阜康的事格外關切，特意來探問究竟；德馨答說：「我已經派人去請吳知府了，等他來了，我會切切實實關照他。」

「關照他甚麼？」

「關照他親自去彈壓。」

「那麼，」蓮珠問道：「你呢？你不去了？」

「有吳知府一個人就行。」

「你有把握，一定能料理得下來？」

「這種事誰有把握。」德馨答說：「就是我也沒有。」

「你是因為沒有把握才不去的？」

「不是。」

「是為甚麼？」

「我懶得動。」

「老頭子，你教人寒心！胡雪巖是你的朋友，人家有了急難，弄得不好會傾家蕩產，你竟說懶得動，連去看一看都不肯。這叫甚麼朋友？莫非你忘記了，放藩台之前，皇太后召見，如果不是胡雪巖借你一萬銀子，你兩手空空，到了京裡，人家會敷衍你，賣你的帳？」蓮珠停了一下，直截了當地說：「你如果覺得阜康的事不要緊，有吳知府去了就能料理得下來，你可以躲懶；不然，你就得親自去一趟，那樣，就阜康倒了，你做朋友的力量盡到了，胡雪巖也不會怪你。你想呢？」

德馨正待答話，只聽門簾作響，回頭看時，阿福興匆匆地奔了進來，臉上掛著興奮的笑容；一見蓮珠在立即縮住腳，臉上的笑容也消失了。

「甚麼事？」蓮珠罵道：「冒冒失失，鬼頭鬼腦，一點規矩都不懂！」

阿福不作聲，只不住偷看著德馨；德馨卻又不住向他使眼色。這種鬼鬼祟祟的模樣，落在蓮珠眼中，不由得疑雲大起，「阿福！」她大聲喝道：「甚麼事？快說！」

「是，」阿福陪笑說道：「沒有甚麼事？」

「你還不說實話！」蓮珠向打煙的丫頭說道：「找張總管來！看我叫人打斷他的兩條狗腿。」

藩台衙門的下人，背後都管蓮珠叫「潑辣貨」；阿福識得厲害，不覺雙膝一軟，跪倒在地，「姨太太饒了我吧。」他說：「下回不敢了。」

「甚麼下回不敢，這回還沒有了呢！說！說了實話我饒你。」

阿福躊躇了一會，心想連老爺都怕姨太太，就說了實話，也不算出賣老爺，便即答說：「我來回老爺一件事。」

「甚麼事！」

此時德馨連連假咳示意，蓮珠冷笑著坐了下來，向阿福說道：「說了實話沒你事；有一個字的假話，看我不打你，你以後就別叫我姨太太。」

說到這樣重的話，阿福把臉都嚇黃了，哭喪著臉說：「我是來回老爺，福和班掌班來通知，馬上把靈芝草送來。」

「喔，靈芝草，男的還是女的？」

「女的。」

「好。我知道了。你走吧！」

阿福磕一個頭站起身來，德馨把他叫住了，「別走！」他說：「你通知福和班，說我公事忙，沒有功夫聽靈芝草清唱；過幾天再說。」

「是！」阿福吐一吐舌頭，悄悄退了出去。

「老頭子——。」

「你別嚕囌了！」德馨打斷她的話說：「我過足了癮就走，還不行嗎？」

「我另外還有話。」蓮珠命打煙的丫頭退出去：「我替老爺打煙。」

這是德馨的享受，因為蓮珠打的煙，「黃、高、鬆」三字俱全，抽一筒長一回精神；但自她將這一手絕技傳授了丫頭，便不再伺候這個差使，而他人打的煙總不如蓮珠來得妙，因此她現在自告奮勇，多少已彌補了不能一聆靈芝草清唱之憾。

蓮珠暫時不作聲，全神貫注打好了一筒煙，裝上煙槍，抽腋下手絹，抹一抹煙槍上的象牙嘴，送到德馨口中，對準了火、拿煙籤子替他撥火。

德馨吞雲吐霧，一口氣抽完，拿起小茶壺便喝，茶燙得常人不能上口，但他已經燙慣了，舌頭亂捲了一陣，喝了幾口，然後拈一粒松子糖放入口中，優閒地說道：「你有話說吧！」

「我是在想，」蓮珠一面打煙一面說：「胡雪巖倒下來，你也不得了！你倒想，公款有多少存在那裡？」

「這我不怕，可以封他的典。」

「私人的款子呢？」蓮珠問說：「莫非你也封他的典？就算能封，人家問起來，你怎麼說？」

「是啊！」德馨吸著氣說：「這話倒很難說。」

「就算不難說，你還要想想託你的人，願意不願意你說破。像崇侍郎大少爺的那五萬銀子，當初託你轉存阜康的時候，千叮萬囑，不能讓人知道。你這一說，崇侍郎不要恨你？」

「這，——這，」德馨皺著眉說：「當初我原不想管的，崇侍郎是假道學，做事不近人情，替他辦事吃力不討好；只為彼此同旗世交，他家老大，對我一向很孝敬，我才管了這樁事。我要一說破，壞了崇侍郎那塊清廉的招牌，他恨我一輩子。」

「也不光是崇侍郎，還有孫都老爺的太太，她那兩萬銀子是私房錢；孫都老爺也是額角頭上刻了『清廉』兩個字的，如果大家曉得孫太太有這筆存款，不明白是她娘家帶來，壓箱底的私房錢，只說是孫都老爺『賣參』的骯髒錢。那一來孫都老爺拿他太太休回娘家。老頭子啊老頭子，你常說『寧拆八座廟、不破一門婚』；那一來，你的孽可作得大了！」

嘰哩呱啦一大篇話，說得德馨汗流浹背，連煙都顧不得抽了；坐起身來，要脫絲棉襖。

「脫不得，要傷風。」蓮珠說道：「你也別急，等我慢慢兒說給你聽。」

「好、好！我真的要請教你這位女諸葛了！」

「你先抽了這筒煙再談。」

等德馨將這筒煙抽完，蓮珠已經盤算好了，但開出口來，卻是談不相干的事。

「老頭子，你聽了一輩子的戲，我倒請問，戲班子的規矩，你懂不懂？」

「你問這個幹甚麼？」

「你甭管，你只告訴我懂不懂？」

「當然懂。」

「好，那麼我再請問：一個戲班子是邀來的，不管它是出堂會也好，上園子也好，本主兒那裡還沒有唱過，角兒就不能在別處漏一漏他的玩藝。有這個規矩沒有？」

「有。」德馨答說：「不過這個規矩用不上。如今我是不想再聽靈芝草，如果想聽，叫她來是『當差』；戲班子的規矩，難道還能拘束官府嗎？」

「不錯，拘束不著。可是，老頭子，你得想想，俗語說的『打狗看主人面』，人家三小姐出閣，找福和班來唱戲；賀客還沒有嘗鮮，你倒先叫人家來唱過了，你不是動用官府力量，掃了胡家的面子？」

蓮珠雖是天津侯家浚的青樓出身，但剖析事理，著實精到；德馨不能不服，當下說道：「好在事情已經過去了，不必再提。」

「不必再提的事，我何必提。我這段話不是廢話，你還聽不明白，足見得我說對了。」

「咦！怪了，甚麼地方我沒有聽明白？」

「其中有個道理，你還不明白。我說這段話的意思是，你不但要顧胡雪巖的交情，眼前你還不能讓胡雪巖不痛快。你得知道，他真的要倒了，就得酌量、酌量為人的情分；他要害人，害那不顧交情，得罪了他的人；如是平常交情厚的人，他反正是個不了之局，何苦『放著河水不洗船』？你要懂這個道理，就不枉了我那篇廢話了。」

話中有話，意味很深；德馨沉吟了好一會說：「我真的沒有想到。想想你的話是不錯，我犯不上得罪他；否則『臨死拉上一個墊背的』，我吃不了，兜著走，太划不來了。來、來、你躺下來，我燒一筒煙請你抽。」

「得了！我是抽著玩兒的，根本沒有癮，你別害我了。」蓮珠躺下來，隔著煙盤說道：「阜康你得盡力維持住了，等胡雪巖回來，你跟他好好談一談，我想他也不會太瞞你。等摸清了他的底，再看情形，能救則救，不能救，你把你經手的款子抽出來，胡雪巖一定照辦。那一來，你不是乾乾淨淨，甚麼關係都沒有了。」

「妙啊妙！這一著太高了。」

於是兩人並頭密語，只見蓮珠拿著煙籤子不斷比畫；德馨不斷點頭，偶爾也開一兩句口，想來是有不明白之處，要請教「女諸葛」。

阿福又來了，這回是按規矩先咳嗽一聲，方始揭簾入內；遠遠地說道：「回老爺的話，杭州府吳大人來了。」

「喔，請在花廳坐，我馬上出來。」

「不！」蓮珠立即糾正，「你說老爺在換衣服，請吳大人稍等一等。」

「是。」

阿福心想換衣服當然是要出門，但不知是便衣還是官服；便衣只須「傳轎」，官服就還要預備「導子」，當即問道：「老爺出門，要不要傳導子？」

「要。」

阿福答應著，自去安排。蓮珠便在簽押房內親手伺候德馨換官服，灰鼠出風的袍子，外罩補褂、一串奇南香的朝珠是胡雪巖送的，價值三千銀子；德馨頗為愛惜，當即說道：「這串朝珠就不必掛出去了。」

他不知道這是蓮珠特意安排的，為了讓他記得胡雪巖的好處；這層用意當然不宜說破，她只說：「香噴噴，到處受歡迎倒不好？而且人堆裡，哪怕交冬了，也有汗氣，正用得著奇南香。」

「言之有理。」

「來，升冠！」蓮珠捧著一頂貂簷暖帽；等德馨將頭低了下來，她替他將暖帽戴了上去，在帽簷上彈了一下，說道：「彈冠之慶。」

接著，蓮珠從丫頭手裡接過一柄腰圓形的手鏡，退後兩步，將鏡子舉了起來；德馨照著將帽子扶正，口中說道：「不知道甚麼時候才能換頂戴？」

藩司三品藍頂子，換頂戴當然是換紅頂子；德馨的意思是想升巡撫，蓮珠便即答說：「只要左大人賞識你，換頂戴也快得很。」

17 仗義執言

杭州府知府吳雲，一名吳世榮；到任才一個多月，對於杭州的情形還不十分熟悉，德馨邀他一起去為阜康紓困，覺得有幾句話，必須先要交代。

「世榮兄，」他說：「杭州人名為『杭鐵頭』，吃軟不吃硬；硬碰的話，會搞得下不了台，以前巡撫、學政常有在杭州吃了虧的事，你總聽說過？」

「聽說過『萬馬無聲聽號令，一牛獨坐看文章』。」

吳世榮是聽說有一個浙江學政，賦性刻薄，戲侮士子，考試時怕彼此交頭接耳，形同作弊，下令每人額上貼一張長紙條，一端黏在桌上，出了個試帖詩題是：「萬馬無聲聽號令，得字」。這明明是罵人，哪知正當他高坐堂室，顧盼自喜時，有人突然拍案說道：「『萬馬無聲聽號令』是上聯；下聯叫做『一牛獨坐看文章』。」頓時哄堂大笑，紙條當然都裂斷。那學政才知道自取其辱，只好隱忍不言。

「老兄知道這個故事就好。今天請老兄一起去彈壓，話是這麼說，可不要把彈壓二字，看得太認真了。」

這話便不易明白了，吳世榮哈著腰說：「請大人指點。」

「胡雪巖其人在杭州光復之初，對地方上有過大功德。洪楊之役，杭州受災最重，可是復原得最快，這都是胡雪巖之功。」

「喔，大人的意思是杭州人對胡雪巖是有感情的。」

「不錯。嫉妒他的人，只是少數；還有靠胡雪巖養家活口的人也很多。」

既是靠胡雪巖養家活口，當然站在他這一邊；而更要緊的一種關係是，絕不願見胡雪巖的事業倒閉，吳世榮恍然有悟，連連點頭。

「照此看來，風潮應該不會大。」

德馨認為吳世榮很開竅，便用嘉許的語氣說：「世榮兄目光如炬，明察秋毫，兄弟不勝佩服之至。」

話中的成語，用得不甚恰當；不過類此情形吳世榮經過不是第一次，也聽人說過，德馨雖有能員之稱，書卻讀得不多，對屬下好賣弄他腹中那「半瓶醋」的墨水，所以有時候不免酸氣；偶爾還加上些戲詞，那就是更酸且腐的一股怪味了。

這樣轉變念頭，便覺得無足為奇了，「大人謬獎了。」他接著問道：「府裡跟大人一起去彈壓，雖以安撫為主，但如真有不識輕重、意圖鼓動風潮的，請大人明示，究以如何處置，方為恰當？」

「總以逆來順受為主。」

「逆」到如何猶可「順受」，此中應該有個分寸，「請大人明示！」他問：「倘有人膽敢衝撞，如之奈何？」

「這衝撞麼，」德馨沉吟了一回來說：「諒他們也不敢！」

吳世榮可以忍受他的言語不當，比擬不倫，但對這種滑頭話覺得非打破沙鍋問到底不可。

「如果真有這樣的情形呢？」吳世榮也降低了措詞雅飾的層次：「俗語說不怕一萬，只怕萬一；不能不防。」

「萬一衝撞，自然是言語上頭的事。你我何必跟小民一般見識？有道是忍得一時氣，保得百年身；又道是不癡不聾，不作阿家翁。貴府是首府，就好像我們浙江的一個當家人一樣。」

能做到這樣，需要有極大涵養；吳世榮自恐不易辦到，但看德馨的意思，非常清楚，一切以平息風潮為主。至於手段，實在不必聽他的，能遷就則遷就，不能遷就，還是得動用權威，只要大事化小，又不失體統，便算圓滿。

他考慮了一下，覺得有一點不能不先說清楚，「回大人的話，為政之道，寬猛相濟；不過何人可寬，何人可猛；何時該寬，何時該猛？一點都亂不得。照府裡來想，今天的局面，大人作主，該猛應猛，交代嚴辦；府裡好比當家的冢婦、少不得代下人求情，請從輕發落。這樣一個紅臉、一個白臉，這齣戲才唱得下來。」他接著往下說：「倘或有那潑婦刁民，非臨之以威不足以讓他們就範，那時候府裡派人鎖拿，大人倒說要把他們放了，這樣子府裡就不知道該怎麼辦了。」

「不會、不會！」德馨連連說道：「我做紅臉、你做白臉；你如果做紅臉，我絕不做白臉。總而言之，你當主角我『掃邊』，我一定捧著你把這齣戲唱下來。」

話很客氣，但這一回去平息阜康風潮的主要責任，已輕輕套在他頭上了。吳世榮心想，德馨真是個裝傻賣乖的老狐狸！

有此承諾吳世榮才比較放心，於是起身告辭；同時約好，他先回杭州府，擺齊「導子」先到清河坊阜康錢莊前面「伺候」，德馨隨後動身。

兩人擬好辰光，先後來到阜康，人群恰如潮汐之有「子午潮」，日中甫過，上午來的未見分曉，堅持不去；得到信息的，在家吃罷午飯，紛紛趕到，杭州府與仁和、錢塘兩縣的差役，看看無從措手，都找相熟的店家吃茶歇腳，及至聽得鳴鑼喝道之聲，聽說吳知府到了，隨後德藩台也要來，自然不能躲懶，好在經過休息，精神養足，一個個挺胸凸肚，迎風亂揮皮鞭，一陣陣呼呼作響，即時在人潮中開出一條路來。

清河坊是一條大街，逼退人潮，阜康門前空出來一片空地，足容兩乘大轎停放。謝雲青是已經得到螺螄太太的通知，官府會出面來料理，所以儘管門外人聲如沸，又叫又罵，讓人心驚肉跳，他卻如老僧入定般，閉目養神，心裡在一層深一層地盤算，官府出面時，會如何安排；阜康應該如何應付。等盤算得差不多了，吳世榮也快到了。

這要先迎了出去，如果知府上門，卸排門迎接，主顧一擁而入，就會搞得不可收拾；因此，他關照多派夥計，防守邊門；然後悄悄溜了出去，一頂氈帽壓到眉際，同時裝做怕冷，手捂著嘴跟鼻子，幸喜沒有人識破，到得導子近前，他拔腳便衝到轎前，轎子當然停住了。

這叫「衝道」，差役照例先舉鞭子護轎，然後另有人上前，看身分處理，倘或是老百姓，可以請准了當街拖翻打屁股；謝雲青衣冠楚楚，自然要客氣些，喝問一聲：「你是幹甚麼的？」

謝雲青在轎前屈膝打千，口中說道：「阜康錢莊檔手謝雲青，向大人請安。」

「喔，」吳世榮在轎中吩咐：「停轎。」

「停轎」不是將轎子放下地，轎槓仍在轎伕肩上，不過有根帶枒槎的棗木棍，撐住了轎槓，其名叫做「打桿子」。

這時轎簾自然亦已揭起來了，吳世榮問道：「你就是謝雲青？」

「是。」

「你們東家甚麼時候回來？」

「今天晚上，一定可到。」

吳世榮點點頭說：「藩台馬上也要來；我跟他在你店家坐一坐，好商量辦法。」

接著，德馨亦已駕到，仍舊是由謝雲青引領著，由邊門進入阜康錢莊的客座。這裡的陳設非常講究，廣東酸枝木嵌螺甸的家具，四壁是名人書畫，上款差不多都是「雪巖觀察大人雅屬」，最觸目的是正中高懸一幅淡彩貢宣的中堂，行書一首唐詩，字有碗口那麼大，下款是「恭親王書」，下鈐一方朱文大印，印文「皇六子」三字；左右陪襯的一副對聯是左宗棠的親筆。

客座很大，也很高，正中開著玻璃天窗，時方過午，陽光直射，照出中間一張極大的大理石面的八仙桌，桌上擺了八個大號的高腳盤，盡是精巧的茶食，但只有兩碗細瓷銀托的蓋碗茶，自然是為德馨與吳世榮預備的。

「趕緊收掉！」德馨一進來便指著桌上說：「讓人見了不好。」

「德大人說得是。」吳世榮深以為然，向謝雲青說道：「德大人跟我今天不是來作客的。」

「是，是。」謝雲青指揮夥計，收去了高腳盤，請貴客落座，他自己站在兩人之間，等候問話。

「不開門，總不是一回事。」德馨問吳世榮：「我看應該照常營業。」

此言一出，吳世榮無以為答；謝雲青更是一臉的苦惱。能夠「照常營業」，為何不下排門？這話是真正的廢話。

德馨也發覺自己的話不通，便又補了一句：「不過，應該有個限制。」

這才像話，吳世榮接口說道：「我看怎麼限制，阜康總不至於庫空如洗吧？」

「不錯，限制要看阜康的庫存而定。」德馨問道：「你們庫裡有多少現銀？」

庫存有四十餘萬，但謝雲青不敢說實話，打一個對折答道：「二十萬出頭。」

「有二十萬現銀，很可以擋一陣子。」德馨又問：「胡觀察的事業很多，他處總還可以接濟吧？」

「回大人的話，我們東家的事業雖多，我只管錢莊，別處的情形不大清楚。」

「別處銀錢的收解，當然是跟阜康往來，你怎麼會不清楚？」吳世榮說，語氣微有斥責的意味。

「回大人的話，」謝雲青急忙解釋，「我之不清楚是不清楚別處有多少現銀，不過就有也有限的；像閶壁公濟典，存銀至多萬把兩；有大筆用途，都是臨時到阜康來支。」

「那麼，」德馨問道：「你們開出去多少票子，總有帳吧？」

「當然，當然！哪裡會沒有帳？」

「好！我問你，你們開出去的票子，一萬兩以下的有多少？」

「這要看帳。」謝雲青告個罪，在旁邊的椅子上坐下，叫夥計取帳簿來；一把算盤打得飛快，算好了來回報，「一共三十三萬掛零。」

「並不多嘛！」

「大人，」謝雲青說：「本號開出去的票子不多，可是別處地方就不知道了。譬如上海阜康開出去的票子，我們一樣也有照兌的。」

「啊，啊！」德馨恍然大悟，「難就難在這裡。」

這一來只好將限制提高。儘管德馨與吳世榮都希望五千兩以下的銀票，能夠照兌，但謝雲青卻認為沒有把握，如果限額放寬，以致存銀兌罄，第二次宣布停兌，那一來後果更為嚴重。

這是硬碰硬毫無假借的事，最後還是照謝雲青的要求，限額放低到一千兩。接下來便要研究一千兩以上銀票的處理辦法。

「我們東家一定有辦法的。」謝雲青說：「阜康錢莊並沒有倒，只為受市面影響，一時週轉不靈而已。」德馨想了一下說：「也能說胡觀察一回來，一切都會恢復正常，總也給他一個期限來籌畫。這個期限不宜太長，但也不宜太短，三天如何？」

吳世榮認為適宜，謝雲青亦無意見，就算決定了。但這個決定如何傳達給客戶，卻頗費斟酌；因為持有一千兩以上銀票的，都是大客戶，倘或鼓譟不服，該怎麼辦？

必得預先想好應付之計，否則風潮馬上就會爆發。

「這要先疏通。」吳世榮說：「今天聚集在前面的，其中總有體面紳士，把他們邀進來，請大人當面開導，託他們帶頭勸導。同時出一張紅告示，說明辦法，這樣雙管齊下，比較妥當。」

「此計甚好！」德馨點點頭說：「不過體面紳士要借重；遇事失風的小人也不可不安撫，你我分頭進行。」

於是，謝雲青派了兩個能幹的夥計，悄悄到左右鄰居，借他們的樓窗，細看人潮中，有哪些人需要請進來談的？

要請進來的人，一共分三類，第一類是「體面紳士」；第二類是慣於起鬨的「歪秀才」；第三類是素不安分「撩鬼兒」——凡是不務正業，遊手好閒，唯恐天下不亂，好從中渾水摸魚，跡近地痞無賴的人，杭州人稱之為「撩鬼兒」。

當這兩名夥計分頭出發時，德馨與吳世榮已經商定，由杭州府出面貼紅告示，這種告示，照例用六言體，吳世榮是帶了戶房當辦來的，就在阜康帳房擬稿呈閱。告示上寫的是：「照得阜康錢莊，信譽素來卓著，聯號遍設南北，調度綽綽有餘，只為時世不靖，銀根難得寬裕，週轉一時不靈，無須張皇失措，茲奉憲台德諭：市面必求平靜，小民升斗應顧，阜康照常開門，銀票亦可兌付，千兩以下十足，逾千另作區處，阜康主人回杭，自能應付裕如，為期不過三日，難關即可度過。切望共體時艱，和衷共濟應變，倘有不法小人，希冀混水摸魚，或者危言惑眾，或者暗中煽動，一經拿獲審實，國法不宥爾汝。本府苦口婆心，莫謂言之不須！切切此諭。」

德馨與吳世榮對這通六言告示的評價不同，德馨認為寫得極好，但有兩點要改，一是提存與兌銀相同，皆以一千兩為限，二是銀根太緊，到處都一樣，不獨滬杭為然。

但吳世榮一開頭就有意見，說阜康信譽卓著；說胡雪巖一回來，必能應付裕如之類的話，不無過甚其詞，有意袒護之嫌，倘或阜康真的倒閉了，出告示的人難免扶同欺騙之咎，因而主張重擬，要擬得切實，有甚麼說甚麼才是負責的態度。

「世榮兄！此言差矣！」德馨答說：「如今最要緊的穩定民心。不說阜康信譽卓著，難道說它搖搖欲墜？那一來不等於明告杭州百姓，趕緊來提存兌現？而且正好授人以柄；如果阜康真的擠倒了，胡觀察會說：本來不過一時運轉不靈，只為杭州府出了一張告示，才起的風潮。那時候，請問你我有何話說？」

吳世榮無以為答；只勉強答說：「府裡總覺得滿話難說，將來替人受過犯不著。」

「現在還談不到個人犯得著，犯不著這一層。如今最要緊的是把局面穩下來；胡雪巖號稱『財神』，『財神』落難，不是好事，會搞成一路哭的悽慘景像。世榮兄，你要想想後果。」

「是。」吳世榮越發沒話說了，而德馨卻更振振有詞。

「就事論事，說阜康『信譽素來卓著』，並沒有錯；他的信用不好，會大半個天下都有他的聯號？所以要救阜康，一定要說胡雪巖有辦法。老實說，阜康不怕銀票兌現，只怕大戶提存；如果把大戶穩住了，心裡就會想，款子存在阜康，白天生利息，晚上睡覺也在生利息，何必提了現銀，擺在家裡？不但大錢不會生小錢，而且惹得小偷強盜眼紅，還有慢藏誨盜之憂。世榮兄，你說我這話是不是？」

「是——是！」吳世榮完全是為他說服了；尤其是想到「慢藏誨盜」這一點，出了盜案，巡撫、按察使以下至地方官，都有責任，唯有藩司不管刑名，可以置身事外。照此看來，德馨的警告，實在是忠告。

於是傳言告示定稿，謝雲青叫人買來上等梅行紙，找了一個好書手，用碗口大的字，正楷書寫；告示本應用印，但大印未曾攜來，送回衙門去鈐蓋，又嫌費時，只好變通辦法，由吳世榮在他自己的銜名之下，畫了個花押，證明確是杭州府的告示。

其時奉命去邀客的兩個夥計，相繼回店覆命，卻是無功而返，只為沒有適當的人可邀，倒是有自告奮勇，願意來見藩台及知府的，但爭先恐後，請這個不請那個，反而要得罪人，只好推託去請示了再說。

從他們的話中聽得出來，擠兌的人群中，並沒有甚麼有地位的紳士，足以號召大眾，而爭先恐後想來見官府的，都是無名小卒。既然如此，無足為慮；德馨想了一下，看著吳世榮跟謝雲青問道：「有沒有口才好的人？聲音要宏亮，口齒要清楚，見過大場面，能沉得住氣的。」

吳世榮尚未開口，謝雲青卻一迭連聲地說：「有、有，就是大人衙門裡的周書辦。」

「周書辦。」德馨問道：「是周少棠不是？」

「是、是！就是他。」

「不錯，此人很行。他怎麼會在這裡？」

「他跟我們東家是早年的朋友，今天聽說阜康有事，特為來幫忙的。」

其實，此人是謝雲青特為請來的。原來各省藩司衙門，都有包辦上下忙錢糧的書辦，俗稱「糧書」，公文上往往稱此輩為「蠹吏」，所謂「錢糧」就是田賦，為國家主要的收入，其中弊端百出，最清廉能幹的地方大吏，亦無法澈底整頓，所以稱之為「糧糊塗」。但是這些「蠹吏」另有一本極清楚的底冊；這本底冊，便是極大的財源，亦只有在藩司衙門註冊有案的糧書，才能獲得這種底冊。糧書是世襲的職務；父死子繼，兄終弟及以外，亦可以頂名轉讓，買這樣一個書辦底缺，看他所管的縣分而定，像杭州府的仁和、錢塘兩縣的糧書，頂費要十幾萬銀子；就是苦瘠山城，亦非兩三萬兩莫辦。這周少棠原是胡雪巖的貧賤之交，後來靠胡雪巖的資助，花了五萬銀子買了個專管嘉興府嘉善縣的糧書，只有上下忙開徵錢糧的時候，才到嘉善，平時只在省城裡專事結交；生得一表人才能言善道；謝雲青跟他很熟，這天因為阜康擠兌，怕應付不下來，特為請了他來幫忙，這時候正好派上用場了。

當時將周少棠找了來，向德藩台及吳世榮分別行了禮，然後滿面陪笑地肅立一旁，聽候發落。

「周書辦，我同吳知府為了維持市面，不能不出頭來管阜康的事；現在有張告示在這裡，你看了就知道我們的苦心了。」

「是，是！兩位大人為我們杭州百姓盡心盡力，真正感激不盡。胡大先生跟兩位大人，論公是同事、論私是朋友，他不在杭州，就全靠兩位大人替他作主了。」

「我們雖可以替他作主，也要靠大家顧全大局才好。說老實話，胡觀察是倒不下來的；萬一真的倒下來了，杭州的市面大受影響，亦非杭州人之福。我請你把這番意思，切切實實跟大家說一說。」

周少棠答應著，往後退了幾步，向站在客座進口處的謝雲青，使了個眼色，相偕到了櫃房，阜康幾個重要的夥計，以及擬六言告示的戶房書辦都在。周少棠一進門就說：「老卜，你這枝筆真聒聒叫！」說著，大拇指舉得老高。

「老卜」是叫戶房書辦；他們身分相同，走得極近，平時玩笑開慣的，當下老卜答說：「我的一枝筆不及你的一張嘴；現在要看你了。」

「你不要看我的笑話！倒替我想想看，這樁事情，要從哪裡下手？」

「要一上來就有噱頭，一噱把大家吸住了，才會靜下來聽你吹。」老卜說道：「我教你個法子，你不是會唱『徽調兒』？搬一張八仙桌出去，你在上面一站，像『徐策跑城』一樣，撈起衣袍子下襬，唱它一段『垛板』，包你一個滿堂采。這一來，甚麼都好說了。」

明明是開玩笑，周少棠卻不當它笑話；雙眼望著空中，眼珠亂轉亂眨了一陣，開口說道：「我有辦法了，要做它一篇偏鋒文章。來，老謝，你叫人搭張八仙桌出去。」

「怎麼？」老卜笑道：「真的要唱『徐策跑城』？一張桌子跑圓場跑不轉，要不要多搭張桌子？」

「你懂個屁！」周少棠轉臉對謝雲青說：「這開門去貼告示，就有學問，沒有預備，門一開，人一擠，馬上天下大亂。現在這樣，你叫他們從邊門搭一張桌子出去，貼緊排門；再把桌子後面的一扇排門卸下來。這一來前面有桌子擋住，人就進不來了。」

「你呢？」老卜接口，「你從桌子後面爬出去？」

「甚麼爬出去？我是從桌子後面爬上去。」

「好、好！」謝雲青原就在為一開門，人潮洶湧，秩序難以維持發愁，所以一聽這話，大為高興，立即派人照辦。

等桌子一抬出去，外面鼓譟之聲稍微安靜了些，及至裡面排門一卸，先出去兩名差役，接著遞出紅告示去，大家爭先恐後往前擠，大呼小叫，鼓譟之聲變本加厲了。

「不要擠，不要擠！」周少棠急忙跳上桌子，高舉雙手，大聲說道：「杭州府吳大人的告示，我來唸。」

接著他指揮那兩名差役，將紅告示高高舉了起來，他就用唱「徽調」唸韻白似地，「照得」云云，有板有眼地唸了起來。

唸完又大聲喝道：「大家不要亂動！」

他這驀地裡一喝，由於量大聲宏，氣勢驚人，別有一股懾人的力量，居然不少人想探手入懷，手在中途停了下來。

「為啥叫大家不要亂動？扒兒手就在你旁邊！你來不及想摸銀票來兌現，哪曉得銀票擺在那裡，已經告訴扒兒手了。銅錢是你的總歸是你的，阜康的銀票，就是現銀，今天不兌，明天兌，明天不兌後天兌，分文不少，哪天都一樣。不過人家阜康認票不認人，你的銀票叫扒兒手摸了去，朝我哭都沒有用。」

夾槍帶棒一頓排楨，反而將人聲壓了下去；但人叢中卻有人放開嗓子說道：「周少棠，你是唱『徽調兒』，還是賣梨膏糖？」

此言一出，人叢中頗有笑聲；原來周少棠早年賣過梨膏糖，這一行照例以唱小調來招攬顧客，觸景生情，即興編詞，開開無傷大雅的玩笑，不但要一副極好的嗓子，而且要有一點捷才，周少棠隨機應變的本事，便是在賣梨膏糖那兩年練出來的。

儘管有人訕笑，他卻神態自若，遊目四顧，趁此機會動動腦筋。等笑聲停住，他大聲說道：「黃八麻子，你不要挖我的痛瘡疤！我周少棠，今天一不唱徽調兒；二不賣梨膏糖，是來為大家打抱不平的。」

最後這句話，又引起竊竊私議，但很快地復歸於平靜；那黃八麻子又開口了：「周少棠，你為哪個打抱不平？」

「我為大家打！」周少棠應聲而答。

「打哪個？」

「打洋鬼子！」他說：「洋鬼子看我們中國好欺侮；娘賣的法國人，在安南打不過劉永福，弄兩隻燈籠殼的鐵甲火輪船，在吳淞口外晃啊晃。上海人都是不中用的『劇頭』，自己嚇自己，弄得市面大亂，連帶金字招牌的阜康都罩不住。說來說去，是法國人害人！不過，法國人總算還是真小人，另外殺人不見血，還有比法國更加毒的洋鬼子。」

說到這裡，他故意停下來，看看反應；只聽一片「哪一國，哪一國」發問的聲音。

「要問哪一國，喏，青竹蛇兒口，黃蜂尾上針，兩樣都不毒，最毒英國人。」

對這兩句話，大家報以沉默；此一反應不大好，因為廣濟醫院的梅藤更，頗獲杭州人的好感，而此人是英國人。

「你們只看見梅藤更，」周少棠把大家心裡的疙瘩抓了出來，「梅藤更是醫生，醫家有割股之心，自然是好的；另外呢？第一個是赫德，我們中國的海關，歸他一把抓，好比我們的咽喉給他卡住了！」說著他伸手張開虎口，比在自己脖子上作個扼喉的姿勢，「他手鬆一鬆，中國人就多吃兩口飯，緊一緊就要餓肚皮！這個娘賣的赫德，他只要中國人吃『黑飯』，不要中國人吃白飯。」

說到這裡，恰好有個涕泗橫流的後生，極力往外擠，引起小小的騷動，給了他一個借題發揮的機會。

「你看你，你看你！」他指著那後生說：「年紀輕輕不學好，吃烏煙！癮頭一來，就是這鬼相。不過，」他提高了聲音，「也不要怪他，要怪殺人不見血的英國人！沒有英國人，今天阜康沒有事。」

「周少棠，你不要亂開黃腔，皐康顯現形，跟英國人啥相干？撒不出屙怪茅坑，真正氣數。」

責問的是黃八麻子，詞鋒犀利；周少棠不慌不忙地答道：「你說我開黃腔，我又不姓黃。」

話一出口，立刻引起一陣爆笑，還有拍手頓足，樂不可支的。這又給周少棠一個機會，等笑聲略停，大聲向黃八麻子挑戰。

「黃八麻子，你說撒不出屙怪茅坑，是要怪茅坑不好，你敢不敢同我辯一辯？」

「別人怕你的歪理十八條；我姓黃的石骨鐵硬的杭鐵頭，偏要戳穿你的西洋鏡。」

「你是杭鐵頭，莫非我是蘇空頭？放馬過來！」

大家一看有好戲看了，自動讓出一條路來，容黃八麻子擠到前面，便有人大喊：「上去，上去！」更有人將他抬了起來；周少棠很有風度，伸手拉了他一把，自己偏到一邊，騰出地位來讓他對立。

經此鼓舞的黃八麻子，信心更足了，「周少棠，我辯不過你輸一桌酒席。」他問：「你輸了呢？」

「我輸了，一桌酒席以外，當場給大家磕頭賠不是。」

「好！你問我答；我問你答，答不出來算輸。你先問。」

周少棠本就想先發問，如下圍棋的取得「先手」，所以一聽黃八麻子話，正中下懷；當即拱拱手說：「承讓、承讓！」

「不必客氣，放馬過來。」黃八麻子，人高馬大，又站在東面，偏西的陽光，照得他麻子粒粒發亮，只見他插手仰臉，頗有睥睨一世的氣概。

「請問，現在有一種新式繅絲的機器，你曉得不曉得？」

「曉得。」黃八麻子看都不看地回答。

「這種機器，一部好當一百部紡車用，你曉得不曉得？」

「曉得。」

「既然一部機器，好當一百部紡車用，那麼，算他每家有五部紡車，二五得十，加十倍變一百，就有二十家人家的紡車沒用處了，這一點你曉得不曉得？」

「曉得。」

「二十家的紡車沒有用處，就是二十家人家沒飯吃。這一點，你當然也曉得。」周少棠加了一句：「是不是？黃八麻子請你說。」

「這有啥好說的？」黃八麻子手指著周少棠說：「這件事同阜康要上排門，有啥關係？你把腦筋放清楚來，不要亂扯。」

「你說我亂扯就亂扯，扯到後來，你才曉得來龍去脈，原來在此！那時候已經晚了，一桌酒席輸掉了。」

「哼，哼！」黃八麻子冷說：「倒要看看是我輸酒席，還是你朝大家磕頭。」

「好！言歸正傳。」周少棠問：「雖然是機器，也要有繭子才做得出絲，是不是？」

「這還用你說？」

「那麼沒有繭子，他的機器就沒有用了，這也是用不著說的。現在，我再要問你一件事，他們的機器是哪裡來的？」

「當然是外洋來的。」

「是哪個從外洋運用的？」

「我不曉得，只有請教你『萬寶全書缺隻角』的周少棠了。」

「這一點，倒不在我『缺』的那隻『角』裡面，我告訴你，怡和洋行；大班是英國人。」周少棠這時變了方式，面朝大眾演說：「英國人的機器好，就是嘴巴大，一部機器要吃掉我們中國人二十家做給人家的飯。大家倒想，有啥辦法對付？只有一個辦法，根本叫他的機器餓肚皮。怎麼餓法，不賣繭子給他。」

這時台底下有些騷動了，「嗡、嗡」的聲音出現在好幾處地方，顯然是被周少棠點醒，有些摸到胡雪巖的苦衷了。

這樣的情況不能繼續下去，否則凝聚起來的注意力一分散，他的話就說不下去了；因此找到一個熟人，指名發問。

「喂，小阿毛，你是做機坊的，你娘是『湖絲阿姐』，你倒說說！」

在家絡絲，論件計酬，貼補家用的婦女，杭州人稱之為「湖絲阿姐」；小阿毛父子都是織造衙門的織工，一家人的生計都與絲有關，對於新式繅絲廠的情況相當清楚，當即答說：「我娘先沒有『生活』做；現在又有了。」

「是啥辰光沒有『生活』做？」

「上海洋機廠一開工，就沒有了。」

「現在為啥又有了呢？」

「因為洋機廠停工。」

「洋機廠為啥停工？」

「我不曉得。」

「你曉不曉得？」周少棠轉臉問黃八麻子；但不等他回答，自己說了出來，「是因為不賣繭子給它。」然後又問：「養蠶人家不賣繭子，吃甚麼？繭子一定要賣，不賣給洋鬼子，總要有人來買？你說，這是哪一個？」

黃八麻子知道而不肯說，一說就要輸，所以硬著頭皮答道：「哪個曉得？」

「你不曉得我告訴你！喏！」周少棠半轉回身子，指著「阜康錢莊」閃閃生光的金字招牌說：「就是這裡的胡大先生。」

「周少棠，你又捧『財神』的卵泡了！」黃八麻子展開反擊，「胡大先生囤的是絲，繭子沒有多少；事情沒有弄清楚，牛皮吹得嗶打打，這裡又沒有人買你的梨膏糖。」

「我的梨膏糖消痰化氣。你倒想想看，那時節，只要你晚上出去賭銅錢到天亮不回來，你娘就要來買我的梨膏糖吃了。」

這是周少棠無中生有，編出來的一套話，氣得黃八麻子頓足戟指地罵：「姓周的，你真不要臉，亂說八道；哪個不曉得我姓黃的從來不賭銅錢的？」

這時人叢中已有笑聲了，周少棠卻故意開玩笑說：「你晚上出去，一夜不回家，不是去賭銅錢，那就一定去逛『私門頭』。這一來，你老婆都要來買我的梨膏糖了。」

台下哄然。黃八麻子咬牙切齒卻無可奈何；周少棠仍是一副憊懶的神情，相形之下，越發惹笑。

「你不要生氣！」周少棠笑道：「大家笑一笑就是消痰化氣。老弟兄尋尋開心，不犯著認真；等一息，我請你吃『皇飯兒』。現在，」他正一正臉色：「我們話說回頭。」

接下來，周少棠又訴諸群眾了，他將胡雪巖囤絲，說成是為了維護養蠶做絲人家的利益，與洋商鬥法。他說，洋商本來打算設新式繅絲廠，低價收買繭子，產絲直接運銷西洋，「中國人只有辛辛苦苦養蠶，等『蠶寶寶上山』結成繭子，以後，所有的好處，都歸洋鬼子獨吞了！」他轉臉問黃八麻子：「你們說，洋鬼子的心腸狠不狠？你有啥話好幫他們說？」

這句話惹火了他的對手，「周少棠，你不要含血噴人，我哪裡幫洋鬼子說過好話？只有你，捧『財神』的卵泡！」黃八麻子指著他說：「你有本事，說出阜康收了人家的存款，可以賴掉不付的道理來，我佩服你。」

「黃八麻子，你又亂開黃腔了！你睜開眼睛看看紅告示，我們杭州府的父母官說點啥；藩台大人又說點啥？胡大先生手裡有五萬包絲，一包四百兩，一共兩千萬；你聽清楚，兩千萬兩銀子，五十兩一個的大元寶，要四十萬個，為啥要賴客戶的存款。」

「不賴，那麼照付啊！」黃八麻子從懷中取出一疊銀票在空中揚一揚說：「你們看，阜康的銀票，馬上要『擦屁股，嫌罪過』了。」

他這一著，變成無理取鬧，有些潑婦的行逕了，周少棠不慌不忙地將手一伸：「你的銀票借我看看！你放心，當了這麼多人，我不會騙你，搶你的。」

這一下，黃八麻子知道要落下風了，想了一下硬著頭皮將銀票交了過去，「一共五張，兩千六百多兩銀子，看你付不付。」他心裡在想，周少棠繃在情面上，一定會如數照付，雖然嘴上吃了虧，但得了實惠，還是划算的。

周少棠不理他的話，接過銀票來計算了一下，朝後面喊道：「兌一千四百四十兩銀子出來！聽到沒有？」

謝雲青精神抖擻地高聲答應：「聽到。」

「對不起！現在兌不兌不是阜康的事情了，藩台同杭州府兩位大人在阜康坐鎮，出告示一千兩以下照付，一千兩以上等阜康老闆回來，自會理清楚，大人先生的話，我們只有照聽不誤。」他檢出一張銀票遞了回去，「這張一千二百兩的，請你暫時收回，等胡大先生回來再兌；其餘四張，一共一千四百四十兩，喏，來了！」

阜康的夥計抬上來一個籮筐，將銀子堆了起來，二十八個大元寶，堆成三列，另外四個十兩頭的元絲。都是剛出爐的「足紋」，白光閃閃、耀眼生花。

「先生，」謝雲青在方桌後面，探身出來，很客氣地說：「請你點點數。」

「數是不要點了，一目了然。不過，」黃八麻子大感為難，「我怎麼拿呢？」

「照規矩，應該送到府上。不過，今天兌銀票的人多，實在抽不出人。真正對不住，真正對不住！」說著，謝雲青連連拱手。

「好了，好了！」人叢中有人大喊：「兌了銀子的好走了，前客讓後客！大家都有分。」

這一催促提醒了好些原有急用、要提現銀的人。熱鬧看夠了，希望阜康趕緊卸排門開始兌銀，所以亦都不耐煩地鼓譟；黃八麻子無可奈何，憒憒地向周少棠說：「算你這張賣梨膏糖的嘴厲害！銀子我也不兌了，銀票還我！」

「對不起，對不起！」謝雲青陪笑說道：「等明天稍為閒一閒，要用多少現銀，我派『出店』送到府上。喏，這裡是原票，請收好了。」

「八哥、八哥！」周少棠跳下桌，來扶黃八麻子，「多虧你捧場。等下『皇飯兒』你一定要賞我個面子。」

周少棠耍了一套把戲；黃八麻子展示了一個實例，即便是提一千兩銀子，亦須有所準備，一千兩銀子五十五斤多，要個麻袋，起碼還要兩個人來挑，銀子分量重，一個人是提不動的。

這一來，極大部分的人都散去了，也沒有人對只准提一千兩這個限額，表示異議，但卻有人要求保證以後如數照兌，既不必立筆據，無非一句空話，謝雲青樂得滿口答應。不過要兌現銀的小戶，比平常是要多得多，謝雲青認為應該做得大方些，當場宣布，延時營業，直到主顧散光為止；又去租來兩盞煤氣燈，預備破天荒地做個夜市。

偌大一場風波，如此輕易應付過去，德馨非常滿意。周少棠自然成了「英雄」，上上下下無不誇獎。不過大家也都知道，風潮只是暫時平息，「重頭戲」在後面，只待「主角」胡雪巖一回來便要登場了。

18 夜訪藩司

胡雪巖船到望仙橋，恰正是周少棠舌戰黃八麻子，在大開玩笑的時候，螺螄太太午前便派了親信，沿運河往北迎了上去，在一處關卡上靜候胡雪巖船到，遇船報告消息。

這個親信便是烏先生。他在胡家的身分很特殊，既非「師爺」，更非「管事」，但受胡雪巖或螺螄太太的委託，常有臨時的差使；這個當螺螄太太與胡雪巖之間的「密使」自然是最適當的人選。

「大先生，」他說：「起暴風了。」

不說起風波，卻說「起暴風」；胡雪巖的心一沉，但表面不露聲色，只說：「你特為趕了來，當然出事了。甚麼事？慢慢說。」

「你在路上，莫非沒有聽到上海的消息？」

等烏先生將由謝雲青轉到螺螄太太手裡的電報，拿了出來，胡雪巖一看色變；不過他矯情鎮物的功夫過人，立即恢復常態，只問：「杭州城裡都曉得了？」

「當然。」

「這樣說，杭州，亦會擠兌？」

「羅四姐特為要我來，就是談這件事——。」

烏先生把謝雲青深夜報信，決定阜康暫停營業，以及螺螄太太親訪德馨求援，德馨已答應設法維持的經過，細說了一遍。

胡雪巖靜靜聽完，第一句話便問：「老太太曉得不曉得？」

「當然是瞞牢的。」

「好！」胡雪巖放心了，「事情已經出來了，著急也沒有用。頂要緊的是，自己不要亂。烏先生，喜事照常辦，不過，我恐怕沒有功夫來多管，請你多幫一幫羅四姐。」

「我曉得，」烏先生突然想起：「羅四姐說，大先生最好不要在望仙橋上岸。」

胡雪巖上船下船，一向在介乎元寶街與清河坊之間的望仙橋；螺螄太太怕惹人注目，所以有此勸告。但胡雪巖的想法不同。

「既然一切照常，我當然還是在望仙橋上岸。」胡雪巖又問：「羅四姐原來要我在啥地方上岸？」

「萬安橋。轎子等在那裡。」烏先生答說：「這樣子，我在萬安橋上岸，關照轎子仍舊到望仙橋去接。」

胡雪巖的一乘綠呢大轎，華麗是出了名的，抬到望仙橋，雖然已經暮色四合，但一停下來，自有人注目。加以烏先生了解胡雪巖的用意，關照來接轎的家人，照舊擺出排場，身穿簇新棉

「號掛子」的護勇，碼頭上一站，點起官銜燈籠，頓時吸引了一大批看熱鬧的行人。

見此光景，胡雪巖改了主意。

往時一回杭州，都是先回家看娘；這一次怕老娘萬一得知滬杭兩處錢莊擠兌，急出病來，更加不放心。但看到這麼多人在注視他的行蹤，心裡不免設身處地想一想，如果自己是阜康的客戶，又會作何想法？

只要一拋開自己，胡雪巖第一個念頭便是：不能先回家！多少人的血汗錢託付給阜康，如今有不保之勢；而阜康的老闆居然好整以暇地光顧自己家裡，不顧別人死活，這口氣是嚥不下的。

因此船一靠岸，他先就詢問：「雲青來了沒有！」謝雲青何能不來？不過他是故意躲在暗處；此時閃出來疾趨上前，口中叫一聲：「大先生！」

「好、好！雲青，你來了！不要緊，不要緊，阜康仍舊是金字招牌。」他特意提高了聲音說：「我先到店裡。」

店裡便是阜康。轎子一到，正好店裡開飯，胡雪巖特為去看一看飯桌；這種情形平時亦曾有過，但在這種時候，他竟有這種閒情逸致，就不能不令人驚異了。

「天氣冷了！」胡雪巖問謝雲青說：「該用火鍋了。」

「年常舊規，要冬至才用火鍋。」謝雲青說：「今年冬至遲。」

「以後規矩改一改。照外國人的辦法，冬天到寒暑表多少度，吃火鍋；夏天，則多少度吃西瓜。雲青，你記牢。」

這是穩定「軍心」的辦法，表示阜康倒不下來，還會一年一年開下去。謝雲青當然懂得這個奧妙，一迭連聲地答應著，交代「飯司務」從第二天起多領一份預備火鍋的菜錢。

「阜康的飯碗敲不破的！」有人這樣在說。

在聽謝雲青細說經過時，胡雪巖一陣陣胃冷中，越覺得僥倖、越感到慚愧。事業不是他一個能創得起來的；所以出現這天這種局面，當然也不是他一個人的過失，但胡雪巖雖一想起忘本常，就恨不得一口唾沫當面吐在他臉上，但是，這種念頭一起即消，他告訴自己，不必怨任何人，連自己都不必怨，最好忘記掉自己是阜康的東家，當自己是胡雪巖的「總管」，胡雪巖已經「不能問事」，委託他全權來處理這一場災難。

他只有盡力將得失之心丟開，心思才能比較集中；當時緊皺雙眉，閉上眼睛，通前徹後細想了以後說：「面子就是招牌，面子保得住，招牌就就可以不倒，這是一句總訣。雲青，你記牢！」

「是，我懂。」

「你跟螺螄太太商量定規，今天早晨不開門，這一點對不對，我們不必再談。不過，你要曉得，拆爛汙的事情做不得。」

「我不是想拆爛汙——。」

「我曉得。」胡雪巖搖搖手阻止他說：「你不必分辯，因為我不是說你。不過，你同螺螄太太有個想法大錯特錯，你剛才同我說，萬一撐不住，手裡還有幾十萬款子，做將來翻身的本錢；

不對，抱了這種想法，就輸定了，永遠翻不得身。雲青，你要曉得，我好像推牌九，一直推的是『長莊』、注碼不管多少都要，你輸得起，我贏得進；現在手風不順，忽然說是改推『劖莊』，儘多少銅錢賭；自己留起多少，當下次的賭本。雲青，沒有下次了，賭場裡從此進不去了！」

謝雲青吸了口冷氣，然後緊閉著嘴，無從贊一詞。

「我是一雙空手起來的，到頭來仍舊一雙空手，不輸啥！不但不輸，吃過、用過、闊過，都是賺頭。只要我不死，你看我照樣一雙空手再翻起來。」

「大先生這樣氣概，從古到今也沒有幾個人有。不過，」謝雲青遲疑了一下，終於說了出來：「做生意到底不是推牌九。」

「做生意雖不是推牌九，道理是一樣的，『賭奸賭詐不賭賴』；不卸排門做生意，不講信用就是賴！」

「大先生這麼說，明天照常。」

「當然照常！」胡雪巖說：「你今天要做一件事，拿存戶的帳，好好看一看，有幾個戶頭要連夜去打招呼。」

「好。我馬上動手。」

「對。不過招呼有個打法，第一、一向初五結息，現在提早先把利息結出來，送銀票上門。」

「第二、你要告訴人家年關到了，如果要提款，要多少，請人家交代下來好預備。」

「嗯、嗯、嗯。」謝雲青心領神會地答應著。

能將大戶穩定下來，零星散戶，力能應付，無足為憂。胡雪巖交代清楚了，方始轉回元寶街；雖已入夜，一條街上依舊停滿轎馬，門燈高懸，家人排班，雁行而立，彷彿一切如常，但平時那種喧譁熱鬧的氣氛，卻突然消失了。

轎子直接抬到花園門口，下轎一看，胡太太與螺螄太太在那裡迎接；相見黯然，但只轉瞬之間，螺螄太太便浮起了笑容，「想來還沒有吃飽？」她問：「飯開在哪裡？」

這是沒話找話，胡雪巖根本沒有聽進去，只說：「到你樓上談談。」他又問：「老太太曉得不曉得，我回來了。」

「還沒有稟告她老人家。」

「好！關照中門上，先不要說。」

「我曉得。不會的。」胡家的中門，彷彿大內的乾清門一般，禁制特嚴，真個外言不入；螺螄太太早已關照過了，大可放心。

到得螺螄太太那裡，阿雲捧來一碗燕窩湯，一籠現蒸的雞蛋糕；另外是現沏的龍井茶，預備齊全，隨即可用，這是螺螄太太早就關照好了的；阿雲就守在樓梯口，不准任何人上樓。

「事情要緊不要緊？」胡太太首先開口。

「說要緊就要緊，說不要緊就不要緊。」胡雪巖說：「如今是頂石臼做戲，能把戲做完，大不了落個吃力不討好，沒有啥要緊；這齣做不下去，石臼砸下來，非死即傷。」

「那麼這齣戲要怎樣做呢？」螺螄太太問說。

「要做得台底下看不出我們頭上頂了一個石臼，那就不要緊了。」

「我也是這樣關照大家，一切照常，喜事該怎麼辦，該怎麼辦。不過，場面是可以拿銅錢擺出來的；只怕笑臉擺不出來。」

「難就難在這裡。不過，」胡雪巖加重了語氣說：「再難也要做到；場面無論如何要好好兒把它吊綳起來，不管你們用啥法子。」

胡太太與螺螄太太相互看了一眼，都將這句話好好地想了一下，各有會心，不斷點頭。

「外頭的事情有我。」胡雪巖問說：「德曉峰怎麼樣？」

「總算不錯。」螺螄太太說：「蓮珠一下午都在我這裡；她說：你最好今天晚上就去看看德藩台。」

「晚上，恐怕不方便。」

「晚上才好細談。」

「好，我等一下就去。」

胡雪巖有些躊躇，因為這時候最要緊的事，並不是去看德馨，第一件是要發電報到各處；第二件是要召集幾個重要的助手，商量應變之計。這兩件事非但耽誤不得，而且頗費功夫；實在抽不出空去看德馨。

「有應春在這裡就好了。」胡雪巖嘆口氣，頹然倒在一張安樂椅，頭軟軟地垂了下來。

螺螄太太吃一驚，「老爺、老爺！」她走上前去，半跪著搖撼著他雙肩說：「你要撐起來！

不管怎麼樣要撐牢！」

胡雪巖沒有作聲，一把抱住她，將頭埋在她肩項之間；「羅四姐，」他說：「怕要害你受苦了；你肯不肯同我共患難？」

「怎麼不肯？我同你共過富貴，當然要同你共患難。」說著，螺螄太太眼淚掉了下來，落在胡雪巖手背上。

「你不要哭！你剛才勸我，現在我也要勸你。外面我撐，裡面你撐。」

「好！」螺螄太太抹抹眼淚，很快地答應。

「你比我難。」胡雪巖說：「第一、老太太那裡要瞞住；第二、親親眷眷，還有底下人，都要照應到；第三、這樁喜事仍舊要辦得風風光光。」

螺螄太太心想第一樁還好辦，到底只有一個人；第二樁就很吃力了；第三樁更難，不管怎麼風光，賀客要談煞風景的事，莫非去掩住他們的嘴？

正這樣轉著念頭，胡雪巖又開口了，「羅四姐，」他說：「你答應得落，答應不落？如果答應不落，我——。」

等了一會不聽他說下去，螺螄太太不由得要問：「你怎麼樣？」

「你撐不落，我就撐牢了，也沒有意思。」

「那麼，怎麼樣呢？」

「索性倒下來算了。」

「瞎說八道！」螺螄太太跳了起來，大聲說道：「胡大先生，你不要讓我看不起你！」

胡雪巖原是激勵她的意思；想不到同時也受了她的激勵，頓時精神百倍地站起身來說：「好！我馬上去看曉峰。」

「這才是。」螺螄太太關照：「千萬不要忘記謝謝蓮珠。」

「我曉得。」

「還有，你每一趟外路回來去看德藩台，從來沒有空手的；這回最好也不要破例。」

這下提醒胡雪巖，「我的行李在哪裡？」他說：「其中有一隻外國貨的皮箱，裡頭新鮮花樣很多。」

「等我來問阿雲。」

原來胡雪巖每次遠行，都是螺螄太太為他收拾行李；同樣地，胡雪巖一回來，行李箱亦照例卸在她這裡，所以要問阿雲。

「有的。等我去提了來。」

那隻皮箱甚重，是兩個丫頭抬上來的，箱子上裝了暗鎖，要對準號碼，才能打開；急切間，胡雪巖想不起甚麼號碼，怎麼轉也轉不開，又煩又急，弄得滿頭大汗。

「等我來！」螺螄太太順手檢起一把大剪刀，朝鎖具的縫隙中插了下去，然後交代阿雲：「你用力往後扳。」

阿雲是大腳，用腳抵住了皮箱，雙手用足了勁往後一扳，鎖是被撬開了，卻以用力過度，仰天摔了一跤。

「對！」胡雪巖若有所悟地自語：「快刀斬亂麻！」

一面說，一面將皮紙包著的大包小包取了出來，堆在桌上；皮箱下面鋪平了的，是舶來品的衣料。

「這個是預備送德曉峰的。」胡雪巖將一個小紙包遞給螺螄太太，又加了一句：「小心打碎。」

打開來一看，是個乾隆年間燒料的鼻煙壺，配上祖母綠的蓋子；螺螄太太這幾年見識得多，知道名貴，「不過，」她說：「一樣好像太少了。」

「那就再配一隻表。」

這隻表用極講究的皮箱子盛著，打開來一看，上面是一張寫著洋文的羊皮紙，揭開來，是個毫不起眼的銀表。

「這隻表——。」

「這隻表，你不要看不起它，來頭很大，是法國皇帝拿破崙用過的；我是當骨董買回來的。這張羊皮紙是『保單』，只要還得出『報門』，不是拿破崙用過，包退還洋，另加罰金。」

「好！送蓮珠的呢？」

「只有一個金黃蔻盒子。如果嫌輕，再加兩件衣料。」

從箱子下面取出幾塊平鋪著的衣料出來，螺螄太太忽生感慨；從嫁到胡家，甚麼綾羅綢緞，在她跟毛藍布等量齊觀，但一摸到西洋的衣料、感覺大不相同。

這種感覺形容不出。她見過的最好的衣料是「貢緞」；這種緞子又分「御用」與「上用」兩種，「御用」的貢緞，后妃所用，亦用來賞賜王公大臣；皇帝所用，才專稱為「上用」。但民間講究的人，當然亦是世家鉅族，用的亦是「上用」的緞子，只是顏色避免用「明黃」以及較「明黃」為暗的「香色」；「明黃」只有皇帝、太上皇帝能用；「香色」則是皇子專用的顏色，除此以外，百無禁忌，但爭奇鬥妍，可以比「上用」的緞子更講究，譬如上午所著與晚間所著，看似同樣花樣的緞袍，而暗花已有區分，上午的花含苞待放；下午的花已盛開。這些講究，已是「不是三世做官，不知道穿衣吃飯」的人家所矜重，但是，比起舶來品的好衣料來，不免令人興起絢爛不如平淡之感。

螺螄太太所檢出來的兩件衣料，都是單色，一件藏青、一件玄色；這種衣料名叫「嗶嘰」，剛剛行銷到中國，名貴異常，但她就有四套嗶嘰襖袴，穿過了才知道它的好處。

這種在洋行發售，內地官宦人家少見，就是上海商場中，也只有講時髦的闊客才用來作袍料的「嗶嘰」，在胡家無足為奇；胡雪巖愛纖足，姬妾在平時不著裙子，春秋佳日用「嗶嘰」裁製夾襖夾袴，穩重挺括，顏色素雅，自然高貴。她常說：「做人就要像嗶嘰一樣，禁得起折磨，到哪裡都顯得有分量。」此時此地此人，想到自己常說的話，不由得淒然淚下。

幸好胡雪巖沒有注意，她背著燈取手絹擤鼻子，順便擦一擦眼睛，將檢齊了的禮物，關照阿雲用錦袱包了起來；然後親自送胡雪巖到花園的西側門。

這道門平時關閉，只有胡雪巖入夜「微行」時才開。坐的當然也不是綠呢大轎；更沒有前呼後擁的「親兵」，只由兩個貼身小跟班，前後各擎一盞燈籠，照著小轎直到藩司衙門；由於預先已有通知，德馨派了人在那裡等候；胡雪巖下了轎，一直就到簽押房。「深夜過來打攪曉翁，實在不安。」胡雪巖話是這麼說，態度還是跟平時一樣，瀟灑自如，毫不顯得窘迫。

「來！來！躺下來。」剛起身來迎的德馨，自己先躺了下去！接過丫頭遞過來的煙槍，一口氣抽完；但卻用手勢指揮，如何招待客人。

他指揮丫頭，先替胡雪巖卸去馬褂；等他側身躺下來，丫頭便將他的雙腿抬到擱腳凳上，脫去雙梁鞋，然後取一床俄國毯子蓋在腿上，掖得嚴嚴地、溫暖無比。

「雪巖，」德馨說道：「我到今天才真佩服你！」

沒頭沒腦的這一句話，說得胡雪巖唯有苦笑，「曉翁，」他說：「你不要挖苦我了。」

「不是我挖苦你。」德馨說道：「從前聽人說，孟嘗君門下食客三千，雞鳴狗盜，到了緊要關頭，都會大顯神通。你手下有個周少棠，你就跟孟嘗君一樣了。」

周少棠大出鋒頭這件事，他只聽謝雲青略為提到，不知其詳；如今聽德馨如此誇獎，不由得大感興趣，便問一句：「何以見得？」好讓德馨講下去。

「我當時在場，親眼目睹，實在佩服。」德馨說道：「京裡有個丑兒叫劉趕三，隨機應變、臨時抓哏是有名的，可是以我看來，不及周少棠。」

接著德馨眉飛色舞地將周少棠玩弄黃八麻子於股掌之上的情形，細細形容了一遍，胡雪巖默默地聽著，心裡在想，這周少棠以後有甚麼地方用得著他。

「雪巖，」德馨又說：「周少棠給你幫的忙，實在不小。把擠兌的那班人哄得各自回家，猶在其次；要緊的是，把你幫了鄉下養蠶人家的大忙，大大吹噓了一番。這一點很有用，而且功效已顯出來了；今兒下午劉仲帥約我去談你的事，他就提到你為了跟英國人鬥法，以至於被擠，說應該想法子維持。」

劉仲帥是指浙江巡撫劉秉璋；他跟李鴻章雖非如何融洽，但總是淮軍一系，能有此表示，自然值得珍視，所以胡雪巖不免有興奮的語氣。

「劉仲帥亦能體諒，盛情實在可感。」

「你先別高興，他還有話：能維持才維持，不能維持趁早處置，總以確保官款為第一要義。雪巖，」德馨在枕上轉臉看著胡雪巖說：「雪巖，你得給我一句話。」

這句話自然是要胡雪巖提供保證，絕不至於讓他無法交代；胡雪巖想了一下說：「曉翁，我們相交不是一天，你看我是對不起人的人嗎？」

「這一層，你用不著表白。不過，雪巖，你的事業太大了，或許有些地方你自己都不甚了了。譬如，你如果對你自己的虛實一清二楚的話，上海的阜康何至於等你一走，馬上就撐不住了？」

這番話說得胡雪巖啞口無言，以他的口才，可以辯解，但他不想那樣做；因為他覺得那樣就是不誠。

「雪巖，你亦不必難過。事已如此，只有挺直腰桿來對付。」德馨緊接著說：「我此刻只要你一句話。」

「請吩咐。」

「你心裡的想法，先要告訴我。不必多，只要一句話好了。」

這話別具意味；胡雪巖揣摩了半天，方始敢於確定，「曉翁，」他說：「如果我真的撐不下去了，我一定先同曉翁討主意。」這話的意思是一定會維護德馨的利益，不管是公、是私。

「好！咱們一言為定。現在，雪巖，你說吧，我能替你幫甚麼忙？」

「不止於幫忙，」胡雪巖說：「我現在要請曉翁拿我的事，當自己的事辦。」

這話分量也很重，德馨想了一下說：「這不在話下。不過，自己的事，不能不知道吧？」

「是。我跟曉翁說一句：只要不出意外，一定可以過關。」

「雪巖，你的所謂意外是甚麼？」

「凡是我抓不住的，都會出意外。」胡雪巖說：「第一個是李合肥。」說到這裡，他不由得嘆了一口氣，「唉！原以為左大人到了兩江，是件好事，哪曉得反而壞了。」

「喔，這一層，你倒不妨談談。」

談起來很複雜，也很簡單，左宗棠一到兩江，便與李鴻章在上海的勢力發生衝突。如果左宗棠仍有當年一往無前、籠罩各方的魄力，加上胡雪巖的精打細算，則兩江總督管兩江，名正言順，李鴻章一定會落下風。無奈左宗棠老境頹唐，加以在兩江素無基礎；更糟糕的是對法交涉，態度軟硬，大相逕庭，而李鴻章為了貫徹他的政策，視左宗棠為遇事掣肘、非拔除不可的眼中釘，而又以翦除左宗棠的羽黨為主要手段；這一來便將胡雪巖看作保護左宗棠的盾牌，集矢其上了。

「我明白了。」德馨說道：「怨家宜解不宜結，李合肥那方面要設法去打個招呼。這一層，我可以託劉仲帥。」

「這就重重拜託了。」胡雪巖問：「劉仲帥那裡，我是不是應該去見一見？」

「等我明天『上院』見了他再說。」德馨又說：「你倒想一想，李合肥如果要跟你過不去，會用甚麼手段？」

「別的我都不在乎，」胡雪巖說：「最怕他來提北洋屬下各衙門的官款；提不到可以封我的典當，那一來就要逼倒我了。」

「封典當，影響平民生計；果然如此，我可以說話。」

「正要曉翁仗義執言。不過後說不如先說，尤其要早說。」

「好！我明天就跟劉仲帥去談。」

「能不能請劉仲帥出面，打幾個電報出去，就說阜康根基穩固，請各處勿為謠言所惑，官款暫且不提，免得逼倒了阜康。」

「說當然可以說。不過，劉仲帥一定會問：是不是能保證將來各處的官款，分文不少？」德馨又加一句：「如果沒有這一層保證，劉仲帥不肯發這樣子的電報。」

胡雪巖默然半晌，方始答說：「如果我有這樣的把握，也就根本不必請劉仲帥發電報了。」

這下是德馨默然。一直等將煙癮過足，方又開口：「雪巖，至少本省大小衙門存在阜康的官款，我有把握，在一個月之內不會提。」

「只要一個月之內，官款不動，就不要緊了。」胡雪巖說：「我在天津的絲，可以找到戶頭；一脫手，頭寸馬上就鬆了。」

「上海呢？」德馨問道：「你在上海不也有許多絲囤在那裡嗎？」

「上海的不能動！洋人本來就在殺我的價錢，現在看我急須週轉，更看得我的絲不值錢。曉翁，錢財身外之物，我不肯輸這口氣；尤其是輸給洋人，更加不服。」

「唉！」德馨嘆口氣，「大家都要像你這樣子爭氣，中國就好了。」

正在談著，閃出一個梳長辮子的丫頭，帶著老媽子來擺桌子，預備吃消夜。胡雪巖本想告辭，轉念又想，應該不改常度；有幾次夜間來訪，到了時候總是吃消夜，這天也應該照常才是。

「姨太太呢？」德馨問道：「說我請她。」

「馬上出來。」

原來蓮珠是不避胡雪巖的，這天原要出來周旋，一則慰問，再則道謝。

及至胡雪巖剛剛落座，聽得簾鉤微響，扭頭看時，蓮珠出現在房門；她穿的是件旗袍，不過自己改良過了，袖子並不太寬，腰身亦比較小，由於她身材頎長，而且生長北方，穿慣了旗裝，所以在她手握一方繡花手帕，一搖三擺地走了來，一點都看不出她是漢人。

「二太太！」胡雪巖趕緊站起來招呼。

「請坐，請坐！」蓮珠擺一擺手說：「胡大先生，多謝你送的東西；太破費了。」

「小意思，小意思。」胡雪巖說：「初五那天，二太太你要早點來。」

「胡大先生，你不用關照，我擾府上的喜酒，不止一頓；四姐請我去陪客，一前一後，起碼擾你三頓。」

原來杭州是南宋故都，婚喪喜慶，有許多繁文縟節，富家大族辦喜事，請親友執事，前期宴請，將為「請將」；事後款待，將為「謝將」。蓮珠是螺螄太太特為邀來陪官眷的「支賓」。

「雪巖！」德馨問道：「喜事一切照常？」

胡雪巖尚未答話，蓮珠先開口了，「自然照常。」她說：「這還用得著問？」

「你看！」德馨為姨太太所搶白，臉上有點掛不住，指著蓮珠，自嘲似地向胡雪巖說：「管得越嚴了，連多說句話都不行。」

「只怕沒有人管。」胡雪巖答說：「有人管是好事。」

「我就是愛管閒事，也不光是管你。」蓮珠緊接著又說：「胡大先生的事，我們怎麼好不管；有件事要提醒你，到了好日子那天，要約了劉撫台去道喜！」

這正是胡雪巖想說不便說，關切在心裡的一句話，所以格外注意德馨的反應，只聽他答了一句：「當然非拉他去不可。」頓覺胸懷一寬。

「胡大先生，我特為穿旗袍給你看；你送我的嗶嘰衣料，我照這樣子做了來穿，你說好不好看？」

通家之好，到了這樣的程度，似乎稍嫌過分；胡雪巖只好這樣答說：「你說好就好。」

「好是好，太素了一點兒。胡大先生，我還要託你，有沒有西洋花邊；下次得便請你從上海給我帶一點來。」

「有！有！」胡雪巖一迭連聲地答說：「不必下一次。明天我就叫人送了來。」他接著又說：「西洋花邊寬細都有，花式很多，我多送點來，請二太太自己挑。」

「那就更好了。」

「別老站著。」德馨親自移開一張凳子，「你也陪我們吃一點兒。」

於是蓮珠坐了下來，為主客二人酌酒布菜；靜靜地聽他們談話。

「雪巖，我聽說你用的人，也不完全靠得住。你自己總知道吧？」

「過了這個風潮，我要好好整頓了。」胡雪巖答說：「曉翁說周少棠值得重用，我一定要重用。」

「你看了人再用。」蓮珠忍不住插嘴，「不要光看人家的面子；人用得不好，受害的是自己。」

「是，是！二太太是金玉良言。」胡雪巖深為感慨，「這回的風潮，也是我不聽一兩個好友的話之故。」

「其實你不必聽外頭人的話，多聽聽羅四姐的話就好了。」

「她對外面的情形不大明白。這一點，比二太太你差多了。」

聽得這話，蓮珠頗有知己之感，「胡大先生，你是明白的。不比我們老爺，提到外面的事，總說：『你別管。』一個人再聰明，也有當局者迷的時候；剛才你同我們老爺談話的情形，我也聽到了一點兒。」說到這裡，她突然問道：「胡大先生，上海跟杭州兩處的風潮，左大人知道不知道？」

「恐怕還不曉得。」

「你怎麼不告訴他？」

「告訴他？」胡雪巖有些茫然，多少年來，凡是失面子的事，他從不告訴左宗棠：所以阜康的風潮一起，他根本就沒有想到過左宗棠。

「為甚麼不告訴他？」蓮珠說道：「你瞞也瞞不住的。」

「說得不錯。」德馨也說：「如果左大人肯出面，到底是兩江總督部堂！」

這個銜頭在東南半壁，至高無上，但到底能發生甚麼作用，卻很難說。哪知道蓮珠別有深心，「胡大先生這會心很亂，恐怕不知道該跟左大人說甚麼好？」她隨即提出一個建議：「是不是請楊師爺來擬個稿子看看？」

那楊師爺是蘇州人，年紀很輕，但筆下很來得，而且能說善道，善體人意，蓮珠對他很欣賞；德馨只要是蓮珠說好就好，所以對楊師爺亦頗另眼相看，此時便問胡雪巖：「你的意思怎麼樣？」

「好是好！不過只怕太緩了。」

「怎麼緩得了？發電報出去，明天一早就到了。」

「我的密碼本不在這裡。」

「用我們的好了。」蓮珠接口。

「對啊！」德馨說道：「請楊師爺擬好了稿子，就請他翻密碼好了。小妾也可以幫忙。」

「這，怎麼好麻煩二太太？」

「怕甚麼？我們兩家甚麼交情。」

真是盛情難卻，胡雪巖只有感激的份兒；在請楊師爺的這段時間中，離座踱著方步，將要說的話都想好了。

「楊師爺，拜託你起個稿子，要說這樣子幾點：第一、請左大人為了維持人心，打電報給上海道，盡力維持阜康；第二請兩江各衙門，暫時不要提存款；第三、浙江劉撫台、德藩台很幫忙，請左大人來個電報，客氣一番。」

「客氣倒不必。」德馨說道：「要重重託一託劉撫台。」

「是！是！」楊師爺鞠躬如也地問：「還有甚麼話？」

「想到了，再告訴你。」蓮珠接口說道：「楊師爺，你請到外面來寫，清靜一點兒。」

蓮珠很熱心地引領著楊師爺到了外屋；悄悄囑咐了一番。他下筆很快，不到半個鐘頭，便將稿子送了上來，除了照胡雪巖所要求的三點陳述以外，前面特為加一段，盛稱德馨如何幫忙；得以暫度難關，實在令人感激，同時也說了些德馨在浙江的政績。著墨不多，但措詞很有力量，這當然是蓮珠悄悄囑咐的結果。

胡雪巖心裡雪亮，德馨曾透露過口風，希望更上層樓，由藩司升為巡撫，做一個真正的方面大員；而目標是江西。

這就需要兩江總督的支持了。原來所謂兩江是明朝的說法，安徽是上江，江蘇是下江，兩江總督只管江蘇、安徽兩省，但江西與蘇皖密邇，兩江總督亦管得著，猶之乎直隸總督，必要時能管山東。將來江西巡撫出缺，如果左宗棠肯保德馨，便有一言九鼎之力；所以電報中由胡雪巖出面，力讚德馨如何幫忙，實際上即是示好於左宗棠，為他自己的前程「燒冷灶」。

當然胡雪巖是樂於幫這個惠而不費的忙；而且電報稿既出於楊師爺之手，便等於德馨作了願全力維持的承諾，更是何樂不為？

因此，他看完稿子，口中連聲說道：「好極，好極！楊師爺的一枝筆實在佩服。」

「哪裡，哪裡！」楊師爺遞過一枝毛筆來，「有不妥的地方，請胡大先生改正。」

「隻字不改！都是我心裡的話，為啥要改？」說著，接過毛筆來，寫了個「雪」字，表示同意。

正談到這裡，只見阿福掀簾入內，悄悄地走到德馨身邊，送上一個卷宗；口中輕聲說道：「剛到的。」

「喔！」德馨將卷宗掀開，內中只有一張紙，胡雪巖遙遙望去，看出是一通電報，字跡卻看不清楚。

「我的眼鏡呢？」德馨一面說；一面起身找眼鏡，藉此走到間壁，楊師爺即跟了過去。

胡雪巖有點心神不定，深夜來了電報，是不是有關阜康的消息？如果是阜康的消息，德馨應該告訴他才是；這樣想著，雙眼不由得一直注視裡間。

「胡大先生——」蓮珠說道：「你不要著急，有甚麼為難的事，你不便出面，讓羅四姐來跟我說，我來告訴我們老爺。」

「是，是，多謝二太太。」

蓮珠還有話要說，但德馨已經出來了，她跟胡雪巖都釘著他看，希望他宣布深夜來電報，是何事故。但德馨卻不作聲，坐了下來，舉杯徐飲。

「哪裡來的電報？」蓮珠問說。

「不相干的事。」只說了這句又沒話了。

原來這個電報是寧波海關監督候補道瑞慶打來的，說他得到密報，上海阜康錢莊的檔手宓本常潛回寧波來籌現銀。阜康在寧波的聯號，共有兩家，一家叫通泉錢莊；一家叫通裕銀號。但因寧波市面亦以越南戰事的影響，頗為蕭條；通泉、通裕都無從接濟阜康。而且通泉的檔手不知避匿何處；通裕銀號的檔手則自行請求封閉，因此，瑞慶即命鄞縣知縣查封通裕，請德馨轉知通泉、通裕的東主，即速清理。

德馨對通泉、通裕的情況還不清楚，一時不知如何處置，因而就不便公開這通電報。直到胡雪巖告辭以後，才跟蓮珠商量。首先問她，這個消息暫且瞞著胡雪巖，是不是做錯了？

「當然錯了！」蓮珠問道：「你為甚麼當時不說？」

「我一說，雪巖當時就會要我覆電請老瑞維持，通泉啟封；那兩家莊號的情形，我一點都不知道；現在一啟封，一定擠兌，撐不住出了事，還是要封，那又何苦？」

「你把他看錯了，他絕不會這麼冒昧，讓你做為難的事。」蓮珠又說：「你說那兩家莊號的情形一點都不知道，可是人家原主知道啊！聽他說了，看要不要緊，再想辦法。你現在瞞著他不說，又不知道該怎麼辦，請問怎麼回覆人家？公事哪有這樣子辦的？」

一頓排楨，將德馨說得啞口無言：「看起來我是沒有做對。」他問：「如今該怎麼彌補？」

「只有我去一趟，去看羅四姐，就說你當時怕胡大先生心境不好，沒有敢說；特為要我通知羅四姐，看是要怎麼辦才妥當。」

「好！」德馨答說：「不過也不必今天晚上，明兒一大早好了。」

「不！這跟救火一樣，耽誤不得。」

「好吧！那就辛苦你了。」

「辛苦小事，你得給我一個底，我才好跟人家去談。」蓮珠又說：「我的意思是你能給他擔多少風險？」

「這要看他們的情形，譬如說一、二十萬銀子可以維持住的，我就打電報請寧波關代墊，歸藩庫歸還。奮窿太大，可就為難了。」

「那麼，到底是十萬呢？還是二十萬？」

「二十萬吧！」

於是先遣阿福去通知，隨後一乘小轎，悄悄將蓮珠抬到元寶街。其時三更已過，胡雪巖在百獅樓上與螺螄太太圍爐低語，談的卻不是阜康，也不是絲繭，而是年輕時候的往事。

這是由扶乩談起來的，「烏先生接了你回來，你到阜康，他回家，順路經過一處乩壇，進去看了看，也替我們求了一求，看前途如何？哪曉得降壇的是一位大忠臣，叫甚麼史可法。烏先生知道這個人，說是當初清兵到揚州殉難的。」螺螄太太問道：「老爺，你曉得不曉得這個人？」

「聽說過。」胡雪巖問：「史可法降壇以後怎麼說？」

「做了一首詩。喏，」螺螄太太從梳妝台抽斗中取出一張黃紙，遞給胡雪巖說：「你看。」

黃紙上寫的是一首七絕：「江黑雲寒閉水城，飢兵守堞夜頻驚；此時自在茅檐下，風雨蕭蕭聽柝聲。」胡雪巖將這首詩吟哦數過，方始開口。

「烏先生看了這首詩，有沒有給你破解？」

「有的。烏先生說，這首詩一定是史可法守揚州的時候做的，情形是很危險，不過為人要學史可法，穩得住！管他兵荒馬亂，自自在在睡在茅檐下，聽風聽雨，聽城頭上打更。」

「他人是很穩，不過大明的江山沒有穩住。我看這首詩不是這個意思。」

「那麼，老爺你說，是啥意思。」

「那時候史可法手裡有幾十萬人馬，可惜史可法不是曾文正、左大人，兵多沒有用，真正叫一籌莫展。早知如此，不如不要當元帥、帶兵馬，做個一品老百姓，肩上沒有千斤重擔，就睏在茅檐下面，自自在在一顆心是安逸的。」胡雪巖聲音淒涼地說：「羅四姐，如果當年你嫁了我，我沒有同王撫台的那番遭遇，憑我們兩個人同心協力，安安穩穩吃一口飽飯，哪裡會有今天的苦惱。」

由此開始，細數往事，又興奮、又悲傷，但不管興奮悲傷都是一種安慰。正在談得入神時忽然得報，說蓮珠馬上要來，不由得都楞住了。

蓮珠此來，目的何在，雖不可知，但可斷定的是，一定出於好意，而且一定有極緊要的事談。因此，要考慮的是在甚麼地方接見；胡雪巖應該不應該在場。

在這時候，當然不容他們從容商議；螺螄太太本想在那間專為接待貴客，裝飾得金碧輝煌的「藏翠軒」接見，但時已隆冬，即令現搬幾個大火盆過去，屋子也一時暖和不起來，所以稍想一想，當機立斷地對胡雪巖說：「你先從後樓下去，等一下從前樓上來。」

胡雪巖點一點頭，匆匆而去；螺螄太太便親自下樓接了蓮珠上來，一大群丫頭圍繞著，捧鳳凰似地將蓮珠安置在靠近火盆的一張安樂椅上，手爐、腳爐、清茶、水果一一送到面前。螺螄太太顧不得跟她說話，只是指揮著丫頭招待客人，直待告一段落，丫頭都退了出去，她才開口。

「有啥事情，打發人來通知我一聲，我去看你就是。這麼冷的天，萬一凍出病來，教我們心裡怎麼過意得去？」

「你我不分彼此，與其請你來，多費一層周折，我也仍舊是耽誤功夫，倒不如我親自來一趟。」蓮珠四面看了一下問：「胡大先生不在這裡？」

「去通知他了，馬上就會來的。」

「趁胡大先生不在這裡，我先跟你說了吧！胡大先生在我們那裡，不是來了電報？是寧波打來的，通泉、通裕都出毛病了！我們老爺怕他剛回杭州，心境不好，沒有敢告訴他；特為讓我來一趟，跟你來談。」

螺螄太太心裡一跳，但不能不強自鎮靜，「多謝、多謝！」她還要再說下去時，只聽樓梯上有腳步聲，便停了下來。

「老爺來了！」有個丫頭掀開門簾說。

「羅四姐！」蓮珠問說：「要不要當著他的面談？」

「瞞也瞞不住的。」

「好！」

其時胡雪巖已經衣冠整齊地一路拱手、一路走進來說道：「失迎、失迎！二太太這麼晚還來，當然是為我的事；這份情分，真正不知道怎麼說了！」

「自己人不必說這些話。」蓮珠說道：「剛剛寧波來的電報，沒有拿給你看的緣故，我跟羅四姐說過了；她說不必瞞你，那就請你先看電報。」

寧波的情形，在胡雪巖真所謂變起不測，因為宓本常在那裡，他維持不住上海的阜康，莫非連寧波的「兩通」都會撐不起來？

但也因此使他想到，這或許是宓本常的運用，亦未可知；雖不知他葫蘆裡賣的甚麼藥？不過有一點是很明顯的，宓本常本來就已有「拆爛汙」的跡象，如果自己再出頭去管寧波的事，越發會助長他「天塌下來有長人頂」的想法，因此，他覺得如今首要之著，是借重寧波官場的勢力，逼一逼宓本常，讓他把所有的力量拿出來。

於是他說：「不瞞二太太說，這回的事情，總怪我有眼無珠，用錯了人。上海阜康的檔手叫宓本常，他是寧波人；瞞著我私下同他的親戚做南北貨生意，聽說有兩條沙船在海裡，叫法國兵船打沉了，虧空的是阜康的款子；數目雖然不大，而在目前銀根極緊的當口，就顯得有關係了。此刻他人在寧波；通泉、通裕的情形，是不是他弄出來的，我不敢說。不過，以他的手面，要維持通泉、通裕是辦得到的。藩台肯替我墊二十萬銀子，實在感激不盡，不過，倒像頭痛醫頭，腳痛醫腳，說實話，徒然連累好朋友，並不是好辦法；做事要做得乾淨、徹底，我胡某人最好面子，如今面子撕了一條縫，補起來容易，就怕這裡彌補了，那面又裂開，所以我現在的想法是，先要保住沒有裂開的地方。二太太，請你先替我謝謝藩台，同時請你把我的意思，同藩台說一說。」

聽他長篇大套地在談，蓮珠不斷點頭，表示完全能領會他的意思，等他說完，隨即答道：「胡大先生的做法是對的，我一定把你的話，同我們老爺說到，幫你的忙，要從大處去落墨。不過，寧波的事，你還沒有說出一個辦法來！」

「是。」胡雪巖答說：「宓本常在寧波，找到宓本常，就可以責成他來維持。請藩台就照意思擬覆電好了。」

「如果宓本常不聽呢？」蓮珠問說：「是不是甚麼手段都可以用？」

這便是說，是否可以拘禁到訊？螺螄太太對宓本常猶有好感，深恐他吃虧便即說道：「打狗看主人面，他雖做錯了事，到底是我們的人。這一點——」她頓住了，不知道該怎麼說。

「這一點，我們都很明白；不過，人家不知道，電報當中也很難說得清楚。」蓮珠想了一下說：「是不是胡大先生請你的師爺擬個稿子，我帶回去，請我們老爺照發？」

胡雪巖答應著，下樓而去。蓮珠目送他走遠了，執著螺螄太太的手，欲言又止，臉上是萬般無奈的神情，讓螺螄太太反過來不能不安慰她了。

「我曉得你替我們難過，不過，你請放心，不要緊的，船到橋頭自會直。」

「羅四姐，」蓮珠嘆口氣說：「我同我們老爺，真是恨不得能平空發一筆大財！」

「你不要這樣子說。」螺螄太太極其感動地，也緊握著她的雙手，「我同胡大先生最難過的，也就是連累藩台同你替我們擔心。這分人情債，只怕要欠到來生了。」

聽得這話，蓮珠悚然動容，緊釘著她看了好一會，方始問道：「羅四姐，你到底有甚麼打算？」

螺螄太太愕然，好一會才明白她的意思，「你倒說說看，」她反問一句：「應該怎麼個打算？」

「我不知道。我總覺得到了這個時候，總應該仔細想一想。羅四姐，」蓮珠是極冷靜的語氣，「我們是自己人，旁觀者清，我見到了不能不提醒你。」

這話就大有文章了，螺螄太太急急問說：「是不是藩台有甚麼消息？」

「不是他有甚麼消息，如果他有了甚麼消息，事情只怕就來不及了。」

螺螄太太心一沉，怔怔地思索了好一會問說：「藩台是不是有甚麼話？」

「話是沒有。不過他著急是看得出來的。」

迂迴吞吐，說了好一會，螺螄太太方始明白蓮珠的意思，是暗示她如果覺得有將財物寄頓他處的必要，她可以效勞。

蓮珠一向言辭爽脆深刻，隱微難達之情，在她往往三、五句話，便能直透深處。唯獨這件事如此難於出口，其中的道理，在同樣善體人情的螺螄太太，不難明白，正因為交情厚了，才不易措詞。

因為，要談這件事，便有一個不忍出口的前提，就是阜康的風潮，會牽連到許多衙門來提公款，倘或無以應付，即可查封財產備抵，而猶不足，不可避免地就會抄家。

蓮珠一面說，一面心裡就有一種顧忌，是設想螺螄太太聽了她的話以後的想法：甚麼！已經看得我們胡家要抄家了。照此看來是黃鼠狼給雞拜年，沒有存著好心。

如果再談到寄頓財物，似乎坐實了她沒有存著好心；胡家抄家於她有甚麼好處？不就可以吞沒了寄存的財物了嗎？不但抄家，最好充軍、殺頭，才能永絕後患。

在這樣的顧慮之下，稍微聰明些的人都知道，這不是談這件事的時候。但像這種寄頓家財，以防籍沒的事，時機最要緊，愈早部署愈好。蓮珠必是想到了這一點，正見得是為好朋友深謀遠慮的打算。

轉念到此，螺螄太太異常感動，「蓮姊，不枉我們同燒過一爐香。真正是急難何以倚靠，比同胞還親的姊妹。」她聲音急促地說：「不過，蓮姊，我現在只能作我自己的主，我有點首飾，初五那天還要戴，過了這場喜事，我理好了送到你那裡來。」

這一說蓮珠反倒推辭了，她主要的是要提醒螺螄太太，應該有最壞的打算。如今看她顯然已領會到了，那就不必亟亟；「羅四姐，你懂我的意思就好。」她說：「現在也還不到那步田地，不過人無遠慮，必有近憂；但願你們逢凶化吉，遇難成祥，我今天的這番心裡的話，完全是多餘的。」

「蓮姊，算命的都說我命中有『貴人』，你今天就是。但願如你金口，等這場風潮過了，蓮姊，我們到普陀去燒香，保佑藩台高升撫台；你老來得子，生個白胖兒子。」

「不要說笑話了。」蓮珠的臉一紅，囁嚅了好一會說：「不知道你們胡慶餘堂，有沒有好的調經種子丸？」

「有，有！我明天叫人送來。」

「不要、不要！」蓮珠連連搖手，「傳出去笑死人了。」

「那麼，改天我親自帶來。」

於是促膝低語談了許多房幃間的心得，一直到胡雪巖重新上樓，方始結束。此時此地居然有這樣的閒情逸致，且不說螺螄太太，連蓮珠亦覺得是件不可思議之事。

「稿子是擬好了，請二太太看看，有不妥當的地方，再改。」

「唷！胡大先生我哪裡看得懂。你說給我聽聽好了。」

「大意是——。」

大意是告訴寧波關監督瑞慶，說胡雪巖的態度光明磊落，通泉、通裕的倒閉，雖非始料所及，但一定會負責到底，而且以胡雪巖的實力，亦必能轉危為安。

但阜康受時潮的影響，事出無奈；為了維持市面，只可盡力協助，不宜逼迫過急，反生事端。接著提到宓本常在寧波，希望瑞慶即刻傳他到案，責成他料理「兩通」，但所用手段，宜以勸導為主。語氣婉轉周至，而且暗示瑞慶，若能費心盡力，料理妥當，德馨會面陳巡撫，今年的年終考績，必有優異的「考語」。

「好！好！」蓮珠滿口答應，「我請我們老爺，馬上發出去。」

「是！多謝二太太。」

「我要走了。」蓮珠起身說道：「你們也早點休息，初五辦喜事，一定要把精神打起來。」

19 迴光返照

從第二天起，阜康照常開門，典當、藥店、絲行，凡是胡雪巖的事業，無不風平浪靜；大家都興致勃勃地注視著初五那一天胡家的喜事，阜康的風潮為一片喜氣所沖淡了。

迎親是在黃昏，但東平巷從中午開始，便擠滿了看熱鬧的人；各式各樣的燈牌、綵亭，排出去兩三里路，執事人等，一律藍袍黑褂；抬槓的伕子是簇新的藍綢滾紅邊的棉襖，氣派非凡。

其時元寶街胡家，從表面來看，依舊是一片興旺氣象，裡裡外外，張燈結彩，轎馬紛紛，笑語盈盈，只是仔細看去，到處都有三、五人聚集在一起，竊竊私議，一見有生人經過，不約而同都縮口不語，茫然地望著遠處，看在眼裡，令人無端起不安之感。

這種情形，同樣地也發生在花園中接待堂客之處；而最令人不安的是，看不見「新娘子」，也就是三小姐，不知道躲在何處？據老媽子、丫頭們悄悄透露的消息，說是三小姐從這天一早就哭，眼淚一直沒有停過。「新娘子」上花轎以前捨不得父母姊妹，哭一場原是不足為奇的事；但一哭一整天，就不能不說是罕見之事了。

不過，熟知胡家情形的客人，便覺得無足為奇。原來這三小姐的生母早逝，她跟胡雪巖在杭州二次陷於「長毛」時，曾共過患難，因此賢慧的胡太太將三小姐視如己出，在比較陌生的堂客面前，都說她是親生女兒，從小嬌生慣養，加以從她出生不久，胡雪巖便為左宗棠所賞識，家業日興，都說她的命好，格外寵愛，要甚麼有甚麼，沒有不如意的時候，但偏偏終身大事不如意，在定親以後，才慢慢知道，「新郎倌」阿牛，脾氣同他的小名一樣，粗魯不解溫柔；看唱本，聽說書，離「後花園私訂終身」的「落難公子」的才貌，差得十萬八千里都不止。

原本就一直委屈在心，不道喜期前夕，會出阜康錢莊擠兌的風潮；可想而知的，一定會有人說她命苦。她也聽說，王善人想結這門親，完全是巴結她家的財勢，如果娘家敗落，將來在夫家的日子就難過了。

她的這種隱痛，大家都猜想得到，但沒有話去安慰她；她也無法向人訴苦，除了哭以外，沒有其他的辦法，可以使她心裡稍為好過些，當然，胡太太與螺螄太太都明白她的心境，但找不出一句扎扎實實的話來安慰她；事實上三小姐的這兩個嫡母與庶母，也是強打精神在應酬賀客，心裡有著說不出的苦，自己都希望怎麼能有一個好消息稍資安慰，哪裡還能挖空心思來安慰別人？

「不要再哭了！眼睛已經紅腫了，怎麼見人？」胡太太只有這樣子一遍一遍地說；雙眼確是有點腫了，只有靠丫頭們一遍一遍地打了新手巾來替她熱敷消腫。

及至爆竹喧天，人聲鼎沸，花轎已經到門，三小姐猶自垂淚不止，三催四請，只是不動身；胡太太與螺螄太太還有些親近的女眷，都急得不知如何是好？

還是螺螄太太有主意，請大家退後幾步，將凳子拉一拉近，在梳妝台前緊挨著三小姐坐下，輕聲說道：「你老子養到你十九歲好吃好穿好嫁妝，送你出門，你如果有點良心，也要報答報答你老子。」

這一說很有效驗，三小姐頓時止住了哭聲；雖未開口而看著螺螄太太的眼睛卻在發問：要如何報答。

「你老子一生爭強好勝，尤其是現在這位檔口，更加要咬緊牙關撐守。不想『爺要爭氣、兒要撇屁』，你這樣子，把你老子的銳氣都哭掉了！」

「哪個說的？」三小姐胸一挺，一副不服氣的神情。

「這才是，快拿熱手巾來！」螺螄太太回頭吩咐。

「馬上來！」丫頭答得好響亮。

「三小姐！有一扣上海滙豐銀行的存摺，一萬兩銀子，你私下藏起來；不到要緊時候不要用。」螺螄太太又說：「我想也不會有啥要緊的時候，不過『人是英雄錢是膽』，有這扣摺子，你的膽就壯了。」說著，塞過來一個紙包，並又關照：「圖章是一個金戒指的戒面，上面一個『羅』字。等等到了花轎裡，你頂好把戒指戴在手上。」

她說一句，三小姐點一點頭；心裡雖覺酸楚，但居然能忍住了眼淚。

胡家的喜事，到新郎倌、新娘子「三朝回門」，才算告一段落。但這三天之中，局勢又起了變化；而且激起了不小的風潮。

風潮起在首善之地的京城。十一月初六，上海的消息傳到天津、天津再傳到北京，阜康頓時被擠；汪惟賢無以應付，只好上起排門，溜之大吉。地痞起鬨，半夜裡打開排門放搶，等巡城御史趕到，已經不成樣子了。

第二天一早來擠兌的人更多。順天府府尹只好會同巡城御史出安民布告；因為京城的老牌錢莊，一共四家，都開在東四牌樓，字號是恆興、恆和、恆利、恆源，有名的所謂「四大恆」，向來信用卓著，這時受了阜康的影響，亦是擠滿了要兌現銀的客戶。「四大恆」如果一倒，市面不堪設想，所以地方官不能不出面維持，規定銀票一百兩以下照付；一百兩至一千兩暫付五十兩；一千兩以上暫付一百兩。

不過四大恆是勉強維持住了，資本規模較小的錢莊，一擠即倒，市面大受影響。同時銀票跌價，錢價上漲；本來銀賤錢貴，有益於小民生計，但由於銀票跌價、貨物波動，家無隔宿之糧平民，未蒙其利，先受其害。這種情形驚動了朝廷，胡雪巖知道大事要不妙了。

其時古應春已經由上海專程趕到杭州，與胡雪巖來共患難。他們相交三十年，但古應春為人極守分際，對於胡雪巖的事業，有的了解極深，有的便很隔膜，平時為了避嫌疑，不願多打聽；到此地步便顧不得嫌疑不嫌疑了。

「小爺叔，且不說紙包不住火；一張紙戳個洞都不可以，因為大家都要從這個洞中來看內幕，那個洞就會越扯越大。」他很吃力地說：「小爺叔，我看你索性自己把這張紙掀開，先讓大家看個明白，事情反倒容易下手。」

「你是說，我應該倒下來清理？」

「莫非小爺叔沒有轉過這個念頭？」

「轉過。」胡雪巖的聲音有氣無力，「轉過不止一次，就是下不了決心。因為牽連太多。」

「哪些牽連？」

「太多了。」胡雪巖略停一下說：「譬如有些人當初看得起我，把錢存在我這裡；如今一倒下來，打折扣還人家，怎麼說得過去？」

「那麼，我倒請問小爺叔，你是不是有起死回生的把握？拖一拖能夠度過難關，存款可以不折不扣照付？」

胡雪巖無以為答。到極其難堪的僵硬空氣，快使得人要窒息了，他才開口。

「市面太壞，洋人太厲害，我不曉得怎麼才能翻身？」他說：「從前到底是機會，錢莊不賺典當賺，典當不賺絲上賺；還有借洋債，買軍火，八個罎子七個蓋，蓋來蓋去不會穿幫；現在八個罎子只有四個蓋，兩隻手再靈活也照顧不到，而況旁邊還有人盯在那裡，專挑你蓋不攏的罎子下手。難，難！」

「小爺叔，你現在至少還有四個蓋，蓋來蓋去，一失手，甚至於旁邊的人來搶你的蓋子，那時候——，」古應春迸足了勁說出一句話：「那時候，你上吊都沒有人可憐你！」

這話說得胡雪巖毛骨悚然。越拖越壞，拖到拖不下去時，原形畢露，讓人說一句死不足惜；其所謂「一世英名，付之流水」，那是胡雪巖怎麼樣也不能甘心的事。

「來人！」

走來一個丫頭，胡雪巖吩咐她將阿雲喚了來，交代她告訴螺螄太太晚上在百獅樓吃飯；賓主一共四個人，客人除了古應春以外，還有一個是烏先生，立刻派人去通知。

「我們晚上來好好商量，看到底應該怎麼辦？」胡雪巖說：「此刻我要去找幾個人。」

明燿璀璨，爐火熊熊，佳肴美酒，百獅樓上，富麗精緻，一如往昔；賓主四人在表面上亦看不出有何異樣，倘或一定要找出與平日不同之處，只是胡雪巖的豪邁氣概消失了。他是如此，其餘的人的聲音也都放低了。

「今天就我們四個人，大家要說心裡的話。」胡雪巖的聲音有些嘶啞，「這兩天，甚麼事也不能做，閒功夫反而多了；昨天一個人獨坐無聊，抓了一本《三國演義》看，諸葛亮在茅廬做詩：『大夢誰先覺？』我看應春是頭一個從夢裡醒過來的人。應春，你說給烏先生聽聽。」

古應春這時候的語氣，倒反不如最初那麼激動了，同時，他也有了新的想法，可以作為越拖越壞，亟宜早作了斷的補充理由。

「阜康一出事，四大恆受擠，京城市面大受影響；只怕有言官出來說話。一驚動了養心殿，要想像今天這樣子坐下來慢慢商量，恐怕——。」他沒有再說下去。

大家都沉默著，不是不說話，而是倒閉清算這件事，關係太重了，必須多想一想。

「四姐，」胡雪巖指名發問：「你的意思呢？」

「拖下去是壞是好，總要拖得下去。」螺螄太太說：「不說外面，光是老太太那裡，我就覺得拖不下去了。每天裝得沒事似地，實在吃力；老太太到底也是有眼睛的，有點看出來了，一再在問：是不是出了甚麼事？到有一天瞞不住了，這一個晴天霹靂打下來，老太太會不會嚇壞？真正叫人擔心。」

這正也是胡雪巖下不得決心的原因之一；不過這時候他的態度有些改變了，心裡在想的是，如何能使胡老太太不受太大的驚嚇。

「我贊成應春先生的辦法，長痛不如短痛。」烏先生說：「大先生既然要我們說心裡的話，有件事我不敢再擺在心裡了，有人說『雪巖』兩個字就是『冰山』；前天我叫我孫子抽了一個字來拆——。」

「是為我的事？」

「是的。」烏先生拿手指蘸著茶汁，在紫檀桌面上一面寫，一面說：「抽出來的是個『五嶽歸來不看山』的『嶽』字。這個字不好，冰『山』一倒，就有牢『獄』之災。」

一聽這話，螺螄太太嚇得臉色大變；胡雪巖便伸出手去扶住她的肩膀，安慰著說：「你不要怕。冰山沒有倒，就不要緊。烏先生一定有說法。」

「是的。測字是觸機；剛剛聽了應春先生的話，我覺得似乎更有道理了。『獄』字中間的『言』就是言官，現在是有座山壓在那裡，不要緊；靠山一倒，言官出頭，那時候左面是犬、右面也是犬，一犬吠日，眾犬吠聲，群起而攻，怎麼吃得消。」

說得合情合理，胡雪巖、古應春都認為不可不信；螺螄太太更不用說，急急問道：「烏先生，靠山不倒莫非一點事都沒有了？」

「事情不會一點沒有，你看左面這隻犬已經立了起來，張牙舞爪要撲過來咬人，不過只要言官不出頭就不要緊，肉包子打狗讓牠乖乖兒不叫就沒事。」

「不錯，一點不錯！」胡雪巖說：「現在我們就要做兩件事，一件是我馬上去看左大人；一件是趕緊寫信給徐小雲，請他務必在京裡去看幾個喜歡講話的都老爺，好好兒敷衍一下。」

這就是「肉包子打狗」的策略；不過，烏先生認為寫信緩不濟急，要打電報。

「是的。」胡雪巖皺著眉說：「這種事，不能用明碼；一用明碼，盛杏蓀馬上就知道了。」

「德藩台同軍機章京聯絡，總有密碼吧？」

「那是軍機處公用的密碼本，為私事萬不得已也只好說個三兩句話，譬如某人病危，某人去世之類；我的事三兩句話說不清楚。」

「只要能說三兩句話，就有辦法。」古應春對電報往來的情形很熟悉，「請德藩台打個密電給徐小雲，告訴他加減多少碼，我們就可以用密碼了。」

「啊，啊！這個法子好。應春，你替我擬個稿子。」胡雪巖對螺螄太太說：「你去一趟，請德藩台馬上替我用密碼發。」

於是螺螄太太親自去端來筆硯，古應春取張紙，一揮而就：「密。徐章京小雲兄：另有電，前五十字加廿；以後減廿。曉峰。」

這是臨時設計的一種密碼，前面五十字，照明碼加二十；後面照明碼減二十，這是很簡單的辦法，倉卒之間瞞人耳目之計，要破還是很容易；但到得破了這個密碼，已經事過境遷，祕密傳遞信息的功用已經達到了。倒是「另有電」三字，很有學問；電報生只以為德馨「另有電」，就不會注意胡雪巖的電報，這樣導人入歧途，是瞞天過海的一計。

於是胡雪巖關照螺螄太太，立刻去看蓮珠，轉請德馨代發密電；同時將他打算第二天專程到江寧去看左宗棠的消息，順便一提，託他向駐在拱宸橋的水師統帶，借一條小火輪拖帶坐船。

「你去了就回來。」胡雪巖特地叮囑，「我等你來收拾行李。」

接下來，胡雪巖請了專辦筆墨的楊師爺來，口述大意，請他即刻草擬致徐用儀的電報稿；又找總管去預備次日動身的坐船。交代了這些雜務，他開始跟古應春及烏先生商議，如何來倚仗左宗棠這座靠山，來化險為夷。

「光是左大人幫忙還不夠，要請左大人出面邀出一個人來，一起幫忙，事情就不要緊了。不過，」古應春皺著眉說：「只怕左大人不肯向這個人低頭。」

聽到這一句，胡雪巖與烏先生都明白了，這個人指的是李鴻章。如果兩江、直隸，南北洋兩大臣肯聯手來支持胡雪巖，公家存款可以不動；私人存款的大戶，都是當朝顯宦，看他們兩人的面子，亦不好意思逼提，那在胡雪巖就沒有甚麼好為難的了。

「這是死中求活的一著。」烏先生說：「無論如何要請左大人委屈一回。大先生，這步棋實在要早走。」

「說實話！」胡雪巖懊喪地敲自己的額頭，「前幾天腦子裡一團亂絲，除了想綳住場面以外；甚麼念頭都不轉；到了綳不住的時候，已經筋疲力竭，索性賴倒了，聽天由命，啥都不想。說起來，總怪我自己不好。」

「亡羊補牢，尚未為晚。」烏先生說：「如果決定照這條路子去走，場面還是要綳住；應該切切實實打電報通知各處，無論如何要想法子維持。好比打仗一樣，哪怕只剩一兵一卒，也要守到底。」

「說得不錯。」胡雪巖深深點頭：「烏先生就請你來擬個電報稿子。」

烏先生義不容辭，桌上現成的文房四寶，鋪紙伸毫，一面想、一面寫；寫到一半，楊師爺來交卷了。

楊師爺的這個稿子，措詞簡潔含蓄，但說得不夠透澈；胡雪巖表面上自然連聲道好，然後說道：「請你放在這裡；等我想一想還有甚麼話應該說的。」

也就是楊師爺剛剛退了出去，螺螄太太就回來了；帶來一個頗令人意外的信息：「德藩台說，他要來看你。有好些話當面跟你談。——」

「你為啥不說，我去看他。」胡雪巖打斷她的話問。

「我怎麼沒有說？我說了。德藩台硬說他自己來的好。後來蓮珠私下告訴我，你半夜裡到藩台衙門，耳目眾多，會有人說閒話。」

聽這一說，胡雪巖暗暗心驚，同時也很難過，看樣子自己是被監視了，從今以後，一舉一動都要留神。

「德藩台此刻在抽煙，等過足了癮就來。」螺螄太太又說：「密碼沒有發。不過他說他另有辦法，等一下當面談。」

「喔。」胡雪巖又問：「我要到南京去的話，你同他說了？」

「自然說了。只怕他就是為此，要趕了來看你。」

「好！先跟他談一談，做事就更加妥當了。」胡雪巖不避賓客，握著她的冰冷的手，憐惜地說：「這麼多袖籠，你就不肯帶一個。」

螺蛳太太的袖籠總有十幾個，紫貂、灰鼠、玄狐，叫得出名堂的珍貴皮裘她都有；搭配著皮襖的種類花式來用，可是在眼前這種情形之下，她哪裡還有心思花在服飾上？此時聽胡雪巖一說，想起這十來天眠食不安的日子，眼淚幾乎奪眶而出，趕緊轉身避了開去。

「羅四姐，你慢走。」胡雪巖問道：「等德藩台來了，請他在哪裡坐？」

「在洋客廳好了。那裡比較舒服、方便。」

「對！叫人把洋爐子生起來。」

「曉得了。」螺蛳太太答應著，下樓去預備接待賓客。

洋客廳中是壁爐；壁爐前面兩張紅絲絨的安樂椅，每張椅子旁邊一張椅子，主位這面只有一壺龍井；客位這面有酒、有果碟，還有一碟松子糖、一碟豬油棗泥麻酥，因為抽鴉片的人都愛甜食，是特為德馨所預備的。

「這麻酥不壞！」德馨拈了一塊放在口中，咀嚼未終，伸手又去拈第二塊了。

在外面接應待命的螺蛳太太，便悄悄問阿雲：「麻酥還有多少？」

「要多少有多少。」

「我是說湖州送來的豬油棗泥麻酥。」

「喔，」阿雲說道：「我去看看。」

「對，你看有多少，都包好了，等下交給德藩台的跟班。」

阿雲奉命而去；螺螄太太便手捧一把細瓷金鍊的小茶壺，貼近板壁去聽賓主談話。

「你要我打密電給徐小雲，不大妥當，軍機處的電報，盛杏蓀的手下沒有不照翻的，這種加減碼子的密碼，他們一看就明白了。」德馨又說：「我是打給我在京的一個朋友，讓他去告訴徐小雲，你有事託他，電報隨後就發。」

「那麼，我是用甚麼密碼呢？」

「用我的那本。」德馨說道：「我那個朋友心思很靈，編的密碼，他們破不了的。」

胡雪巖心想，照此一說，密碼也就不密了；因為德馨不會把密碼本借給他用，擬了稿子交出去，重重周折，經手的人一多，難免祕密洩漏，反為不妙。

與其如此，不如乾脆跟他說明白，「曉翁，我想託徐小雲替我在那些都老爺面前燒燒香，快過年了，節敬從豐從速；請他們在家納福，不必管閒事，就是幫了我的忙。這些話，如果由曉翁來說，倒顯得比我自己說，來得冠冕些。」他問：「不曉得曉翁肯不肯幫我這個忙？」

「有何不可？」

「謝謝、謝謝！」胡雪巖問：「稿子是曉翁那裡擬，還是我來預備？」

德馨此來是想定了一個宗旨的，胡雪巖的利益，到底不比自己的利益來得重要；但要顧到自己眼前利益，至少要顧到胡雪巖將來的利益。換句話說：他可以為胡雪巖的將來做任何事，藉以換取胡雪巖保全他眼前的利益。所以對於致電徐小雲的要求，不但一口答應，而且覺得正是他向胡雪巖表現義氣的一個機會。

因此，他略一沉吟後問：「你請一位筆下來得的朋友來，我告訴他這個稿子怎麼擬。」

筆下當然是楊師爺來得，但胡雪巖認為古應春比較合適，因為德馨口述的大意，可能會有不甚妥當的話，楊師爺自然照錄不誤，古應春就一定會提出意見，請德馨重新斟酌。

「我有個朋友古應春在這裡；曉翁不也見過的嗎？」

「啊，他在這裡！」德馨很高興地說：「此君豈止見過，那回我到上海很得他的力！快請他來。」

於是叫人將古應春請了來與德馨相見。前年德馨到上海公幹，古應春受胡雪巖之託，招待得非常周到，公事完了以後，帶他微服冶遊，消息一點不露，德馨大為滿意，而且一直認為古應春很能幹，有機會要收為己用。因此，一見之下，歡然道故，情意顯得十分殷勤。

「我們辦正事吧！」胡雪巖找個空隙插進去說：「應春，剛才我同德藩台商量，徐小雲那裡，由德藩台出面託他，第三者的措詞，比較不受拘束。德藩台答應我了，現在要擬個稿子，請德藩台說了意思，請你大筆一揮。有啥沒有弄明白的地方，你提出來請教德藩台。」

古應春對這一暗示，當然默喻；點一點頭說：「等我來找張紙。」

「那裡不是筆硯。」

「不！」古應春從身上掏出一枝鉛筆來，「我要找一張厚一點的紙。最好是高麗箋。」

「有、有！」螺螄太太在門口答應。

話雖如此，高麗箋卻一時無處去覓，不過找到一張很厚的洋紙；等古應春持筆在手，看著德馨時，他站起來背著手踱了幾步，開始口述。

「這個電報要說得透澈，第一段敘時局艱難，市面極壞，上海商號倒閉，不知凡幾，這是非常之變，非一人一家之咎。」

古應春振筆如飛，將第一段的要點記下來以後，抬頭說道：「德公，請示第二段。」

「第二段要講雪巖的實力，跟洋商為了收絲買繭這件事，合力相謀；此外，還有一層說法，你們兩位看，要不要提？」德馨緊接著說：「朝廷命沿省疆臣備戰；備戰等於打仗；打仗要錢，兩江藩庫空虛，左爵相向雪巖作將伯之呼，不能不勉力相助，以至於頭寸更緊，亦是被擠的原因之一。」

「不必，不必！」胡雪巖表示異議，「這一來，一定得罪好些人；尤其是李合肥，更不高興。」

「我亦覺得不提為妙。」古應春附和著說：「如果徐小雲把這話透露給都老爺，一定節外生枝，把左大人牽涉進去，反而害他為難。」

「對，對！就不提。」德馨停了下來，等古應春筆停下來時，才講第三段。

第三段是說胡雪巖非常負責，但信用已受影響，維持格外吃力，如今是在安危成敗關頭，是能安度難關、還是一敗塗地，要看各方面的態度而定，如果體諒他情非得已，相信他負責到底，他就一定能無負公私存戶；倘或目光短視，日急於提存兌現，甚至唯恐天下不亂，出以落井下石之舉，只怕損人不利己，胡雪巖固然倒了下來，存戶只怕亦是所得無幾。

這一段話，胡雪巖與古應春都認為需要推敲；不過意見是古應春提出來的，說「落井下石」似乎暗指李鴻章；而損人不利己，只怕所得無幾，更足以引起存戶的恐慌，尤其是公款，可以用查封的手段保全債權，而私人存戶，勢力不及公家，唯一的自保之計是，搶在前面，先下手為強。那一來不是自陷於危地？

「說得也是。」德馨趁機表明誠意，「我完全是說公道話，如果你們覺得不妥，怎麼說都行。」

「我看，只說正面，不提反面。」

這就是說，要大家對胡雪巖，體諒情非得已；相信負責到底。德馨自然同意，接下來講第四段。

這一段說到最緊要的地方，但卻要言不煩地只要說出自己這方面的希望，在京處於要津的徐用儀，自會有透澈的了解；但接下來需要胡雪巖作一個安排，應該先商量好。

「馬上過年了，」他看著胡雪巖說：「今年的炭敬、節敬，你還送不送？」

「當然照送。」胡雪巖毫不遲疑地回答，還加了一句：「恐怕還要多送。」

「你是怎麼送法？」德馨問說：「阜康今年不能來辦這件事了，你託誰去辦？款子從哪裡撥？」

這一問，胡雪巖才覺得事情很麻煩；一時意亂如麻，怔怔地看著德馨，無以為答。

這時古應春忍不住開口了：「事到如今，既然託了徐小雲，索性一客不煩二主，都託他吧。」

「是的。我也是這麼想。」德馨說道：「雪巖如果同意，咱們再商量步驟。」

「我同意。」

「好！現在再談款子從哪裡撥？這方面我是外行，只有你們自己琢磨。」

於是胡雪巖與古應春稍作研究，便決定了辦法，由匯豐銀行匯一筆款子給徐用儀，請他支配；為了遮人耳目，這筆款子要由古應春出面來匯。當然，這一點先要在密電中交代明白。

要斟酌的是不知道應該匯多少？胡雪巖想了一會說：「我記得去年一共花了三萬有餘、四萬不到。」胡雪巖說：「今年要多送，就應該匯六萬銀子。」

「至於哪個該送多少？汪敬賢那裡有單子，請小雲找他去拿就是。」胡雪巖說。

德馨點點頭說：「電報上應該這麼說：雪巖雖在難中，對言路諸公及本省京官卒歲之年，仍極關懷，現由某某人出面自匯豐匯銀六萬兩至京，請他從汪敬賢處取來上年送炭敬、節敬名單，斟是加送，並為雪巖致意，只要對這一次阜康風潮，視若無事，不聞不問，則加以時日，難關定可安度。即此便是成全雪巖了。至於對雪巖有成見、或者素好譁眾取寵者，尤望加意安撫。」

這段話，意思非常明白，措詞也還妥當，古應春幾乎一字不更地照錄；然後又將全稿細細修正，再用毛筆謄出清稿，請德馨與胡雪巖過目。

「很好！」德馨將稿子交給胡雪巖：「請你再細看一遍。」

「不必看了。拜託、拜託。」胡雪巖拱拱手說。

於是等德馨收起電報稿，古應春道聲「失陪」，悄悄退下來以後，賓主復又開始密談。

「雪巖，咱們的交情，跟弟兄沒有甚麼分別，所以我說話沒有甚麼忌諱；否則反倒容易誤事。你說是不是？」

一聽這段話，胡雪巖心裡就有數了；他是早就抱定了宗旨的，不論怎麼樣，要出以光明磊落。生意失敗，還可以重新來過，做人失敗不但再無復起的機會，而且幾十年的聲名，付之東流，還是他寧死不願見的事。

於是，他略想一想，慨然答說：「曉翁，路遙知馬力，日久見人心，你今天晚上肯這樣來，就是同我共患難。尤其是你剛才同我說的一番話，不枉我們相交一場；曉翁，我完全是自作孽，開頭把事情看輕了，偏偏又夾了小女的喜事，把頂寶貴的幾天光陰耽誤了。從現在起，我不能再走錯一步；其實，恐怕也都嫌晚了，盡人事聽天命而已。趁現在我還能作主的時候，曉翁，你有話儘管說，我一定遵辦。」

德馨巴不得他有這句話，當即說道：「雪巖，咱們往好處想，可是不能不作最壞的打算。我有張單子在這裡，你斟酌，只要你說一句『不要緊』，這張單子上的人，都歸我替你去挺。」

這張單子三寸高，六、七寸寬，蠅頭小楷密密麻麻地寫滿了；胡雪巖一拿到手，先就煩了；欲待細看，卻又以老花眼鏡不在手邊，將那張單子拉遠移近，總是看不清楚，頭都有些發暈了。這一陣的胡雪巖，食不甘味，寢不安枕，只以虛火上炎，看來依舊紅光滿面，其實是硬撐著的一個空架子；此時又急又氣，突然雙眼發黑，往後一倒，幸虧舶來的安樂椅，底座結實，文風不動，但旁邊茶轆上的一碗茶，卻讓他帶翻了；細瓷茶碗落地，碎成好幾片，聲音雖不大，但已足以使得在隔室的螺螄太太吃驚了。

「啊呀呀！」她一奔進來便情不自禁地大嚷，而且將杭州的土話都擠出來了，「甲格地、甲格地？」

這是有音無字的一句鄉談，猶之乎北方人口中的驚詫：「怎麼啦？」她一面說，一面上前來掐胡雪巖的「人中」。

鼻底脣上這道溝名謂「人中」，據說一個人昏厥需要急救時，掐人中是最有效的辦法。不過胡雪巖只是虛弱，並未昏厥；人雖倒在安樂椅上，彷彿呼吸都停了似地，其實心裡清楚得很。此刻讓螺螄太太養了多年的長指甲死命一掐，疼得眼淚直流，像「炸屍」似地蹦了起來，將德馨嚇了一大跳。

嚇過以後，倒是欣喜，「好了！好了！」他說：「大概是心境的緣故。」

螺螄太太已領悟到其中的原因，「也不光是心境不好，睡不熟、吃不好，人太虛了。」接著便喊：「阿雲，阿雲！」

將阿雲喚了進來，是吩咐「開點心」，燕窩粥加鴿蛋；但另有一碗參湯，原是早就為胡雪巖預備著的，只以有貴客在，她覺得主人不便獨享，所以沒有拿出來，這時候說不得了，只好做個虛偽人情。

「那碗參湯，你另外拿個碗分做兩半，一碗敬藩台。」

這碗參湯，是慈禧太后賜胡老太太的吉林老山人參所熬成的，補中益氣，確具功效；胡雪巖的精神很快地恢復了，拿起單子來只看最後，總數是三十二萬多銀子。

「曉翁，」他說：「現款怕湊不出這許多，我拿容易變錢的細軟抵給你。」

「細」是珠寶；「軟」指皮貨字畫，以此作抵，估價很難，但德馨相信他只會低估，不會高算，心裡很放心；但口頭上卻只有一番說詞。

「雪巖，我拿這個單子給你看，也不過是提醒你，有這些款子是我跟小妾的來頭；並沒有打算馬上要。事到如此，我想你總帳總算過吧，人欠欠人，到底有多少，能不能抵得過來？」

問到這話，胡雪巖心裡又亂又煩；但德馨深夜見訪，至少在表面上是跟朋友共患難，他不能不定下心來，好好想一想，作個比較懇切的答覆。

當然，「算總帳」這件事，是一直縈繞在他心頭的，不過想想就想不下去了，所以只是斷斷續續、支離破碎的思緒，此時耐著性子，理了一下，才大致可以說出一個完整的想法。

「要說人欠欠人，兩相比較，照我的算法，足足有餘，天津、上海兩處的存貨——絲跟繭子，照市價值到八百萬；二十九家典當，有的是同人家合夥的，通扯來算，獨資有二十家，每家架本算它十萬兩，就是兩百萬；胡慶餘堂起碼要值五十萬。至於住的房子，就很難說。」

「現住的房子不必算。」德馨問說：「骨董字畫呢？」

提到骨董字畫，胡雪巖但有苦笑，因為贋鼎的居多；而且胡雪巖買骨董字畫，只是揮霍，絕少還價。有一回一個「骨董鬼」說了一句：「胡大先生，我是實實惠惠照本錢賣，沒有賺你的錢。」胡雪巖大為不悅，揮揮手說道：「你不賺我的錢，賺哪個的錢？」

有這段故事一傳，「骨董鬼」都是漫天討價；胡雪巖說一句：「太貴了。」人家就會老實承認，笑嘻嘻地說：「遇到財神，該我的運氣來了。」在這種情況之下，除非真的要價要得太離譜，通常都是寫個條子到帳房支款；當然帳房要回扣是必然的。

他的這種作風，德馨也知道，便不再提骨董字畫，屈著手指計算：「九百加兩百一千一，再加五十，一共是一千一百五十萬。欠人呢？」

「連官款在內，大概八百萬。」

「那還多下三百五十萬，依舊可算豪富。」

「這是我的一把如意算盤。」胡雪巖哀傷地說：「如果能夠相抵，留下住身房子，還有幾百畝田，日子能過得像個樣子，我就心滿意足了。」

「怎麼呢？」

「毛病就在絲上──。」

原來胡雪巖近年來做絲生意，已經超出在商言商的範圍，而是為了維護江浙養蠶人家，幾百萬人的生計，跟洋商鬥法；就跟打仗一樣，論虛實，講攻守，洋商聯合在一起，實力充足，千方百計進攻；胡雪巖孤軍應戰，唯有苦撐待變。這情形就跟圍城一樣，洋商大軍壓境，吃虧的是勞師遠征，利於速戰；被圍的胡雪巖，利於以逸待勞，只要內部安定，能夠堅守，等圍城的敵軍，師老無功，軍心渙散而撤退時，開城追擊，可以大獲全勝。

但自上海阜康的風潮一起，就好比城內生變；但兵不厭詐，如果出之以鎮靜，對方摸不透他的虛實，仍有化險為夷的希望。這就是胡雪巖照樣維持場面，而且亦絕不鬆口打算拋售存貨的道理。

「一鬆口就是投降；一投降就聽人擺布了。九百萬的貨色，說不定只能打個倒八折——。」

「雪巖，我沒有聽懂。」德馨插嘴問道：「甚麼叫『倒八折』？」

「倒八折就是只剩兩成。九百萬的貨色，只值一百八十萬。洋商等的就是這一天。曉翁，且不說生意盈虧，光是這口氣我就嚥不下。不過，」胡雪巖的眼角潤濕了，「看樣子怕非走到這一步不可了！」

德馨不但從未見胡雪巖掉過眼淚，聽都未曾聽說過，因此心裡亦覺悽悽惻惻地，非常難過，只是無言相慰。

「像我這種情形，在外國，譬如美國、英國，甚至於日本，公家一定會出面來維持。」胡雪巖又說：「我心裡在想，我吃虧無所謂，只要便宜不落外方；假如朝廷能出四百五十萬銀子，我全部貨色打對折賣掉；或者朝廷有句話，胡某人的公私虧欠，一概歸公家來料理，我把我的生意全部交出來，亦都認了。無奈——，唉！」他搖搖頭不想再說下去了。

「這倒不失為一個光明磊落，快刀斬亂麻的辦法！」德馨很興奮地說：「何不請左爵相出面代奏？」

「沒有用！」胡雪巖搖搖頭：「朝廷現在籌兵費要緊；而況閻大人管戶部，他這把算盤精得很，一定不贊成。」「閻大人」指協辦大學士閻敬銘，以善於理財聞名；而他的理財之道是「量入為出、省吃儉用」八個字，對胡雪巖富埒王侯的生活起居，一向持有極深的成見，絕不肯在此時加以援手的。

「那麼，」德馨有些困惑了，「你不想請左爵相出面幫你的忙，你去看他幹嗎？」

「也不是我不想請他出面，不過，我覺得沒有用；當然，我要看他的意思。曉翁，你曉得的，左大人是我的靠山，這座靠山不能倒。」接著胡雪巖談起烏先生拆那個「嶽」字的說法。

不道德馨亦深好此道，立即問說：「烏先生在不在？」

「不知道走了沒有？」

胡雪巖起身想找螺蛳太太去問；她已聽見他們的話，自己走了進來說：「烏先生今天住在這裡；就不知道睡了沒有？」

「你叫人去看看。」

「如果睡了，就算了。」德馨接口：「深夜驚動，於心不安。」

其實這是暗示，即便睡了，也要驚動他起身。官做大了，說話都是這樣子的；螺蛳太太識得這個竅門，口中答應著，出來以後卻悄悄囑咐阿雲，傳話到客房，不論烏先生睡了沒有，請他馬上來一趟。

20 探驪得珠

烏先生卻還未睡，所以一請就到；他是第一次見德馨，在胡雪巖引見以後，少不得有一番客套，德馨又恭維他測字測得妙，接下來便要向他「請教」了。

「不敢當、不敢當！雕蟲小技，不登大雅。」烏先生問：「不知道德大人想問甚麼？」

「我在謀一件事，不知道有成功的希望沒有？想請烏先生費心替我卜一下。」

「是！請報一個字。」

德馨略想一想說：「就是謀字吧。」

一旁有現成的筆硯，烏先生坐下來取張紙，提筆將「謀」字拆寫成「言、某」兩字，然後擱筆思考。

這時德馨與胡雪巖亦都走了過來，手捧水煙袋，靜靜地站在桌旁觀看。

「德大人所謀的這件事，要託人進『言』，這個人心目中已經有了，沒有說出來，那就是個『某』。」烏先生笑道：「不瞞德大人說，我拆字是『三腳貓』，也不會江湖訣，不過就字論字；如果說對了，一路拆下去，或許談言微中，亦未可知。」

「是、是！」德馨很客氣地：「高明之至。」

「那麼，請問德大人，我剛才一開頭說對了沒有？不對，重新來。請德大人不要客氣，一定要說實話。」

「是的，我一定說實話：你老兄一開頭就探驪得珠了。」

烏先生定睛細看一看他的臉色，直待確定了他說是的實話，方始欣慰地又說：「僥倖、僥倖。」然後拈起筆來說道：「人言為信，這個人立在言字旁邊，意思是進言的人要釘在旁邊，才會有作用。」

「嗯、嗯！」德馨不斷點頭，而且不斷眨眼，似乎一面聽，一面在體味。

「現在看這個某字、加女為媒、中間牽線的要個女人——。」

「請教烏先生，這個牽線的女人，牽到哪一面？」

「問得好！」烏先生指著「信」字說：「這裡有兩個人，一個進言、一個納言；牽線是牽到進言的人身上。」

「意思是，這個為媒的女子，不是立在言字旁邊的那個人？」

「不錯。」

「我明白了。」德馨又問：「再要請教，我謀的這件事，甚麼時候著手？會不會成功；能夠成功，是在甚麼時候？」

「這就要看某字下面的這個木字了。」

烏先生將「某」下之「木」塗掉，成了「甘言」二字，這就不必解釋了，德馨便知道他所託的「某」人，滿口答應，其實只是飴人的「甘言」。

因此，他問：「要怎麼樣才會失掉這個木字？」

「金剋木。」烏先生答說：「如果這件事是在七、八月裡著手，已經不行了。」

「為甚麼呢？」

「七月申月、八月酉月，都是金。」

「現在十一月，」胡雪巖插嘴：「十一月是不是子月？」

「是的。」

胡雪巖略通五行生剋之理，便向德馨說道：「子是水、水生木，曉翁，你趕快進行。」

「萬來不及。」德馨說道：「今天十一月十六日，只半個月不到，哪來得及？」

「而且水固生木，到下個月是丑月；丑為土、木剋土不利。」烏先生接下來說：「最好開年正月裡著手。正月寅、二月卯，都是木；三月裡有個頓挫，不過到四、五月裡就好了，四月巳、五月午都是火——。」

「木生火，」胡雪巖接口，「大功告成。」

「正是這話。」烏先生同意。

「高明、高明，真是心悅誠服。」德馨滿面笑容將水煙袋放下，「這得送潤筆，不送就不靈了。」

一面說，一面掀開「臥龍袋」，裡面束著一條藍綢汗巾作腰帶；旗人在這條帶子的小零碎很多，他俯首看了一下，解下一個玉錢，雙手遞了過去。

「不成敬意，留著玩。」

烏先生接過來一看，倒是純淨無瑕的一塊羊脂白玉，上鐫「乾隆通寶」四字，製得頗為精緻；雖不甚值錢，但確是很好的一樣玩物，便連連拱手，口說：「謝謝、謝謝！」

「這個不算，等明年夏天我謀的事成功了，再好好表一表謝意。」

等烏先生告辭退出，胡雪巖雖然自己心事重重，但為了表示關懷好朋友，仍舊興致盎然地動問，德馨所謀何事？

「還不是想獨當一面。我走的是寶中堂的路子，託他令弟進言。」德馨又說：「前年你不是邀他到南邊來玩，我順便請他逛富春江；約你作陪，你有事不能去。你還記得這回事不？」

「嗯嗯。我記得。」胡雪巖問說：「逛富春江的時候，你就跟他談過了？」

「不！那時候我剛升藩司不久，不能作此非分之想。」德馨說道：「我們這位寶二爺看中了一個江山船上的船娘，向我示意，想藏諸金屋，而且言外之意，自備身價銀了，不必我花費分文。不過，我剛剛到任，怎麼能拉這種馬，所以裝糊塗沒有答腔。最近，他跟我通信，還沒有忘記這段舊情；而那個船娘，只想擇人而事，我已經派人跟她娘老子談過，只要兩千銀子，寶二爺即可如願。我一直還在猶豫，今晚上聽烏先生這一談，吾志已決。」

這樣去謀方面大員，胡雪巖心裡不免菲薄；而且他覺得德馨的路子亦沒有走對。既然是朋友，不能不提出忠告。

「曉翁，」他問：「寶中堂跟他老弟的情形，你清楚不清楚？」

「弟兄不甚和睦是不是？」

「是的。」胡雪巖又說：「寶中堂見了他很頭痛；進言只怕不見得有效。」

「不然。」德馨答說：「我跟他們昆仲是世交，他家的情形我知道。寶中堂對他這位令弟，一籌莫展，唯有安撫；寶二爺只要天天在他老兄面前嚕嗦，寶中堂為了躲麻煩，只有聽他老弟的話。」

聽得這一說，胡雪巖只好付之一笑，不過想起一件事，帶笑警告著說：「曉翁，這件事你要做得祕密，讓都老爺曉得了，參上一本，又出江山船的新聞，划不來。」

所謂「又出江山船的新聞」，是因為一年以前在江山船上出過一件新聞，「翰林四諫」之一的寶廷，放了福建的主考，來去經由杭州，坐江山船溯富春江而上入閩；歸途中納江山船的一個船娘為妾，言官打算抨擊；寶廷見機，上奏自劾，因而落職。在京的大名士李慈銘，做了一首詩詠其事，其中有一聯極其工整：「宗室八旗名士草；江山九姓美人麻。」寶廷是宗室，也是名士，但加一「草」字，自是譏刺。下句則別有典故，據說江山船上的船戶，共有九姓，皆為元末陳友諒的部將之後；朱元璋得了天下，為懲罰此輩，不准他們上岸居住，只能討水上生涯。而寶廷所眷的船娘，是個俗語所說的「白麻子」，只以寶廷近視，咫尺之外，不辨人物，竟未發覺，所以李慈銘有「美人麻」的諧謔，這兩句詩，亦就因此膾炙人口，傳為笑柄。

德馨當然也知道這個故事，想起言官的氣燄，不免心驚肉跳，所以口中所說「不要緊」，暗地裡卻接受了胡雪巖的警告，頗持戒心。

一夜之隔，情勢大變，浙江巡撫劉秉璋接到直隸總督北洋大臣李鴻章的密電，說有直隸水災賑款六十萬兩銀子，存在阜康，被倒無著，電請劉秉璋查封胡雪巖所設的典當，備抵公款。於是劉秉璋即時將德馨請了去，以電報相示，問他有何意見？

德馨已估量到會有這種惡劣的情況出現，老早亦想好了最後的辦法，「司裡的愚見，總以不影響市面為主。」他說：「如果雷厲風行，絲毫不留情面，刺激民心，總非地方之福。至於胡雪巖本人，氣概倒還光明磊落，我看不如我去勸一勸他，要他自作處置。」

「何以謂之自作處置？」

「讓他自己把財產目錄、公私虧欠帳目開出來，捧交大人，請大人替他作主。」

劉秉璋原以為德馨的所謂「自作處置」，是勸胡雪巖自裁；聽了德馨的話，才知道自己誤會了，也放心了。

「好！你老哥多費心。」劉秉璋問：「甚麼時候可以聽回音。」

「總得明兒上午。」

當夜德馨又去看胡雪巖，一見哽咽，居然擠出一副急淚；這就盡在不言中了。胡雪巖卻很坦然，說一聲：「曉翁，說我看不破，不對；說我方寸不亂，也不對。一切都請曉翁指點。」

於是德馨道明來意；胡雪巖一諾無辭。但提出一個要求，要給他兩天的時間，理由是他要處分家務。

德馨沉吟了好一會說：「我跟劉中丞去力爭；大不了賠上一頂紗帽，也要把你這兩天爭了來。但望兩天以後，能把所有帳目都交了給他。」

「一言為定。」

等德馨一走，胡雪巖與螺螄太太關緊了房門，整整談了一夜。第二天分頭採取了幾項行動，首先是發密電給漢口、鎮江、福州、長沙、武昌各地的阜康，即日閉歇清理；其次是託古應春趕緊回上海，覓洋商議價出售存絲；第三是集中一把現銀，將少數至親好友的存款付訖；再是檢點一批首飾、古玩，約略估價，抵償德馨經手的一批存款。當然，還有最要緊的一件事是，開列財產目錄。

密密地忙到半夜，方始告一段落；胡雪巖累不可當，喝一杯人參浸泡的葡萄酒，正待上床時，德馨派專人送來一封信，信中寫的是：「給事中鄧承修奏請責令貪吏罰捐鉅款，以濟要需；另附一片，抄請察覺。」所附的抄件是：「另片奏：聞阜康銀號關閉，協辦大學士刑部尚書文煜，所存該號銀數至七十餘萬之多，請旨查明確數，究所從來，等語；著順天府確查具奏。」

這封信及抄件，不是個好消息，但胡雪巖亦想不出對他還有甚麼更不利之處，因而丟開了睡覺。

一覺醒來，頭腦清醒，自然而然地想到德馨傳來的消息；同時也想到了文煜——他是滿洲正藍旗人，與恭王是姻親；早在咸豐十一年就署理過直隸總督，但發財卻是同治七年任福州將軍以後的事。

原來清兵入關，雖代明而得天下，但南明亡後，浙東有魯王；西南有永曆帝；海外有鄭成功，此外還有異姓封王的「三藩」，手握重兵，亦可能成為心腹之患，因而在各省衝要樞紐之地，派遣旗營駐防，藉以防備漢人反清復明。統率駐防旗營的長官，名為「將軍」，上加地名，駐西安即名之為西安將軍；駐杭州即名之為杭州將軍。

各地將軍的權責不一，因地因時制宜；福建因為先有鄭成功父子的海上舟師；後有耿精忠響應吳三桂造反，是用兵的要地，所以福州權柄特重，他處將軍，只管旗營，只有福州將軍兼管「綠營」。此外還有一項差使，兼管閩海關，起初只是為了盤查海船，以防偷渡或私運軍械，到後來卻成一個專門收稅的利藪，尤其是鴉片戰爭以後，海禁大開，英、法、美、日各國商人都在福州設有洋行，閩海關的稅收大增，兼管海關亦成就了有名的美差。

文煜從同治七年當福州將軍，十年兼署閩浙總督，直至光緒三年內調，前後在福州九年，宦囊豐盈，都存在阜康銀號。及至進京以後，先後充任崇文門正監督、內務府總管大臣，亦都是可以搞錢的差使，所以存在阜康的款子，總數不下百萬之多，是胡雪巖最大的一個主顧。

這個主顧的存款，要查他的來源如何？雖與胡雪巖無關，但因此使得阜康的倒閉更成了大新聞，對他大為不利。但這亦是無可奈何之事，胡雪巖只有丟開它，細想全盤帳目交出以後的情形。

帳都交了，清理亦無從清理起。不是嗎？胡雪巖這樣轉著念頭，突然精神一振；不可思議地、竟有一種無債一身輕之感。

這道理是很明白的，交出全部帳目，等於交出全部財務，當然也就交出了全部債務，清理是公家的責任。當然，這在良心上還是有虧欠的，但事到如今也顧不得那許多了。

不過，胡雪巖還存著萬一之想，那就是存在上海、天津的大批絲貨，能夠找到一條出路，來償還全部債務。這件事，雖託了古應春，但他的號召力不夠，必得自己到上海，在古應春協助之下，才有希望。照這個想法來說，他交出全部帳目，債務由公家來替他抵擋一陣，等於獲得一段喘息的時間，得以全力在絲貨上作一番掙扎。

這樣一想，他多日來的憂煩與委靡，消失了一半；趿著鞋，悄悄到房裡去找螺螄太太。

她也忙到半夜，入睡不過一個多時辰。胡雪巖揭開蚊帳子，一股暖香、直撲鼻觀；螺螄太太鼻息微微，睡得正酣，胡雪巖不忍驚醒她，輕輕揭開絲棉被，側身睡下；不道驚醒了螺螄太太，一翻身朝裡，口中說道：「你真是不曉得死活，這時候還有心思來纏我。」

胡雪巖知道她誤會了，忍不住好笑；而且心境不同，也比較有興來開玩笑了，便扳著螺螄太太依舊圓潤溫軟的肩頭說：「這就叫黃連樹底下彈琴，苦中作樂。」

「去！去！哪個同你作樂？」話雖如此，身子卻回過來了，而且握住了胡雪巖的手。

「我剛剛想了一想。」胡雪巖開始談正事，「我見了劉中丞，請他替我一肩擔待。我正好脫空身體到上海去想辦法。你看我這個盤算怎麼樣？」

聽得這話螺螄太太睜開雙眼，坐起身來；順手將裡床的一件皮襖披在身上，抱著雙膝，細細思量。

「他肯不肯替你擔待呢？」

「不肯也要肯。」胡雪巖說：「交帳就是交產，原封不動捧出去，請他看了辦。」

「你說交產？」螺螄太太問：「我們連安身之處都沒有了。」

「那當然不是。」胡雪巖說：「我跟你來商量的，就是要弄個界限出來。」

「這個界限在哪裡？」

「在——。」胡雪巖說：「在看這樣東西，是不是居家過日子少不了的，如果是，可以留下來，不然就是財產，要開帳，要交出去。」

「這哪裡有一定的界限，有的人清茶淡飯，吃得滿好；有的沒有肉呢不下飯。你說，怎麼來分？」

「當然這裡伸縮性，也滿大的。」

螺螄太太沉吟不語。她原來總以為只是胡雪巖的事業要交出去，私財除了金塊、金條、金葉子以及現銀以外，其他都能不動。照現在看，跟抄家也差不多了。

一想到「抄家」，心裡發酸；不過她也是剛強明達一路人，仍能強忍住眼淚想正經。只是想來想去，想不出一個頭緒來，因為細軟擺飾、動用家具、一切日常什物，誠如胡雪巖所說的伸縮性很大，似乎每一樣東西都必須評估一番，才能區分。

「這樣一片家業，哪裡是即時之刻，開得出帳目來的？」螺螄太太說：「我看只有兩個辦法，一個是同劉撫台聲明，私財的帳目太瑣碎，一時沒法子開得週全；一個是只開大數，自己估個價，譬如說紅木家具幾堂；大毛皮統子多少件，每一項下面估個總數。」

「我看照第二個辦法比較好。」

「不過，估價也很難，譬如說我們的住身房子，你倒估估看。」

「這只有把造價開上去。數目也好看些。」

為了求帳面好看，不但房子照造價開，其他一切亦都照買進的價錢開列。第二天又忙了大半天，諸事齊備；胡雪巖去看德馨，約期晉見巡撫劉秉璋。

「最好是在今天晚上。」他說：「這不是啥有面子的事，最好少見人。而且，晚上可以穿便衣。」

「我看不必，這是很光明磊落的事，沒有甚麼見不得人。而且，劉中丞是翰林出身，很講究這些過節，晚上談這件事，倒彷彿私相授受似地，他一定不願意。準定明天上午上院吧。」

「是。好！」胡雪巖只得答應。

「穿便衣也不必。倒像有了甚麼罪過，青衣小帽負罪轅門似地。不過，雪巖，你的服飾也不必太華麗。」

這是暗示，紅頂花翎都不必戴。胡雪巖當然會意，第二天循規蹈矩，只按道員三品服色穿戴整齊，帶著從人上轎到佑聖觀巷巡撫衙門。

其時德馨已先派了人在接應，手本一遞進去，劉秉璋即時在西花廳延見；胡雪巖照官場規矩行了禮，劉秉璋很客氣地請他「升匠」。平時他來看劉秉璋，本是在匠床上並坐的，但這天卻再三謙辭，因為回頭德馨要來，如果他升了匠，德馨只能坐在東面椅子上，未免委屈，所以他只坐在西面椅子上，留著上首的位子給德馨。

此時此地，當然不必寒暄，胡雪巖開門見山地說：「職道沒有想到今天。公私債務，無從料理，要請大人成全。」

「言重、言重！」劉秉璋說：「如今時局艱難，一切總以維持市面，安定人心為主；在這個宗旨之下，如果有可為雪翁略效棉薄之處，亦是我分內之事。」

談到這裡，花廳外面有人高唱：「德大人到。」

於是劉秉璋站了起來，而胡雪巖則到門口相迎；聽差打開門簾，德馨入內，先向劉秉璋行了禮，然後轉身道：「雪翁，你請這面坐！」說著，他占了胡雪巖原來的位置，將上首留給胡雪巖。

「不、不！曉翁請上坐。」

兩人辭讓了好一會，劉秉璋忍不住發話：「細節上不必爭了。雪翁就坐在這面，說話比較方便。」

聽得這話，胡雪巖方始在靠近劉秉璋的東首椅子上坐了；向對面的德馨問道：「我帳目已經帶來了，是不是現在就呈上劉大人？」

「是、是，我看現在就上呈吧！」

胡雪巖便起身將置在一旁的一厚疊帳簿，雙手捧起，送上匠床；德馨也站起來幫著點交，帳簿一共六本，第一本是阜康錢莊連各地分號的總帳；第二本是二十九家當鋪的檔手及架本數目清帳；第三本是所有田地一萬一千畝，坐落的地點及田地等則的細帳；第四本是絲繭存貨數量地點的清冊；第五本是雜項財產，包括胡慶餘堂藥店在內的目錄；另一本是私人財產清單；另一本便是存戶名冊。但各錢莊所開出的銀票，列在第一本之內。

劉秉璋只略翻一翻，便即擱下，等胡雪巖與德馨歸座以後，他才問道：「雪翁這六本帳的收支總數如何？」

「照帳面上來說，收支相抵，綽綽有餘，不過欠人是實數，人欠就很難說了。」

「所謂『人欠』，包括貨色在內。」德馨補充著說：「雪翁的絲繭，因為跟洋人鬥法的緣故，將來只怕必須出之以『拍賣』一途，能收回多少成本就很難說了。」

「何謂『拍賣』？」

「這是外國人的規矩。」胡雪巖說：「有意者彼此競價。有底價叫起，只要有兩個人出價，就一路往上叫，叫到沒有人競價，主持人拍一拍『驚堂木』，就敲定了。」

「這樣說，洋人可以勾通好，故意不競價。」

「不但故意不競價，甚至不出價；那一來就只好把底價再往下壓。」

「照此而言，雪翁的絲繭值多少銀子，根本無從估計？」

「是！」

「難。」劉秉璋轉臉問道：「曉翁看，應該如何處理？」

「只有先公後私，一步一步清理。」

「也只好如此。」劉秉璋說：「現在朝廷的意思還不知道，我亦暫時只能在『保管』二字上盡力。」他又問道：「雪翁，一時不會離開杭州？」

這句話問出來的暗含著有監視他的行蹤的意味在內，胡雪巖略想一想，決定據實而陳。

「回大人的話，職道想到上海去一趟，能夠讓絲繭不至於拍賣，於公於私，都有好處。」

「呃，你要去多少時候？」

「總得半個月。」

劉秉璋微微頷首，視線若不經意似地轉向德馨，卻帶著一種戒備與徵詢的神色。然後又轉過臉來說：「雪翁，這半個月之中，萬一有事一定要請你來面談，怎麼辦？」

胡雪巖還沒有想到這一點，一時楞在那裡，無從答言；不想德馨卻代他回答了。

「如果有這樣的情形，請大人告訴我就是。」

「好！」劉秉璋很爽快地答應：「雪翁，你幹你的正經去吧！但望這半個月之中，你能料理出一個眉目來，只要公款不虧，私人不鬧，我又何必多事？」

「是，是。」胡雪巖站起身來，垂手哈著腰，「多仗大人成全。」

「言重，言重！」說著，劉秉璋手已摸到茶碗上。

站在門口的戈什哈隨即一面掀簾；一面向外高唱：「送客——。」

等胡雪巖一走，劉秉璋回到簽押房，隨即將一本由吏部分發到浙江的候補知縣的名冊取了出來，細細檢閱，這本名冊除了姓名、年齡、籍貫、出身，到省年月以外，另有兩項記載，一項是曾派何差，如某年月派案某、某年月派解「京餉」之類；再一項便是此人的關係，是劉秉璋親筆所註，如某中堂表親；某年月日某尚書函託等等。劉秉璋現在要派二十九員候補知縣的差使，根據四個條件來考慮。

第一個條件是出身，正途優先，假使是「榜下即用」的新科進士，一時無缺可補，甚至連署理都沒有機會，當然毫不考慮地，先派這個差使。一翻名冊，這種情形只有三個人，當時在名冊上一勾；還剩下二十六個人要派。

兩榜出身的進士以外，舉人當然比軍功保舉及捐班來得占便宜，但須看第二個條件，即是其人的關係，如果曾有朝中大老的「八行」推轂，當然是在候選之列，但還要看第三個條件，最近派過差使沒有？派的差使是苦是美？最近派過苦差使，為了「調劑」起見，不妨加以考慮，否則就要緩一緩了。

費了好大的功夫，才將一張名單擬妥，即時派戈什哈個別通知，翌日上午到巡撫衙門等候傳見；同時另抄一張全單，送交德馨作參考。

接到通知的二十九名候補州縣官不敢怠慢，第二天一大早，都備好了「手本」，齊集在撫院廳待命。這天逢「衙參」之期，劉秉璋接見藩、臬二司、鹽道、巡道、首府、首縣——杭州知府、錢塘知縣；一直到午牌時分，才輪到首班候補州縣官進見，在座的還有德馨。

知縣見巡撫照例是有座位的，但人數太多，沒有那麼多椅子，值堂的差役去端了幾張長條凳來，二十九位「大老爺」，挨挨擠擠的坐了下來，卻還有兩個人無處容身，一個賭氣，退到廊下去聽消息；一個做官善於巴結，看劉秉璋因為他還沒有安頓好，不便開口，覺得讓「憲台」久候，不好意思，便蹲了下來，臀部臨空，雙手按膝，彷彿已經落座似地。

「今天邀各位老哥來，有個差使要請各位分頭去辦。」劉秉璋說：「各位想必都已經在《申報》上看到了，胡觀察的阜康銀號倒閉，市面大受影響。阜康的存款之中，官款很多，不能沒有著落。胡觀察自願拿他所開設的二十九家當鋪，請我查封，備抵官款。現在就要請各位老哥，每人查封一家。」

此言一出，無不詫異，但卻不敢發問；只有剛才虛蹲著的那人，因為雙腿痠得無法忍受，正好裝作發言，站起來舒舒筋骨。

「回大人的話，這種差使，從來沒有人當過；卑職不知道怎麼樣當法？」

「喔，」劉秉璋看了他一眼問道：「老哥貴姓？」

「卑職姓馬。」

「他叫馬逢時，陝西人，剛到省不久。」德馨在一旁悄悄提示。

劉秉璋點點頭說：「馬大哥的話不錯，這種差使，我也是頭一回遇到。不過，人不是生而知之的。各位莫非沒有想到過，將來退歸林下，也許會設典當謀生？收典跟開典當是一樣的，不外驗資、查帳而已。」

「再要請示。」馬逢時又問：「驗資、查帳以後，是不是封門。」

「不是，不是。驗資、查帳，如果毫無弊病，責成典當管事，照舊經營。各位只要取具管事甘結，承認該典有多少資本，就可以交差了。」

原來名為查封，其實是查而不封。接下來便由德馨主持抽籤，馬逢時抽到的，卻正好是作為總號的公濟典。

其時已在午後未末申初，當天查封，時間已不許可。馬逢時領了公事回頭，一個人坐著發楞，心裡在想典當裡又是帳目，又是「當頭」，帳目則那筆龍飛鳳舞字，比張旭、懷素的草書還要難識；「當頭」則包羅萬象，無所不有，自己一個人隻手空拳，如何盤查封存？而況公濟典既然是總號，規模一定很大；倘或照顧不過來，查封之際出現了虛冒走漏等等情事，責任非輕。

轉念到此，愁眉不展；馬太太不免困惑，一早興匆匆上院，說有差使，看起來今年這個年是可以過得去了。不道一回來是這等神氣，豈不可怪？

這一來，少不得動問緣由，馬逢時嘆口氣說：「派了個從來沒有幹過的差使，去查封胡財神的公濟典。光是查帳驗資，典當仍舊照常開門。你想，我連算盤都不會打，這個差使怎麼頂得下來。」

馬太太的想法不同，「到浙江來候補，只派過一個解餉的差使，靠典當過日子；朝奉的臉真難看。」她興高采烈地說：「想不到你會派這個差使，讓我也出口氣。」

馬逢時破顏一笑，「真正婦人之見。」他說：「這個差使好處沒有，倒楣有分。」

「怎麼會倒楣？」

「查帳、驗資！如果我們動了手腳，將來責任都在我頭上，吃不了，兜著走呢？」

「我不懂你說的甚麼?」馬太太想了一下說:「你何不去請教請教楊大哥?」

這倒提醒了馬逢時。原來這「楊大哥」是仁和縣禮房的書辦,住得不遠;馬逢時夫婦為人都很隨和,並不看輕他的身分,平時「楊大哥、楊大哥」叫得很親熱。楊書辦受寵若驚,也很照應馬逢時;每年學台院試發榜,是他最忙的時候,有些土財主家的子弟中了秀才,請客開賀,總希望來幾位有功名的貴客,壯壯門面,於是楊書辦就會來通知馬逢時,穿上官服,去當賀客,酒足飯飽,主人家有一個紅包,最少也有二兩銀子。一年像這樣的機會總有七、八次,在馬逢時也算受惠不淺了。

因此,聽了馬太太的話,愁顏一展,喚他的兒子去請「楊伯伯」。楊書辦這天正好沒有應酬,一請就到,動問何事?

「我有個差使,不知道怎麼辦?還是內人有主意,說要請教楊大哥。」

「喔,馬大老爺,」楊書辦倒是按規矩稱呼:「是啥差使?」

「查封當鋪。」

楊書辦一楞;旋即笑道:「恭喜、恭喜!馬大老爺,你好過個肥年了。」

此言一出,馬逢時的表情,又驚又喜地問:「楊大哥,你這話怎麼說?」

「我先請問,是不是查封胡大先生當鋪?」

「是啊!」

「哪一家?」

手，是不是？」

「公濟。」

「嘿！那馬大老爺，你這個年過得越發肥了。」

馬逢時心裡越喜，但也越困惑，搔搔頭問：「我，我是看得到，吃不下。」

「這話怎麼說？」楊書辦立即又是省悟的神情，「喔，馬大老爺，你是說，不曉得怎麼樣下手，是不是？」

「不錯。」馬逢時緊接著說：「要肥大家肥。楊大哥，你是諸葛亮，我是劉先主。」

「不敢、不敢！等我想想，有個朋友，一定幫得上忙——。」

「楊大哥，你這位令友，今天找得找不到？你要知道，明天一早就要動手。」

楊書辦想起一個朋友，便是周少棠。從他在阜康門前「登台說法」，為胡雪巖解圍以後，名氣大為響亮，馬逢時也知道有這樣一個人，很樂意向他請教，但怕時間上來不及，因為查封一事，次日上午便須見諸行動。

「不要緊，不要緊！」楊書辦看一看天色說：「這時候去正好，他在大井巷口隆和酒店吃酒。」

大井巷在城隍山腳下，有口極大的甜水井；井的對面，就是隆和酒店，周少棠每天傍晚在那裡喝酒，即令有飯局，也一定先到隆和打個照面，所以這時候去了，即令他不在，也會知道他的行蹤。

當下安步當車，走到隆和，其時華燈初上，隆和正在上市。吃「櫃台酒」的販夫走卒，各倚著櫃台，人各一碗，悠閒自在；其中識得楊書辦的人很不少，紛紛招呼。楊書辦一面應答，一面往裡走——裡面是一座敞廳，擺了十幾張方桌，已上了七成座，楊書辦站定看了一下，沒有發現周少棠，便拉一個夥計問訊。

「周先生來過走了。不過，停一停還要來。」夥計問道：「你老是等他，還是留話？」

「我等他好了。」

於是挑了一張位在僻處的桌子，兩人坐了下來，要了酒慢慢喝著；喝到第三碗酒，周少棠來了。

「少棠、少棠！」楊書辦起身叫喚，將他拉了過來說道：「我們等你好半天了。我先來引見，這位是馬大老爺。」

周少棠是很外場的人，對馬逢時很客氣地敷衍了一陣。等酒到微酣，楊書辦方始道明來意；馬逢時隨即舉杯相敬：「我對當鋪一竅不通，接了這個差使，不知道該怎麼辦？」他說：「全要仰仗周先生指點。」

「好說，好說。」周少棠一面應答，一面在肚子裡作功夫。他跟公濟典的唐子韶，只是點頭之交；但阜康的謝雲青，卻跟他很熟，最近的過從更密，從謝雲青口中，知道了緊鄰公濟典的好些祕密，這當然也就是唐子韶的祕密。

周少棠很看不起唐子韶；同時因為與胡雪巖是貧賤之交，情分不同，所以對唐子韶在胡雪巖遭遇這樣沉重的打擊，不想想平日所受的提攜，拿出良心來共患難，反而乘人於危，趁火打劫，在公濟典中大動手腳，暗中侵吞，大為不平。如今恰有這樣一個馬逢時可以去查帳的機會，豈可錯過。

「馬大老爺，人家都說我周少棠好說大話，做起事來不扎實。所以，查封公濟典這件事，我不想多說啥，只有一句話奉告，馬大老爺把我這句話想通摸透，包你差使辦得漂亮。」周少棠停了一下說：「這句話叫做：『看帳不如看庫；驗資不如驗貨。』」

馬逢時一楞，因為周少棠的兩句話開場白頗為突兀，有點發牢騷的意味在內，因而囁嚅著說：「周先生我們今天是初會，我從沒有說過那些話——。」

「啊，啊，誤會了誤會了。馬大老爺，我不是說你；也不是說楊大哥，不過因為今天正好有人這樣子說我，順便一提。」

周少棠又說：「馬大老爺，你不是要我指點？我剛才那兩句話，就是把『總筋』指點給你看，你要看清楚，想透澈。」

原來剛才那種近乎牢騷的話，是周少棠為引起對方注意的一種方式；經此折衝，馬逢時已將「看帳不如看庫，驗資不如驗貨」十二個字深印入腦中，當即作出受教的神色說道：「周先生，你這兩句話，從字面上說，就有大學問在裡頭，索性請你明明白白的開導一番。」

「言重、言重。」周少棠問道：「馬大老爺，典當的規矩，你懂不懂？」

「我剛才不說過，一竅不通。」

「那就難怪了——。」

「老周，」楊書辦忍不住了，「你不必城頭大出喪，大兜大轉了。馬大老爺明天去查封，要留意那幾件事，請你細說一說。」

「是的。」馬逢時接口，「還有，一去要怎樣下手？」

周少棠心想，查封胡雪巖的典當，是為了備抵存在阜康的公款，能多保全一分，胡雪巖的責任即輕一分，因此，能將唐子韶在公濟典侵吞的款子追出來，對胡雪巖就是最直接、也最切實的幫忙。轉念到此，他決定插手干預。

於是他問：「馬大老爺去查封公濟典，有沒有委札？」

「有。不過交代是撫台交代，委札是藩台所出。」

「哪一樣，都是憲台。」周少棠又問：「領了封條沒有？」

「領了。」

「幾張？」

「兩張。」

「怎麼只領兩張呢？」

「我以為查封是封前後門，所以只領了兩張。」馬逢時又說：「後來想想不對，撫台交代，查封歸查封，當鋪還是照常取贖；既然如此，封了門，豈非當主不能上門了。」

「不獨當主不能上門，公濟的人也不能進出了。」周少棠想了一下說：「不過不要緊，馬大老爺今天就去刻一個長條戳；上面的字是：『奉憲諭查封公濟典委員候補知縣馬』。憑這個長條戳，馬大老爺自己就可以封。」

「嗯，嗯，」馬逢時一面想一面點頭：「我應該有這個權柄。」

「當然有。」

「周先生，」馬逢時問道：「明天我去了，第一步做甚麼；第二步做甚麼？請你給我說一說。」

「這，這要看情形；現在很難說。」說著，周少棠望一望楊書辦。

一直很冷靜在旁聽的楊書辦，知道該他說話了：「馬大老爺，我看你要請少棠去幫忙。」

「是啊，是啊！」馬逢時一迭連聲地說：「我就有這樣一個打算，不過不知道合不合公事上的規矩？」

「怎麼會不合？譬如馬大老爺你『掛牌』放了實缺，起碼要請刑名、錢穀兩位師爺；現在請少棠去幫忙，也是同樣的道理。」

「是，是！這個譬仿通極。」馬逢時雙手舉起酒杯：「周先生，請你幫忙。不過，慚愧的是，現在還談不到甚麼敬意，只有感恩在心裡。」

於是商定幾個步驟；其實也就是周少棠在發號施令，馬逢時要做的是，連夜將長條戳刻好，第二天一早在開市以前，便須到達公濟典，首先要貼出一張告示：「奉憲諭查封，暫停營業一天。」然後分頭查封，最要緊的是庫房跟銀櫃。

「這就要看帳了。『看帳如不看庫；驗資不如驗貨。』此話怎講？因為帳是呆的，帳面上看不出啥。到庫房看過，再拿帳來對照；真假弊病就一目了然了。」

「是，是。請教周先生，這姓唐的有哪些弊病？」馬逢時問。

「我也是聽說，到底如何，要明天去看了才曉得。」周少棠說：「第一種是滿當的貨色上動腦筋，當本輕、東西好，這也有兩種腦筋好動，一種是掉包，譬如大毛的皮統子，換成二毛的；還有一種——。」

「慢慢，周先生，請問這個弊病要怎麼查？」

「容易。一種是看帳，不過當鋪裡的帳，總是好的寫成壞的；所以不如估價。」周少棠說：「朝奉的本事就在看貨估價，絕不會走眼，大毛是大毛的價錢，二毛是二毛的價錢，你拿同樣的貨色來比較，問它同樣的當價，為啥一個大毛，一個是二毛？他說話不清楚，裡頭就有弊病了。」

「我懂了。請問還有一種呢？」

「還有一種說是贖走了，其實是他占了滿當的便宜。要查封這種弊病也不難，叫他拿銷號的原票出來看，有，是真的贖走了；沒有，就是當主根本沒有來贖。」

處理滿當貨的弊端，馬逢時大致已經了解；但是否還有其他毛病呢？問到這一點，周少棠的答覆是肯定的，而且詞色之間，頗為憤慨。

「這個姓唐的，真是狗彘不如！今日之下，他居然要趁火打劫，真正喪盡天良。」

原來唐子韶從阜康出事以後，認為胡雪巖之垮只是遲早間事；公濟典當然也保不住了，既然如此，且趁眼前還能為所欲為之時大撈一筆。

「他的手法很毒；不過說穿了一個錢不值，弄個破銅表來算是金表，一當十兩、八兩銀子；馬大老爺，你說，這是不是放搶？」

「太可惡了！」馬逢時亦是義形於色，「在滿當貨上動手腳，還可以說是取巧，因為東家的本息到底已經收回了，只不過沒有占到額外的好處而已。像這樣子，以假作真，以賤為貴，詐欺東家，是可以重辦他的罪的。」

「當然應該重辦。」周少棠冷笑一聲：「他自以為聰明，假貨要到滿當沒人來贖，盤庫日驗貨，才會發現，那時他已回徽州老家了，你就告他，他也可以賴，說當初原是金表，不曉得怎麼掉包了。也沒有想到，偏偏會遇到你馬大爺，又遇到我，不等滿當，就要辦它一個水落石出，這叫『人有千算，天祇一算』。」

談到這裡楊書辦插嘴了，「唐子韶總還有同黨吧？」他說：「朝奉是很愛惜名譽的；如果有為唐子韶勾結、欺騙東家這個名聲在外，以後就沒有人敢請教他，只好改行了。」

「老楊，你問得好。唐子韶自然有同黨，不過這個同黨，同他的關係不同，是他一手提拔起來的外甥。」

「嗯，嗯！這就是了。唐子韶預備捲鋪蓋了，當然也要帶了他一起走。」

「一點不錯。」周少棠轉臉說道：「馬大老爺，你明天去了，就要著落在唐子韶的外甥身上，追究真相。要格外留心最近的帳，拿當得多的幾筆，對帳驗貨，如果貨帳不符，再問是哪個經的手？第一步只要這樣就可以了。」

「你是說當時不要追究？」

「對，當時不要追究；因為當時一問，唐子韶一定有番花言巧語，打草驚蛇，不是聰明的辦法。」

「那麼，怎麼是聰明的辦法呢？」

「把唐子韶的外甥帶走，另外找個地方去問。那些小後生禁不起嚇，一嚇甚麼都說出來了。」

周少棠又說：「最好到縣衙門裡借兩名差役帶了去，威風更足，事情也就更容易辦了。」

「是，是。這倒容易，仁和縣的王大老爺，我很熟。」馬逢時越聽越有興趣，很起勁地問：

「問出來以後呢？是不是再傳唐子韶來問。」

「何以見得？」

「這——。」周少棠遲疑了一會，說聲：「對不起！我先同老楊說句話。」

他將楊書辦拉到一邊，悄悄問他跟馬逢時的關係；楊書辦據實以告，周少棠便另有話問了。

「快過年了，馬大老爺當然要弄幾個過年盤纏是不是？」

「當然。」楊書辦問：「你的意思是要他敲唐子韶一筆？」

「不錯。不過，公私兼顧；他可以同唐子韶提條件：第一、要他拿原當贖回去，這是公，第二、要弄幾兩銀子過年，數目他自己同唐子韶去談——，或者，同你談。如果唐子韶不就範，報上去請他吃官司。」

楊書辦盤算了一下，覺得其事可行；笑笑說道：「你對胡大先生倒是滿夠朋友。」

「貧賤之交不可忘。」周少棠掉了句文；雖然有些不倫，卻不能說他這句話不通。

兩人再深入地談了一下，自然而然地出現了一種演變，即是襄助馬逢時的工作，由周少棠移轉到楊書辦身上。不過周少棠仍在幕後支援；商定他在阜康錢莊對面的一家安利茶店喝茶，公濟典近在咫尺，有事隨時可以接頭。

等相偕回到原座，周少棠作了交代，「馬大老爺，」他說：「你同楊書辦很熟，明天請他陪了你去；有啥話說起來也方便。其中的竅門，我同楊書辦說過了；這樁差使，一定可以辦得漂亮。」說著起身告辭而去。

其時已是萬家燈火，酒客絡繹而至，熱鬧非凡，說話輕了聽不見；重了又怕洩漏機密，楊書辦提議另外找個地方去喝酒。

「到哪裡？」

「你跟我去，不過，」楊書辦聲明在先，「馬大老爺，到了那個地方，我不便用尊稱；一叫馬大老爺，露了相不好。」

「不要緊，你叫我老馬好了。」

「最好連姓都不要用真的。你們老太太尊姓？」

「姓李。」

「我就叫你老李了。離這裡不遠，我們走了去。」

21 大封典鋪

楊書辦記了帳，帶著馬逢時穿過兩條街，進入一條曲曲折折的小巷，在巷底有一家人家，雙扉緊閉，但門旁有一盞油燈，微弱的光燄，照出一張褪了色的梅紅箋，上寫「孫寓」二字。

「這是甚麼地方？」馬逢時有些不安地問。

「馬——」楊書辦趕緊頓住，「老李，這個地方你不能告訴李大嫂。」

一聽這話，馬逢時不再作聲；只見楊書辦舉手敲門，三急三緩，剛剛敲完，大門呀地一聲開了，一個半老徐娘，高舉著「手照」說：「我道哪個，是你。算算你也應該來了。」接著，臉上浮滿了笑容又問：「這位是？」

「李老闆。」楊書辦緊接著問：「樓上有沒有客人？」

「沒有。」

「樓下呢？」

「慶餘堂的老朱同朋友在那裡吃酒，就要走的。」

「他們東家遭難，他倒還有心思吃花酒。」楊書辦又說：「你不要說我在這裡。」

「多關照的。」那半老徐娘招呼「李老闆」說：「請你跟我來。走！」

於是一行三人，由堂屋側面的樓梯上樓；樓上一大兩小三個房間，到了當中大房間，等主人剔亮了燈，楊書辦方為馬逢時引見。

「她姓孫。你叫她孫乾娘好了。」

馬逢時已經了然，這裡是杭州人所說的「私門頭」；而孫乾娘便是鴇兒，當即笑嘻嘻地說道：「孫乾娘的乾女兒一定很多？」

「有，有。」孫乾娘轉臉問楊書辦：「先吃茶是先吃酒？」

「茶也要，酒也要，還要吃飯。」說著，楊書辦拉著孫乾娘到外房，過了好一會才進來。

「這個孫乾娘，倒是徐娘半老，丰韻猶存。」

「怎麼？你倒看中她了！我來做媒。」

「算了，算了！我們先談正事。」

這話正好符合楊書辦的安排，他已關照好孫乾娘備酒備飯，要講究，但不妨慢慢來，以便跟馬逢時先談妥了明日之事，再開懷暢飲。

「你的事歸我來接下半段。我先問你，你年底有多少帳？」

馬逢時一楞，約莫估計了一下說：「總要五六十兩銀子才能過關。」

「我曉得了。」楊書辦說：「明天我陪了你去，到了公濟典，你看我的眼色行事。」

何謂看眼色行事？馬逢時在心裡好好想了一會問道：「楊大哥——。」

「慢點，慢點。」楊書辦硬截斷了他的話，「明天在公濟典，你可不能這樣叫我。」

「我明白。做此官，行此禮，到那時候，我自然會官派十足地叫你楊書辦；你可不要生氣。」

「不會，不會。這不過是唱齣戲而已。」

「這齣戲你是主角。」馬逢時問：「你認識不認識唐子韶。」

「怎麼不認識，不過沒有甚麼交情。」

「你認識最好，我想明天我做紅臉，你做白臉，遇見有不對的地方，我打官腔，你來轉圜；唐子韶當然就要找上你了，甚麼事可以馬虎，甚麼事不能馬虎，我都聽你的語氣來辦。」

「一點不錯。」楊書辦很欣慰地，「我們好好兒來唱他一齣『得勝回朝』。」

談到這裡，樓梯上有響聲，只見簾啟處，孫乾娘在前，後面跟著女傭，手中端一個大托盤，四樣酒菜，兩副杯筷。

「怎麼只有兩副？」楊書辦問。

「我怕你們要談事情，不要旁人來打攪。」

「談好了，再去添兩副來。」楊書辦去問：「巧珍在不在？」

「今天沒有來。」孫乾娘說：「阿蘭在這裡，不曉得李老闆看得中，看不中？」

楊書辦心中一動，因為看到馬逢時目不轉睛地看著孫乾娘；決心成全他們這一段露水姻緣，當即說道：「等一等再說。你先陪我們吃兩杯。」

於是又去添了杯筷來，孫乾娘為客人布菜斟酒，頗為周到；馬逢時不住地誇讚酒好、菜好，楊書辦只是微笑不語。

看看是時候了，他問：「慶餘堂的老朱還沒有走吧？」

「還沒有？」

「我下樓去看一看他。」楊書辦站起身來，對孫乾娘說：「你陪李老闆多吃幾杯；我的好朋友，你要另眼相看。」

於是楊書辦揚長下樓，叫相幫進去通知；慶餘堂的老朱，滿臉通紅地迎了出來，「老楊、老楊！」他拉著他的手說：「請進來吃酒。」

「方便不方便。」

「方便，方便。不是你的熟人，就是我的熟人。」

進去一看，四個人中只有一個不認識，請教姓名，才知道是老朱的同事。

楊書辦之來闖席，一則是故意避開，好讓馬逢時有跟孫乾娘勾搭的機會；再則便是打聽慶餘堂的情形，尤其使他困惑而又好奇的是，胡雪巖的全盤事業，都在風雨飄搖之中，何以老朱竟還興高采烈地在這裡尋歡作樂。

席間一一應酬過了，一巡酒下來有人提起阜康的風波；這是最近轟動南北的大新聞，凡是應酬場中，幾乎無一處不資以為談助。楊書辦只是靜靜地聽著，等到談得告一段落時，他開口了。

「老朱，你在慶餘堂是啥職司？」

「我管查驗。」

「查驗？」楊書辦問：「查驗點啥？查驗貨色？你又不是藥材行出身，藥材『路腳』正不正，你又不懂。」

「貨色好壞不懂，斤兩多少還不會看？等看貨的老先生說藥材道地，過秤時就要請我了。」老朱又說：「不過，我頂重要的一項職司，是防備貨色偷漏。」

「有沒有抓到過。」

「當然抓到過，不過不多。」

「你說不多，只怕已經偷漏了的，你不曉得。」

「不會。」老朱停了一下說：「老實說，你就叫人偷漏，他們也不肯。你倒想，飯碗雖不是金的、銀的，至少也是鐵的，一生一世敲不破；工錢之外有花紅，遇到夏天有時疫流行，上門的主顧排長龍等藥，另外有津貼。」

「再說家裡大人、小伢兒有病痛，用藥不管丸散膏丸，再貴重的都是白拿，至於膏滋藥、藥酒，收是收錢，不過比成本還要低。如果貪便宜，偷了一兩枝人參，這些好處都沒有了，你想划得來，划不來？」

「你的話是不錯，不過這回恐怕要連根剷了？」

「你是說胡大先生的生意怕會不保？別的難說，慶餘堂一定保得住。」

「為啥？」

「有保障。」老朱從從容容地說：「這回阜康的事情出來，我們的檔手同大家說：胡大先生辦得頂好的事業，就是我們慶餘堂。不但掙錢，還替胡大先生掙了名聲；如果說虧空公款，要拿慶餘堂封了抵債，貨色生財，都可以入官，慶餘堂這塊招牌拿不出去的。慶餘堂是簡稱，正式的招牌是胡慶餘堂，如果老闆不姓胡了，怎麼還好用慶餘堂的招牌。所以官府一定不會封慶餘堂，仍舊讓胡大先生來當老闆。大家要格外巴結，抓藥要道地，對待客人要和氣，這隻飯碗一定捧得實，不必擔心。」

聽到這裡，楊書辦心中浮起濃重的感慨，胡雪巖有如此大的事業，培植了不知道多少人才，是可想而知的事，但培植人才之始，如果只是為他自己找個不問手段，只要能替他賺錢的幫手，結果不是宓本常，就是唐子韶，因為水漲船高，「徒弟」升夥計；夥計升檔手，這時候的檔手心裡就會想：「你做老闆，還不是靠我做徒弟的時候，洗尿壺、盪水煙袋，一步一步抬你起來的？夥計做到啥時候？我要做老闆了。」

一動到這個念頭，檔手就不是檔手了，第一步是「做小貨」，有好生意，自己來做，譬如有人上門求售一批貨色，明知必賺，卻多方挑剔，最後明點暗示，到某處去接頭，有成交之望，其實指點之處就是他私下所設的號子。

其次是留意人才，夥計、徒弟中看中了的，私下刻意籠絡，一旦能成局面，不愁沒有班底。最後是拉攏客戶，其道孔多；但要拉攏客戶，一定不會說原來的東家的好話，是一定的道理，否則客戶不會「跳槽」。

因此，只要有了私心重的檔手，一到動了自立門戶的念頭，就必然損人以利己，侵蝕到東家的利益；即令是東家所一手培植出來的，亦不會覺得自己忘恩負義，因為他替東家賺過錢，自以為已經報答過了。

慶餘堂的檔手能夠如此通達誠懇，盡力維持慶餘堂這塊金字招牌，為胡雪巖保住一片事業，這原因是可想而知的，胡雪巖當初創辦慶餘堂，雖起於西征將士所需要成藥及藥材，數量極大，向外採購不但費用甚鉅，而且亦不見得能夠及時供應，他既負責後路糧台，當然要精打細算，自己辦一家大藥店，有省費、省事、方便三項好處，並沒有打算賺錢；後來因為藥材道地、成藥靈驗，營業鼎盛，大為賺錢。

但盈餘除了轉為資本，擴大規模以外，平時對貧民施藥施醫，歷次水旱災荒、時疫流行，捐出大批成藥，亦全由盈餘上開支，胡雪巖從來沒有用過慶餘堂的一文錢。

由於當初存心大公無私，物色檔手的眼光，當然就不同了，第一要誠實，慶餘堂一進門，供顧客等藥休息之處，高懸一幅黑漆金字的對聯：「修合雖無人見；存心自有天知。」因為不誠實的人賣藥，尤其是賣成藥，材料欠佳、分量不足，服用了會害人。

其次要心慈。醫家有割股之心，賣藥亦是如此，時時為病家著想，才能刻刻顧到藥的品質。

最後當然還要能幹，否則誠實、心慈，反而成了易於受欺的弱點。

這樣選中的一個檔手，不必在意東家的利潤，會全心全力去經營事業；東家沒有私心，也就引不起他的私心，加以待遇優厚，亦不必起甚麼私心。

慶餘堂能不受阜康的影響，細細考查來龍去脈，自有種善因、得善果的顛撲不破之理在內。

念頭轉到這裡，不由得對那連姓名都還不知道的慶餘堂的檔手，油然而起敬慕之心。於是在把杯閒談之際，楊書辦向老朱問起此人的生平，據說慶餘堂的檔手姓葉，當初是由胡雪巖的一個姓劉的親戚去物色來的，性情、才幹大致證明了楊書辦的推斷，這就更使他感到得意了。

「你們的檔手對得起胡大先生，也對得起自己；不比公濟典的那個黑良心的唐子韶，我看他快要吃官司了。」

「怎麼？」老朱問說：「你這話是哪裡來的。」

這一問才使楊書辦意識到酒後失言了。他當然不肯再說，支支吾吾地敷衍了一會，重回樓上。樓上的馬逢時與孫乾娘，還在喝酒閒談，彼此的神態倒都還莊重，但談得很投機，卻是看得出來的；因而楊書辦便開玩笑地說：「老李，今天不要回去了。」

「你在同哪個說話？」孫乾娘瞟眼過來問說。

楊書辦尚未開口，馬逢時卻先笑了；這一笑自有蹊蹺在內，他就不作聲了。

「明明是馬大老爺，你怎麼說是李老闆？」孫乾娘質問：「為啥要說假話？」

「對不起！」馬逢時向楊書辦致歉：「她說我不像生意人，又問我哪裡學來的官派，所以我跟她說了實話。」

「說了實話？」楊書辦問：「是啥實話？除了身分還有啥？」

「沒有別的。」

楊書辦比較放心了；轉臉對孫乾娘說：「你要識得輕重，不要說馬大老爺到你這裡來玩過。」

「這有啥好瞞的？道台大人都到我這裡來吃過酒。」

「你不要同我爭，你想我常常帶朋友來。你就聽我的話。」楊書辦又說：「今天要走了，馬大老爺明天有公事，改天再來。」

「哪天？」孫乾娘問：「明天？」

「明天怕還不行。」馬逢時自己回答：「我等公事一完了，就來看你。」

「條戳沒有到，今天晚上也找不著人了；明天一早去請教刻字店。」楊書辦說：「總要到中午，一切才會預備好，我看準定明天吃過中飯去查封。」

「好！一切拜託，我在舍間聽你的信。」

於是相偕離座出門，走在路上，楊書辦少不得有所埋怨，而馬逢時不斷道歉，他也就不便多說甚麼了。

第二天是「卯期」，楊書辦照例要到「禮房」去坐一坐，以防「縣大老爺」有甚麼要跟「學老爺」打交道的事要問，好及時「應卯」。禮房有現成的刻字匠，找了一個來，將一張馬逢時的臨時銜名條交了給他，不到一頓飯的功夫，已經刻好送來；看看無事，起身回家，預備伴隨馬逢時到公濟典去查封。

一進門跨進堂屋，便看到正中方桌上堆了一條火腿，大小四個盒子，門口又是五十斤重的一罈花雕，知道是有人送禮，便喊：「阿毛娘，阿毛娘！」

阿毛是他兒子的乳名，「阿毛娘」便是叫他的妻子。楊太太應聲而至，不等他開口便說：

「有張片子在這裡，是公濟典的姓唐的。我們跟他沒有來往，送的禮我也不敢動。」

說著，楊太太遞過來一張名片，一看果然是唐子韶，略一沉吟，楊書辦問道：「他有甚麼話？」

「說等等再來，」楊太太答說：「看他吞吞吐吐，好像有甚麼話，要說不肯說似地。」

「我曉得了。這份禮不能收的。」

楊書辦坐了下來，一面喝茶一面想，唐子韶的來意，不問可知？他只奇怪，此人的消息，何以如此靈通，知道他會陪馬逢時去查封公濟？是不是已經先去看過馬逢時；馬逢時關照來找他的呢？倘是如此，似乎先要跟馬逢時見個面，問一問他交談的情形，才好定主意。

正這樣轉著念頭，聽得有人敲門；便親自起身去應接。他跟唐子韶在應酬場中見過，是點頭之交；開門看時，果然是他，少不得要作一番訝異之狀。

「楊先生，」唐子韶滿臉堆笑地說：「想不到是我吧？」

「想不到，想不到。請裡面坐。」楊書辦在前頭領路，進了堂屋，指著桌上說：「唐朝奉，無功不受祿，你這份禮，我絕不收。」

唐子韶似乎已經預知他會有這種態度，毫不在乎地說：「小事、小事，慢慢談。」

楊書辦見他如此沉著，不免心生警惕，說聲：「請坐。」也不叫人倒茶，自己在下首正襟危坐，是不想久談的神情。「楊先生，聽說你要陪馬大老爺來查封公濟典？」

見他開門見山的發問，楊書辦卻不願坦然承認，反問一句：「唐朝奉，你聽哪個說的？」

「是輾轉得來的消息。」

輾轉傳聞，便表示他不曾跟馬逢時見過面；而消息來源，只有兩處，一是周少棠；一是慶餘堂的老朱。細想一想，多半以後者為是。

「請問，你是不是慶餘堂那邊得來的消息？」

這也就等於楊書辦承認了這件事；唐子韶點點頭說：「是的。」

「那麼，老兄就是打聽這一點？」

「當然還有話要請教楊先生。」唐子韶問：「請問，預備甚麼時候來？我好等候大駕。」

「言重！言重！這要問馬大爺。」

由於話不投機，唐子韶不能吐露真意；不過他送的那份不能算菲薄的禮，始終不肯收回，楊書辦亦無可奈何，心頭不免有欠了人家一份人情，協助馬逢時去查封公濟時，較難說話的困惑。

「楊先生，」唐子韶起身預備告辭時，忽然問出一句話來：「我想請問你，同周少棠熟不熟？」

楊書辦沉吟了一下，只答了一個字：「熟。」

「他同馬大老爺呢？」

問到這句話，顯得此人的交遊很廣、路子很多，也許前一天他與馬逢時、周少棠曾在酒店中一起聚晤這件事，已有人告訴了他；然則用一句「不大清楚」來回答，便是故意說假話；受了人家一份禮，連這麼一句話都不肯實說，唐子韶自然會在心裡冷笑。

以後如何是以後的事，眼前先讓唐子韶這樣的人對他鄙視，未免太划不來了。這樣轉著念頭，不由得說了實話：「不算太熟。」

唐子韶似乎對他的回答很滿意，微笑著說：「打擾、打擾。改天公事完了，我要請楊先生、馬大老爺好好敘一敘。」

正當楊書辦在馬逢時家，準備出發去查封公濟典時，他家裡的女僕匆匆奔了來，請他回家，道是「太太有要緊事要商量」。

楊書辦還在躊躇，馬逢時開口了，「你就先請回去吧！」他說：「商量好了馬上請過來，我在這裡等。」

好在離得近，楊書辦決定先回去一趟，到家一看，非常意外地是周少棠在等候；明明是他要請他來說話，卻作了託辭，顯然的，周少棠來看他，是不願讓馬逢時知道的。

「事情有了變化。」周少棠停了一下說：「我說實話吧，唐子韶來看過我了。」

「喔，」楊書辦問：「啥辰光？」

「就是剛剛的事，他尋到阜康來的。」周少棠說：「他的話也有點道理，公濟的事一鬧出來，又成了新聞，對胡大先生不利；而且查封的事，一生枝節，官府恐怕對胡大先生有更厲害的處置。我想這兩點也不錯，投鼠忌器，特為來同你商量。」

楊書辦想了一下答說：「他先到我這裡來過了，還送了一份禮。事情很明白的了，他在公濟確有毛病，而且毛病怕還不小。現在你說投鼠忌器，是不是放他一馬，就此拉倒？」

「那不太便宜他了？他亦很識相，答應『吐』出來。」

「怎麼吐法？」

「這就要看你了。」

周少棠的意思是，楊書辦陪了馬逢時到公濟典，細細查庫、查帳，將唐子韶的毛病都找了出來，最好作成筆錄，但不必採取任何行動，回來將實情告訴周少棠，由他跟唐子韶去辦交涉。

楊書辦心想，這等於是一切由周少棠做主，他跟馬逢時不過是周少棠的「夥計」而已。不過，只要有「好處」，做「夥伴」亦無所謂。

當然，這不必等他開口，周少棠亦會有交代：「這樣做法，不過是免了唐子韶吃官司，他再想要討便宜，就是妄想。我們還是照原來的計畫，一方面是幫胡大先生的忙；一方面我們三個，你、我、老馬，弄幾兩銀子過年。」

「你我倒無所謂。」楊書辦說：「老馬難得派個差使；而且這件事也要擔責任，似乎不好少了他的。」

「一點不錯。你叫他放心好了。」

「你做事，他也很放心的，不過，最好開個『尺寸』給他。」

尺寸是商場的切口，意指銀數，周少棠答說：「現在有『幾尺水』還不曉得，這個尺寸怎麼開法？」

「幾尺水」者是指總數。唐子韶侵吞中飽幾何；能「吐」出來多少？目前無從估計，周少棠不能承諾一個確數，固屬實情；但亦不妨先「派派份頭」。

等楊書辦提出這個意見以後，周少棠立即說道：「大份頭當然是歸胡大先生。如果照十份派，胡大先生六份，老馬兩分，你、我各一份。怎麼樣？」

楊書辦心想，如果能從唐子韶身上追出一萬銀子，馬逢時可得兩千；自己亦有一千兩進帳，這個年可以過得很肥了。

於是欣然點頭：「好的，就照這樣子派好了。」

由於事先已有聯絡，馬逢時由楊書辦陪著到了公濟典，不必擺甚麼官派，只將預先寫好的暫停營業三天的告示貼了出去，等顧客散盡，關上大門，開始封庫查帳。

唐子韶先很從容，看馬逢時態度平和，楊書辦語氣客氣，以為周少棠的路子已經走通了，及至看到要封庫，臉色已有些不大自然；再聽說要查帳，便無法保持常態了。

「楊先生，你請過來。」他將楊書辦拉到一邊，低聲問道：「今天中午，周少棠同你碰過頭了？」

「是的。」

「他怎麼說？」

楊書辦不免詫異，不過他的念頭轉得很快；知道周少棠下了一著狠棋，因而聲色不動地問說：「你同他怎麼說的？」

原來唐子韶託謝雲青居間，見到周少棠以後，隱約透露出，請他轉託楊書辦及馬逢時，在查封公濟典時，不必認真；同時許了周少棠三千銀子的好處，「擺平」一切。復又央請謝雲青作保，事過以後，三千銀子分文不少。謝雲青也答應了。

但他不知道周少棠有意要助胡雪巖，並非為了他自己的好處，有為胡雪巖不平的意味在內，這就不關錢的事了。當時周少棠滿口應承，實是一個「空心湯圓」；而猶一直不曾醒悟，只以為周少棠自己吞得太多，楊書辦嫌少，故而有意刁難，說不得只好大破慳囊了。

「楊先生，大家都是場面上的人，有話好說，不要做得太難堪。」情急之下，他口不擇言了，「快過年了，大家都有帳要付，這一層我知道的。除了原來的以外，我另外再送兩千銀子，馬大老爺那裡，只要你老大哥擺平，我不說話。」

甚麼是原來的？楊書辦略想一想也就明白了；不過還是要打聽一下：「原來多少？」

等將唐子韶與周少棠打交道的情形問清楚以後，楊書辦覺得很為難。他為人比較忠厚，覺得唐子韶可憐兮兮的，不忍心像周少棠那樣，虛與委蛇，讓他吃個「空心湯圓」，當然，要接受他的條件，也是絕不可能的事。

「楊先生，」唐子韶近乎哀求地說：「你就算交我一個朋友。我知道你在馬大老爺面前一言九鼎，只要你說一聲，他就高抬貴手，放我過去了。」

談到「交朋友」，楊書辦倒有話說了，「朋友是朋友，公事是公事。」他說：「只要馬大老爺公事上，能過得去，我當然要顧朋友的交情。唐朝奉，我答應你一件事，今天絕不會讓你面子難看，不過，我只希望你不要妨礙公事。至於查封以後，如何辦法，我們大家再商量。」

這番話是「綿裡針」，唐子韶當然聽得出來，如果自己不知趣，不讓馬逢時查帳，變成「妨礙公事」，他是有權送他到縣衙門的「班房」去收押的。好在還有以後再商量的話；好漢不吃眼前虧，先敷衍好了楊書辦，再作道理。

「楊先生，你這樣子說，我不能不聽；一切遵吩咐就是。」

唐子韶也豁出去了，不但要甚麼帳簿有甚麼帳簿；而且問甚麼答甚麼，非常合作，因此查帳非常順利。只是帳簿太多，這天下午只查了三分之一，至少第二天還要費一整天才能完事。

等回到家，楊太太告訴丈夫：「周少棠來過了，他說他在你們昨天吃酒的地方等你。」

「喔！」楊書辦問：「光是指我一個人？」

「還有哪個？」

「有沒有叫老馬也去？」

「他沒有說。」

「好。我馬上就去。」楊書辦帶著一份紀錄去赴約。

「胡大先生怎麼不要倒楣！」周少棠指著那份紀錄說：「光是這張紙上記下來的，算一算已經吞了三、四萬銀子都不止了。」

「你預備怎麼個辦法？」

「還不是要他吐出來。」周少棠說：「數目太大，我想先要同胡大先生談一談。」

「這，」楊書辦為馬逢時講話，「在公事上不大妥當吧？」

「怎麼不妥當？」周少棠反問。

楊書辦亦說不出如何不妥？他只是覺得馬逢時奉派查封公濟典，如何交差，要由周少棠跟胡雪巖商量以後來決定，似乎操縱得太過分，心生反感而已。

「公事就是那麼一回事，你老兄是『老公事』，還有啥不明白的？」周少棠用撫慰的語氣說：「總而言之，老馬的公事，一定讓他交代得過；私下的好處，也一定會讓他心裡舒服。至於你的一份，當然不會比老馬少，這是說都用不著說的。」

當然，周少棠的「好處」亦不會遜於他跟馬逢時，更不待言。照此看來，唐子韶的麻煩不小；想起他那萬般無奈，苦苦哀求的神情，不由得上了心事。

「怎麼？」周少棠問：「你有啥為難？」

「我怎麼不為難？」楊書辦說：「你給他吃了個空心湯圓，他不曉得，只以為都談好了，現在倒好像是我們跟他為難。他到我家裡來過一次；當然會來第二次，我怎麼打發他？」

「那容易，你都推在我頭上好了。」

事實上這是唯一的應付辦法，楊書辦最後的打算亦是如此；此刻既然周少棠自己作了承諾，他也就死心塌地，不再去多想了。

第二天仍如前一天那樣，嘴上很客氣，眼中不容情，將唐子韶的弊端，一樣一樣，追究到底。唐子韶的態度，卻跟前一天有異，彷彿對馬逢時及楊書辦的作為，不甚在意。

只是坐在一邊，不斷地抽水煙，有時將一根紙煤搓了又搓，直到搓斷，方始有爽然若失的神情，顯得他在肚子裡的功夫，做得很深。

約莫剛交午時，公濟開出點心來，請馬逢時暫時休息。唐子韶便趁此時機，將楊書辦邀到一邊有話說。

「楊先生，」他問：「今天查得完查不完？」

「想把它查完。」

「以後呢？」唐子韶問道：「不是說好商量？」

「不錯，好商量。你最好去尋周少棠；只要他那裡談好了，馬大老爺這裡歸我負責。」

唐子韶遲疑了好一會說：「本來不是談好了；哪曉得馬大老爺一來，要從頭查起。」語氣中彷彿在埋怨楊書辦跟周少棠彼此串通，有意推來推去、不願幫忙；楊書辦心想，也難怪他誤會，其中的關鍵，不妨點他一句。

「老兄，你不要一廂情願！你這裡查都還沒有查過，無從談起，更不必說啥談好了。你今天晚上去尋他，包你有結果。」

唐子韶恍然大悟，原來是要看他在公濟典弄了多少「好處」然後再來談「價錢」。看樣子打算用幾千銀子「擺平」，是一種不切實際的妄想；「樹倒猢猻散」，不如帶著月如遠走高飛，大不了從此不吃朝奉這一行的飯，後半世應可衣食無憂。

就這剎那間打定了主意，就更不在乎楊書辦與馬逢時了。不過表面上仍舊很尊敬，當天查帳完畢，要請他們吃飯；馬逢時當然堅辭，楊書辦且又暗示，應該早早去覓周少棠「商量」。

唐子韶口頭上連聲稱「是」；其實根本無此打算，他要緊的是趕回家去跟月如商量；約略說了經過，隨即透露了他的決心。

「三十六計，走為上計。你從現在起始，就要預備，最好三、五天之內料理清楚，我們開溜。」月如一楞，「溜到哪裡？」她說：「徽州我是不去。」

唐子韶的結髮妻子在徽州原籍，要月如去服低做小，親操井臼，寧死不願；這一層意思表明過不止一次，唐子韶當然明白。

「我怎麼會讓你到徽州去吃苦？就算你自己要去，我也捨不得。我想有三個地方，一個是上海、一個是北京，再有一個是揚州；我在那裡有兩家親戚。」

只要不讓她到徽州，他處都不妨從長計議；但最好是能不走，土生土長三十年，從沒有出過遠門，怕到了他鄉水土不服住不慣。

「不走辦不到，除非傾家蕩產。」

「有這麼厲害？」

「自然。」唐子韶答說：「這姓周的，良心黑，手段辣；如今一盤帳都抄了去了，一筆一筆照算，沒有五萬銀子不能過門。」

「你不會賴掉？」

「把柄在人家手裡，怎麼賴得掉？」

「不理他呢？」

「不理他？你們去試試看。」唐子韶說：「姓馬的是候補縣，奉了憲諭來查封，權力大得很呢！只要他一句話，馬上可以送我到仁和縣班房，你來送牢飯吧！」

月如嘆口氣說：「那就只好到上海去了。只怕到了上海還是保不得平安。」

「一定可以保！」唐子韶信心十足地，「上海市場等於外國地方，哪怕是道台也不能派差役去抓人的，上海縣更加不必談了。而且上海市場上五方雜處，各式各樣的人都有，只要有錢，每天大搖大擺，坐馬車、逛張園、吃大菜、看京戲，沒有哪個來管你的閒事。」

聽他形容上海的繁華，月如大為動心，滿腔離愁，都丟在九霄雲外，細細盤算了一會說道：「好在現款存在匯豐銀行，細軟隨身帶了走，有三天功夫總可以收拾好；不動產只好擺在那裡再說。不過，這三天當中，會不會出事呢？」

「當然要用緩兵之計。楊書辦要我今天晚上就去看周少棠；他一定會開個價錢出來，漫天討價，就地還錢，一定談不攏，我請他明天晚上來吃飯，你好好下點功夫——。」

「又要來這一套了！」月如吼了起來，「你當我甚麼人看。」

「我當你大慈大悲，救苦救難的觀世音菩薩看。」唐子韶說：「這姓周的請我吃空心湯圓，你要替我報仇。」

「報仇？哼，」月如冷笑，「我不來管你的事！你弄得不好『賠了夫人又折兵』，我白白裡又讓人家占一回便宜，啥犯著？」

「你真傻，你不會請他吃個空心湯圓？兩三天一拖拖過去，我們人都到上海了，他到哪裡去占你的便宜？」

「萬一，」月如問說：「萬一他來個霸王硬上弓呢？」

「你不會叫？一叫，我會來救你。」

「那不是變成仙人跳了？而且，你做初一，他做初二。看起來我一定要去送牢飯了。」

唐子韶不作聲。月如不是他的結髮妻子，而且當初已經失過一回身，反正不是從一而終了，再讓周少棠嘗一回甜頭，亦無所謂；不過這話不便說得太露骨，只好點她一句。

「如果你不願意送牢飯，實在說，你是不忍心我去吃牢飯，那麼全在你發個善心了。」

月如亦不作聲；不過把燒飯的老媽子喚了來，關照她明天要殺雞，要多買菜。

周少棠興匆匆地到了元寶街，要看胡雪巖，不道一說來意，就碰了個釘子。

「說實話，周先生，」胡家的門上說：「生病是假，擋駕是真。你老倒想想，我們老爺還有啥心思見客。我通報，一定去通報，不過，真的不見，你老也不要見怪。」

「我是有正事同他談。」

「正事？」門上大搖其頭，「那就一定見不著，我們老爺一提起錢莊、當店、絲行，頭就大了。」

「那麼，你說我來看看他。」

「也只好這樣說。不過，」門上一面起步，一面咕噥著，「我看是白說。」

見此光景，周少棠的心冷了。默默盤算，自己想幫忙的意思到了，胡雪巖不見，是沒法子的事。唐子韶當然不能便宜他，不妨想想看，用甚麼手段卡住他的喉嚨，讓他把吞下去的東西吐出來：過年了，施棉衣、施米、做做好事，也是陰功積德。

這一落入沉思，就不覺得時光慢了；忽然聽得一聲：「周先生！」抬頭看時，是門上在他面前，「我們老爺有請。」

「喔，」周少棠定定神說：「居然見我了？」

「原來周先生是我們老爺四十年的老朋友。」門上陪笑說道：「我不曉得！周先生你不要見氣。」

「哪裡，哪裡！你請領路。」

門上領到花園入口處，有個大丫頭由一個老媽子陪著，轉引客人直上百獅樓。

「周先生走好！」

一上樓便有個中年麗人在迎接，周少棠見過一次，急忙拱拱手說：「螺螄太太，不敢當、不敢當！」

「大先生在裡頭等你。」

說著螺螄太太親自揭開門簾；周少棠是頭一回到這裡，探頭一望，目迷五色，東也是燈，西也是燈，東也是胡雪巖、西也是胡雪巖。燈可以有多少盞，胡雪巖不可能分身；周少棠警告自己，這裡大鏡子很多，不要像劉姥姥進了怡紅院那樣鬧笑話。因此，進門先站住腳，看清楚了再說。

「少棠！」胡雪巖在喊：「這面坐。」

循聲覓人，只見胡雪巖坐在一張紅絲絨的安樂椅上，上身穿的小對襟棉襖，下身圍著一條花格子的毛氈，額頭上紮一條寸許寬的緞帶，大概是頭痛的緣故。

「坐這裡！」胡雪巖拍一拍他身旁的繡墩，指著頭上笑道：「你看我這副樣子，像不像產婦坐月子？」

這時候還有心思說笑話，周少棠心懷一寬，看樣子他的境況，不如想像中那麼壞。於是閒閒談起查封公濟典的事；源源本本、鉅細靡遺，最後談到從唐子韶那裡追出中飽的款子以後，如何分派的辦法。

「算了，算了。」胡雪巖說：「不必認真。」

此言一出，周少棠楞住了；好半天才說了句：「看起來，倒是我多事了。」

「少棠，你這樣子一說，我變成半吊子了。事到如今，我同你說老實話，我不是心甘情願做洋盤瘟生，不分好歹、不識是非，我是為了另外一個人。」

「為了哪一個？」周少棠當然要追問。

「唐子韶姨太太——。」

「喔、喔！」周少棠恍然大悟；他亦久知胡雪巖有此一段豔聞，此刻正好求證：「我聽說，唐子韶設美人局，你上了他的當？」

「也不算上當；是我一時糊塗。這話也不必去說它了。」胡雪巖緊接著說：「昨天我同我的幾個妾說：我放你們一條生路，願意走的自己房間裡東西都帶走，我另外送五千銀子。想想月如總同我好過，現在有了這樣一個機會，我想放他一馬。不過，這是馬逢時的公事，又是你出了大力，我只好說一聲：多謝你！到底應該怎麼辦？我也不敢多干預。」

「原來你是這麼一種心思，倒是我錯怪你了。」周少棠又說：「原來是我想替你盡點心，你不忘記老相好，想這樣子辦，我當然照你的意思。至於論多論少，我要看情形辦；而且我要告訴人家。」

「不必，不必！不必說破。」胡雪巖忽然神祕地一笑，「少棠，你記不記得石塔兒頭的『豆腐西施』阿香？」

周少棠楞了一下，從塵封的記憶中，找出阿香的影子來——石塔兒頭是地名，有家豆腐店的女兒，就是阿香，豔聲四播；先是周少棠做了入幕之賓，後來胡雪巖做了他的所謂「同靴弟兄」，周少棠就絕跡不去了。少年春夢，如今回想起來，甚麼感覺都沒有了；只是奇怪胡雪巖何以忽然提了起來？

「當初那件事，我心裡一直難過，『兔子不吃窩邊草』，我不該割你靴腰子。現在頂好一報還一報。」胡雪巖放低了聲音說：「月如是瘦馬揚州人所說的『瘦馬』，你倒騎她一騎看。」

聽此一說，周少棠有點動心，不過口頭上卻是一迭連聲地：「笑話，笑話！」

胡雪巖不作聲，笑容慢慢地收斂，雙眼卻不斷眨動，顯然有個念頭在轉。

「那麼，少棠，我說一句絕不是笑話的話，你要不要聽？」

「要的。」

「年大將軍的故事，你總曉得囉？」

「年大將軍」是指年羹堯。這位被杭州人神乎其詞地說他「一夜功夫連降十八級」的年大將軍，在杭州大概有半年的辰光，他是先由一等公降為杭州將軍；然後又降為「閒散章京」，滿洲話叫做「拜他喇布勒哈番」，漢名叫做「騎都尉」，正四品，被派為西湖邊上湧金門的城守尉，杭州關於他的故事極多，所以周少棠問說：「你是問哪一個？」

「是年大將軍贈妾的故事。」

這是眾多年羹堯的故事中，最富傳奇性的一個。據說，年羹堯每天坐在湧金門口，進出鄉人，震於他的威名，或者避道而行，或者俛首疾趨；惟有一個窮書生，早晚進出，必定恭恭敬敬地作一個揖。這樣過了幾個月，逮捕年羹堯入京的上諭到了杭州；於是第二天一早，年羹堯等那窮書生經過時，喊住他說：「我看你人很忠厚；我這番入京，大概性命不保，有個小妾想送給你，讓你照料，千萬不要推辭。」

那個窮書生哪裡敢作此非分之想，一再推辭；年羹堯則一再相勸。最後，窮生說了老實話，家徒四壁，添一口人實在養不起。

「原來是為這一層，你無庸擔心；明天我派人送她去。你住哪裡？」

問了半天，窮書生才說了他的住址。下一天黃昏，一乘小轎到門，隨攜少數「嫁妝」。那轎中走出來一個風信年華的麗人，便是年羹堯的愛妾。

窮書生無端得此一段豔福，自然喜心翻倒，但卻不知往後何以度日。那麗人一言不發，只將帶來的一張雙抽屜的桌子，開鎖打開抽屜，裡面裝滿了珠寶，足供一生。

「我現在跟年大將軍差不多。」胡雪巖說：「我的幾個妾，昨天走了一半；有幾個說是一定要跟我；有一個想走不走，主意還沒有定，看她的意思是怕終身無靠。我這個妾人很老實，我要替她好好找個靠得住的人。少棠，你把她領了回去。」

「你說笑話了！」周少棠毫不思索地，「沒有這個道理！」

「怎麼會沒有這個道理。你沒有聽『說大書』的講過，這種贈妾、贈馬的事，古人常常有的。現在是我送給你，可不是你來奪愛，怕啥？」周少棠不作聲，他倒是想推辭，但找不出理由，最後只好這樣說：「我要同我老婆去商量看。」

第二天一大早，周少棠還在床上，楊書辦便來敲門了。起床迎接，周少棠先為前一日晚上失迎致歉，接著動問來意。

「唐子韶——」楊書辦說：「昨天晚上就來看我，要我陪了他來看你。看起來此人倒滿聽話，我昨天叫他晚上來看你，他真的來了。」

「此刻呢？人在哪裡？」

「我說我約好了你，再招呼他來見面，叫他先回去。你看，在哪裡碰頭？」

「要稍微隱蔽一點的地方。」

「那麼，在我家裡好了。」楊書辦說：「我去約他，你洗了臉、吃了點心就來。」

周少棠點點頭，送楊書辦出門以後，一面漱洗，一面盤算，想到胡雪巖昨天的話，不免怦然心動；想看看月如倒是怎麼樣的一匹「瘦馬」？

到得楊家，唐子韶早就到了；一見周少棠，忙不迭地站了起來，反客為主，代替楊書辦招待後到之客，十分殷勤。

「少棠兄，」楊書辦站起來說：「你們談談，我料理了一樁小事，馬上過來。中午在我這裡便飯。」

這是讓他們得以密談；聲明備飯，更是暗示不妨詳談、長談。

但實際上無須花多少辰光，因為唐子韶成竹在胸，不必抵賴；當周少棠出示由楊書辦抄來的清單，算出他一共侵吞了八萬三千多銀子時，他雙膝一跪，口中說道：「周先生，請你救救我。」

「言重，言重！」周少棠趕緊將他拉了起來，「唐朝奉，你說要我救你，不管我辦得到、辦不到，你總要拿出一個辦法來，我才好斟酌。」

「周先生，我先說實話，陸陸續續挪用了胡大先生的架本，也是叫沒奈何！這幾年運氣不好，做生意虧本，我那個小妾又好賭，輸掉不少。胡大先生現在落難，我如果有辦法，早就應該把這筆款子補上了。」

「照此說來，你是『鐵公雞，一毛不拔』？」

「不是，不是。」唐子韶說：「我手裡還有點骨董、玉器。我知道周先生你是大行家，甚麼時候到我那裡看看，能值多少？」唐子韶略停了一下又說：「現款是沒有多少，我再儘量湊。」

「你能湊多少？」

「一時還算不出。總要先看了那些東西，估個價，看缺多少，再想辦法。」

原來這是唐子韶投其所好，編出來的一套話。周少棠玩玉器，在「茶會」上頗有名聲；聽了唐子韶的話信以為真，欣然答說：「好！你看甚麼時候，我來看看。」

「就是今天晚上好不好。」唐子韶說：「小妾做的菜，很不壞。我叫她顯顯手段，請周先生來賞鑑、賞鑑。」

一聽這話，周少棠色心與食指皆動，不過不能不顧到楊書辦與馬逢時，因而說道：「你不該請我一個。」

「我知道，我知道。馬大老爺我不便請他；我再請楊書辦。」

楊書辦是故意躲開的，根本沒有甚麼事要料理，所以發覺唐子韶與周少棠的談話已告一段落，隨即趕了出來留客。

「便飯已經快預備好了；吃了再走。」

「謝謝！謝謝！」唐子韶連連拱手，「我還有事，改日再來打攪。順便提一聲：今天晚上我請周少棠到舍下便飯，請你老兄作陪。」

說是「順便提一聲」，可知根本沒有邀客的誠意；而且楊書辦也知道他們晚上還有未完的話要談，亦根本不想夾在中間。當即亦以晚上有事作推託，回絕了邀約。

送走唐子韶，留下周少棠，把杯密談，周少棠將前一天去看胡雪巖的情形，說了給楊書辦聽。不過，他沒有提到胡雪巖勸他去騎月如那匹瘦馬的話；這倒並非是他故意隱瞞，而是他根本還沒有作任何決定，即便見了動心，躍躍欲試，也要看看情形再說。

「胡大先生倒真是夠氣概！」楊書辦說：「今日之下，他還顧念著老交情！照他這樣厚道來看，將來只怕還有翻身的日子。」

「難！他的靠山已經不中用；人呢，銳氣也倒了，哪裡還有翻身的日子？」周少棠略停一下說：「閒話少說，言歸正傳，你看唐子韶吐多少出來？」

「請你作主。」

周少棠由於對月如存著企圖，便留了個可以伸縮的餘地，「多則一半；少則兩三萬。」他說：「我們三一三十一。」

唐子韶家很容易找，只要到公濟典後面一條巷子問一聲「唐朝奉住哪裡？」自會指點給他看。是唐子韶親自應的門，一見面便說：「今天很冷，請樓上坐。」

樓上生了火盆，板壁縫隙上新糊的白紙條，外面雖然風大，裡頭卻是溫暖如春，周少棠的狐皮袍子穿不住了，依主人的建議脫了下來，只穿一件直貢呢夾襖就很舒服了。

「周先生，要不要『香一筒』？」唐子韶指著煙盤說。

「謝謝！你自己來。」周少棠說：「我沒有癮，不過喜歡躺煙盤。」

「那就來靠一靠。」

唐子韶命丫頭點了煙燈；然後去捧出一隻大錦盒來，放在煙盤下方說道：「周先生，你先看幾樣玉器。」

兩人相對躺了下來，唐子韶抽大煙、周少棠便打開錦盒，鑑賞玉器；那錦盒是做了隔板的，第一層上面三塊漢玉，每一塊的尺寸大致相仿，一寸多長，六、七分寬，上面刻的篆字，周少棠只識得最後四個字。

「這是『剛卯』。」周少棠指著最後四個字說：「一定有這四個字：『莫我敢當』。」

「喔，」唐子韶故意問說：「剛卯作啥用場？」

「辟邪的。」

「剛卯的剛好懂，既然辟邪，當然要剛強。」唐子韶說：「卯就不懂了。」

「卯是『卯金刀劉』，漢朝是姓劉的天下。還有一個說法，要在正月裡選一個，所以叫剛卯。」

「周先生真正內行。」

「玩兒漢玉，這些門道總要懂的。」說著周少棠又取第二方，就著煙燈細看。

「你看這三塊剛卯，怎麼樣？」

「都還不錯。不過——。」

唐子韶見他縮口不語，便抬眼問道：「不過不值錢？」

「也不好說不值錢。」周少棠沒有再說下去。

唐子韶當然明白，他的意思是，幾萬銀子的虧欠，拿這些東西來作抵，還差得遠；因而也就不必再問了，只伸手揭開隔板說道：「這樣東西，恐怕周先生以前沒有見過。」

周少棠拿起來一看，確是初見，是很大的一塊古色斑爛的漢玉，大約八寸見方；刻成一個圓環；再由圓環中心向外刻線，每條線的末端有個數目字，從一到九十，一共是九十條線，刻得極細極深極均勻。

「這是啥？像個羅盤。」

「不錯，同羅盤差不多，是日規。」

「日規？」周少棠反覆細看，「玉倒確是漢玉；好像出土不久。」

「法眼、法眼！」唐子韶豎起大拇指說：「出土不過三、四年，是歸化城出土的。」

「喔，」周少棠對此物頗感興趣，「這塊玉啥價錢？」

「剛剛出土，以前也沒有過同樣的東西，所以行情不明。」唐子韶又說：「原只要當一千銀子，我還了他五百，最後當了七百銀子。這樣東西，要遇見識貨的，可以賣好價錢。」

「嗯。」周少棠不置可否，去揭第二塊隔板，下面是大大小小八方玉印；正取起一塊把玩時，只聽得樓梯上有響聲，便即側身靜聽。

「你去問問老爺，飯開在哪裡？」

語聲發自外面那間屋子，清脆而沉著，從語聲的韻味中，想像得到月如是過了風信年華，正將步入徐娘階段的年齡。這樣在咫尺之外，發號施令，指揮丫頭，是不是意味著她不會露面？轉念到此，周少棠心頭，不免浮起一絲悵惘之感。

此時丫頭進來請示，唐子韶已經交代，飯就開在樓上，理由仍舊是樓上比較暖和。接著，門簾啟處，周少棠眼前一亮，進來的少婦，約可三十上下年紀，長身玉立鵝蛋形的臉上，長了一雙極明亮的杏眼；眼風閃處，像有股甚麼力量，將周少棠從煙榻上彈了起來；望著盈盈含笑的月如，不由得也在臉上堆滿了笑容。

「這是小妾月如。」在燒煙的唐子韶，拿煙籤子指點著說：「月如，這是周老爺，你見一見。」

「喔，是姨太太！」周少棠先就抱拳作揖。

「不敢當，不敢當！」月如斂衽作禮，「周老爺我好像那裡見過。」

「你自然見過。」唐子韶說：「那天阜康門口搭了高台，幾句話說得擠兌的人鴉雀無聲，就是周老爺。」

「啊！我想起來了。」月如那雙眼睛，閃閃發亮，驚喜交集，「那天我同鄰居去看了熱鬧回來，談周老爺談了兩三天。周老爺的口才，真正沒話說；這倒還在其次，大家都說周老爺的義氣，真正少見。胡大先生是胡財神，平常捧財神的不曉得多少，到了財神落難，好比變了瘟神，哪個不是見了他就躲，只有周老爺看不過，出來說公道話。如今一看周老爺的相貌，就曉得是行善積德，得饒人處且饒人，有大福氣的厚道君子。」

這番話說得周少棠心上像熨過一樣服貼；當然，他也有數，「得饒人處且饒人」，話中已經遞過點子來了。

「好說，好說！」周少棠說：「我亦久聞唐姨太太賢慧能幹，是我們老唐的賢內助。」

唐子韶一聽稱呼都改過了，知道周少棠必中圈套；「隨你奸似鬼，要吃老娘洗腳水」，心中暗暗得意，一丟煙槍，蹶然而起，口中說道：「好吃酒了。」

其時方桌已經搭開，自然是請周少棠上坐，但只唐子韶側面相陪。菜並非如何講究，但頗為入味；周少棠喜愛糟醃之物，所以對糟蒸白魚、家鄉肉、醉蟹這三樣肴饌，格外欣賞，聽說家鄉肉、醉蟹並非市售，而是月如手製，便更讚不絕口了。

周少棠的談鋒很健，興致又好，加以唐子韶是刻意奉承，所以快飲劇談，相當投機。當然，話題都是輕鬆有趣的。

「老唐，」周少棠問到唐子韶的本行，「天下的朝奉，都是你們徽州人；好比票號都是山西人，而且聽說只有太谷、平遙這兩三府的人。這是啥道理？」

「這話，周先生，別人問我，我就裝糊塗，隨便敷衍幾句；你老哥問到，我不能不跟你談來歷。不過，說起來不是啥體面的事。」

「喔，怎麼呢？」

「明朝嘉靖年間，有個我們徽州人，叫汪直，你曉得不曉得。」

「我只曉得嘉靖年間有個『打巖嵩』的鄒應龍，不曉得啥汪直。」

「你不曉得我告訴你，汪直是個漢奸。」

「漢奸？莫非像秦檜一樣私通外國。」

「一點不錯。」唐子韶答說：「不過汪直私通的不是金兵，是日本人，那時候叫做倭寇。倭寇到我們中國，在江浙沿海地方一登了陸，兩眼漆黑，都是汪直同他的部下做嚮導，帶他們一路姦淫擄掠；倭寇很下作，放搶的時候，甚麼東西都要，不過有的帶不走；帶走了，到他們日本也未見得有用，所以汪直動了個腦筋，開爿典當，甚麼東西都好當，老百姓來當東西，不過是幌子，說穿了，不過替日本人銷贓而已。」

「怪不得了，你們那筆字像鬼畫符，說話用『切口』，原來都有講究的。」周少棠說：「這是犯法的事情，當然是用同鄉人。」

「不過，話要說回來，徽州地方苦得很，本地出產養不活本地人，只好出外謀生，呼朋招友，同鄉照顧同鄉，也是迫不得已。」

「你們徽州人做生意，實在厲害，像揚州的大鹽商，問起來祖籍一大半是徽州。」周少棠說：「像汪直這樣子，做了漢奸，還替日本人銷贓，倒不怕公家抓他法辦？」

「這也是個原因的，當時的巡按御史，後來做了巡撫的胡宗憲，也是徽州人，雖不說包庇，念在同鄉份上，略為高一高手，事情就過去了。官司不怕大，只要有交情，總好商量。」唐子韶舉杯相邀：「來，來，周先生乾一杯。」

最後那兩句話，加上敬酒的動作，意在言外，灼然可見，但周少棠裝作不覺，乾了酒，將話題扯了開去，「那個胡宗憲，你說他是巡按御史，恐怕並沒有庇護汪直的權柄。」他又問了一句：「真的權柄這麼大？」

「那只要看三堂會審的王金龍好了。」

「王金龍是小生扮的，好像剛剛出道；哪有這樣子的威風？戲總是戲。」

談到這方面，唐子韶比周少棠內行得多了，「明朝的進士，同現在不一樣。現在的進士，如果不是點翰林或者到六部去當司官，放出來不過是個『老虎班』的知縣；明朝的進士，一點『巡按御史』賞上方寶劍，等於皇上親自來巡查，威風得不得了。我講個故事，周先生你就曉得巡按御史的權柄了。」

據說明朝有個富人，生兩個女兒，長女嫁武官，次女嫁了個寒士，富人不免有勢利之見；所以次婿受了許多委屈。及至次婿兩榜及第，點了河南的巡按御史；而長婿恰好在河南南陽當總兵。御史七品、總兵二品，但巡按御史「代天巡狩」，地位不同，所以次婿巡按到南陽，第二天五更時分，尚未起身，長婿已來稟請開操閱兵；那次婿想到當年岳家待他們連襟二人，炎涼各異，一時感慨，在枕上口占一絕：「黃草坡前萬甲兵，碧紗帳裡一書生；於今應識詩文貴，臥聽元戎報五更。」

既然「有詩為證」，周少棠不能不信；而且觸類旁通，有所領悟，「這樣說起來，『三堂會審』左右的紅袍、藍袍，應該是藩司同臬司？」他問：「我猜得對不對？」

「一點不錯。」

「藩司、臬司旁坐陪審，那麼居中坐的，身分應該是巡撫？」

「胡宗憲就是由巡按浙江的御史，改為浙江巡撫的。」

「那就是了。」周少棠惋惜地說：「胡大先生如果遇到他的本家就好了。」

這就是說，胡雪巖如果遇見一個能像胡宗憲照顧同鄉汪直那樣的巡撫，他的典當就不至於會查封。唐子韶明白他的意思，但不願意接口。

「周先生，」唐子韶忽然說道：「公濟有好些滿當的東西，你要不要來看看？」

周少棠不想貪這個小便宜，但亦不願一口謝絕，便即問說：「有沒有啥比較特別，外面少見的東西？」

「有，有，多得很。」唐子韶想了一會說：「快要過年了；有一堂燈，我勸周先生買了回去，到正月十五掛起來，包管出色。」

一聽這話，周少棠不免詫異，上元的花燈、竹篾綵紙所糊，以新奇為貴；他想不明白，憑甚麼可以上當鋪？

因此，他楞了一下問道：「這種燈大概不是紙紮貨？」

「當然。不然怎麼好來當？」唐子韶說：「燈是絹燈，樣子不多，大致照宮燈的式樣，以六角形為主。絹上畫人物仕女，各種故事；架子是活動的，用過了收拾乾淨，摺起包好，明年再用。海寧一帶，通行這種燈。周先生沒有看過？」

「沒有。」

「周先生看過了就曉得了。這種燈不是哄小伢兒的紙紮走馬燈，要有身分的人家，請有身分的客人吃春酒，廳上、廊上掛起來，手裡端杯酒，慢慢賞鑒絹上的各家畫畫。當然，也可以做它多少條燈謎，掛在燈上，請客人來打。這是文文靜靜的玩法；像周先生現在也夠身分了，應該置辦這麼一堂燈。」

周少棠近年收入不壞，常想在身分上力爭上流，尤其是最近為阜康的事，跟官府打過交道，已儼然在縉紳先生之列，所以對唐子韶的話，頗為動心，想了一下問道：「辦這麼一堂燈，不曉得要花多少？」

「多少都花得下去！」唐子韶說：「這種燈，高下相差很大，好壞就在畫上，要看是不是名家？就算是名家，未見得肯來畫花燈，值錢就在這些地方。譬如說，當今畫仕女的，第一把手是費曉樓，你請他畫花燈，他就不肯。」

「那麼，你那裡滿當的那一堂燈呢？是哪個畫的呢？」

「提起此人大大的有名，康熙年間的大人先生，請他畫過『行樂圖』的，不曉得多少；他是揚州人，姓大禹的禹，名叫禹之鼎，他也做過官，官名叫鴻臚寺序班。這個官，照規矩是要旗人來做的，不曉得他怎麼會做了這個官——。」

「老唐，」周少棠打斷他的話說：「我們不要去管他的官，談他的畫好了。」

於是唐子韶言歸正傳，說禹之鼎所畫的那堂絹製花燈，一共二十四盞，六種樣式，畫的六個故事，西施沼吳、文君當鑪、昭君出塞、文姬歸漢、宓妃留枕、梅楊爭寵；梅是梅妃，楊是楊玉環，所以六個故事，卻有七大美人。

「禹之鼎的畫，假的很多，不過這堂燈絕不假，因為來歷不同。」唐子韶又說：「康熙年間，有個皇帝面前的大紅人，名叫高江村，他原來是杭州人，後來住在嘉興府的平湖縣；到了嘉慶年間，子孫敗落下來，這堂燈就是高江村請禹之鼎畫的，所以不假。周先生，這堂燈，明天我叫人送到府上。」

「不，不！」周少棠搖著手說：「看看東西，再作道理。」

唐子韶還要往下說時，只見一個丫頭進來說道：「公濟派人來通知，說『首櫃』得了急病，請老爺馬上去。」

典當司事，分為「內缺」、「外缺」兩種，外缺的頭腦，稱為「首櫃」，照例坐在迎門櫃台的最左方，珍貴之物送上櫃台，必經首櫃鑑定估價，是個極重要的職司；所以唐子韶得此消息，頓時憂形於色，周少棠也就坐不住了。

「老唐，你有急事儘管請。我也要告辭了。」

「不！不！我去看一看就回來。我們的事也要緊的。」接著便喊：「月如、月如。」

等丫頭將月如去喚了來，唐子韶吩咐她代為陪客；隨即向周少棠拱拱手，道聲失陪，下樓而去。

面臨這樣的局面，周少棠自然而然地想起了胡雪巖中美人計的傳說，起了幾分戒心。但月如卻落落大方地，一面布菜斟酒，一面問起周少棠的家庭情形，由周太太問到子女，因話搭話，談鋒很健，卻很自然，完全是不拘禮的閒話家常；在周少棠的感覺中，月如是個能幹賢慧的主婦，因而對於她與胡雪巖之間的傳說，竟起了不可思議之感。

當然也少不得談到胡雪巖的失敗，月如更是表現了故主情殷，休戚相關的忠悃。周少棠倒很想趁機談一談公濟的事；但終於還是不曾開口。

「姨太，」丫頭又來報了，「老爺叫人回來說，首櫃的病很重，他還要等在那裡看一看，請周老爺不要走，還有要緊事談。」

「曉得了。你再去燙一壺酒來。」

「酒夠了，酒夠了。」周少棠說：「不必再燙，有粥我想吃一碗。」

「預備了香粳米粥在那裡，酒還可以來一點。」

「那就以一壺為度。」

喝完了酒喝粥，接著又喝茶，而唐子韶卻無回來的消息，周少棠有些躊躇了。

「周老爺，」月如從裡間走了出來，是重施過脂粉了，她大大方方地說：「我來打口煙你吃。」

「我沒有癮。」

「香一筒玩玩。」

說著，她親自動手點起了煙燈，自己便躺了下去，拿煙籤子挑起煙來燒。丫頭端來一小壺滾燙的茶、一盤松子糖，放在煙盤上，然後一語不發地退了出去。

「煙打好了。」月如招呼：「請過來吧！」

周少棠不由自主地躺在月如對面；兩人共用一個長枕頭，一躺下去便聞到桂花油的香味。

魔障一起，對周少棠來說，便成了苦難，由她頭上的桂花油開始，鼻端眼底，觸處無不是極大的挑逗；「周少棠啊周少棠！」他在心中自語：「你混了幾十年，又不是二三十歲的小夥子了；莫非還是這樣子的『嫩』？」

這樣自我警告著，心裡好像定了些；但很快地又意亂神迷了，需要第二次再提警告，就這樣一筒煙，還沒有到口，倒已經在內心中掙扎了三、四回了。

月如終於打好了一個「黃、長、鬆」的煙泡，安在煙槍「斗門」上，拿煙籤子輕輕地捻通，然後將煙槍倒過來，煙嘴伸到周少棠唇邊，說一聲：「嚐一口看。」

這對周少棠來說，無異為抵禦「心中賊」的一種助力；他雖沒有癮，卻頗能領略鴉片煙的妙處，將注意力集中在煙味的香醇上，暫時拋開了月如的一切。

分幾口抽完了那筒煙，口中又乾又苦；但如「嘴對嘴」喝一口熱茶，把煙壓了下去，便很容易上癮，所以他不敢喝茶，只取了塊松子糖送入口中。

「周老爺，」月如開口了，「你同我們老爺，原來就熟悉的吧？」

「原來並不熟，不過，他是場面上的人，我當然久聞其名。」

「我們老爺同我說，現在有件事，要請周老爺照應，不曉得是甚麼事？」

一聽這話，周少棠不由得詫異，不知道她是明知故問呢？還是真個不知？想一想，反問一句：「老唐沒有跟你談過？」

「他沒有。他只說買的一百多畝西湖田，要趕緊脫手；不然，周老爺面上不好交代。」

「怎麼不好交代。」

「他說，要託周老爺幫忙，空口說白話不中用。」月如忽然嘆口氣說：「唉，我們老爺也是，我常勸他，你有虧空，老實同胡大先生說；胡大先生的脾氣，天大的事，只要你老實說，沒有不讓你過門的。他總覺得扯了窟窿對不起胡大先生，『八個罎兒七個蓋』，蓋來蓋去蓋不周矣，到頭兒還是落個沒面子，何苦？」

「喔，」周少棠很注意地問：「老唐扯了甚麼窟窿？」

接下來，月如便嘆了一大堆苦經，不外乎唐子韶為人外精明、內胡塗，與人合夥做生意，吃了暗虧，迫不得已在公濟典動了手腳；說到傷心處，泫然欲涕，連周少棠都心酸酸地為她難過。

「你說老唐吃暗虧，又說有苦說不出，到底是啥個虧；啥個苦？」

「同周老爺說說不要緊。」月如問道：「胡大先生有個朋友，這個姓很少見的，姓古。周老爺曉不曉得？」

「聽說過，是替胡大先生辦洋務的。」

「不錯，就是他這位古老爺做地皮，邀我們老爺合股；當初計算得蠻好，哪曉得洋人一打仗，市面不對了。從前『逃長毛』，都逃到上海，因為長毛再狠，也不敢去攻租界；一到洋人要開仗，輪到上海人逃難了，造好的房子賣不掉，虧了好幾十萬；周老爺你想想，怎麼得了？」月如又說：「苦是苦在這件事還不能同胡大先生去講。」

因為第一，唐子韶當年曾有承諾，須以全副精力為胡雪巖經營典當，自己不可私營貿易。這項承諾後來雖漸漸變質，但亦只屬於與胡雪巖有關的生意為限，譬如收繭賣絲之類，等於附搭股份，而經營房地產是一項新的生意。

「再有一個緣故是，古老爺是胡大先生的好朋友，如果說跟古老爺一起做房地產虧了本，告訴了胡大先生，他一定會不高興。為啥呢？」月如自問自答：「胡大先生心裡會想，你當初同他一起合夥，不來告訴我；虧本了來同我說，是不是要我貼補呢？再說，同古老爺合夥，生意為啥虧本，有些話根本不便說，說了不但沒有好處，胡大先生還以為有意說古老爺的壞話，反而會起誤會。」

「為啥？」周少棠問道：「是不是有不盡不實的地方？」

月如不作聲，因為一口煙正燒到要緊的地方，只見她靈巧的手指，忙忙碌碌地一面烘一面捲，全神貫注，無暇答話，直待裝好了煙，等周少棠抽完，說一聲：「真的夠了，我是沒有癮的。」月如方始擱下煙籤子，回答周少棠的話。

「周老爺你想，人在杭州，上海的行情不熟，市面不靈；怕胡大先生曉得，還不敢去打聽，這種生意，如果說會賺錢，只怕太陽要從西面出來了。」

這話很明顯地表示，古應春有侵吞的情事在。周少棠對這話將信將疑，無從究詰；心裡在轉的念頭是：唐子韶何以至今未回，是不是也有設美人局的意思？

這又是一大疑團；因而便問：「老唐呢？應該回來了吧？」

「是啊！」月如便喊來她的丫頭關照：「你走快點，到公濟看老爺為啥現在還不回來？你說，周老爺要回府了。」

丫頭答應著走了。月如亦即離開煙榻，在大冰盤中取了個天津雅梨，用一把象牙柄的鋒利洋刀慢慢削皮，周少棠卻仍躺在煙榻上，盤算等唐子韶回來了，如何談判？

正想得出神時，突然聽得「啊唷」一聲，只見月如右手捏著左手拇指，桌上一把洋刀，一個快削好的梨；不用說，是不小心刀傷了手指。

「重不重；重不重？」周少棠奔了過去問說。

「不要緊。」月如站起身來，直趨妝台，指揮著說：「抽斗裡有乾淨帕兒，請你撕一條來。」杭州話的「帕兒」就是手絹。周少棠開抽斗一看，內有幾方摺得方方正正的各色紡綢手絹；白色的一方在下面，隨手一翻，發現了一本書。

「這裡還有本書。」

周少棠順口說了一句，正要翻一翻時，只聽得月如大聲極叫：「不要看，不要看。」

周少棠嚇一大跳，急忙縮手；看到月如臉上，雙頰泛紅，微顯窘色，想一想恍然大悟，那本不能看的書是甚麼。

於是他微笑著抽出一條白紡綢手絹，拿剪刀剪一個口子，撕下寸許寬的一長條，持在手上；另一隻手揭開粉缸，伸兩指拈了一撮粉說道：「手放開。」

等月如將手鬆開，他將那一撮粉敷在創口上，然後很快地包紮好了，找根線來縛緊。「痛不痛？」周少棠問，但仍舊握著她的手。

「還好。」月如答說：「虧得你在這裡，不然血一定流得滿地。」說著，她在手上用了點勁想抽回去，但周少棠不放，她也就不掙扎了。

「阿嫂，你這雙好白。」

「真的？」月如問道：「比你太太怎麼樣？」

「那不能比了。」

「你說你的太太是填房；這麼說年紀還輕。」

「她屬猴的，今年三十六。」周少棠問：「你呢？」

「我屬牛，她比我大五歲。」

「看起來大了十五歲都不止。」周少棠牽著她的手，回到中間方桌邊，放開了手，各自落座。

「梨削了一半——。」

「我來削。」周少棠說：「這個梨格外大，我們分開來吃。」

「梨不好分的。」月如說道：「你一個人慢慢吃好了。梨，化痰清火，吃煙的人，冬天吃了最好。」

「其實，我同你分不分梨無所謂。」周少棠說：「只要你同老唐不分梨就好了。」

「梨」字諧音為「離」，彼此默喻，用以試探，月如抓住機會說了一句中切要害的話。

「我同老唐分不分離，完全要看你周老爺，是不是陰功積德了。」

「言重，言重。我哪裡有這麼大的力量。」

「不必客氣。我也聽說了，老唐會不會吃官司，完全要看周老爺你肯不肯幫忙，你肯幫忙，我同老唐還在一起；你不肯幫忙，我看分離分定了。」

周少棠這時才發現，她對唐子韶的所作所為，即使全未曾參與，定必完全了解，而且是唐子韶安排好來跟他談判的人。然則自己就必須考慮了，要不要跟她談；如果不談，現在該是走的時候了。

但一想到走，頓有不捨之意；這樣就自然而然在思索，應該如何談法？決定先了解了解情況再作道理。

於是他問：「阿嫂，你曉得不曉得老周虧空了多少？」

「我想，總有三、四萬銀子吧？」

「不止。」

「喔，是多少呢？」

「起碼加個倍。」

一聽這話，月如發楞；怔怔地看著周少棠——不知她心裡在想甚麼生平最淒涼的事，居然擠出來一副「急淚」。

周少棠大為不忍，「阿嫂，你也不必急，慢慢商量。我能幫忙，一定幫忙。」他問：「老唐眼前湊得出多少現銀？」

「現銀？」月如想了一下說：「現銀大概只有兩三千；另外只有我的首飾。」

「妳的首飾值多少？」

「頂多也不過兩三千。」

「兩個兩三千，就有五、六千銀子了。」周少棠又問：「你們的西湖田呢？」

「田倒值一萬多銀子，不過一時也尋不著買主。」

「西湖田俏得很，不過十天半個月，就有買主。」

「十天、半個月來得及，來不及？」

這句話使得周少棠大為驚異；因為問到這話，就顯得她很懂公事。所謂「來得及，來不及」，是指「馬大老爺」覆命而言；既受藩憲之委，當然要剋期覆命，如果事情擺不平，據實呈覆，唐子韶立即便有縲絏之災。

照此看來，必是唐子韶已徹底研究過案情，想到過各種後果，預先教好了她如何進言，如何應付。自己千萬要小心，莫中圈套。

於是他想了一下問說：「來得及怎麼樣，來不及又怎麼樣？」

「如果來得及最好；來不及的話，要請周老爺同馬大老爺打個商量，好不好把公事壓一壓，先不要報上去。」

「這恐怕難。」

就在這時，周少棠已經打定主意；由於發現唐子韶與月如，是打算用施之於胡雪巖的手法來對付他，因而激發了報復的念頭，決定先占個便宜再說。

「阿嫂，」他突然說道：「船到橋頭自會直，你不必想太多。天塌下來有長人頂，等老唐來了，商量一個辦法，我一定幫你們的忙。不過，阿嫂，我幫了忙，有啥好處？」

「周老爺，你這話說得太小氣了。」月如瞟了他一眼：「好朋友嘛，一定要有好處才肯幫忙？」

「話不是這麼說，一個人幫朋友的忙，總要由心裡發出來的念頭，時時刻刻想到，幫忙才幫得切實。不然，看到想起，過後就忘記了，這是人之常情，不是小氣。」

「那麼，你說，你想要啥好處。」

「只要阿嫂待我好就好了。想起阿嫂的好處，自然而然就會想起阿嫂交代我的事。」說著，周少棠伸出手去，指著她的拇指問：「還痛不痛？」

「早就不痛了。」

「我看看。」周少棠拉住她的手，慢慢地又伸手探入她的袖筒，她只是微笑著。

「好不好？」她忽然問說。

「甚麼好不好？」

「我的膀子啊！摸起來舒服不舒服？」

「舒服，真舒服。」

「這就是我的好處。」月如說道：「想起我的好處，不要忘記我託你的事。」

「不會，不會！不過，可惜。」

「可惜點啥？」

「好處太少了。」

「你要多少好處？」說著，月如站起身來，雙足一轉，索性坐在周少棠的大腿上。

這一下，周少棠自然上下其手，恣意輕薄。不過他腦筋仍舊很清楚，雙眼注意著房門，兩耳細聽樓梯上的動靜，心裡在說：只要不脫衣服不上床，就讓唐子韶撞見了也不要緊。

話雖如此，要把握得住卻不大容易；他的心裡像火燒那樣，一次又一次，按捺不住想做進一步的行動的意念越來越強，到快要真的忍不住時，突然想到了一個法子，推開月如，將在靠窗一張半桌上放著的一杯冷茶，拿起來往口中就倒，「咕嘟、咕嘟」一氣喝完，心裡比較舒服了。

但他不肯就此罷手，喘著氣說：「阿嫂，怪不得胡大先生見了你會著迷。」

「瞎說八道。」月如瞪起眼說：「你聽人家嚼舌頭！」

「無風不起浪，總有點因頭吧？」

「因頭，就像你現在一樣，你喜歡我，我就讓你摸一摸，親一親，還會有啥花樣？莫非你就看得我那麼賤？」

「我哪裡敢？」周少棠坐回原處，一把拉住她，恢復原樣，但這回自覺更有把握了，「好，既然你說喜歡你就讓我摸一摸、親一親；我就照你的話做。」說著，一手摟過她來親她的嘴。

月如很馴順地，毫無掙扎之意；讓他親了一會，將頭往後一仰問道：「我給你的好處，夠不夠多？」

「夠多。」

「那麼，你呢？」

「我怎麼？」

「你答應我的事。」

「一定不會忘記。」

「如果忘記掉呢？」月如說道：「你對著燈光菩薩罰個咒。」

賭神罰咒，在周少棠也很重視的，略作盤算以後說道：「阿嫂，我答應幫你的忙，暫時讓馬大老爺把你們的事情壓一壓；不過壓一壓不是不了了之。你不要弄錯，這是公事，就算馬大老爺是我的兒子，我也不能叫他怎麼辦；他也不會聽我的。」

「這一層我明白，不過，我倒要問你，你打算叫他怎麼辦？」

「我叫他打個折扣。」

「幾折。」

「你說呢？」

「要我說，最好大事化小，小事化無。如果你肯這樣做，我再給你好處。」

周少棠心中一動，笑嘻嘻地問道：「甚麼好處？」

月如不作聲，靈活的眼珠不斷地在轉；周少棠知道又有新花樣了，很冷靜地戒備著。

突然間，樓梯上的響動打破了沉默，而且聽得出是男人的腳步聲；當然是唐子韶回來了。

「周老爺，」月如一本正經地說：「等下當著我們老爺，你不要說甚麼風話。」接著，起身迎了過去。

這一番叮囑，使周少棠頗有異樣的感覺，明明是他們夫婦商量好的一檔把戲，何以月如又要在她丈夫面前假作正經；而且她又何以會顧慮到他在她丈夫面前可能會說「風話」？

這都是很值得玩味的疑問，但一時卻無暇細想，因為唐子韶已經回來了，他少不得也要顧慮到禮貌，起身含笑目迎。

「對不起，對不起！」唐子韶搶步上前，抱拳致歉，「累你久等，真正不好意思。」

「沒有啥，沒有啥！」周少棠故意說風話：「我同阿嫂談得蠻投機的；削梨給我吃，還害得她手都割破了。」

「是啊！」唐子韶轉臉看著月如：「我剛剛一進門就看見了，你的手怎麼割破的，要緊不要緊？」

「不要緊。」月如關切地問：「趙先生怎麼樣了？」

趙先生便是公濟典得急病的「首櫃」；唐子韶答說：「暫時不要緊了。虧得大先生給我的那枝好參；一味『獨參湯』總算扳回來了。」接下來他又說：「你趕快燒兩筒煙，我先過癮要緊。來，來，周先生，我們躺下來談。」

於是賓主二人在煙盤兩旁躺了下來，月如端張小凳子坐在兩人之間，開燈燒煙，唐子韶便談趙先生的病情，周少棠無心細聽，支支吾吾地應著，很注意月如的神情，卻看不出甚麼來。

等兩筒鴉片抽過，月如開口了，「剛剛我同周老爺嘆了你的苦經，虧空也是沒辦法。」她說：「周老爺很幫忙，先請馬大老爺把公事壓一壓，我們趕緊湊一筆錢出來，了這件事。」

「是啊！事情出來了，總要了的；周先生肯幫我們的忙，就算遇到救星了。」

「周老爺說，虧空很多，只好打個折扣來了。我們那筆西湖田，周老爺說，有十天半個月就可以脫手。你如今不便出面，只好請周老爺代為覓個買主。」月如又說：「當然，中人錢或許周老爺，我們還是要照送的。」

談來談去，唐子韶方面談出來一個結果，他承諾在十天之內，湊出兩萬四千銀子，以出售他的西湖田為主要財源，其次是月如的首飾、唐子韶的骨董：如果再不夠，有甚麼賣甚麼，湊夠了為止。

現在要輪到周少棠說話了，他一直在考慮的是，馬逢時呈報順利接收的公事一報上去，唐子韶的責任便已卸得乾乾淨淨，到時候他不認帳又將如何？當然，他可以要唐子韶寫張借據，但「殺人償命」，有官府來作主；「欠債還錢」兩造是可以和解的，俗語說：「不怕討債的凶，只怕欠債的窮。」唐子韶有心賴債，催討無著，反倒鬧得沸沸揚揚，問起來「唐子韶怎麼會欠你兩萬四千銀子；你跟唐子韶不過點頭之交，倒捨得把大筆銀子借給他？」那時無言以對，勢必拆穿真相，變成「羊肉沒有吃，先惹一身騷」，太犯不著了。

由於沉吟不語的時間太久，唐子韶與月如都慢慢猜到了他的心事。唐子韶決定自己先表示態度。

「周先生，你一定是在想，空口講白話，對馬大老爺不好開口，是不是？」

既然他猜到了，周少棠不必否認，「不錯，」他說：「我是中間人，兩面都要交代。」

「這樣子，我叫月如先把首飾檢出來；剛才看過的漢玉，也請你帶了去，請你變價。至於西湖田，也請你代覓買主，我把紅契交了給你。」

凡是繳過契稅，由官府鈐了印的，稱為「紅契」。但這不過是上手的原始憑證，收到了不至於另生糾葛；根本上買賣還是要訂立契約，沒有買契，光有紅契，不能憑以營業，而況唐子韶可用失竊的理由掛失，原有的紅契等於廢紙。

唐子韶很機警，看周少棠是騙不到的內行，立即又補上一句：「當然，要抵押給你，請老楊做中。」

周少棠心中一動，想了一下說道：「這樣吧，明天上午，我同老楊一起到公濟典來看你，商量一個辦法出來。」

「好，好！我等候兩位大駕。」

「辰光不早，再談下去要天亮了。」周少棠起身說道：「多謝、多謝！明朝會。」

「這一盒玉器，你帶了去。」

「不，不！」周少棠雙手亂搖，堅絕不受。然後向月如說道：「阿嫂，真正多謝；今天這頓飯，比吃魚翅席還要落胃。」

「哪裡，哪裡。周老爺有空儘管請過來，我還有幾樣拿手菜，燒出來請你嚐嚐。」

「好極，好極！一定要來叨擾。」

22 贈妾酬友

由於有事，回到家只睡了一�櫳，周少棠便已醒來，匆匆趕到楊家，楊書辦正要出門。

「你到哪裡去？」

「想到城隍山去看個朋友——。」

「不要去了。」周少棠不等他話完，便即打斷，「我有要緊事同你商量。」

於是就在楊家密談。周少棠將昨夜的經過情形，細細告訴了楊書辦，問他的意見。

「賣田他自己去賣好了，月如為啥說唐子韶不便出面？」

「對！我當時倒忘記問她了。」

「這且不言。」楊書辦問道：「現在馬大老爺那裡應該怎麼辦？」

「我正就是為這一點要來同你商量。月如打的是如意算盤，希望先報出去，順利接收，那一來唐子韶一點責任都沒有了。不過，要等他湊齊了銀子再報，不怕耽誤日子。如今我倒有個辦法，」周少棠突然問道：「你有沒有啥路子，能夠借到一筆大款子？」

「現在銀根緊。」楊書問：「你想借多少？」

「不是我借。我想叫唐子韶先拿他的西湖田抵押一筆款子出來，我們先拿到了手，有多少算多少。」

楊書辦沉吟了好一會說：「這是出典。典田不如買田，這種主顧不多；而且，手續也很麻煩，不是三兩天能辦好的。」

周少棠爽然若失，「照此看來，」他說：「一隻煮熟的鴨子，只怕要飛掉了。」

「這也不見得。如果相信得過，不妨先放他一馬。」

「就是因為相信不過。」周少棠說：「你想他肯拿小老婆來陪我——。」

周少棠自知洩漏了祕密，要想改口，已是駟不及舌；楊書辦笑笑問道：「唷，你『近水樓台先得月』，同月如上過陽台了？」

「沒有，沒有。」周少棠急忙分辯：「不過嘴巴親一親，胸脯摸一摸。總而言之，唐子韶一定在搞鬼，輕易相信他，一定會上當。」

「我曉得了。等我來想想。」

公事上到底是楊書辦比較熟悉，他認為有一個可進可退的辦法，即是由馬逢時先報一個公事，說是帳目上尚有疑義，正在查核之中，請准予暫緩結案。

「唐子韶看到這樣子一個活絡說法，曉得一定逃不過門，會趕緊去想法子；如果他真的想賴掉，我們就把他的毛病和盤托出。雖沒有好處，至少馬大老爺也辦了一趟漂亮差使。」

「好極！就是這個辦法。」周少棠說：「等下我們一起到公濟典，索性同唐子韶明說：馬大老爺已經定規了。事不宜遲，最好你現在就去通知馬大老爺。」

「他不在家，到梅花碑撫台衙門『站班』去了。」

原來巡撫定三、八為衙參之期，接見藩臬兩司及任實缺、有差使的道員，候補的知縣佐雜，都到巡撫衙門前面去「站班」，作為致敬的表示，目的是在博得好感，加深印象。這是小官候補的不二法門，有時巡撫與司道談論公事，有個甚麼差使要派人，夠資格保薦的司道，想起剛剛見過某人，正堪充任，因而獲得意外機緣，亦是常有之事。

「你同唐子韶約的是啥辰光？」

「還早，還早。」周少棠說：「我們先到茶店裡吃一壺茶再去。」

「也不必到茶店裡了。我有好六安茶，泡一壺你吃。」

於是泡上六安茶，又端出兩盤乾點心，一面吃，一面談閒天；楊書辦問起月如，周少棠頓時眉飛色舞，不但毫不隱瞞，而且作了許多形容。

楊書辦津津有味地聽完，不由得問道：「如果有機會，月如肯不肯同你上床？」

「我想一定會肯。其實昨天晚上，只要我膽子夠大，也就上手了。」

「你是怕唐子韶來捉你的姦，要你寫『伏辯』？」

「不錯。這是三個人的事；我不能做這種荒唐事，連累好朋友。」

「少棠，你不做見色輕友的事，足見你夠朋友。」楊書辦說：「我倒問你，你到底想不想同月如睏一覺？」

「想是想，沒有機會。」

「我來給你弄個機會。」楊書辦說：「等下，我到公濟典去，絆住唐子韶的身子，你一個人闖到月如樓上；我保險不會有人來捉你們的姦。」

「不必，不必！」周少棠心想，即令能這樣順利地真個消魂，也要顧慮到落一個話柄在楊書辦手裡；這種傻事絕不能做，所以又加了一句：「多謝盛情。不過我的膽還不夠大，謝謝，謝謝。」

楊書辦倒是有心想助他成其好事，看他態度如此堅決，也就不便再說。只是付之一笑。

「不過，你倒提醒我了，我還是可以到月如那裡去一趟，問問你提出來的那句話。」

「這樣說，仍舊我一個人到公濟典？」

「不錯，你先去，我問完了話，隨後就來。」

「那麼！」楊書辦問：「我在唐子韶面前，要不要說破？」

「不必，你只說我隨後就到就是。」

近午時分，兩人到了公濟典旁邊的那條巷子，暫且分手；周少棠到唐家舉手敲門，好久沒有回音，只好怏怏回身，哪知一轉身便發現月如冉冉而來，後面跟著她家的丫頭，手裡挽個菜籃，主婢倆是剛從小菜場回來。

「碰得巧？」周少棠說：「如果你遲一步，或者我早來一步，就會不到面。」

「周老爺，你也來得巧；今天難得買到新鮮菌子，你在我那裡吃了中飯走。」

「不，不！楊書辦在公濟典等我——。」

「那就請楊書辦一起來。」

「等一息再說。阿嫂，我先到你這裡坐一坐，我有句話想問你。」

其實丫頭已經去開了大門，進門就在客堂裡坐；月如請他上樓，周少棠辭謝了；因為他不想多作逗留，只說兩句話就要告辭，覺得不必累人家費事。

「阿嫂，我想請問你，你昨天說賣西湖田，老唐不便出面。這是啥講究？」

不想問的是這句話，月如頓時一楞；同時也提醒她想起一件事，更加不安。看在周少棠眼裡，頗有異樣的感覺，心頭不由得疑雲大起。

「周老爺，你請坐一坐，我是突然之間想起有句話要先交代。」接著便喊：「阿翠，阿翠，你在做啥，客人來了也不泡茶。」

「我在廚房裡，燒開水。」阿翠高聲答應著，走了出來。

「你到橋邊去關照一聲，家裡有客人，要他下半天再來。」

阿翠發楞，一時想不起到「橋邊」要關照甚麼人。

「去啊！」

「去，去，」阿翠囁嚅著問：「去同哪個說？」

「不是我們剛剛去過？叫他們老闆馬上來？」

「喔，喔！」阿翠想起來了，「木器店、木器店。」說著，轉身而去。

「真笨！」月如咕噥著，轉身說道：「對不起，對不起！周老爺，你剛才要問我的那句話，我沒有聽清楚。」

「老唐賣田，為啥不便出面。」

月如原來是因為唐子韶忽然要賣田，風聲傳出去，惹人猜疑，莫非他要離開杭州了，是不是回安徽老家？這一來會影響他們開溜的計畫，所以不便出面。如今的回答，當然改過了。

「公濟典一查封，我們老爺有虧空，大概總有人曉得；不曉得也會問，為啥賣田。如果曉得賣田是為虧空，就一定會殺價，所以他是不出面的好。」

理由很充分，語氣亦從容；周少棠疑慮盡釋，「到底阿嫂細心。」他站起身來：「我就是這句話；清楚了要走了。」

出了唐家往公濟典，走不多遠，迎面遇見阿翠，甩著一條長辮子，一扭一扭地走了過來，「周老爺，」她開口招呼：「要回去了。」

「不，我到公濟典去。」

「喏，」阿翠回身一指，「這裡一直過去，過一座小橋，就是公濟典後門。」

周少棠本來要先出巷子上了大街從公濟典前門入內；現在既有捷徑可通後門，落得省點氣力，「謝謝你。」他含笑致謝：「原來還有後門。」

「走後門要省好多路。」阿翠又加了一句客氣話：「周老爺有空常常來。」

見她如此殷勤，周少棠想起一件事，昨夜在唐家作客，照例應該開發賞錢，因而喚住她說：

「阿翠你等等。」

說著，探手入懷，皮袍子口袋中，有好幾塊碎銀子，摸了適中的一塊，約莫三四錢重，遞向阿翠。

「周老爺，這作啥！」

「這個給你。昨天我走的時候忘記掉了。」

「不要，不要——。」

「不許說不要。」周少棠故意板一板臉：「沒規矩。」

於是阿翠笑著道了謝，高高興興地甩著辮子回去，周少棠便照她指點，一直往前走，果然看到一座小石橋，橋邊一家舊貨店，舊木器都堆到路上來了。

周少棠心中一動，站住腳細看了一會，並沒有發現甚麼木器店；不由得奇怪，莫非月如所說的木器店，即是指這家舊貨店？

這樣想著，便上前問訊：「老闆，請問這裡有家木器店在哪裡？」

「不曉得。」舊貨店老闆詫異，「從沒有聽說過這裡有一家木器店。哪個跟你說的？騙你來『撞木鐘』。」

「是——，」周少棠疑雲大起，決意弄個水落石出，「只怕我聽錯了，公濟典唐朝奉家說這裡有家木器店，要同你買木器。」

「你不是聽錯了，就是弄錯了。不是買木器，是要賣木器，叫我去看貨估價。」

「她為啥要——。」周少棠突然將話頓住了，閒事已經管得太多了，再問下去，會惹人猜疑，因而笑一笑，說一聲：「是我弄錯了。」揚長而去。

到了公濟典，只見唐子韶的神情很難看，是懊惱與憂慮交雜的神情。可想而知的，楊書辦已將他們所決定的處置告訴他了。

不過，看到周少棠，他仍舊擺出一副尊敬而親熱的神情，迎上前來，握著周少棠的手說：「老大哥，你無論如何要幫我一個忙。」

「啥事情？」周少棠裝假不知，一面問、一面坐了下來，順便跟楊書辦交換了一個眼色，相戒謹慎。

「老楊告訴我，馬大老爺預備報公事，說我帳目不清。」唐子韶話說得很急：「公事上怎麼好這樣說？」

「這也無所謂，你把帳目弄清楚，不就沒事了嗎？」

「話不是這樣說，好比落了一個腳印在那裡；有這件案底在衙門裡，我以後做人做事就難了。」

「那麼，你想怎麼樣呢？」

「咦！」唐子韶手指著說：「周先生，你不是答應我的，請馬大老爺暫時把公事壓一壓。」

「壓也不過一天半天的事。」楊書辦插了一句嘴。

「一兩天哪裡來得及？」唐子韶說：「現在銀根又緊。」

「好了。我曉得了。」周少棠說：「老唐，外頭做事，一定要上路，人家要幫忙也無從幫起。這樣子，你盡快去想辦法，我同老楊替你到馬大老爺那裡討個情，今天晚上再同你碰頭。」說完，他已經站了起來，準備離去。

「不忙，不忙！」唐子韶忙說道：「我已經叫人去叫菜了，吃了飯再走。」

「飯不吃了。」周少棠靈機一動，故意嚇他一嚇，「說實話，我們到你這裡來，已經有人在釘梢了，還是早點走的好。」

這一下，不但唐子韶吃驚，也嚇了楊書辦，臉上變色，悄悄問道：「是哪裡的人？在哪裡？」

「杭州府的人，你出去就看到了。」說著，往外就走，楊書辦緊緊跟在後面。

「兩位慢慢！」唐子韶追上來問：「晚上怎麼樣碰頭？」

「我會來看你。」

「好，恭候大駕。」

於是周少棠領頭揚長而去；出了公濟典，不斷回頭看，楊書辦神色緊張地問：「人在哪裡？」周少棠「噗哧」一聲笑了出來，「對不起，對不起，害得你都受驚了。」他說：「我們到城隍山去吃油簑餅，我詳詳細細告訴你。」

上了城隍山，在藥師間壁的酒店落座，老闆姓陳，是周少棠的熟人，也認識楊書辦，親自從帳桌上起身來招待。

「這麼冷的天氣，兩位倒有興致上城隍山？難得、難得。」陳老闆問：「要吃點啥？」

「特為來吃油籮餅。」周少棠說：「菜隨便，酒要好。」

「有一罎好花雕，賣得差不多了，還剩下來三斤，夠不夠？」

「中午少吃點。夠了。」

「我上回吃過的『一雞四吃』，味道不錯。」楊書辦說：「照樣再來一回。雞要肥。」

「楊先生放心好了。」

於是燙上酒來，先用現成的小菜、發芽豆、茶油魚乾之類下酒。這時周少棠告訴楊書辦，根本沒有人釘梢，只是故意嚇一嚇唐子韶而已。

「不過，有件事很奇怪，月如不曉得在搞啥花樣。」

等周少棠細說了他發現唐家要賣木器的經過，楊書辦立刻下了一個判斷：「唐子韶要帶了他的小老婆，逃之夭夭了。」

周少棠也是如此看法，「逃到哪裡呢？」他問：「不會逃回徽州吧？」

「逃回徽州，還是可以抓回來的。只有逃到上海，在租界裡躲了起來，只要他自己小心，不容易抓到。」楊書辦又說：「我看他用的是緩兵之計，賣田最快也要十天半個月，要開溜，時間上足足夠用。」

「嗯，嗯。那麼，我們應該怎麼辦呢？」

楊書辦亦無善策，默默地喝了一會酒，突然之間，將酒杯放下，雙手靠在桌上，身子前傾，低聲說道：「我同你說實話，你剛剛開玩笑，說有人『釘梢』，我當時心裡七上八下，難過極了。俗語說得，『日裡不做虧心事，夜半敲門心不驚』。發橫財也要命的，強求不來；這件事，我們作成馬大老爺立一場功勞，關照他據實呈報；唐子韶自作自受，不必可惜。你看如何？」

周少棠想了一下，點點頭：「我同意。不過數目要打個折扣。」

「為啥？」

「咦！我不是同你講過，胡大先生要報月如的情；我們原來預備分給他的一份，他不要，算是送月如。所以唐子韶作弊的數目不能實報。」

這段話中的「胡大先生」四字，不知怎麼讓陳老闆聽到了，便踱過來打聽他的消息，少不得咨嗟惋惜一番。

周少棠他們的座位臨窗，窗子是碎錦格子糊上白紙，中間嵌一方玻璃，望出去一株華蓋亭亭的不凋松，春秋佳日，樹下便是極好的茶座，陳老闆指著說道：「那株松樹下面，就是胡大先生同王撫台第一次來吃茶、吃酒的地方。王撫台有一回來過，還特為提起，這句話十七、八年了。」

「王撫台如果曉得胡大先生會有今天這種下場，只怕他死不瞑目。」楊書辦感慨不止，「這樣子轟轟烈烈的事業，說敗就敗，真同年大將軍一樣。」

「比年大將軍總要好得多。」周少棠說：「至少，性命之憂是不會有的。」

陳老闆接口說道：「就算沒有性命之憂，活得也沒意思了。」

「是啊！」楊書辦深深點頭：「爬得高、跌得重，還是看開點好。」

就這樣一直在談胡雪巖，直到酒醉飯飽，相偕下山，周少棠方又提到唐子韶，「我答應過他，只算兩萬四千銀子。」他說：「你同馬大老爺去說，要報就報這個數目好了。」

「好的。」楊書辦說：「不過，你應該同胡大先生去說說清楚；現在是照他的意思，看在唐子韶小老婆分上，特為少報。我們三個人是隨公事。不然，他只以為我們從中弄了多少好處，豈不冤枉。」他又加了一句：「這句話請你一定要說到。」

由於楊書辦的態度很認真，周少棠決定到元寶街去一趟；胡雪巖已經不會客了，但對周少棠的情分不同，仍舊將他請了進去，動問來意。

「你說的那匹『瘦馬』我見過了；亦就是見一見，沒有別的花樣。」周少棠說：「他虧空至少有八萬銀子，照你的意思，打了他一個三折，公事一報上去，當然要追。追出來抵還你的官款，也不無小補。」

一聽這話，胡雪巖的眼圈發紅，「少棠，」他說：「有你這句話就夠了。從出事到現在，再好的朋友，都是同我來算帳的，頂多說是打個折扣，少還一點；沒有人說一句，我介紹來的那筆存款，不要緊，擺在那裡再說，幫我去弄錢來的，可以說沒有。其中只有兩個人，一個是古應春，幫我湊二、三十萬銀子，應付上海的風潮；再一個是你。古應春受過我的好處，大家原有往來的；像你，該當憑你本事去弄來的外款不要，移過來替我補虧空，雖說杯水車薪，無濟於事，不過，我看來這兩萬四千銀子，比甚麼都貴重。」

「大先生，你不要這樣說。從前我也受過你的好處。」周少棠又說：「今天中午，我們在城隍山吃油簑餅，還提起你同王撫台的交情；只怕王撫台聽得你有這一場風波，在陰司裡都不安心。」

提到王有齡，棖觸前塵，懷念故友，胡雪巖越發心裡酸酸地想哭，「真正是一場大夢！」他說：「夢終歸是夢，到底是要醒的。」

「一個人能夠像你這樣一場夢，古往今來，只怕也不過數得出來的幾個人。」

這話使得胡雪巖頗受鼓舞；忽然想到他從未想過的身後之名，「不曉得將來說書的人，會不會說我？」他問：「說我又是怎樣子地說，是罵我自作孽，還是運氣不好？」

「說是一定會說的，好比年大將軍一樣，哪個不曉得？」

這使得胡雪巖想起年大將軍贈妾的故事，心中一動，便笑一笑說：「我哪裡比得上年大將軍？不講這些了。老弟兄聊聊家常。少棠，你今年貴庚？」

「我屬老虎，今年五十四。」

「嫂夫人呢？」

「她屬羊，比我小五歲。」周少棠說：「照道理，羊落虎口，我應該剋她；哪曉得她的身子比我還健旺。」

「你也一點都不像五十幾歲的人。」胡雪巖說：「嫂夫人我還是年紀輕的時候見過。那時候，我看你就有點怕她。現在呢？」

「都一把年紀了，談啥哪個怕哪個？而況——。」

「怎麼不說下去？」胡雪巖問。

這是因為說到周少棠傷心之處了，不願多談，搖搖頭說：「沒有啥。」

「一定有緣故。少棠，你有啥苦衷，何妨同我講一講。」

「不是有啥苦衷。」周少棠說：「我們的獨養兒子——。」

周少棠的獨子，這年正好三十，在上海一家洋行中做事，頗得「大老闆」的器重；當此海禁大開，洋務發達之時，可說前程如錦。哪知這年二月間，一場春瘟，竟爾不治。

周太太哭得死去活來；周少棠本來要說的一句話是：「而況少年夫妻老來伴；獨養兒子死掉了，我同她真正叫相依為命。」

原來是提到了這段傷心之事，所以說不下去；胡雪巖便問：「你兒子娶親了沒有呢？」

「沒有。」

「怎麼三十歲還不成家？」

「那是因為他學洋派，說洋人都是這樣的，三十歲才成家；他又想跟他們老闆到外國去學點本事，成了家不方便，所以就耽誤下來了。如今是連孫子都耽誤了。」

「是啊！不孝有三，無後為大。」胡雪巖說：「嫂夫人倒沒有勸你討個小？」

「提過。我同她說——。」

周少棠突然頓住；因為他原來的話是：「算了，算了，『若要家不和，討個小老婆。』」話到嘴邊，想起忌諱：第一，螺蛳太太就是「小老婆」；第二，胡雪巖家「十二金釵」、「小老婆」太多，或許就是落到今天這個下場的原因。總之，令人刺心的話，絕不可說。

於是他改口說道：「內人雖有這番好意，無奈一時沒有合適的人，只好敬謝不敏了。」

「這倒是真話，要有合適的人，是頂要緊的一樁。『若要家不和，討個小老婆』，大家總以為指大太太吃醋，其實不然！討小討得不好，看太太老實好欺侮；自己恃寵而驕，要爬到大太太頭上。那一來大太太再賢惠，還是要吵架。」

周少棠沒有想到自己認為觸犯忌諱的那句俗話，倒是胡雪巖自己說了出來。不過他的話也很有道理，螺螄太太固然是個現成的例子；古應春納妾的經過，他也知道。都可以為他的話作註腳。

「少棠，你我相交一場，我有力量幫你的時候，沒有幫你甚麼——。」

「不，不！」周少棠插嘴攔住，「你不要說這話，你幫我的忙，夠多了。」

「好！我現在還要幫你一個忙，替你好好兒物色一個人。」

「大先生！」周少棠笑道：「你現在倒還有閒功夫來管這種閒事？」

「正事輪不到我管，有劉撫台、德藩台替我操心，我就只好管閒事了。」

滿腹牢騷，出以自我調侃的語氣；正見得他的萬般無奈。周少棠不免興起一種英雄末路的蒼涼之感。再談下去，說不定會掉眼淚，因而起身告辭。

胡雪巖握著他的手臂，彷彿有話要說；兩次欲言又止，終於鬆開了手說：「再談吧！」

半夜裡叩中門，送進來一封信；說是藩台衙門的專差送來的，螺螄太太將胡雪巖喚醒了，拿一盞水晶玻璃罩的「洋燈」，讓他看信。

看不到幾行，胡雪巖將信擱下，開口說道：「我要起來。」

於是螺螄太太叫起丫頭，點起燈火，撥旺炭盆，服侍胡雪巖起身，他將德馨的信，置在桌上細看；一張八行箋以外，另有一個抄件，字跡較小，需要戴老花眼鏡，才看得清楚。

抄件是一道上諭：「諭內閣：給事中郎承修奏請，責令貪吏罰捐鉅款，以濟要需一摺，據稱該給事中所開贓私最著者，如已故總督瑞麟、學政何廷謙、前任粵海關監督崇禮、俊啟；學政吳寶恕；水師提督翟國彥；鹽運使何兆瀛；肇慶道方濬師；廣州府知府馮端本；潮州府知府劉湝年；廉州府知府張丙炎；南海縣知縣杜鳳治；順德縣知縣林灼之；現任南海縣知縣盧樂戌，皆自官廣東後，得有鉅資，若非民膏，即是國帑等語，著派彭玉麟將各該員在廣東居官聲名若何，確切查明，據實具奏。」這跟胡雪巖無關。

另有一個附片，就大有關係了：「另片奏：聞阜康銀號關閉，協辦大學士刑部尚書文煜，所存該號銀數至七十餘萬之多。請即查明確數，究所從來。據實參處等語，著順天府確查具奏。」

接下來再看德馨的親筆信，只有短短的兩行：「事已通天，恐尚有嚴旨，請速為之計。容面談。」

「你看！」胡雪巖將信遞了給螺螄太太，「話沒有說清楚，『容面談』是他來，還是要我去？」

「等我來問問看。」螺螄太太將遞信進來的丫頭，由鏡檻閣調過來的巧珠喚了來，關照她到中門上傳話，趕緊到門房去問，藩司衙門來的專差，是否還在？如果已經走了，留下甚麼話沒有？

這得好一陣功夫才會有回話；胡雪巖有點沉不住氣了，起身蹀躞，喃喃自語：「嚴旨，嚴旨！是革職還是抄家？」

螺螄太太一聽嚇壞了，但不敢現諸形色，只將一件大毛皮袍，一件貢緞馬褂堆在椅子上，因為不管是德馨來，還是胡雪巖去，都要換衣服，所以早早預備在那裡。

「『早為之計』，怎麼『計』法？」胡雪巖突然住足，「我看我應該到上海去一趟。」

「為啥？」

「至少我要把轉運局的公事，弄清楚了，作個交代；不要牽涉到左大人，我就太對不起人了。」

「光是為這件事，託七姐夫就可以了。」

「不！還有宓本常，我要當面同他碰個頭，看看他把上海的帳目，清理得怎麼樣了。」

商議未定之際，只見巧珠急急來報，德馨已經微服來訪；胡雪巖急忙換了衣服，未及下樓，已有四名丫頭，持著宮燈、前引後擁地將德馨迎上樓來。胡雪巖在樓梯口迎著，作了一個揖，口中不安地說：「這樣深夜，親自勞步，真正教我不知道怎麼說了！」

「自己弟兄，不必談這些。」德馨進了門，還未坐定，便即說道：「文中堂怕頂不住了。」

「文中堂」便是文煜，現任協辦大學士刑部尚書，所以稱之為「中堂」。他是八旗中有名的殷實大戶，發財是在福州將軍任上；海內衝要重鎮，都有駐防的將軍，位尊而權不重，亦談不到甚麼入息，只有福州將軍例外，因為兼管閩海關，五口通商以後，福州亦是洋商貿易的要地，稅收激增，所以成了肥缺，文煜因為是恭王的親戚，靠山甚硬，在這個肥缺上盤踞了九年之久，及至內調進京，又幾次派充崇文門監督，這也是一個日進斗金的闊差，數十年宦囊所積，不下千萬之多。在阜康，他是第一個大存戶，一方面是利害相共，休戚相關；一方面他跟胡雪巖的交情很厚，所以從阜康出事以後，他一直在暗中支持，現在為鄧承修一紙「片奏」所參，紙包不住火，自顧不暇，當然不能再替胡雪巖去「頂」了。

「雪巖，」德馨又問：「文中堂真的有那麼多款子，存在你那裡？」

「沒有那麼多。」胡雪巖答說：「細數我不清楚，大概四、五十萬是有的。」

「這也不少了。」

「曉翁，」心亂如麻的胡雪巖，終於找到一句要緊話：「你看，順天府據實奏報以後，朝廷會怎麼辦？」

「照定制來說，朝廷應不會聽片面之詞，一定是要文中堂明白回奏。」

「文中堂怎麼回奏呢？」

「那就不知道了。」德馨答說：「總不會承認自己的錢，來路不明吧！」

「他歷充優差，省吃儉用，利上滾利，積成這麼一個數目，似乎也不算多。」

「好傢伙，你真是『財神』的口吻，光是錢莊存款就有四、五十萬，還不算多嗎？」

胡雪巖無詞以對，只是在想：文煜究竟會得到怎麼一種處分？

「文中堂這回怕要倒楣。」德馨說道：「現在清流的氣燄正盛，朝廷為了尊重言路，只怕要拿文中堂來開刀。」

胡雪巖一驚：「怎麼？」他急急問道：「會治他的罪？」

「治罪是不會的。只怕要罰他。」

「怎麼罰？罰款？」

「當然。現在正在用兵，軍需孔急，作興會罰他報效餉銀。數目多寡就不知道了。」德馨語重心長地警告：「雪巖，我所說的早為之計，第一步就是要把這筆款子預備好。」

「哪筆款子？」胡雪巖茫然地問。

「文中堂的罰款啊！只要上諭一下來，罰銀多少，自然是在他的存款中提的。到那時你就變成欠官銀子，而且是奉特旨所提的官款，急如星火，想拖一拖都不成。」

「喔！」胡雪巖心想，要還的公私款項，不下數千萬，又何在乎這一筆？但德馨的好意總是可感的，因而答說：「曉翁關愛，我很感激，這筆款子我這回一到上海，首先把它預備好；上諭一到，當即呈繳。」

「這才是。」德馨問道：「你預備甚麼時候動身？」

「明天來不及，後天走。」

「哪天回來？」

「看事情順手不順手。我還想到江寧去一趟；看左大人能不能幫我甚麼忙？」

「你早就該去了。」德馨緊接著說：「你早點動身吧！這裡反正封典當這件事正在進行，公款也好，私款也好，大家都要看封典當清算的結果，一時不會來催。你正好趁這空檔，趕緊拿絲繭脫手，『講倒帳』就比較容易。」

「講倒帳」便是打折扣來清償。任何生意失敗，都是如此料理；但講倒帳以前，先要準備好現款，胡雪巖一直在等待情勢比較緩和，存貨就比較能賣得較好的價錢，「講倒帳」的折扣亦可提高。但照目前的情勢看，越逼越緊；封典當以後，繼以文煜這一案，接下來可能會有革職的處分，那時候的身分，一落千丈，處事更加困難；真如德馨所說的，「亟應早為之計」。

因此，等德馨一走，胡雪巖跟螺螄太太重作計議，「箭在弦上，不得不發了。」他說：「有句話叫做『壯士斷腕』，我只有斬掉一條膀子，人雖殘廢，性命可保。你看呢？」

「都隨你！」螺螄太太噙著眼淚說：「只要你斬膀子，不叫我來動手。」

「雖不叫你來動手，只怕要你在我的刀上加一把勁，不然斬不下來。這一點，你一定要答應我。」

螺螄太太一面流淚，一面點頭；然後問道：「這回你到上海，預備怎麼辦？」

「我託應春把絲繭全部出清，款子存在匯豐銀行，作為講倒帳的準備金。再要到江寧去一趟，請左大人替我說說話，官款即全不能打折扣，也不要追得那麼緊；到底我也還有賺錢的事業，慢慢兒賺了來還，一下子都逼倒了，對公家也沒有甚麼好處。」

「怎麼？」螺螄太太忽有意會，定神想了一下說：「你是說，譬如典當，照常開門，到年底下結帳，賺了錢，拿來拉還公帳，等還清了，二十幾家典當還是我們的？」

胡雪巖失笑了，「你真是一隻如意、一隻手算盤，天下世界哪裡有這麼好的事？」他說：「所謂『慢慢兒賺了來還』，意思是賺錢的事業，先照常維持，然後再來估價抵還公款。」

「這有啥分別呢？遲早一場空。」螺螄太太大失所望，聲音非常淒涼。

「雖然遲早一場空，還是有分別的。譬如說：這家典當的架本是二十萬兩，典當照常營業，當頭有人來贖，可以照二十萬兩算；倘或關門不做生意了，當頭只好照流當價來估價，三文不值兩文，絕不能算二十萬兩，不足之數，仍舊要我們來賠，這當中出入很大。這樣子一說，你明白了吧？」

「明白是明白。不過，」螺螄太太問道：「能不能留下一點來？」

「那要看將來。至少也要等我上海回來才曉得；現在言之過早。」

螺螄太太前前後後想了一遍，問出一番極緊要的話來：「從十月底到今天，二十天的功夫，雖然天翻地覆，總當作一時的風波，除了老太太搬到城外去住以外，別的排場、應酬，不過規模小了點，根本上是沒有變。照你現在的打算，這家人是非拆散不可了？」

聽得這話，胡雪巖心如刀割；但他向來都是先想到人家，將心比心，知道螺螄太太比他還要難過，一包眼淚只是強忍著不讓它流下來而已。

這樣轉著念頭，便覺得該先安慰螺螄太太，「我同你總歸是拆不散的。」他說：「不但今生今世，來世還是夫妻。」

螺螄太太的一包強忍著的眼淚，哪禁得起他這樣一句話的激盪？頓時熱淚滾滾，倚著胡雪巖的肩頭，在他的湖縐皮袍上，濕了一大片。

「羅四姐，羅四姐，」胡雪巖握著她的手說：「你也不要難過。榮華富貴我們總算也都經過了；人生在世，喜怒哀樂，都要嘗到，才算真正做過人。閒話少說，我同你商量一件事。」

這件事，便是遣散姬妾；兩個人祕密計議已定，相約絕不讓第三者——包括胡太太在內，都不能知道，只等胡雪巖上海回來，付諸實行。

「你看，」胡雪巖突然問道：「花影樓的那個，怎麼樣？」

花影樓住的是朱姨太，小名青蓮，原是紹興下方橋朱郎中的女兒；朱郎中是小兒科，只為用藥錯誤，看死了周百萬家三房合一子的七歲男孩，以致官司纏身，家道中落。朱郎中連氣帶急，一病而亡，周百萬家卻還放不過，以至於青蓮竟要落入火坑；幸而為胡雪巖看中，量珠聘來，列為第七房姬妾。

螺螄太太不明白他的話，楞了一下問道：「你說她甚麼怎麼樣？沒頭沒腦，我從哪裡說起？」

「我是說她的為人。」

「為人總算是忠厚的。」螺螄太太答說：「到底是郎中的女兒，說話行事，都有分寸。」

「你看她還會不會生？」

問道這話，螺螄太太越發奇怪，「怎麼？」她問：「你是不是想把她留下來？」

「你弄錯了。」胡雪巖說：「你光是說她會生不會生好了。」

「只要你會生，她就會生。圓臉、屁股大，不是宜男之相？」

「好！」胡雪巖說：「周少棠的獨養兒子，本來在洋行裡做事，蠻有出息的，哪曉得還沒有娶親，一場春瘟死掉了。周少棠今年五十四，身子好得出奇；我想青蓮如果跟了他，倒是一樁好事。」

「你怎麼想出來的？」螺螄太太沉吟了一會說：「好事是好事，不過周太太願意不願意呢？」

「願意。」胡雪巖答得非常爽脆。

「你問過他？」

「是啊。不然我怎麼會曉得？」

「這也許是他嘴裡的話。」

「不！我同少棠年紀輕的時候，就在一起，我曉得他的為人；有時候看起來油腔滑調，其實倒是實實惠惠的人，對我更不說假話。」

「那好。」螺螄太太說：「不過青蓮願意不願意，就不曉得了。等我來問問她看。」

「我看不必問，一問她一定說不願。」胡雪巖用感慨的聲音說：「『夫妻本是同林鳥，大限來時各自飛。』夫妻尚且如此，別的不必說了；到時候，她自會願意。」

胡雪巖是早就打算好了的，到了上海，哪裡都不住，到城裡找了一家小客棧住了下來；為的是隱藏行跡，租界上熟人太多；「仕宦行台」的茶房頭腦，更是見多識廣，豈能沒有見過鼎鼎大名的「胡財神」？所以要遮掩真相，只有隱身在遠離租界的小客棧中。

安頓既定，派跟班去通知古應春來相會。古應春大出意外，但亦不難體會到胡雪巖的心境，所以儘管內心為他興起一種英雄末路的淒涼，但見了面神色平靜，連「小爺叔為啥住在這裡？」這麼一句話都不問。

「七姐怎怎麼樣？身子好一點沒有？」

「還好。」

「我的事情呢？」胡雪巖問：「她怎麼說？」

「她不曉得。」

「不曉得？」胡雪巖詫異：「怎麼瞞得住？」

「多虧瑞香，想盡辦法不讓她曉得。頂麻煩的是報紙。每天送來的《申報》，我先要看過，哪一張上面有小爺叔的消息，就把這張報紙收起來，不給她看。」

「喔！」胡雪巖透了一口氣，心頭頓感輕鬆；他本來一直在擔心的是，見了七姑奶奶的面，不知道說甚麼話來安慰她，現在不必擔心了。

接下來便談正事。胡雪巖首先將他所作的「壯士斷腕」的決定，告訴了古應春，當然也要問問他的看法。

「小爺叔已下了決心，我沒有資格來說對不對，我日日夜夜在想的是，怎麼樣替小爺叔留起一筆東山再起的本錢──。」

「應春，」胡雪巖打斷他的話說：「你不要癡心妄想了。我胡某人之有今天，是天時、地利、人和，再加上兩個可遇不可求；可一不可再的機會湊成功的。試問，天時、地利、人和，我還占得到哪一樣？就算占全了，也不會再有那樣兩個機會了。」

「小爺叔說的兩個機會是啥？一個大概是西征；還有一個呢？」

「還有一個海禁大開。當時懂得跟外國人打交道的，沒有幾個；現在呢？懂洋務的不曉得多少，同洋人打交道，做生意，不但曉得他們的行情，而且連洋人那套吃中國人的訣竅都學得很精了，哪裡還輪得到我來做市面。再說，中國人做生意要靠山——。」胡雪巖搖搖頭搖了個話題，「你說要替我留一筆錢起來，我只好說，盛情可感，其實是做不到的。因為我的全部帳目都交出去了，像絲繭兩樣，都有細數，哪裡好私下留一部分？」

「辦法還是有。」古應春說：「頂要緊的一點是，絲繭兩項，小爺叔一定要堅持，自己來處理。」

「我懂你的意思。不過現在一步都錯不得，東西雖然在我手裡，主權已經不是我的了。我們有戶頭，賣不賣要看劉撫台願意不願意，他說價錢不好，不賣；我們沒有話說。」

「價錢好呢？」

「好到怎樣的程度？」胡雪巖脫口相問，看古應春不作聲，方又說道：「除非價錢好到足抵我的虧空有餘，我馬上可以收回，自己處理。無奈辦不到，只有請劉撫台出面來講折扣，那就只好由他作主了。」

「不過，劉撫台一時也未見得找得到主顧。」

「不錯，我也曉得他找不到。我原來的打算是，他找不到，就拖在那裡；拖它個幾個月，或者局面好轉了，或者洋商要貨等不及了，行情翻醒，或許我們可以翻身。不過照目前的情形看，再拖下去，會搞得很難看。」

於是胡雪巖將言官參劾，可能由文煜的案子，牽連到他受革職處分的情形細說了一遍；接著又細談此行的目的。

「我這趟來，第一件事，就是找絲繭的買主；你有沒有？」
「有。就是價碼上下，還要慢慢兒磨。」
「不要磨了。我們以掮客的身分，介紹這生意。劉撫台答應了，佣錢照樣也要同他說明。」
「那麼劉撫台呢？」古應春問：「佣金是不是也要分他一份？」
「當然，而且應該是大份。不過，這話不便同他說明，一定要轉個彎。」
「怎麼轉法？是不是先跟德藩台去談。」
「不錯，要先同德曉峰談。我同他的關係，你是曉得的；既然你有了戶頭，我們馬上打個電報給他。」
「這要用密電。」
「是的。」胡雪巖說：「臨走以前，我同他要了一個密碼本，而且約好，大家用化名。」
「那就很妥當了。」
接下來，古應春便細細地談了他所接洽的戶頭，有個法國的鉅商梅雅，開的條件比較好；胡雪巖聽完以後，又問了付款的辦法、擔保的銀行，認為可以交易，但仍舊追問了一句：「比梅雅好的戶頭還有沒有？」
「沒有。」
「好！就是他。」胡雪巖又說：「至於佣金，你的一份要扣下來；我的一份，歸入公帳。」
「我的也歸公帳。」

「不必，不必！我是為了顯我的誠心誠意，你又何必白填在裡頭？如果說，折扣打下來，不足之數仍舊要在我身上追，你這樣做，讓我少一分負擔，猶有可說；如今總歸是打折了事，你這樣做，於我沒啥好處，連我都不必見你的情。至於旁人，根本不曉得你不要佣金，就更不用談了。」

「我是覺得我應該同小爺叔共患難——。」

「好了、好了！你不必再說了。」

胡雪巖拿他的話打斷，「銅錢摜到水裡還聽個響聲，你這樣子犧牲了都沒有人曉得，算啥。」

「好吧！」古應春另外打了主意，不必說破，只問：「電報甚麼時候打？」

「現在就打，你先起個稿子看。」

古應春點點頭，凝神細想了一會說：「佣金的話，怎麼說法？」

「這先不必提，你只報個價，敘明付款辦法，格外要著重的是，沒有比這個價錢更好了。如果劉撫台有意思，由你到杭州同他當面接頭，那時候再談佣金。」

「小爺叔，你自己回去談，不是更妥當嗎？」

「不！第一，我要到江寧去一趟；第二，這件事我最好不要插手，看起來置身事外，德曉峰才比較好說話。」

「好！我懂了。」

於是喚茶房取來筆硯，古應春擬好一個電報稿，與胡雪巖斟酌妥當；然後取出密碼本來，兩人一起動手，翻好了重新謄正校對，直到傍晚，方始完事。

「我馬上去發，不發，電報局要關門了。」古應春問：「小爺叔是不是到我那裡去吃飯，還是苦中作樂，去吃一鐔花酒？」

「哪裡有心思去吃花酒？」胡雪巖說：「我們一起出去逛逛，隨便找個館子吃飯；明天再去看七姐。」

「也好。」於是胡雪巖連跟班都不帶，與古應春一起出了客棧，先到電報局發了密電，安步當車，閒逛夜市。

23 少年綺夢

走過一家小飯館，胡雪巖站住了腳，古應春亦跟著停了下來，那家飯館的金字招牌，煙薰塵封，已看不清是何字號？進門爐灶，裡面是一間大廳，擺著二、三十張八仙桌，此時已將歇市，冷冷清清地，只有兩桌客人，燈火黯淡，益顯蕭瑟，古應春忍不住說：「小爺叔，換一家吧，或者到租界上去，好好找家館子。這家要打烊了。」

「問問看。」

說著，舉步踏了進去；跑堂的倒很巴結，古應春亦就不好意思打斷人家的生意了。

「兩位客人請坐，吃飯還是吃酒。」

「飯也要，酒也要。」胡雪巖問道：「你們這家招牌，是不是叫老同和？」

「是的。老同和。」

「老闆呢？」胡雪巖問：「我記得他左手六個指頭。」

「那是我們老老闆，去世多年了。」

「現在呢？小開變老闆了？」

「老老闆沒有兒子，只有一個女兒；現在是我們的老闆娘。」

「啊！」胡雪巖突然雙眼發亮，「你們老闆娘的小名是不是叫阿彩？」

「原來你這位客人，真正是老客人了。」跑堂的說道：「現在叫得出我們老闆娘名字的，沒有幾個人。」接著，便回過去，高聲喊道：「老闆娘，老闆娘！」

看看沒有回音，古應春便攔住他說：「不必喊了。有啥好東西，隨意配幾樣來，燙一斤酒。」

等跑堂離去，胡雪巖不勝感慨地說：「二十多年了！我頭一回到上海，頭一頓飯就是在這裡吃的。」

「小爺叔好像很熟嘛！連老闆女兒的小名都叫得出來。」

「不但叫得出來——。」胡雪巖搖搖頭，沒有再說下去。

這種欲言又止的神態，又關涉到一個「女小開」，很容易令人想到，其中必有一段故事。如此寒夜，如此冷店，聽這段故事，或者可以忘憂消愁。

就這樣一轉念間，古應春便覺得興致好得多了；等跑堂端來「本幫菜」的白肉、烏參，一個「糟鉢頭」的火鍋，看到熊熊的青燄，心頭更覺溫暖，將燙好的酒為胡雪巖斟上一杯，開口說道：「小爺叔，你是甚麼都看得開的；吃杯酒，談談當年在這裡的情形。」

正落入沉思中的胡雪巖，啜了一口酒，來了一塊白肉送入口中，咀嚼了一會說：「不曉得是當年老闆的手藝好，還是我的胃口變過了，白肉的味道，大不如前。」

「說不定兩個原因都有。」古應春笑道：「還說不定有第三個原因。」

「第三個？」

「是啊！當年還有阿彩招呼客人。」

「她不管招呼，坐帳台。那時我在杭州錢莊裡的飯碗敲破了，到上海來尋生意；城裡有家錢莊，字號叫做源利，有個得力的夥計是我一起學生意的師兄弟，我到上海來投奔他，哪曉得他為兄弟的親事，回紹興去了，源利的人說就要回上海的，我就住在一家小客棧裡等。一等等了十天，人沒有等到，盤纏用光了，只好在小客棧裡『孵豆芽』——。」

囊底無錢，一籌莫展，只好杜門不出，上海的俗語叫做「孵豆芽」。但客棧錢好欠，飯不能不吃；他每天到老同和來吃飯，先是一盤白肉、一碗大血湯，再要一樣素菜；後來減掉白肉，一湯一素菜；再後來大血湯變為黃豆湯；最後連黃豆湯都吃不起了，買兩個燒餅、弄碗白開水便算一頓。

「這種日子過了有七、八天，過不下去了。頭昏眼花，還在其次，心裡發慌，好像馬上要大禍臨頭，那種味道不是人受的。這天發個狠，拿一件線春夾袍子當掉；頭一件事就是到老同和來『殺饞蟲』，仍舊是白肉、大血湯、吃飽惠帳，回到小客棧，一摸袋袋，才曉得當票弄掉了——。」

「掉在老同和了？」古應春插嘴問說。

「當時還不曉得。不過，也無所謂，掉了就掉了，有錢做新的。」胡雪巖停下來喝口酒、又喝了兩瓢湯，方又說道：「到第二天，出了怪事，有個十二、三歲的伢兒，手裡捧個包裹，找到我住的那間房，開口說道：『客人、客人。你的夾袍子在這裡。』一看，這個伢兒是老同和小徒弟；我問他：『哪個叫你送來的？』他說：『客人，你不要問。到我們店裡去吃飯，也不要講我送衣服來給你。』我說：『為啥？』他說：『你不要問；你到店裡也不要說。你一定要聽我的話，不然有人會打死我。』」

「有這樣怪事！」古應春興味盎然地問：「小爺叔，你總要逼他說實話囉！」

「當然。」胡雪巖的聲音也很起勁了，「我當時哄他，同他說好話，就是不肯說：逼得我沒法子，只好耍無賴，我說：你不說，我也要打死你；還要拿你當小偷，送你到縣衙門去打屁股。你說了實話，我到你店裡吃飯，一定聽你的話，甚麼話都不說。兩條路，隨你自己挑。」

「這一來，當然把實話逼出來了？」

「當然。那個小徒弟叫阿利，是阿彩的表弟；我的夾袍子，就是阿彩叫他送來的。原來——。」

原來胡雪巖掏錢惠帳時，將當票掉落在地上，至晚打烊，阿利掃地發現，送交帳台。阿彩本就在注意胡雪巖，見他由大血湯吃到黃豆湯，而忽然又恢復原狀，但身上卻變了「短打」，便知長袍已送入當鋪，悄悄贖了出來，關照阿利送回。特為交代，要守祕密，亦望胡雪巖不必說破；倒不是怕她父親知道，是怕有人當笑話去講。

「照此說來，阿彩倒真是小爺叔的紅粉知己了。」古應春問道：「小爺叔見了她，有沒有說破？」

「從那天起，我就沒有看見她。」胡雪巖說：「當時我臉皮也很薄，見了她又不能還她錢，尷尬不尷尬？我同阿利說：請你代我謝謝你表姊。她替我墊的錢，我以後會加利奉還。」

不道此一承諾竟成虛願。大約一年以後，胡雪巖與王有齡重逢，開始創業，偶然想到其事，寫信託上海的同業，送了一百兩銀子到老同和，不道竟碰了一個釘子。

「那次是怪我的信沒有寫對。」胡雪巖解釋其中的緣故：「信上我當然不便說明緣故；又說要送給阿利或者女小開阿彩，人家不知道是啥花樣，自然不肯收了。」

「那麼，以後呢？小爺叔一直在上海，莫非自己就不可以來一趟？」

「是啊！有一回我想起來了，用個紅封袋包好五百兩銀子一張銀票，正要出門，接到一個消息；馬上把甚麼要緊的事，都摜在腦後了。」

「甚麼消息？」古應春猜測著：「不是大壞，就是大好。」

「大好！」胡雪巖脫口答說：「杭州光復了。」

「那就怪不得了。以後呢？以後沒有再想到過？」

「當然想到過。可惜，不是辰光不對，就是地方不對。」

「這話怎麼說。」

「譬如半夜裡醒過來，在枕頭上想到了，總不能馬上起床來辦這件事，這是辰光不對；再譬如在船上想到了，也不能馬上回去，叫人去辦。凡是這種時候，這種地方想到了，總覺得日子還長，一定可以了心願；想是這樣想，想過忘記，等於不想。到後來日子一長，這件事就想了起來，也是所謂無動於衷了。」

古應春深深點頭，「人就是這樣子，甚麼事都要講機會。明明一定辦得到的事，陰錯陽差，教你不能如願。」他心裡在想，胡雪巖今日的遭遇，也是一連串陰錯陽差的累積，如果不是法國挑釁；如果不是左宗棠出軍機；如果不是邵友濂當上海道；如果不是宓本常虧空了阜康的款子——這樣一直想下去，竟忘了身在何地了。

「應春！」

古應春一驚，定定神問道：「小爺叔，你說啥？」

「我想，今天辰光，地方都對了。這個機會絕不可以錯過。」

「啊，啊！」古應春也興奮了，「小爺叔你預備怎麼樣來補這個情？」

「等我來問問看。」當下招一招手，將那夥計喚了來先問：「你叫啥名字？」

「我叫孫小毛。」

「喔，」胡雪巖向古應春問道：「你身上有多少洋錢。」

「要多少？」

「十塊。」

「有。」古應春掏出十塊鷹洋，擺在桌上。

「孫小毛！」胡雪巖指著洋錢說：「除了惠帳，另外的是你的。」

「客人！」孫小毛睜大了眼，一臉困惑，「你說啥。」

「這十塊洋錢，」古應春代為回答：「除了正帳，都算小帳。」

「喔唷唷！太多，太多，太多了。」孫小毛仍舊不敢伸手。

「你不要客氣！」胡雪巖說：「你先把洋錢拿了，我還有話同你說。」

「這樣說，我就謝謝了。客人貴姓？」

「我姓胡。」

「胡老爺，」孫小毛改了稱呼：「有啥事體，儘管吩咐。」

「你們老闆娘住在哪裡？」

「就在後面。」

「我託你去說一聲，就說有個還是二十多年前，老老闆的朋友，想同她見個面。」

「胡老爺，我們老闆在這裡。」

「也好！先同你們老闆談一談。」

孫小毛手捧十個鷹洋，轉身而去，來了這麼一位闊客，老闆當然忙不迭地來招呼，等走近一看，兩個人都有些發楞，因為彼此都覺得面善，卻記不起在哪裡見過。

「你不是阿利？」

「你這位胡老爺是——？」

「我就是當年你表姐叫你送夾袍子的——。」

「啊，啊！」阿利想起來——「二十多年的事了。胡老爺一向好？」

「還好，還好！你表姐呢？」胡雪巖問道：「你是老闆，你表姐是老闆娘；這麼說，你娶了你表姊？」

「不是。」阿利不好意思地說：「是入贅。」

「入贅也好，娶回去也好，總是夫妻。恭喜、恭喜！」胡雪巖又問：「有幾個伢兒？」

「一男一女。」

「一男一女一盆花，好極、好極！」胡雪巖轉臉向古應春說道：「我這個把月，居然還遇到這樣巧的一件事，想想倒也有趣。」

看他滿臉笑容，古應春也為之一破愁顏，忽然想到兩句詩，也不暇去細想情況是否相似，便唸了出來：「『山窮水盡疑無路，柳暗花明又一村。』」

這時孫小毛遠遠喊道：「老闆、老闆你請過來。」

「啥事體，我在陪客人說話。」

「要緊事體，你請過來，我同你說一句話。」

阿利只好說一聲：「對不起，我去去就來。」

等他去到帳台邊，孫小毛又好奇又興奮地說：「老闆你曉得這位胡老爺是啥人？他就是胡財神。」

「胡雪巖？」

「是啊。」

「哪個說的。」阿利不信，「胡財神多少威風，出來前前後後跟一大班人，會到我老同和來吃白肉？」

「是一個剛剛走的客人說的。我在想就是因為老同和，他才進來的。」孫小毛又說：「你倒想想看，正帳不過兩把銀子，小帳反倒一出手八、九兩。不是財神，哪裡會有這樣子的闊客？」

「啊！啊！這句話我要聽。」阿利轉身就走，回到原處，陪笑說道：「胡老爺，我有眼不識泰山，原來你老人家就是胡財神。」

「那是從前，現在是『赤腳財神』了。」

「財神總歸是財神。」阿利非常高興地說：「今天是冬至，財神臨門。看來明年房子翻造，老同和老店新開，我要翻身了。」他又加了一句：「我們老丈人的話要應驗了。」

「呃！」胡雪巖隨口問說：「你老丈人怎麼說？」

「我老丈人會看相，他說我會遇貴人，四十歲以後會得發，明年我就四十歲了。」

胡雪巖算了一下，他初見阿利是在二十七年前；照此算來，那時的阿利只有十三歲，而阿彩至少有十六、七歲，記得她長得並不醜，何以會嫁一個十三歲的小表弟？一時好奇心起，便即問道：「你表姊比你大幾歲？」

「大四歲。」阿利似乎猜到了胡雪巖的心思，「阿彩眼界高，高不成、低不就，一直到二十七歲；老姑娘的脾氣怪，人人見了她都怕，只有——。」他不好意思地笑了一笑不肯再說下去了。

「只有你不怕？」

「不是我不怕。我是從小讓她呼來喝去慣了的，脾氣好是這樣、脾氣壞也是這樣，無所謂。」阿利停了一下又說：「後來我老丈人同我說：我把阿彩嫁給你，你算我女婿，也算我兒子。你嫌不嫌阿彩年紀大？」

「你老丈人倒很開通、很體恤。」胡雪巖問道：「你怎麼回答他呢？」

「我說，只要阿彩不嫌我年紀小就好了。」

胡雪巖與古應春都哈哈大笑：「妙、妙！」胡雪巖說：「再燙壺酒來。」

「胡老爺，我看，你如果不嫌委屈，請你同這位古老爺，到我那裡坐坐。今天做冬至，阿彩自己做了幾樣菜，你倒嘗嘗看。」

胡雪巖還未有所表示，古應春已攔在前面，「多謝，多謝！」他說：「辰光晚了，我們還有事；就在這裡多談一息好了。」

這話矛盾，既然有事，何以又能多談？阿利聽不出話中的漏洞；胡雪巖卻明白，因為他們以前與洋人談生意、辦交涉是合作慣了的，經常使用這種暗帶著機關的話，當面傳遞信息。胡雪巖雖不知道他的本意何在，但暗示必須謝絕，卻是很明白的，因而順著他的語氣說：「不錯，我們還有要緊事情；明天再說吧！」

「那麼，明天一定要請過來。」阿利又說：「我回去告訴了阿彩，她一定也想見一見胡老爺。」

「好，好！」胡雪巖將話題宕開，「你們的房子要翻造了？」

「是的。要造馬路了。房子前面要削掉一半。不過，地價有補貼的；左鄰右舍大家合起來，平房翻造樓房，算起來不大吃虧。」

「翻造樓房還要下本錢？」

「是啊！就是這一點還要想法子。」

「翻造要花多少錢？」

「那要看情形。如果拿後面的一塊地皮買下來，方方正正成個格局，總要用到一千五百銀子。」

「你翻造了以後，做啥用場？老店新開、擴大營業？」

「想是這樣想，要看有沒有人合股。」阿利又說：「老店新開，重起爐灶，一切生財都要新置，這筆本錢不小。」

「要多少？」

「總也還要一千五百銀子。」

「那麼，你股東尋著了沒有？」

「談倒有兩三個在談；不過談不攏。」

「為啥？」

「合夥做生意，總要合得來才好。」阿利停了一下說：「阿彩不願意。她說，店小不要緊，自己做老闆、自己捏主意，高興多做、不高興少做，苦是苦一點，人是自由的。一合了夥，大家意見不合，到後來連朋友都沒得做了。」

「不錯！」胡雪巖深深點頭，「阿彩的話你要聽。」

「是啊，沒辦法，只好聽她的話。」

「聽她的話才有辦法。」古應春接口說了一句，舉杯復又放下，從大襟中探手進去，從夾襖表袋中掏出金表，打開表蓋來看了看說：「小爺叔，辰光到了。」

在看表的這個動作中，胡雪巖便已得到暗示：此時便順著他的語氣對阿利說：「今天晚上我們還有事，辰光到了，明天再來。」

「明天來吃中飯。」古應春訂了後約：「請你留張桌子。」

「有，有！」阿利一迭連聲地答應，「胡老爺、古老爺，想吃點啥，我好預備。」

「我要吃碗『帶麵』。」胡雪巖興高采烈地說：「揀瘦、去皮、輕麵、重洗、蓋底、寬湯、免青。」

所謂「帶麵」便是大肉麵；吃客有許多講究，便是「揀瘦」云云的一套「切口」。

胡雪巖並不是真想吃這樣一碗麵，不過回憶當年貧賤時的樂事，自然而然地說了出來；而且頗以還記得這一套「切口」而興起一種無可言喻的愉快。

順路買了四兩好茶葉，古應春陪胡雪巖在小客棧住夜長談；他們都同意，這是此時此地，為胡雪巖排遣失意無聊最好的法子。

「應春，你為啥不願意到阿彩那裡去吃飯？」

古應春原以為他能默喻他的深意，不想他還是問了出來；那就是不能不提醒他了。

「小爺叔，阿彩為啥『高不成，低不就』？你想想她替你贖那件夾袍子，還不明白？」

胡雪巖一楞，回想當時情景，恍然大悟；低徊久久，才說了句：「看起來是『落花有意，流水無情』。」

古應春很少聽到胡雪巖用這種「文謅謅」的語意說話，不由得笑了，「小爺叔，」他故意開玩笑：「如果你當時娶了阿彩，現在就是老同和的老闆，不曉得是不是還有後來的一番事業。」

「那就不曉得了。不過，」胡雪巖加重了語氣說：「如果我是老同和的老闆，我一定也會把它弄成上海灘上第一家大館子。」

「這話我相信。」

胡雪巖多日無聊，此時突然心中一動，想小施手段，幫阿利來「老店新開」，要轟動一時，稍抒胸中的塊壘。但念頭一轉到阜康，頓時如滾湯沃雪，自覺是可笑的想法。

看他眼神閃爍、臉上忽熱忽冷，古應春大致也能猜到他心裡；此時此地，心思絕不可旁騖，因而決定提醒他一番。

「小爺叔，我剛才的話沒有說完。其實到阿彩那裡去吃一頓飯，看起來也是無所謂的事；不過，我怕阿彩冷了多少年的一段舊情，死灰復燃；而小爺叔你呢，一個人不得意的時候，最容易念舊，就算不會有笑話鬧出來，總難免分你的心。是不是呢？」

「是的。」胡雪巖深深點頭。

「還有，看樣子當初阿彩也是不得意才嫁阿利；她總有看得阿利不如意的地方，事隔多年，老夫老妻，也忘記掉了。不過，『人比人，氣煞人』，有小爺叔你一出現，阿利的短處，在阿彩面上又看得很清楚了——。」

「啊，啊！」胡雪巖很不安地說：「虧得你想到；萬一害他們夫婦不和，我這個孽就作得大了。」他停了一下又問：「應春，你說我現在應該怎麼辦？」

古應春想了一下說：「我明白你的意思，要送阿利三千銀子。我來替你料理妥當。不過，小爺叔，你明天要搬地方，省得糾纏。」

「搬到哪裡？」

「還是搬到我那裡去住，一切方便。」

「好！」胡雪巖很爽快地答應下來。

於是古應春回去安排，約定第二天上午來接。胡雪巖靜下來想一想，三千兩銀子了卻當年的一筆人情債，是件很痛快的事；所以這一夜很難得地能夠恬然入夢。一覺醒來，漱洗甫畢，古應春倒已經到了。

「你倒早。」

「想陪小爺叔去吃碗茶。」古應春問道：「昨天晚上睡得好不好。」

「交關好，一覺到天亮。」

「大概是路上辛苦的緣故。」

「也不光是這一點。」胡雪巖說：「實在說，是你提醒了我；這筆人情債能夠了掉，而且乾乾淨淨，沒有啥拖泥帶水的麻煩，我心裡很痛快，自然就睡得好了。」

「銀票我帶來了。」古應春又說：「我這麼早來，一半也是為了辦這件事。請吧，我們吃茶去。」

城裡吃茶，照常理說，自然是到城隍廟；但胡雪巖怕遇見熟人，古應春亦有這樣的想法，所以走到街上，找到一家比較乾淨的茶館，也不看招牌，便進去挑張桌子，坐了下來。

哪知「冤家路窄」，剛剛坐定便看到阿利進門。吃他們這行飯的，眼睛最尖不過，滿面堆笑地上前來招呼：「胡老爺、古老爺！」

「倒真巧！」古應春說：「請坐，請坐，我本來就要來看你。」

「不敢當，不敢當！古老爺有啥吩咐？」

古應春看著胡雪巖問：「小爺叔，是不是現在就談？」

「稍微等一等。」

阿利自然不知道他們在談些甚麼？只很興奮地告訴胡雪巖：阿彩得知昨夜情形以後，說是「做夢都沒有想到。」二十多年前，當掉夾袍子來吃白肉的客人，竟然就是天下無人不知的「胡財神」。真是太不可思議了。

「胡老爺，」阿利又說：「阿彩今天在店裡，她是專門來等你老人家；她說她要看看胡老爺比起二十多年前，有啥不同的地方？」

「有啥不同？」胡雪巖笑道：「頭髮白了，皮膚皺了，肚皮鼓起來了。」

阿利忽然笑了，笑得很稚氣，「胡老爺，」他說：「你不是說你自己，是在說阿彩，頭髮白了，不多；皮膚皺了，有一點；肚皮鼓起來了，那比胡老爺要大得多。」

「怎麼？」胡雪巖說：「她有喜了？」

「七個月了。」阿利不好意思地笑一笑，得意之情，現於詞色。

「恭喜、恭喜！阿利，你明年又添丁、又發財；好好兒做。」胡雪巖站起身來說：「我到街上逛一逛，等下再來。」

古應春知道他的用意；將為了禮貌起身送胡雪巖的阿利拉了一把，「你坐下來！」他說：「我有話同你說。」

「是！」

「阿利，遇見『財神』是你的運氣來了！可惜，稍為晚了一點；如果是去年這時候你遇見胡老爺，運氣還要好。」說著，他從身上掏出皮夾子，取出一張花花綠綠的紙頭，伸了過來，「阿利，你捏好，胡老爺送你的三千銀子。」

阿利楞住了！首先是不相信有人會慷慨到萍水相逢，便以鉅款相贈的事；不過，「胡財神」的名聲，加上昨夜小帳一賞八、九兩銀子，可以改變他原來的想法。

但疑問又來了，這位「財神」是真是假？到底是不是胡雪巖？會不會有甚麼害人的陰謀詭計在內？

這最後的一種想法，便只有上海人才有，因為西風東漸以來，上海出現了許多從未見過的花樣，譬如保險、縱火燒屋之外，人壽保險亦有意想不到的情節，而且往往是在窮人身上打主意，有人認丐作父，迎歸奉養，保了鉅額的壽險，然後設計慢性謀殺的法子，致之於死，騙取賠償。這種「新聞」已數見不鮮；所以阿利自然而然會有此疑慮。

不過，再多想一想，亦不至於，因為自問沒有甚麼可以令人覬覦的。但最後的一種懷疑，卻始終難釋，這張花花綠綠的紙頭，是啥名堂？何以能值三千兩銀子？

原來古應春帶來的是一張匯豐銀行的支票，上面除了行名是中國字以外，其餘都是蟹行文。阿利知道錢莊的莊票，卻從未見過外國銀行的支票，自然困惑萬分。

古應春當然能夠了解他呆若木雞的原因。事實是最好的說明，「阿利！」他說：「我們現在就到外灘去一趟，你在匯豐照了票，叫他們開南市的莊票給你。」南市是上海縣城，有別於北面的租界的一種稱呼。

原來是外國銀行的支票，阿利又慚愧，又興奮，但人情世故他也懂，總要說幾句客氣話，才是做人的道理；想一想答道：「古老爺，這樣大的一筆數目，實在不敢收；請古老爺陪了胡老爺一起來吃中飯，等阿彩見過了胡老爺再說。」

「謝謝你們。胡老爺今天有事，恐怕不能到你們那裡吃飯。你先把支票收了，自己不去提，託錢莊代收也可以。」古應春問道：「你們是同哪一家錢莊往來的？」

「申福。」

「喔，申福，老闆姓朱，我也認識的。你把這張票子軋到申福去好了。」

這一下越見到其事真實，毫無可疑；但老同和與申福往來，最多也不過兩三百兩銀子，突然軋進一張三千兩的支票，事出突兀，倘或申福問到，這張票子怎麼來的？應該如何回答？

「怎麼？」古應春看到他陰陽怪氣的神情，有些不大高興，「阿利，莫非你當我同你開玩笑？」

「不是，不是！古老爺，你誤會了。說實話，我是怕人家會問。」

這一下倒提醒了古應春。原來他替胡雪巖與洋人打交道，購買軍火；以及他自己與洋商有生意往來，支付貨款，都開外國銀行的支票，在錢莊裡的名氣很大。他的英文名字叫 William，暱稱 Billy，那些喜歡「尋開心」的「洋行小鬼」，連他的姓在內，替他起了個諧音的外號叫「屁股」。申福錢莊如果問到這張支票的來歷，阿利據實回答，傳出去說胡雪巖的錢莊倒了人家的存款，自己依舊大肆揮霍，三千兩銀子還一個人情債，簡直毫無心肝。這對胡雪巖非常不利，不能不慎重考慮。

情勢有點尷尬，古應春心裡在想：人不能倒楣，倒起楣來，有錢都會沒法子用。為今之計，只有先把阿利敷衍走了，再作道理。

於是他說：「阿利，你先把這張支票拿了。回頭我看胡老爺能不能來？能來，一起來；不能來，我一個人一定來。支票是軋到申福，還是到匯豐去提現，等我來了再說。」

「古老爺，」阿利答說：「支票我絕不敢收；胡老爺一定要請了來，不然我回去要『吃排頭』。」因為人家已經知道他怕老婆，所以他對可能會挨阿彩的罵，亦無須隱諱了。

「好！好！我儘量辦到。你有事先請吧！」

等阿利殷殷作別而去，胡雪巖接著也回來了；古應春將剛才的那番情形，約為提了一下，表示先將胡雪巖送回家，他另外換用莊票，再單獨去赴阿利之約。

「不必多跑一趟了，我帶了十幾張票子在那裡，先湊了給他。我們先回客棧。」

到得客棧，胡雪巖打開皮包，取出一疊銀票；兩張一千、兩張五百、湊成三千，交到古應春手裡時，心頭一酸，幾乎掉淚——自己開錢莊、「阜康」這塊響噹噹的金字招牌，如今分文不值；要用山西票號的銀票給人家，真正是窮途末路了。

古應春不曾注意到他的臉色，拿起四張莊票，匆匆而去；在客棧門口，跨上一輛剛從日本傳來的「東洋車」，說一聲「老同和」；人力車的硬橡皮輪子，隆隆然地滾過石板路。拉到半路，聽見有人在叫：「古老爺，古老爺！」

一聽聲音，古應春心想，幸而是來替人還人情，倘或是欠了人家的債，冤家路狹，一上午遇見兩次，真是巧了。

「停停，停停！」等東洋車在路邊停了下來，阿利也就迎上來了。

「車錢到老同和來拿。」車伕是阿利認識的，關照了這一句，他轉臉對古應春說：「古老爺，我家就在前面弄堂裡，請過去坐一坐。胡老爺呢？」

「他有事情不來了。」古應春問：「你太太呢？」

「現在還在家；等一下就要到店裡去了。」

古應春心想，在他店裡談這件事，難免惹人注目，倒不如去他家的好，於是連連點頭：

「好！好！我到你家裡去談。」

於是阿利領路走不多遠，便已到達了他家是半新不舊的弄堂房子，進石庫門是個天井，阿利仰臉喊道：「客人來了！」

語聲甫畢，樓窗中一個中年婦人，探頭來望，想必這就是阿彩了。古應春不暇細看，隨著阿利踏進堂屋，樓梯上已有響聲了。

「阿彩，趕緊泡茶！」

「是你太太？」

「叫她阿彩好了。」

阿彩下樓，從堂屋後面的一扇門，挺著個大肚子閃了出來，她穿得整整齊齊，臉上薄施脂粉，含笑問道：「這位想來是古老爺？」

「不敢當。」

「胡老爺呢？」

「有事情不來了。」是阿利代為回答。

阿彩臉上浮現出的失望神色，便如許了孩子去逛城隍廟，看變把戲、吃南翔饅頭、酒釀圓子；新衣服都換好了，卻突然宣布，有事不能去了那樣，直可謂之慘不忍睹，以至於古應春不能不將視線避了開去。

不過阿彩仍舊能若無其事地，盡她做主婦的道理，親自捧來細瓷的蓋碗茶，還開了一罐雖已傳到上海，平常人家還很少見的英國「茄力克」紙煙；顯然的，她是細心安排了來接待胡雪巖的。

但如說她是「接財神」，古應春便覺得毫無歉意；探手入懷，將一把銀票捏在手裡，開口問道：「阿利老闆，你貴姓？」

「小姓是朱。」

「喔，」古應春便叫一聲：「朱太太，聽說你們房子要翻造，擴充門面，胡老爺很高興，他有三千兩銀子託我帶來給你們——。」

其實阿彩亦非薄漂母而不為，而是「千金」與「韓信」之間，更看重的是後者。從前一天晚上，得知有此意外機緣之後，她就有種無可言喻的亢奮，絮絮不斷地跟阿利說，當時她是如何看得胡雪巖必有出息，但也承認，做夢也沒有想到他會創這麼一番大事業；而這番大事業又會垮於旦夕之間，因而又生了一種眼看英雄末路的憐惜。這些悲喜交集的複雜情緒夾雜在一起，害得她魂夢不安了一夜。

及至這天上午，聽阿利談了他在茶館中與胡雪巖、古應春不期而遇的經過，以及他對那張匯豐銀行支票的困惑，阿彩便嗔怪他處理不當，照她的意見是，這筆鉅款儘可不受，但不妨照古應春的意思，先到匯豐銀行照一照票，等證實無誤，卻不必提取，將古應春請到老同和或家裡來；只要纏住了古應春，自然而然地也就拉住了胡雪巖。她的判斷不錯，古應春一定會來；但胡雪巖是否見得到，卻很難說，因而患得患失地坐立不安。到此刻她還不肯死心，心裡有句話不便說出來：「你三千兩銀子除非胡老爺親手送給我，我不會收。」

就因為有這樣一種想法，所以她並未表示堅辭不受；彼此推來讓去，古應春漸漸發現她的本意，但當著阿利，他亦不便說得太露骨，只好作個暗示。

「朱太太，」他說：「胡老爺是我的好朋友，他的心境我很清楚，如果早些日子，他會很高興來同你談談當年落魄的情形；現在實在沒有這種心情，也沒有功夫。你收了這筆銀子，讓他了掉一樁心事，就是體諒他，幫他的忙；等他的麻煩過去，你們老同和老店新開的時候，我一定拉了他來道喜，好好兒吃一頓酒。」

「是的，是的。」阿彩口中答應著，雙眼卻不斷眨動，顯然只是隨口附和，心中別有念頭；等古應春說完，她看著她丈夫說：「你到店裡去一趟，叫大司務把菜送了來，請古老爺在家裡吃飯。」

「不必、不必！」古應春連連搖手，「我有事。多謝、多謝！」

「去啊！」阿彩沒有理他的話，管自己催促阿利。

阿利自然奉命唯謹，說一聲：「古老爺不必客氣。」掉頭就走。

這是阿彩特意遣開丈夫，有些心裡的話要吐露，「古老爺，」她面色深沉地說：「我實在沒有想到，今生今世，還會遇見二十幾年前的老客人；更沒有想到，當年當了夾袍子來吃飯的客人，就是名氣這樣子大的胡財神。古老爺，不瞞你說，我昨天晚上一夜沒有睡著，因為這樁事情，想起來想不完。」說著，將一雙眼睛低了下去，眼角微顯晶瑩，似乎有一包淚水要流出來。

古應春當然能體會得她的心情，故意不答；他覺得既不能問，更不能勸慰，只要有這樣一句話，她的眼淚就會忍不住，惟有保持沉默，才能讓她靜靜地自我克制。

果然，停了一會，阿彩復又抬眼，平靜地說道：「古老爺，請你告訴胡老爺，我絕不能收他這筆錢，第一，他現在正是為難的時候，我收了他的這筆錢，於心不安；第二，我收了他的這筆錢，變成我虧欠他了，也沒有啥好想的了。」

古應春覺得事態嚴重了；比他所想像的還要嚴重，這三千兩銀子，可能會引起他們夫婦之間的裂痕。轉念到此，頗為不安，也深悔自己多事。

細細想去，要割斷她這一縷從雲外飄來的情絲，還是得用「泉刀」這樣利器；於是他說：「朱太太，我說一句不怕你見氣的話，如果說，胡老爺現在三千兩銀子都花不起，你未免太小看他了。」

「朱太太，」古應春將聲音壓得低低地，同時兩眼逼視著她，「我有兩句肺腑之言，不曉得你要不要聽？」

「當然要聽。」

「只怕我說得太直。」

「不要緊，沒有旁人在這裡。」

這表示連阿利不能聽的話都能說，古應春便不作任何顧忌了，「朱太太，」他說：「三千兩銀子，不是一個小數目，而況是號稱財神的胡老爺送你的；更何況人家是為了完當年的一筆人情債，送的人光明正大；受的人正大光明。朱老闆如果問一句：你為啥不收？請問你怎麼同他說？」

阿彩根本沒有想到阿利；如今古應春提出來一問，才發現自己確有難以交代之處。

見她語塞，古應春知道「攻心」已經生效，便窮追猛打地又釘一句：「莫非你說，我心裡的那段情，萬金不換；三千兩算得了甚麼？」

「我當然有我的說法。」

這是遁詞，古應春覺得不必再追，可以從正面來勸她了。

「不管你怎麼說，朱老闆嘴裡不敢同你爭，心裡不會相信的。這樣子，夫婦之間，就有一道裂痕了。二十幾年的夫妻，你肚皮裡還有個老萊子；有這三千兩銀子，拿老同和老店新開，擴充門面，興興旺旺做人家，連你們死掉的老老闆——在陰世裡都會高興。這種好日子不過，要自尋煩惱，害得一家人家可能會拆散，何苦？再說，胡老爺現在的環境，幾千銀子還不在乎，精神上禁不起打擊；他因為能先還筆人情債，心裡很高興，昨天晚上睡了個把月以來從沒有睡過的好覺。倘或曉得你有這種想法，他心裡一定不安；他現在禁不起再加甚麼煩惱了。總而言之，你收了這筆銀子，讓他了掉一樁心事，就是幫他的忙；不然，說得不客氣一點，等於存心害他！朱太太，你不是十七、八歲的姑娘了，而且有兒有女，鬧出笑話來，不好聽。」

這長篇大套一番話，將想得到的道理都說盡了；阿彩聽得驚心動魄，終於如夢方醒似地說了一句：「我收！請古老爺替我謝謝胡老爺。」

「對啊！」古應春大為欣慰，少不得乘機恭維她幾句：「我就曉得你是有見識、講道理、顧大局的人。朱太太，照你的面相，真所謂『地角方圓』，是難得的福相，走到一步幫夫運，著實有一番後福好享。」

說著，他將捏在手裡的一把銀票攤開來，三張「蔚豐厚」；一張「百川通」，這兩家票號在山西幫中居領袖地位，聯號遍布南北，商場中無人不知的。

「朱太太，你收好。」

「古老爺，其實你給我阜康的票子好了。」

阿彩也知道阜康已經在清理，票款能收到幾成，尚不可知；所以如此說法，亦依舊是由於一種不願接受贈款的心理。古應春明白這一點，卻正好借此道出胡雪巖的心境。

「朱太太，這四張銀票，是胡老爺身上摸出來的。不過一個多月以前，阜康的名氣比蔚豐厚、百川通響亮得多，而現在，只好用人家的票子了。你倒想，換了你是他，還有啥心思來回想當初當了夾袍子來吃白肉的情形？」

阿彩爽然若失，慢條斯理地一面理銀票，一面說道：「胡老爺自然不在乎這三千銀子，不過在我來說，總是無功受祿。」

「不是，不是！我想你在城隍廟聽說書，總聽過韓信的故事，一飯之恩，千金以報，沒有哪個說漂母不應該收。」

「那，我就算漂母好了。人家問起來——。」

「喔，喔，」古應春被提醒了，急急打斷她的話說：「朱太太，有件事，請你同朱老闆一定要當心，千萬不好說：胡財神送了你們三千銀子。那一來，人家會說閒話。這一點關係重大，切切不可說出去。千萬、千萬。」

見他如此鄭重叮囑，阿彩自然連連點頭，表示充分領會。

「古老爺，」阿彩說道：「我曉得你事情忙，不留你吃飯了。不過，古老爺，你要把府上的地址告訴我，改天我要給古太太去請安。」

「請安不敢當。內人病在床上，幾時你來陪她談談，我們很歡迎。」

古應春留下了地址，告辭出門，回想經過，自覺做了一件很瀟灑的事，胸懷為之一寬。

24 不堪回首

見了七姑奶奶，彼此都有隔世之感；兩人對望著，忍不住心酸落淚——一個月不見，頭上都添了許多白髮；但自己並不在意，要看了對方，才知道憂能傷人，尤其是胡雪巖，想到病中的七姑奶奶，為他的事焦憂如此，真忍不住想放聲一慟。

每一回見了面，七姑奶奶第一個要問的是胡老太太；只有這一次例外，因為她怕一問，必定觸及胡雪巖傷心之處，所以不敢問。但螺螄太太卻是怎麼樣也不能不問的。

「羅四姐呢？只怕也老了好多。」

「怎麼不是！如今多虧她。」胡雪巖接下來談了許多人情冷暖的境況；七姑奶奶的眼圈紅紅的，不時有淚珠滲出來。

「息一息吧！」瑞香不時來打岔，希望阻斷他們談那些令人傷感的事，最後終於忍不住了，用命令的語氣說：「要吃藥睡覺了。」

「喔、喔！」胡雪巖不免歉疚，「七姐，你好好兒息一息，心放寬來，有應春幫我，難關一定過得去。」

於是古應春陪著胡雪巖下樓，剛在書房中坐定，聽差來報，有客相訪；遞上名片一看，是電報局譯電房的一個領班沈蘭生。

「大概是杭州有覆電來了。」古應春將名片遞給胡雪巖，「此人是好朋友，小爺叔要不要見一見？」

「不囉！」胡雪巖說：「我還是不露面的好。」

「也好！」古應春點點頭，出書房到客廳去會沈蘭生。

書房與客廳只是一牆之隔，房門未關，所以古、沈二人交談的聲音，清晰可聞；「有兩個電報，跟胡觀察有關，我特抄了一份送來。」是陌生的聲音，當然是沈蘭生。

接下來便沒有聲音了。胡雪巖忍不住從門縫中去張望；原來沒有聲音是因為古應春正在看電報。

「承情之至。」古應春看完電報對沈蘭生說：「如果另外有甚麼消息，不分日夜，務必隨時見告。老兄這樣子幫忙，我轉告胡觀察，一定會有酬謝。」

「談不到此。我不過是為胡觀察不平，能效棉薄，聊盡我心而已。」

「是，是。胡觀察這兩天也許會到上海來，到時候我約老兄見見面。」

「好，好！我告辭了。」

等古應春送客出門，回到書房時只見他臉色凝重異常；顯然的，那兩個電報不是甚麼好消息。

「應春，」胡雪巖泰然地問：「電報呢？怎麼說？」

「意想不到的事。」古應春將兩份電報遞給了他。

這兩份電報是《申報》駐北京的訪員發來的兩道上諭，第一道先引述順天府府尹周家楣，以及管理順天府的大臣，左都御史畢道遠的覆奏，說奉旨徹查協辦大學士刑部尚書文煜在阜康存款的經過，指出有一筆存銀四十六萬兩，其中十萬兩為前江西藩司文輝所有，而據文輝聲稱，係託文煜經手代存；另外三十六萬兩，帳簿上只註「文宅」字樣，是否文煜所有，不得而知。

像這樣的案子，照例「著由文煜明白回奏。」文煜倒說得很坦白，他在這二十年中，曾獲得多次稅差；自福建內調後，又數蒙派充「崇文門監督」，廉俸所積，加上平日省儉，故在阜康存銀三十六萬兩。

上諭認為他「所稱尚屬實情」，不過「為數稍多」，責成他捐出十萬兩，以充公用。這十萬兩銀子，由順天府自阜康提出，解交戶部。

「應春，」胡雪巖看完這一個電報以後說：「託你跟京號聯絡一下，這十萬兩銀子，一定要馬上湊出來；最好不等順天府來催，自己送到戶部。」

「小爺叔，」古應春另有意見，「我看要歸入整個清理案去辦；我們似乎可以觀望、觀望。」

「不！這是一文都不能少的，遲交不如早交。」

「好！既然小爺叔這麼說，我就照你的意思辦好了。」古應春又說：「請先看了第二個電報再說。」

一看第二個電報，胡雪巖不覺變色；但很快地恢復如常：「這是給左大人出了一個難題。」

他沉吟了一會問：「左大人想來已接到『廷寄』了？」

「當然。」

「這裡呢？」胡雪巖說：「明天《申報》一登出來，大家都曉得了。」

「明天還不會，總要後天才會見報。」

胡雪巖緊閉著嘴沉吟了好一會：「這件事不能瞞七姐。」

「是的。」古應春停了一下又說：「她說過，就怕走到這一步。」

「她說過？」

「說過。」古應春還能舉出確實日期：「四天以前跟我說的。」

「好！」胡雪巖矍然而起：「七姐能看到這一步，她一定替我想過；有四天想下來，事情看得很透澈了；我們去同她商量。」

於是古應春陪著他復又上樓；腳步聲驚動了瑞香，躡著足迎了出來，先用兩指撮口，示意輕聲。

「剛睡著。」

古應春還未答話，胡雪巖已拉一拉他的衣服，放輕腳步踏下樓梯；回到書房的胡雪巖，似乎已胸有成竹，說話不再是瞻顧躊躇的神氣了。

「應春，你替我去跟沈蘭生打個招呼，看要怎麼謝他，請你做主。頂要緊的是務必請他不要張揚。」

「我剛才已經關照他了。」

「再釘一釘的好。順便到集賢里去一趟，告訴老宓，我住在這裡。」胡雪巖又說：「我趁七姐現在休息，好好兒想一想；等你回來，七姐也醒了，我們再商量。」

臥室中只有三個人，連瑞香亦不得其聞；七姑奶奶果然心理上早有準備，當胡雪巖拿電報給她看時，她平靜地問：「是不是京裡打來的？」

「是軍機處的一道上諭。」古應春說：「讓你說中了。」

「我變成烏鴉嘴了。」她問她丈夫說：「上諭不是啥七個字一句的唱本，我句子都讀不斷，總還有不認識的字，你唸給我聽！」

於是古應春緩慢地唸道：「現在阜康商號閉歇，虧欠公項及多處存款，為數甚鉅。該號商江西候補道胡光墉，著先行革職；即著左宗棠飭提該員，嚴行追究，勒令將虧欠多處公私等款，趕緊逐一清理。儻敢延不完繳，即行從重治罪。並聞胡光墉有典當二十餘處，分設各省；藺絲若干包值銀數百萬兩，存置浙省。著該督咨行該省督撫一一查明辦理，將此諭令知之。」唸完問道：「聽明白沒有？」

「這還聽不明白？」七姑奶奶抬眼說道：「小爺叔，恭喜、恭喜！比我原來所想的好得多。」

胡雪巖一楞；古應春亦覺突兀，脫口問道：「喜從何來？」

「朝廷裡把小爺叔的案子交給左大人來辦，還不是一喜？」七姑奶奶說：「這是有人在幫小爺叔的忙。」

這一說，胡雪巖首先領悟，「真是旁觀者清。」他說：「如說有人幫忙，一定是文中堂，他同恭王是親戚。」

「嗯、嗯。」古應春問他妻子：「你說比你原來所想的好得多；你原來怎麼想的？」

「事情過去了，不必再說。」

「不！」胡雪巖的聲音很堅決，「到這步田地了，而且還要同你徹底商量，有話不必忌諱。」

「我原來以為革職之外，還要查抄。現在只左大人『嚴行追究』，而且不是勒令完清，是勒令『清理』。後面又說要左大人去公事給各省督撫，查明辦理；照這樣子看，浙江劉撫台要聽左大人的指揮，要他查才查，不要他查就不查。這個出入關係很大。」

經七姑奶奶一說破，胡雪巖領悟到，其中大有關係。因為目前負清理全責的浙江巡撫劉秉璋，他雖出身淮軍，但本人也是翰林，所以不願依附李鴻章；話雖如此，由於與淮軍的關係很深，不免間接會受李鴻章的影響。胡雪巖既為李鴻章認作左宗棠的羽翼，必須加以翦除，那麼期望劉秉璋能加以額外的援手，便等於緣木求魚了。如今朝廷將阜康所欠公私各款交左宗棠逐一清理，左宗棠便可直接指揮德馨辦理，這一來對胡雪巖自然非常有利。

「七姐，你是一語點醒夢中人。如今該怎麼辦，請你這位女諸葛發號施令。」

「小爺叔不要這麼說。我出幾個主意，大家商量。第一，應該打個電報給德藩台，讓他心裡有數；劉撫台管不到那麼多了。」

「不錯，這個電報馬上要打。」

「左大人那裡當然要趕緊聯絡。」七姑奶奶問：「小爺叔，你是自己去一趟呢？還是讓應春去面稟一切？」

「我看我去好了。」古應春自告奮勇，「小爺叔沒有頂戴不方便。」

這話在胡雪巖正中下懷。奉旨革職的人，當然只能穿便衣，這對左宗棠來說，倒是無所謂的事，但江寧是全國候補道最多的地方，為人戲稱「群盜如毛」；一到華燈初上，城南貢院與秦淮河房一帶，碰來碰去的稱呼都是「某觀察」；人家當然還是照舊相呼，但胡雪巖不知是默受，還是要聲明，已是一介平民？這種尷尬的情勢，能避免自然求之不得。

因此，他即時說道：「對！應春請你辛苦一趟。見了左大人，你是第三者的地位，比較好說話。」

「是！我明天一早就走。還有啥話要交代？」

「你特別要為德曉峰致意，他很想走左大人的路子；左大人能在封疆大吏中，多一個幫手，也是好的。」

古應春也知道，德馨對升巡撫一事，非常熱中，如果能找機會為他進言，並取得左宗棠的承諾，保他更上層樓，那一來德馨自然就會更加出力來幫胡雪巖的忙。

「不過，德藩台的覆電，不是今天、明天一定會到；洋人那面，接不上頭，似乎不大好。」

古應春說：「絲能脫手，到底是頂要緊的一件大事。」

「現在情形不同了，歸左大人清理，這批絲能不能賣，就要聽他的了。」胡雪巖緊接著說：

「此所以你到江寧去最好，可以當面跟左大人談。」

「如果德藩台覆電來了，說可以賣呢？」

「那也要聽左大人的。」

「事情不是這樣辦的。」七姑奶奶忍不住開口，「如今是洋人這面重要，價錢談不攏不必談；談攏了又不能賣，要請示左大人，時間上耽誤了，洋人或許會變卦。」

「七姐的話不錯。」胡雪巖馬上作了決定，「絲是一定要脫手的，現在不過價錢上有上落；日子也要寬幾天。應春，你明天先把買主去穩住，你同他說，交易一定做得成，請他等幾天。現在洋人也曉得了，一牽涉到官場，做事情一定要有耐心；幾天的功夫不肯等，根本就沒有誠意，這種戶頭，放棄了也沒有甚麼可惜。」

「好！我明天一早去；去了回來就動身。」古應春忽然發覺：「咦，老宓怎麼還不來？」

原來古應春去看沈蘭生時，照胡雪巖的囑咐，順道先轉到集賢里；阜康雖已閉歇，宓本常與少數夥計，還留守在那裡。宓本常聽說胡雪巖來了，即時表示，馬上就會到古家來「同大先生碰頭」。這句話到此刻，將近三個鐘頭了，何以蹤影不見？

「醜媳婦總要見公婆面，他會來的。小爺叔吃消夜等他。」七姑奶奶說：「消夜不曉得預備好了沒有？」

「早就預備好了。」瑞香在外面起坐間中，高聲回答；接著進了臥室，將坐在輪椅上的七姑奶奶推了出去。

消夜仍舊很講究，而且多是胡雪巖愛吃的食物；時值嚴寒，自然有火鍋，是用「糟缽頭」的滷汁，加上魚圓、海參、冬筍，以及名為「膠菜」的山東大白菜同煮。這使得胡雪巖想起了老同和。

「應春，」他問：「你看見阿彩了？」

「看見了。」

「哪個阿彩？」七姑奶奶問：「好像是女人的名字。」

胡雪巖與古應春相視而笑。由於胡雪巖現在的心境，倒反而因為京裡來的消息而踏實了，所以古應春覺得談談這段意外的韻事，亦自不妨，當即開玩笑地說：「小爺叔如果當時再跟阿彩見一面，說不定現在是老同和的老闆。」

以這句笑談作為引子，古應春由昨夜在老同和進餐，談到這天上午與阿彩的對話，其間胡雪巖又不時作了補充。這段亙時二十餘年的故事，近乎傳奇。七姑奶奶與瑞香都聽得津津有味；胡雪巖藉此也了解了許多他以前不知道，甚至想像不到的情節；尤其是阿彩如此一往情深，大出他的意料，因而極力追憶阿彩當年的模樣，但只有一個淡淡的、幾乎不成形的影子，唯一記得清楚的是身子，纖瘦與一雙大眼睛。

這頓消夜，吃到午夜方罷。宓本常始終未來；「算了！」胡雪巖說：「明天早上再說，睡覺要緊。」

這一夜睡得不很舒適，主因是古家新裝了一個鍋爐，熱汽由鉛管通至各處，這是西洋傳來的新花樣，上海人稱之為「熱水汀」，胡雪巖元寶街的住宅雖講究，卻尚無此物。但雖說「一室如春」，胡雪巖卻還不甚習慣，蓋的又是絲棉被，半夜裡出汗醒了好幾次；迫不得已起床，自己動手，在櫃子裡找到兩條毛毯來蓋，才能熟睡。

醒來時，紅日滿窗。瑞香聽得響動，親自來伺候漱洗，少不得要問到胡家上下，胡雪巖只答得一句：「都還好。」便不願多談，瑞香也就知趣不再問下去了。

上樓去看七姑奶奶時，已經擺好早餐在等他了，照例有一碗燕窩粥；胡雪巖說道：「謝謝！七姐你吃吧。」

「為啥不吃？」七姑奶奶說：「小爺叔，你不要作賤自己。」

「不是作賤自己。我享福享過頭了，現在想想，應該惜福。」

七姑奶奶未及答言，只聽樓梯上的腳步聲，異常匆遽，彷彿是奔了上來的。大家都定睛去看，是古應春回來了。

「小爺叔，」他說：「老宓死掉了！」

「死掉了！」胡雪巖問：「是中風？」

「不是，自己尋的死路；吞鴉片死的。」古應春沮喪地說：「大概我走了以後就吞了幾個煙泡；今天早上，一直不開房門，阿張敲門不應，從窗子裡爬進去一看，身子都僵了。」阿張是阜康的夥計。

「是為啥呢？」胡雪巖搖搖頭，「犯不著！」

「小爺叔，你真真厚道。」七姑奶奶說：「他總覺得禍都是他闖出來的，沒有臉見你。他來過兩回，一談起來唉聲嘆氣，怨他自己不該到寧波去的。那時候——。」

七姑奶奶突然住聲不語，胡雪巖便問：「七姐，你說下去啊。」

七姑奶奶沒有答他的話，只問她丈夫：「你怎麼曉得你一走了，他就吞了幾個煙泡。」

「他們告訴我，昨天我一走，他就關房門睡覺了；那時候只有八點鐘，大家都還沒有睡。」

「那麼，」七姑奶奶緊接著問：「大家倒沒有奇怪，他為啥這樣子早就上床？」

「奇怪歸奇怪，沒有人去問他。」古應春答說：「阿張告訴我，他當時心裡就在想，不是說要去看大先生，怎麼睏了呢？他本來想進去看一看，只為約了朋友看夜戲，中軸子是楊月樓的『八大鎚帶說書』，怕來不及，匆匆忙忙就走了。看完夜戲吃消夜，回來就上床，一直到今天早上起來去敲門，才曉得出了事。」

七姑奶奶不作聲了，但臉上的神色，卻很明顯表示出，她另有看法。

「阜康的人也還有好幾個，當時就沒有一個人會發現？」胡雪巖又說：「吞鴉片不比上吊，要死以前，總會出聲，莫非就沒有一個人聽見？」

「我也這麼問他們，有的說一上床就睡著，沒有聽見；有的說逛馬路去了，根本不知道。」

「這也是命中注定。」七姑奶奶終於忍不住開口：「不是人死了，我還說刻薄話，照我看是弄假成真。」

「你是說，他是假裝尋死？」古應春問。

「你又不是不曉得，他隨身的那個明角盒子裡，擺了四個煙泡，在人面前亮過不止一回。」

「喔，」胡雪巖很注意地問：「他是早有尋死的意思了。」

「是啊！」七姑奶奶看著古應春說：「我不曉得你聽他說過沒有？我是聽他說過的。」

「他怎麼說？」胡雪巖問。

「他說：我實在對不起胡大先生，只有拿一條命報答他。」

「七姐，你倒沒有勸他，不要起這種念頭？」

「怎麼沒有。我說：古人捨命救主的事有，不過賠了性命，要有用處。沒有用處，白白送了一條命，對胡大先生一點好處都沒有。」

「他又怎麼說呢？」

「他說，不是這樣子，我對胡大先生過意不去。」七姑奶奶又說：「他如果真的是這樣想老早就該尋死了。遲不死，早不死，偏偏等到要同你見面了，去尋死路。照我想，他是實在沒有話好同小爺叔你說，只好來一條苦肉計。大凡一個人真的不想活了，就一定會想到千萬不要死不成，所以要挑挑地方；還要想想死的法子，要教人不容易發現，一發現了也死不成。

「他身上的煙泡，照我想，阜康的夥計總也見過的，莫非他們就沒有想到？說了要來看大先生，忽然之間關了大門睡覺，人家自然會起疑心，自然會來救他。這樣子一來，天大的錯處，人家也原諒他了；他也不必費心費力說多少好話來賠罪了。哪曉得偏偏人家留心不到此，看戲的看戲，逛馬路的逛馬路，睡覺的睡覺；這都是他想不到的。小爺叔你也不必難過，他這樣子一死，不必再還來生債，對他有好處的。」

「死了，死了；死了一切都了掉了。」胡雪巖說：「他的後事，要有人替他料理；應春，我曉得他對你不大厚道，不過朋友一場，你不能不管。」

「是的。我已經叫阜康的夥計替他去買棺材了。儘今天一天功夫，我把他的後事料理好，明天動身。」古應春又問：「是不是先打個電報給左大人？」

「應該。」

於是古應春動筆擬了個由胡雪巖具名，致左宗棠的電報稿說：「頃得京電，知獲嚴譴，職謹回杭待命，一聞電諭，即當稟到；茲先著古君應春赴寧，稟陳一切。」胡雪巖原執有左宗棠給他的一個密碼本，為了表示光明磊落，一切遵旨辦理，特別交代古應春用明碼拍發。

「洋人那裡呢？」胡雪巖又問：「談妥了。」

「好！」胡雪巖向七姑奶奶徵詢：「七姐，你看我是不是今天就動身？」

「要這樣子急嗎？」

「我是由宓本常尋死，聯想到杭州，《申報》的消息一登，一定有人會著急；不曉得會出甚麼意外。所以我要趕回去；能在《申報》運到之前，趕回杭州最好。」

「說得一點不錯。」七姑奶奶答說：「昨天晚上我們光是談了公事；本來今天我還想同小爺叔談談家務。現在小爺叔已經想到了，就不必我再說。趕緊去訂船吧。」

「我來辦。」古應春說：「訂好了，我馬上回來通知。」

等古應春一走，胡雪巖又跟七姑奶奶祕密商量；一直到中午，古應春回來，說船已訂好，花三百兩銀子雇了一隻小火輪拖帶，兩天功夫可以回杭州。

胡雪巖專用的官船，大小兩號，這回坐的是吃水淺的小號，小火輪拖著，宛如輕車熟路，暢順無比，黃昏過了海寧直隸州，進入杭州府境界，當夜到達省城，在望仙橋上岸，雇了一乘小轎，悄然到家。

「這麼快就回來了？」螺螄太太驚訝的問：「事情順手不順手？」

「一時也說不盡。」胡雪巖問：「老太太身子怎麼樣？」

「蠻好。就是記罣你。」

「唉！」胡雪巖微喟著，黯然無語。

「我叫他們預備飯，你先息一息。」螺螄太太喚著阿雲說：「妳去告訴阿蘭，叫她稟報太太，說老爺回來了。」

這是她守著嫡庶的規矩，但胡雪巖卻攔住了，「不必，不必！」他說：「等我們談妥當了，再告訴她。」

這一談談到四更天，胡雪巖方始歸寢。螺螄太太卻不曾睡，一個人盤算了又盤算，到天色微明時，帶著阿雲去叩夢香樓的房門，與胡太太談了有半個時辰，方始回來，喚醒胡雪巖，伺候他漱洗已畢，開上早飯來，依舊食前方丈。

「從明天起，不能再這樣子擺排場了。」

螺螄太太急忙解釋：「原是因為你頭一天回來，小廚房特別巴結。」

「小廚房從明天起，也可以撤銷了。」

「我曉得。」螺螄太太說：「這些事我會料理，你就不必操這份心吧！」

胡雪巖不作聲了，朝餐桌上看了一下說：「到大廚房去拿兩根油炸檜來。」

古來奸臣無數，杭州人最恨的是害死岳飛的秦檜，所以將長長的油條稱之為「油炸檜」，意思是他在十八層地獄下油鍋；又寫做「油灼膾」。胡家下人多，每天大廚房裡自己打燒餅、炸油條；從來不嘗的胡雪巖，忽然想到此物，無非表示今後食貧之意，螺螄太太覺得太委屈了他，也怕下人加油添醬作新聞去傳說，或者還有人會罵他做作，所以當面雖未攔阻，卻向阿雲使個眼色；這俏黠丫頭，自能會意，到外面轉了一圈回來說：「已經歇火不炸了，冷油條最難吃，我沒有要。」

「沒有要就不要了。」螺螄太太說道：「老爺也快吃好了。」

胡雪巖不作聲，吃完粥站起，恰好鐘打八下，便點點頭說：「是時候了。」

「阿雲！」螺螄太太開始發號施令：「你叫人把福生同老何媽去叫來。隨後通知各房姨太太，到二廳上會齊，老爺有話交代；再要告訴阿蘭，請太太也到二廳上。」

她說一句，阿雲應一句；不一會，男女總管福生與老何媽應召而至，螺螄太太吩咐福生，在二廳上升火盆；然後將老何媽喚到一邊，密密交代了好些話。

胡家這十年來，「夜夜元宵，朝朝寒食」，各房姨太太此時有的剛剛起身，正在漱洗；有的還在床上。其中有兩個起得早的，都從丫頭口中，得知胡雪巖已於昨夜到家，一個素性懶散，聽過丟開，只關心她的一架鸚鵡，一缸金魚；天氣太冷，金魚凍死了兩條，令人不怡。

另一個性情淳厚，服事胡雪巖，總是處處想討他的歡心，深知胡雪巖喜歡姬妾修飾，所以梳洗以後，插戴得珠翠滿頭，換了一件簇新的青緞皮襖，打算著中午必能見到胡雪巖——每逢他遠道歸家，必定召集十二房姨太太家宴；如今雖非昔比，她認為老規矩是不會改的。

因為如此，等丫頭一來傳喚，她是首先到達二廳的。胡雪巖覺得眼前一亮，「唷！」他說：「你一大早就打扮得花枝招展，好像要趕到哪裡去吃喜酒，是不是？」

宋姑娘在胡家姬妾中排行第五。胡雪巖一向喜歡她柔順；加以性情豁達，雖遭挫折，未改常度，所以這樣跟她開玩笑地說。

宋姑娘卻不慌不忙地先向胡太太與螺螄太太行禮招呼過了，方始含笑答說：「聽說老爺回來了，總要穿戴好了，才好來見你。」

「對，對！」胡雪巖說：「你穿戴得越多越好。」

一句剛完，螺螄太太重重地咳嗽了一聲；彷彿怪他說錯了話似地。

宋姑娘當然不會想到他話中另有深意，一眼望見人影說道：「福建姨太來了。」

福建姨太姓楊，家常衣服，雖梳好了頭，卻連通草花都不戴一朵；進得廳來，一一行禮，心裡還在惦念著她那兩條死掉的金魚，臉上一點笑容都沒有。

接著其餘各房姨太太陸續而來；螺螄太太看是時候了，便向胡雪巖說一句：「都到齊了。」

於是胡雪巖咳嗽一聲，裡裡外外，靜得連針掉在地上都聽得見。但胡雪巖卻怔怔地看看這個，看看那個，好久都無法開口；而且眼角晶瑩，含著淚珠了。

他此時的心境，別人不知道，胡太太跟螺螄太太都很清楚。這十一個姨太太，都是他親自選中的，或者量珠以聘；或者大費周折，真所謂來之不易。何況一個有一個的長處，不管他在官場、商場、洋場遭遇了甚麼拂逆之事，一回到家，總有能配合他的心情，讓他暫時拋開煩惱的人相伴，想到一旦人去樓空，如何狠得下這個心來？

螺螄太太當機立斷，「請太太跟大家說吧！」接著便想吩咐站在胡太太身後的阿蘭，將胡雪巖扶了進去；但一眼瞥見行七的朱姨太，靈機一動，改口說道：「七妹，你送老爺到後頭去。」

朱姨太心知別有深意，答應著來扶胡雪巖；他一言不發，搖搖頭，掉轉身子往裡就走。不過朱姨太還是搶上兩步，扶著他的手臂。

「老爺是昨天晚上回來的。」胡太太說道：「消息交關不好，我也不必細說；總而言之一句話，樹倒猢猻散，只好各人自己作打算了。」

此言一出，裡外一陣輕微的騷動；胡太太重重咳嗽一聲，等大家靜了下來，正要再往下說，不過有人搶在她前面開了口。

此人是排行第二的戴姨太太，「我今年四十歲了。」她說：「家裡沒有人，沒有地方好去；我仍舊跟太太，有飯吃飯，有粥吃粥。我跟老爺、太太享過福，如今吃苦也是應該的。」

「戴姨太，你不要這樣說——。」說到這裡，胡太太發覺螺螄太太拉了她一把，便即停了下來，轉眼等她開口。

螺螄太太是發覺對戴姨太要費一番唇舌，如果說服不了她，事情便成了僵局；所以輕聲說道：「太太，我看先說了辦法，一個一個來問；不願意走的，另外再說。」

胡太太聽她的話，開口說道：「老爺這樣做，也叫做沒奈何。現在老爺已經革職了，還要啥罪名，還不曉得，為了不忍大家一起受累，所以只好請大家各自想辦法。老爺想辦法湊了一點現銀，每人分五百兩去過日子。大家也不必回自己房裡去了，『將軍休下馬，各自奔前程』，就在這裡散了吧！」

一聽這話，第一個福建籍的楊姨太太，扶著一個丫頭的肩，急急奔出廳去；去到花園門口，只見園門緊閉，掛了一把大鎖，老何媽守在那裡。

「開門！開門！」楊姨太說：「我要回去拿東西。」

「楊姨太，進不去了，沒有鑰匙。」

「鑰匙在哪裡？」

「在老爺身上。」

「我不相信。」

「不相信也沒有辦法。」老何媽說：「楊姨太，算了吧！」

「我，我，」楊姨太哭著說：「我的鸚鵡、金魚還沒有餵。」

「你請放心。」老何媽說：「自有人養，不會死的。」

楊姨太還要爭執，但老何媽寒著臉不開腔，看看無法可想，只好委委屈屈地重回二廳。

二廳上聚訟紛紜，有的在商談歸宿；有的在默默思量；有的自怨自艾，早知如此，該學宋姑娘，將所有的首飾都戴在身上。當然，表情亦各各不同，有的垂淚，不忍遽別；有的茫然，恍如鎩羽；亦有欣然色喜，等一開了籠子，就要振翅高飛的。

廳外聚集的男女僕人，表情就更複雜了，大多是三三兩兩，聚在一起交頭接耳地竊竊私議；有人臉上顯得興奮而詭異，那就不難窺見他們的內心了，都是想撿個現成便宜，尤其是年紀較輕而尚未成家的男僕，彷彿望見一頭天鵝，從空而降，就要到嘴似地，這種人財兩得的機會，是做夢都不曾想到的。

亂過一陣，大致定局，除了戴姨太堅持不走，決定送她去陪老太太以外，其餘五個回娘家；四個行止未定，或者投親，或者在外賃屋暫住，一共是九個人。胡太太當即交代總管，回娘家或者投親的雇車船派人護送；賃屋暫住的，大概別有打算，亦自有人照料，就不必管了。

此外就只剩有一個朱姨太了。她是由胡雪巖親自在作安排，「老七，」他說：「你是好人家的女兒，所以我對你一向另眼看待，你自己也曉得的。」

「我曉得。」朱姨太低著頭說。

「在我這回去上海以前，羅四姐跟你談過周少棠，你的意思怎麼樣？」

「我根本沒有想過。」朱姨太說：「我只當她在說笑話。」

「不是笑話。」胡雪巖很委婉地說：「我也曉得你不願意出去，不過時勢所限，真叫沒法。

俗語說得是：『夫妻本是同林鳥，大限來時各自飛』，你要想開一點。」

「哪裡想得開？我跟老爺八年，穿羅著緞；首飾不是珍珠，就是翡翠，這樣的福享過，哪裡還能夠到別人家去過日子。」

口氣是鬆動了。胡雪巖像吃了螢火蟲似地，肚子裡雪亮；略想一想，低聲說道：「我同太太她們定規的章程是，每人送五百兩銀子，不必再回自己房間裡去了。對你，當然是例外。」

朱姨太心裡一塊石頭落地，當即盈盈下拜：「謝謝老爺。」

「起來，起來。」胡雪巖問道：「你有多少私房？」

「也沒有仔細算過。而且老爺賞我的都是首飾，也估不出價錢。」

「現銀呢？」

「我有兩萬多銀子，擺在錢莊裡。」

胡家的姨太太，都有私房存在阜康生息。阜康一倒，紛紛提存；胡雪巖亦曾關照這些存款，都要照付。不過朱姨太還存著兩萬多兩，不免詫異。

「怎麼？你沒有把你的款子提出來？」

「我不想提。」

「為啥？」

「老爺出了這種事，我去提那兩萬多銀子，也顯得太勢利了。」

「好！好！不枉我跟羅四姐對你另眼相看。」胡雪巖停了一下：「你的存摺呢？」

「在房間裡。」

「等一下你交給我；我另外給你一筆錢。」

「不要啦！」朱姨太說：「老爺自己的錢都不知道在哪裡。」

接下來，胡雪巖便談到周少棠，說他從年紀輕時，就顯得與眾不同，一張嘴能說善道，似乎有些油滑，但做事卻實實在在。又談周太太如何賢慧，朱姨太嫁了過去，一定能夠和睦相處。

朱姨太卻一直保持著沉默，甚至是不是在傾聽，都成疑問，因為她不是低著頭，便是望著窗外，彷彿在想自己的心事似地。

這使得胡雪巖有些不大放心了，「你的意思到底怎麼樣？」他問。

「我，」朱姨太答說：「我想問問我哥哥。」

「初嫁由父，再嫁由己。你老子去世了，你哥哥怎麼管得到你。」

朱姨太沉吟未答；就這時候聽得房門輕輕推開，出現在門口的是螺螄太太。

「都弄好了？」

「只有戴姨太，一定不肯走，情願去服侍老太太。」

「喔。」胡雪巖無可無不可地點點頭：「宋姑娘呢？」

「她回娘家。」螺螄太太說：「她要進來給你磕頭，我說見了徒然傷心，不必了。」

「她倒也是有良心的。」胡雪巖又指著朱姨太說：「她有兩萬多銀子存在阜康；上個月人家都去提存，她沒有提。」

「喔。」螺螄太太沒有再說下去。

就這時只聽有人叩門，求見的是福生，只為拿進來一份剛送到的《申報》。報上登著胡雪巖革職，交左宗棠查辦的新聞；還有一段「本埠訊」：「本埠英租界集賢里內，胡雪巖觀察所開設之阜康莊號執事人宓本常，因虧空避匿，致莊倒閉等因，已刊前報。茲悉宓本常初至原籍寧波，繼到杭州，然未敢謁胡觀察，今仍來滬。

胡觀察於日前至滬，約見宓本常，不意宓於當夜服毒身死。至前日清晨，始被人發現，已尋短見；惟察其肚腹膨彎，且有嘔血之痕跡，疑吞西國藥水身死。」

宓本常如何身死，已無足關心；胡雪巖所關心的是另外一篇夾敘夾議的文章，題目叫做「胡財神因奢而敗」。其中有一段說：「胡在上海、杭州各營大宅，其杭宅尤為富麗，皆訂規禁制，仿西法，屢毀屢造。廳室間四壁皆設尊罍，略無空隙，皆秦漢物，每值千金，以碗沙搗細塗牆，捫之有稜，可以百年不朽。園內仙人洞狀如地窖、几榻之類、行行整列。六七月胡御重裘偃臥其中，不知世界內，尚有炎塵況味。」

看到這裡，胡雪巖笑出聲來，螺螄太太與朱姨太圍了攏來，聽他講了那段文章，螺螄太太問道：「甚麼叫『重裘』？是不是皮袍子？」

「就算不是皮袍子，至少也是夾襖。假山洞裡比較涼快是有的，何至於六七月裡要穿夾襖。我來看看是哪個胡說八道？」

仔細一看，這篇文章有個總題目，叫做「南亭筆記」；作者為李伯元。又有一段說：「胡嘗衣敝過一妓家，妓慢之不為禮，一老媼殷殷訊問，胡感其誠，坐移時而去。明日使餽老媼以蒲包，啟視之，粲粲然金葉也。妓大悔，復使老媼踵其門，請胡命駕，胡默然無一語，但拈鬚微笑而已。胡嘗過一成衣鋪，有女倚門而立，頗苗條，胡注目觀之，女覺，乃闔門而入；胡恚，使人說其父，欲納之為妾，其父靳而不予。胡許以七千圓，遂成議。擇期某日，燕賓客，酒罷入洞房，開尊獨飲，醉後會女裸臥於床，僅擎巨燭侍其旁，胡回環審視，軒髯大笑曰：『汝前日不使我看，今竟何為？』」

看到這裡，胡雪巖復又大笑，「你們看，這個李伯元，說我一把鬍子。」接著將那段筆記，連唸帶講地告訴了她們。

「嚼舌頭！」螺螄太太說：「哪裡有這種事！」

「而且前言不搭後語。」朱姨太是醫生的女兒，略通文墨，指出李伯元的矛盾：「一會『拈鬚微笑』；一會『軒髯大笑』，造謠言造得自己都忘其所以了。」

「不錯。」胡雪巖說：「不過後面這一段倒有意思，好像曉得有今天這樣的收場結果似地。」

「喔，」螺螄太太問：「他怎麼說？」

「他說：『已而匆匆出宿他所。詰旦遣媼告於女曰：房中所有悉將去，可改嫁他人，此間固無從位置也。女如言獲二萬餘金歸諸父，遂成鉅富。』」

「這個人眼孔也太小了。」朱姨太說：「兩萬多銀子，就好算鉅富了？」

胡雪巖不作聲；螺螄太太問道：「你說，要多少才好算鉅富？」

朱姨太將自己的話回味了一下，才發覺自己的無心之言，已經引起螺螄太太的猜疑了；想了一下答說：「我是笑他這個姓李的眼孔比我還小，他把兩萬多銀子看得大得不得了；我有兩萬多銀子，情願不要。」

這是指她的那筆阜康存款而言，再一次表示放棄。當然，她不妨說漂亮話，而胡雪巖認為不須認真分辨，只要照自己的辦法去做就是。螺螄太太更覺不便多說甚麼，不過朱姨太不想多爭財貨的本心，卻已皎然如見，因而對她又添了幾分好感。

這時廳上已經靜了下來，只是螺螄太太與胡太太，照預定的計畫，還有遣散男女傭僕的事要安排，所以仍是朱姨太太陪著胡雪巖閒坐。

「我們進去吧！」胡雪巖說：「這裡太冷。」

「園子門還不能開，老爺再坐一息。我去叫人再端一個火盆來。」

一去去了好半天，沒有人來理胡雪巖；想喝杯茶、茶是冷的，想找本書看，翻遍抽屜，只有一本黃曆，不由得想起一句俗語：「年三十看黃曆，好日子過完了。」

朱姨太終於回來了。原來當十一房姨太太，奉召至二廳時，由老何媽與阿雲，隨即將多處房門上鎖，丫頭、使女都被集中到了下房待命。

朱姨太的一個大丫頭春香也在其中，她先找到春香；由春香四處去尋覓，好不容易才找到了一籃木炭，這一下耽誤的功夫便大了。

火盆上續了火炭，坐上銅銚子燒開了水，胡雪巖才能有熱茶；身上也不冷了，但腹中咕嚕嚕一陣響，便即問道：「在哪兒吃飯？」

「只好在這裡。」朱姨太關照春香：「你到小廚房去交代，老爺的飯開到這裡來。」

「我去交代沒有用。」春香答說：「有規矩的，小廚房要螺螄太太的人才算數。」

「那你去找阿雲。」

春香答應著去了；不一會回來覆命：「小廚房我同阿雲一起去的。劉媽說，小廚房今天不開伙；也不曉得老爺已經回來了，沒有預備。不過，她沒有事做，把明天要吃的臘八粥，倒燒好了，問老爺要不要吃？」

「為啥今天小廚房不開伙？」胡雪巖問。

「這當然是螺螄太太交代的。」朱姨太答說。

胡雪巖會意了，這也是螺螄太太迫不得已的下策，伙食斷絕，大家自然非即時離去不可。胡雪巖大不以為然，搖搖頭說：「這也太過分了。出去的人說一句：我是飢了肚子出胡家大門的！你們想，這話難聽不難聽？」

「沒法子的事。老爺也不要怪螺螄太太。」

「我不怪她；我只怪我自己，我應該想到的。」

朱姨太不再作聲，等劉媽帶著人來開飯，居然還能擺出四盤四碗來，不過都是現成材料湊付；而且還有一個火鍋，當然是十錦火鍋。

世家大族一年到頭，不斷有應時的食品，而況胡家已是鐘鳴鼎食之家；兼以胡老太太信佛，所以每年這頓臘八粥，非常講究，共分上中下三等，中下兩等，為執事人等及下人所用，由大廚房預備；上等的由小廚房特製，除了「上頭人」以外，只有賓客與少數「大夥」，才能享用。這臘八粥的講究，除了甜的有松仁、蓮子、桂圓、紅棗等等乾果；鹹的有香菌、筍乾等等珍品以外，另外還加上益中補氣的藥材。今日之下，豔姬散落如雲，滿目敗落的景象，只有這兩種臘八粥，依然如昔；這便又引起了胡雪巖的感慨，但也是一種安慰，因而很高興地說：「甜的、鹹的我都要。」

「先吃鹹的，後吃甜的。」朱姨太說：「先吃了甜的，再吃鹹的就沒有味道了。」

「對！」胡雪巖說：「要後頭甜。」

等盛了粥來，剛扶起筷子，忽然想起一件事，立即將筷子又放了下來。

「怎麼？」

「老太太那裡送去了沒有？」

「這，倒還不知道。」朱姨太急忙喊道：「劉媽、劉媽！」

在外待命的劉媽，應聲而進；等朱姨太一問，劉媽楞住了，「螺螄太太沒有交代。」她囁嚅著說。

胡雪巖從阜康出事以來，一直沒有發過怒，這時卻忍不住了，驀地將桌子一拍，「沒有交代，你就不管了！」他咆哮著，「你們就不想想，老太太平時待你們多少好！她不在家，你們就連想都想不到她了，忘恩負義，簡直不是人！」

一屋的人，都沒有見他發過這麼大的脾氣；朱姨太見機立即跪了下來，她一跪，其餘的人自然也都矮了半截。

「老爺不要生氣。今天是初七——。」

「今天初七，明天不是臘八，你以為可以耽誤到啥辰光？」

朱姨太無緣無故挨了罵，自然覺得委屈，但不敢申辯；更不敢哭，只要言不煩地說：「馬上就送上山去，我親自送。」

有了這句話，胡雪巖方始解怒；但卻忍不住傷心，回想往事，哪一回不是臘月初七先試煮一回，請胡老太太嘗過認可，方始正式開煮。如今連她人在何處，都沒有人關心了！他這做兒子，怎不心如刀絞？

其時螺螄太太已經得報，說：「老爺為了沒有替老太太送臘八粥去，大發雷霆。」自知疏忽，急急趕了來料理。

事實上等她趕到，風波已經過去，但胡雪巖心裡氣尚未消，是她所想像得到的。好在劉媽平日受她的好處很多，不妨委屈委屈她，來消胡雪巖的餘怒。

因此，她一到便擺臉色給劉媽看，「今天臘月初七，不是吃臘八粥的日子，」她問：「你把臘八粥端出來作啥。」

「我是問阿蘭，臘八粥燒好了，老爺要不要嘗一碗。」劉媽囁嚅著說：「不是我自己要端出來的。」

「你還要嘴強！」螺蛳太太大喝一聲：「你燒好了，自然要吃；不吃莫非倒掉。每年的臘八粥，都是晚上一交子時才下鍋，你為啥老早燒出來？」

「我是因為今天不開伙——。」

「哪個跟你講今天不開伙？」螺蛳太太搶著責問：「不開伙，難道老爺就不吃飯了？我怎麼關照你的，我說今天有事，亂糟糟的，老爺只怕不能安心吃飯，遲一點再開，幾時說過今天不開伙。」

聲音越來越高，彷彿動了真氣似地，劉媽不敢作聲。胡雪巖倒有點過意不去，正想開口解勸時，不道螺蛳太太卻越罵越起勁了。

「還有，常年舊規你不是不曉得，每年臘八粥總要請老太太先嘗了再煮。今年老太太住在山上，我還打不定主意，臘八粥是送了去，還是帶了材料到山上去煮？你就自作主張，不到時候就煮好了。」說著，螺蛳太太將桌子使勁一拍：「你好大膽！」

到了這個地步，胡雪巖不但餘怒全消，而且深感內疚，自悔不該為這件小事認真；因而反來解勸螺蛳太太，安慰劉媽。

「好了，好了！你也犯不著生這麼大的氣，總怪我不好。」他又對劉媽說：「你沒有啥錯；螺蛳太太說你兩句，你不要難過。」

「我不敢。」

朱姨太與阿蘭也來打圓場，一個親自倒了茶來；一個絞了手巾，服侍螺蛳太太。一場風波，霎時間煙消雲散。

「粥還不壞。」胡雪巖說道：「你也嘗一碗。」

「我不餓。」螺螄太太臉色如常地說：「等我去料理完了，同太太一起去看老太太。」

「你們兩個人都要去？」

「怎麼不要？家裡這麼一件大事，莫非不要稟告她老人家？」螺螄太太又說：「戴姨太一去，老太太自然也曉得了，心裡會記罣。」

這一下提醒了胡雪巖，此是家庭中極大的變故；按規矩應該稟命而行，如果老母覺得他過於專擅，心裡不甚舒服，自己於心何安？

轉念到此，便即說道：「我也去。」

「你怎麼能去？」螺螄太太說：「如果有啥要緊信息，不但沒有人作主，而且大家都上山，會接不上頭。」

「這倒也是。」胡雪巖接著又說：「我是怕老太太會怪我，這麼大一件事，說都不跟她說一聲。」

「不要緊！我有話說。」

「你預備怎麼說法？」

螺螄太太看朱姨太不在眼前，只有阿蘭在，但也不宜讓她聽見，便即問說：「劉媽呢？」

「回小廚房去了。」

「你叫她來一趟。」

「是。」

等阿蘭走遠了，螺螄太太方始開口，「我打算跟老太太這麼說：這件事如果來誰示老太太，心裡一定不忍；事情就做不成功了。倒不如不說，讓太太跟我兩個人來做惡人。」她接著又說：「倒是紗帽沒有了這一層，我不曉得要不要告訴老太太？」

提起這一層，胡雪巖不免難過，「你說呢？」他問。

螺螄太太想了個折衷的說法，不言革職，只道辭官；胡雪巖無可無不可地同意了。

其時只見阿雪悄悄走了來，低聲說了一句：「差不多了。」

「喔，」螺螄太太問道：「太太呢？」

「肝氣又發了，回樓上去了。」

「要緊不要緊？」

「不要緊。太太自己說，是太累了之故，歇一歇就會好的；到『開房門』的時候再去請她。」

「人都走了？」

螺螄太太所說的「人」指遺散的男女傭僕。人數太多，有的在帳房中領取加發的三個月工錢；有的在收拾行李；還有的要將經手的事務、交代給留用的人，總要到傍晚才能各散。

不過，這與「開房門」不生影響，因為花園中自成天地；螺螄太太考慮了一會，發覺一個難題、皺著眉問：「有沒有人學過銅匠的？」

一直不曾開口的胡雪巖，詫異地問道：「要銅匠作啥？」

「開鎖啊！」

胡雪巖不作聲了，阿雲亦能會意：「在門房裡打雜的貴興，原來是學銅匠生意的。不過，他也是要走的人。」她問：「要不要去看看，如果還沒有走，留他下來。」

「要走的人，就不必了。」

「那麼去叫個銅匠來。」

「更加不妥當。」螺螄太太沉吟了一下，斷然決然地說：「你叫福生預備斧頭、釘錘！劈壞幾口箱子算甚麼。」

原來這天一早，各房姨太太與她們的丫頭，一出了園子，房門隨即上鎖；開房門有鑰匙，房間裡鎖住的箱子，卻無鑰匙，需要找銅匠來開。但用這樣的手段來豪奪下堂妾的私蓄，這話傳出去很難聽，所以螺螄太太考慮再三，決定犧牲箱子。

「老爺，」螺螄太太說：「你可以進去了。」

人去樓空，還要劈箱子搜索財物，其情難堪；胡雪巖搖搖頭說：「我想出去走走。」

「預備到哪裡？」螺螄太太建議：「要不去看看德藩台？」

照道理說，早該去看德馨了；但一去要談正事，胡雪巖心力交瘁，不敢接觸嚴肅的話題，所以搖搖頭不答。

「要不去看看親家老爺。」

螺螄太太是指他的新親家「王善人」；胡雪巖一去了，客氣非凡，那些繁文縟節實在吃不消，「我懶得應酬。」胡雪巖說：「頂好尋個清靜地方，聽人講講笑話。」

「那就只好去尋周少棠了。」

「對！」胡雪巖矍然而起，「去尋少棠。」

「慢點！」螺螄太太急忙說道：「我們先談一談。」

25 人去樓空

兩人並坐低聲談了好一會方始結束。胡雪巖戴了一頂風帽，帽簷壓得極低；帶了一個叫阿福的伶俐小廝，打開花園中一道很少開啟的便門，出門是一條長巷，巷子裡沒有甚麼行人，就有，亦因這天冷得格外厲害，而且西北風很大，都是低頭疾行，誰也沒有發覺，這位平時出門，前呼後擁的胡財神竟會踽踽涼涼地，只帶一個小廝步行上街。

「阿福，」胡雪巖問道：「周老爺住在哪裡，你曉得不曉得？」

「怎麼不曉得？他住在龍舌嘴。」

「對！龍舌嘴。」胡雪巖說：「你走快一點，通知他我要去。」

「是。」阿福問道：「如果他不在家呢？」

「這麼冷的天，他不會出門的。」

胡雪巖又說：「萬一不在，你留句話，回來了到城隍山藥王廟旁邊的館子裡來尋我。」

阿福答應一聲，邁開大步往前走；胡雪巖安步當車，緩緩行去。剛進了龍舌嘴，只見阿福已經走回頭路了；發現主人，急急迎了上來。

「怎麼樣，不在家？」

「在！」阿福回頭一指：「那不是？」

原來周少棠特為趕了來迎接。見了面，胡雪巖搖搖手，使個眼色；周少棠會意，他是怕大聲招呼，驚動了路人，所以見了面，低聲問道：「你怎麼會來的？」

這話問得胡雪巖無以為答，只笑笑答說：「你沒有想到吧？」

「真是沒有想到。」

胡雪巖發覺已經有人在注意了，便放快了腳步，反而走在周少棠前面；一直到巷口才停住步，抬頭看了一下說：「你府上有二十年沒有來過了。我記得是坐南朝北第五家。」

「搬到對面去了，坐北朝南第四家。」

「不錯、不錯！你後來買了你對面的房子；不過，我還是頭一回來。」

「這房子風水不好。」

何以風水不好？胡雪巖一時無法追問，因為已到了周家。周少棠的妻子，在胡雪巖還是二十幾年前見過，記得很清楚的是，生得非常富態，如今更加發福，一雙小足撐持著水牛般的身軀，行動非常艱難；但因胡雪巖「降貴紆尊」，在她便覺受寵若驚，滿臉堆笑，非常殷勤。

「不敢當，不敢當！」胡雪巖看她親自來敬茶，搖搖晃晃，腳步不穩，真擔心她會摔跤，所以老實說道：「周大嫂，不要招呼；你法身太重，摜一跤不是當耍的。」

「是不是！你真好省省了。胡大先生肯到我們這裡來，是當我們自己人看待，你一客氣，反而見外了。」周少棠又說：「有事叫阿春、阿秋來做。」

原來周少棠從受了胡雪巖的提攜，境遇日佳；他又喜歡講排場，老夫婦兩口，倒有四個傭人；阿春、阿秋是十年前買來的兩個丫頭，如今都快二十歲了。

「恭敬不如從命。」周太太氣喘吁吁地坐了下來，跟胡雪巖寒暄：「老太太精神倒還健旺？」

「託福，託福。」

「胡太太好。」

「還好。」

看樣子還要問螺螄太太跟姨太太；周少棠已經知道了胡家這天上午發生了甚麼事，怕他妻子過於嚕囌，再問下去會搞得場面尷尬，所以急忙打岔。

「胡大先生在我們這裡吃飯。」他說：「自己預備來不及了，我看只有叫菜來請客。」

「少棠，」胡雪巖開口了：「你聽我說，你不要費事！說句老實話，山珍海味我也吃厭了；尤其是這個時候，你弄好了，我也吃不下。我今天來，是想到我們從前在一起的日子，吃得落、睏得著，逍遙自在，真同神仙一樣；所以，此刻我不覺得自己是在做客人，你一客氣，就不是我來的本意了。你懂不懂我的意思？」

「本來不懂，你一說我自然就懂了。」周少棠想了一下說：「可惜，張胖子死掉了，不然邀他來一起吃『木榔豆腐』，聽他說葷笑話，哪怕外頭下大雪，都不覺得冷了。」

提起張胖子，胡雪巖不免傷感；懷舊之念，亦就越發熾烈，「當年的老朋友還有哪幾個？」

他說：「真想邀他們來敘一敘。」

「這也是改天的事了。」周少棠說：「我倒想起一個人，要不要邀他來吃酒？」

「哪個？」

「烏先生。」

胡雪巖想了一下，欣然同意：「好的、好的。」他說：「我倒又想起一個人，鄭俊生。」

這鄭俊生是安康名家——杭州人稱灘簧為「安康」，生旦淨末丑，五個人坐著彈唱，而以丑為尊，稱之為「小花臉」；鄭俊生就是唱小花臉的。此人亦是當年與胡雪巖、周少棠一起湊分子喝酒的朋友。只為胡雪巖青雲直上，身分懸殊；鄭俊生自慚形穢，不願來往，胡家有喜慶堂會，他亦從不承應。胡雪巖一想起這件事，便覺耿耿於懷，這一天很想彌補這個缺憾。

周少棠知道他的心事，點點頭說：「好的，我同他有來往；等我叫人去請他。」當即將他用了已經十年的傭人貴生叫了來吩咐：「你到安康鄭先生家去一趟，說我請他來有要緊事談；回頭再去請烏先生來吃酒。喔，你到了鄭先生那裡，千萬不要說家裡有客。」這是怕鄭俊生知道胡雪巖在此不肯來，特意這樣叮囑。

交代完了，周少棠告個罪，又到後面跟周太太略略商量如何款客。然後在堂屋裡坐定了陪胡雪巖圍爐閒話。

「你今天看過《申報》了？」客人先開口。

「大致看了看。」周少棠說：「八個字的考語：加油添醬，胡說八道。你不要理他們。」

「我不在乎。你們看是罵我；我自己看，是他們捧我。」

「你看得開就好。」周少棠說：「有句話，叫做『百足之蟲，死而不僵。』你只要看得開，著實還有幾年快活日子過。」

「看得開，也不過是自己騙自己的話。這一個多月，我常常會有個怪念頭，哪裡去尋一種藥，吃了會教人拿過去忘記掉。」胡雪巖又說：「當然不能連自己的時辰八字、父母兄弟都忘記掉，頂好能夠把日子切掉一段。」

「你要切哪一段呢？」

「從我認識王有齡起，到今天為止，這段日子切掉，回到我們從前在一起的辰光，那就像神仙一樣了。」

周少棠的心情跟他不同，覺得說回到以前過苦日子的辰光像神仙一樣，未免言過其實。所以笑笑不作聲。

「少棠，」胡雪巖又問：「你道我現在這種境況，要做兩件甚麼事，才會覺得做人有點樂趣？」

周少棠想了好一會兒，而且是很認真地在想，但終於還是苦笑著搖搖頭說：「說老實話，我想不出，只有勸你看開點。」

「我自己倒想得一樣。」

「喔！」周少棠倒是出自衷心的想與胡雪巖同甘苦，只是身分懸殊，談不到此，但心情是相同的，所以一聽胡雪巖的話，很興奮地催促著：「快！快說出來聽聽。」

「你不要心急，我先講一樁事情你聽。」他講的就是在老同和的那一番奇遇；講完了又談他的感想：「我年年夏天施茶、施藥；冬天施粥、施棉襖，另外施棺材，辦育嬰室，這種好事做是在做，心裡老實說一句，叫做無動於衷，所謂『為善最樂』這句話，從沒有想到過。少棠，你說，這是啥道理？」

「我想！」周少棠說：「大概是因為你覺得這是你應該做的，好比每天吃飯一樣，例行公事無所謂樂不樂。」

「不錯，發了財，就應該做這種好事，這是錢用我，不是我用錢，所以不覺得發財之可貴──。」

「啊、啊！我懂了。」周少棠插嘴說道：「要你想做一件事，沒有錢做不成；到有了錢能夠如願，那時候才會覺得發財之可貴。」

「你這話說對了一半。有錢可用，還要看機會；機會要看辰光，還要看人。」

「怎麼叫看人？」

「譬如說，你想幫朋友的忙，無奈力不從心；忽然中了一張彩票，而那個朋友又正在為難的時候，機會豈不是很好。哪知道你把錢送了去，人家不受。這就是看人。」

「為啥呢？」周少棠說：「正在需要的時候，又是好朋友，沒有不受的道理。」

「不受就是不受，沒有道理好講的。」

「那，」周少棠不住搖頭，「這個人一定多一根筋，脾氣古怪，不通人情。」

「換了你呢？」

「換了我，一定受。」

「好！」胡雪巖笑著一指，「這話是你自己說的；到時候你不要賴！」

周少棠愕然，「我賴啥？」他說：「胡大先生，你的話說得我莫名其妙。」

胡雪巖笑笑不答，只問：「烏先生不是住得很近嗎？」

原來烏先生本來住在螺螄門外；當年螺螄太大進胡家大門，周少棠幫忙辦喜事，認識了烏先生，兩人氣味相投，結成至交。螺螄太太當烏先生「娘家人」，勸他搬進城來住，有事可以就近商量；烏先生託周少棠覓屋，在一條有名曲折的十三彎巷買的房子，兩家不遠，不時過從，烏太太與周太太還結拜成了姊妹。胡雪巖是因為周少棠提議邀他來喝酒，觸機想起一件事，正好跟他商量，因而有此一問。

「快來了，快來了。」

果不其然，不多片刻，烏先生來了，發現胡雪巖在座，頓感意外；殷勤致候，但卻不便深談。

「少棠，」胡雪巖說：「我要借你的書房一用，跟烏先生說幾句話。」

「啊唷，胡大先生，你不要笑我了，我那個記帳的地方，哪裡好叫書房？」

「只要有書，就是書房。」

「書是有的，時憲書。」

時憲書便是曆本。雖然周少棠這樣自嘲地說，但他的書房卻還布置得並不算太俗氣；又叫阿春端來一個火盆，也預備了茶，然後親自將門關上，好讓他們從容密談。

「烏先生，我家裡的事，你曉不曉得？」

「啥事情？我一點都不曉得。」烏先生的神情顯得有些緊張不安。

「我把她們都打發走了。」

「呃，」烏先生想了一下問：「幾位？」

「一共十個人。」

胡雪巖的花園中，有名的「十二樓」，遣走十個，剩下兩個，當然有螺螄太太，此外還有一個是誰呢？

他這樣思索著尚未開口，胡雪巖卻換了個話題，談到周少棠了。

「少棠的獨養兒子死掉了；不孝有三，無後為大，有沒有另外納妾的意思？」

何以問到這話？烏先生有些奇怪，照實答道：「我問過他，他說一時沒有適當的人。」

「他這兩個丫頭，不都大了嗎？」

「他都不喜歡。」烏先生說：「他太太倒有意拿阿春收房，勸過他兩回，他不要。」

「他要怎麼樣的人呢？」

「這很難說。不過，看樣子，他倒像袁子才。」

「袁子才。」胡雪巖不解，「袁子才怎麼樣？」

「袁子才喜歡年紀大一點的，不喜歡黃毛丫頭。」烏先生又唸了一句詩：「徐娘風味勝雛年。」

烏先生與周少棠相知甚深；據他說，在周少棠未有喪子之痛以前，賢慧得近乎濫好人的周太太，因為自己身軀臃腫不便，勸周少棠納妾來照應起居，打算在阿春、阿秋二人中，由他挑一個來收房，周少棠便一口拒絕，原因很多。

「他的話，亦不能說沒有道理。」烏先生說：「老周這個人，做事不光是講實際，而且表裡兼顧，他說，他平時嘴上不大饒人，所以他要討小納妾，人前背後一定會有人糗他，說他得意忘形；如果討了個不三不四，拿不出去的人，那就更加會笑他了。既然擔了這樣一個名聲，總要真的享享豔福，才划算得來。只要人品真的好，辰光一長，笑他罵他的人，倒過來羨慕他、佩服他，那才有點意思。」

「那麼，他要怎麼樣的人呢？」

「第一，當然是相貌，嬌妻美妾，說都說死了，不美娶甚麼妾；第二，脾氣要好，不會欺侮周太太。」

胡雪巖點點頭讚一聲：「好！少棠總算是有良心的。」

「現在情形又不同了。」烏先生接著又說：「討小納妾是為了傳宗接代，那就再要加個第三：要宜男之相。」

「那麼，我現在說個人，你看怎麼樣？我那個第七，姓朱的。」

烏先生楞住了，好一會才說：「大先生，你想把七姨太，送給老周？」

「是啊！」胡雪巖說：「年大將軍不是做過這樣的事？」

「也不光是年大將軍；贈妾，原是古人常有。不過，從你們府上出來的，眼界都高了；大先生，這件事，你還要斟酌。」

「你認為那裡不妥當？」

「第一、她會不會覺得委屈；第二、吃慣用慣，眼界高了，跟老周的日子過得來，過不來？」

「不會過不來。」胡雪巖答說：「我老實跟你說吧，我不但叫羅四姐問問她；今天早上我同她當面都提過，不會覺得委屈。再說，她到底是郎中的女兒，也知書識字，見識跟別人到底不同，跟了少棠，亦就像羅四姐跟了我一樣；她也知道，我們都是為她打算。」

「那好。不過老周呢？你同他談過沒有。」

「當然談過。」

「他怎麼說？」

胡雪巖笑一笑說：「再好的朋友，遇到這種事，嘴上推辭，總是免不了的。」

「這話我又不大敢苟同。」烏先生說：「老周這個人外圓內方，他覺得做不得的事，絕不會做。」

「他為啥不會做，你所說的三項條件，她都有的。」胡雪巖又說：「至於說朋友的姨太太，他不好意思要，這就要看旁人了，你們勸他，他會要；你們不以為然，他就答應不下。今天你同鄭俊生都好好敲一敲邊鼓。還有件事，我要託你，也只有你能辦。」

「好！大先生你說。」

「要同周太太先說好。」

「這！」烏先拍拍胸脯：「包在我身上，君子成人之美，我馬上就去。」

「好的！不過請你私下同周太太談，而且最好不要先告訴少棠；也不要讓第三個人曉得，千萬千萬。」

「是了！」烏先生答說：「回頭我會打暗號給你。」

於是一個往前、一個往後。往前的胡雪巖走到廳上，恰好遇見鄭俊生進門，他從亮處望暗處，看不真切，一直上了台階，聽見胡雪巖開口招呼，方始發覺。

「原來胡大先生在這裡！」他在「安康」中是唱丑的，練就了插科打諢、隨機應變的本事，所以稍為楞了一下，隨即笑道：「怪不得今天一早起來喜鵲對我叫；遇見財神，我的運氣要來了。」

胡雪巖本來想說：財神倒運了。轉念一想，這不等於說鄭俊生運氣不好，偏偏遇見正在倒楣的人？因而笑一笑改口說道：「不過財神赤腳了。」

「赤腳歸赤腳，財神終歸是財神。」

「到底是老朋友，還在捧我。」胡雪巖心中一動，他這聲「財神」不應該白叫，看看有甚麼可以略表心意之處？

正這樣轉著念頭，只聽做主人的在說：「都請坐！難得胡大先生不忘記老朋友，坐下來慢慢兒談。」

「我們先談一談。」鄭俊生問道：「你有啥事情要關照我。」

「沒有別的，專誠請你來陪胡大先生。」

「喔，你挑陪客挑到我，有沒有啥說法？」

「是胡大先生念舊，想會會當年天天在一起的朋友。」

「還有啥人？」

「今天來不及了，就邀了你，還有老烏。」周少棠突然想起；「咦！老烏到哪裡去了。」

「來了，來了。」烏先生應聲從屏風後面閃了出來，「我在後面同阿嫂談點事。」

「談好了沒有？」胡雪巖問。

「談好了。」就在這一句話的交換之間，傳遞了信息，周少棠懵然不覺，鄭俊生更不會想到他們的話中暗藏著玄機。胡雪巖當然亦是不動聲色，只在心裡盤算。

「老爺！」阿春來請示：「菜都好了，是不是現在就開飯？」

「客都齊了。開吧！」

於是拉開桌子、擺設餐具。菜很多，有「寶飯兒」叫來的，也有自己做的，主菜是魚頭豆腐，杭州人稱之為「木椰豆腐」，木椰是頭的歇後語，此外有兩樣極粗的菜，一樣是肉片、豆腐衣、青菜雜燴，名為「葷素菜」；再一樣，是蝦油、蝦子、加幾粒蝦仁白燒的「三蝦豆腐」。這是周少棠與胡雪巖寒微之時，與朋友們湊分子吃夜飯常點的菜，由於胡雪巖念切懷舊，所以周少棠特為點了這兩樣菜來重溫舊夢。

家廚中出來的菜，講究得多，一個碩大無朋的一品鍋，是火腿煮肥雞，另外加上二十個鴿蛋；再是一條糟蒸白魚，光是這兩樣菜，加上魚頭豆腐，就將一張方桌擺滿了。

「請坐，胡大先生請上座。」

「不！不！今天應該請烏先生首座，俊生其次；第三才是我。」

「沒有這個道理。」烏先生說：「我同俊生是老周這裡的常客，你難得來，應該上坐。」

「不！烏先生，你們先坐了，我有一番道理，等下再說；說得不對，你們罰我酒，好不好。」

烏先生聽出一點因頭來了，點點頭說：「恭敬不如從命。俊生，我們兩個人先坐。」

坐定了斟酒，燙熱了的花雕，糟香撲鼻；鄭俊生貪杯，道聲：「好酒！」先乾了一杯，笑笑說道：「春天不是讀書天，夏日炎炎正好眠，待得秋天冬已到，一杯老酒活神仙。」

大家都笑了，胡雪巖便說：「俊生，你今天要好好兒唱一段給我聽聽。」

「一句話。你喜歡聽啥。可惜沒有帶把三絃來，只有乾唱了。」

「你的拿手活兒是『馬浪蕩』，說多於唱，沒有三絃也不要緊。」

「三絃傢伙我有地方借，不要緊！」周少棠高高舉杯，「來、來，酒菜都要趁熱。」

有的淺嘗一口；有的一吸而盡，鄭俊生乾了杯還照一照，口中說道：「說實話，我實在沒有想到，今天會在這裡同胡大先生一淘吃酒。」

這句話聽起來有笑胡雪巖「落魄」的意味，做主人的周少棠，為了沖淡可能會發生的誤會，接口說道：「我也沒有想到胡大先生今天會光降，難得的機會，不醉無歸。」

「難得老朋友聚會，我有一句心裡的話要說。」胡雪巖停了下來，視線掃了一周，最後落在鄭俊生身上：「俊生，你這一向怎麼樣？」

鄭俊生不知他問這句話的用意，想一想答說：「還不是老樣子，吃不飽、餓不殺。」

「你要怎樣才吃得飽？」

從來沒有人問過他這話；他自己也沒有想過這一點；他楞了一下，忽然想到曾一度想過，而自以為是胡思亂想，旋即丟開的念頭，隨即說出口來。

「我自己能弄它一個班子就好了。」

「喔，」胡雪巖緊接著問：「怎麼個弄法？」

「有錢馬上就弄起來了。」

「你說！」

這一來，周少棠與烏先生都知道胡雪巖的用意了，一起用眼色慫恿鄭俊生快說。

鄭俊生當然也明白了，胡雪巖有資助他的意思；心裡不免躊躇，因為一直不願向胡雪巖求助，而當他事業失敗之時，反而出此一舉，自覺是件不合情理之事。

「你說啊！」周少棠催他：「你自己說的，胡大先生雖然赤腳，到底是財神，幫你千把銀子弄個班子起來的忙，還是不費吹灰之力。」

「卻之不恭，受之有愧。而且自己覺得有點於心不甘。此話怎講？」鄭俊生自問自答地說：

「想想應該老早跟胡大先生開口的，那就不止一千兩銀子了。不過，」他特別提高了聲音，下個轉語：「我要早開口，胡大先生作興上萬銀子幫我；那是錦上添花，不如現在雪中送炭的一千兩銀子，情意更重。」

周少棠聽他的話，先是一楞，然後發笑，「熟透了的兩句成語，錦上添花，雪中送炭，你這樣拿來用，倒也新鮮。」

「不過，」烏先生接口道：「細細想一想，他也並沒有用錯，胡大先生自己在雪地裡，還要為人家送炭，自然更加難得。來、來，乾一杯，但願俊生的班子，有一番轟轟烈烈的作為。」

「謝謝金口。」鄭俊生喝乾了酒，很興奮地說：「我這個班子，要就不成功；要成功了的話，你們各位看在哪裡好了，一定都是一等一的好腳色。」

「不錯！我也是這樣子在想，凡事要嘛不做，要做就要像個樣子。俊生，你放手去幹，錢，不必發愁，三、五千兩銀子，我還湊得出來。」

鄭俊生點點頭，雙眼亂眨著，似乎心中別有盤算；就這時，阿秋走來，悄悄在周少棠耳際說了句：「太太請。」

「啥事情？」

「不曉得，只說請老爺抽個空進去，太太有話說。」

「好！」周少棠站起身來說：「暫且失陪。我去去就來。」

等他一走，鄭俊生欲言又止地，躊躇了一會，方始開口；但卻先向烏先生使了個眼色，示意他細聽。

「胡大先生，我有個主意，你算出本錢，讓我去立個班子，一切從寬計算，充其量兩千銀子；不過你要給我五千，另外三千備而不用。」說著，他又拋給烏先生一個眼色，這回是示意他搭腔。

烏先生是極細心、極能體會世情的人，知道鄭俊生的用意，這三千銀子，胡雪巖隨時可以收回，亦隱隱然有為寄頓之意——中國的刑律，自有「籍沒」，亦就是俗語所說的抄家這一條以來，便有寄頓資財於至親好友之家的辦法，但往往出於受託，由於這是犯法的行為，受託者每有難色；至於自告奮勇，願意受寄，百不得一。烏先生相信鄭俊生是見義勇為，絕無趁火打劫之意，但對胡雪巖來說，這數目太小了，不值一談，所以烏先生佯作不知，默然無語。

其實，鄭俊生倒確是一番為胡雪巖著想的深刻用心；他是往最壞的方面去想，設想胡雪巖在革職以後會抄家，一家生活無著，那時候除了這三千兩銀子以外，還有由他的資本而設置的一個班子，所入亦可維生；鄭俊生本人只願以受雇的身分，領取一份薪水而已。

胡雪巖自是全然想不到此，只很爽快地答應：「好！我借你五千銀子。只要人家說一聲：聽灘簧一定要鄭俊生的班子。我這五千銀子就很值得了。」

胡雪巖接著又對烏先生說：「你明天到我這裡來一趟，除了俊生這件事以外，我另外還有話同你說。」

談到這裡，只見周少棠去而復回，入席以後亦不講話，只是舉杯相勸；而他自己卻有些心不在焉的模樣，引杯及唇，卻又放下；一雙筷子宕在半空中，彷彿不知從何下箸？這種情形，胡雪巖、烏先生看在眼裡，相視微笑；鄭俊生卻莫名其妙。

「怎麼搞的？」他問：「神魂顛倒，好像有心事。」

「是有心事，從來沒有過的。」周少棠看著胡雪巖說：「胡大先生，你教我怎麼說？」

原來剛才周太太派丫頭將周少棠請了進去，就是談胡雪巖贈妾之事。周太太實在很賢慧，樂見這一樁好事；雖然烏先生照胡雪巖的意思，關照她先不必告訴周少棠，但她怕周少棠不明瞭她的心意，人家一提這樁好事，他一定會用「我要先問問內人的意思」的話來回答，那一來徒費周折，不如直截了當先表明態度。

在周少棠有此意外的姻緣，自然喜之不勝，但就做朋友的道理來說，少不得惺惺作態一番。這時候就要旁人來敲邊鼓了；烏先生在胡雪巖的眼色授意之下，便向鄭俊生說道：「我們要吃老周的喜酒了。」

「喔，喔，好啊！」鄭俊生見多識廣，看到周少棠與胡雪巖之間那種微妙的神情，已有所覺，「大概是胡大先生府上的那個大姐，要變成周家姨太太了。」

「大姐」是指丫頭，烏先生答說：「你猜到了一半，不是贈婢是贈妾。我們杭州，前有年將軍，後有胡大先生。」接著便將經過情形說了一遍；大大地將朱姨太太誇讚了一番。

「恭喜，恭喜！又是一樁西湖佳話。」鄭俊生說：「談到年大將軍，他當初拿姨太太送人是有用意的；不比胡大先生一方面是為了朋友傳宗接代；一方面是為了姨太太有個好歸宿，光明正大，義氣逼人。這樁好事，要把它維持到底，照我看，要有個做法。」

有孕在身的——。」

「喔，」胡雪巖很注意地問：「請你說，要怎麼做。」

「我先說當初年大將軍，拿姨太太送人，也不止在杭州的一個；而且他送人的姨太太，都是有孕在身的——。」

原來年羹堯的祖先本姓嚴，安徽懷遠人；始祖名叫嚴富，兩榜及第中了進士，寫榜時，誤嚴為年。照定例是可以請求禮部更正的，但那一來便須辦妥一切手續後，方能分發任官，未免耽誤前程，因而將錯就錯，改用榜名年富。

年富入仕後，被派到遼東當巡按御史，子孫便落籍在那裡。及至清太祖起兵，遼東的漢人，被俘為奴，稱為「包衣」。「包衣」有「上三旗」、「下五旗」之分，上三旗的包衣隸屬內務府；下五旗的包衣則分隸諸王門下，年羹堯的父親年遐齡、長兄年希堯及他本人，在康熙朝皆為雍親王門下，雍親王便是後來的雍正皇帝。年羹堯的妹妹，原是雍親王的側福晉；以後封為貴妃。包衣從龍入關後，一樣也能參加考試，而且因為有親貴奧援，飛黃騰達，往往是指顧間事。

年遐齡官至湖廣巡撫；年希堯亦是二品大員；年羹堯本人是康熙三十九年的翰林，由於雍親王的推薦，出任四川總督。其實，這是雍親王為了奪嫡布下的一著棋。

原來康熙晚年已經選定了皇位繼承人，即是雍親王的同母弟，皇十四子恂郡王胤禎；當他奉命以大將軍出征青海時，特許使用正黃旗纛，暗示代替天子親征，亦即暗示天命有歸。恂郡王將成為未來的皇帝，是一個心照不宣的公開祕密。

恂郡王征青海的主要助手便是年羹堯；及至康熙六十一年冬天，皇帝得病，勢將不起，急召恂郡王來京時，卻為手握重兵的年羹堯所箝制，因此，雍親王得以勾結康熙皇帝的親信，以後為雍正尊稱為「舅舅」的隆科多，巧妙地奪得了皇位。

雍正的城府極深，在奪位不久，便決定要殺隆科多與年羹堯滅口。因此，起初對年羹堯甘言蜜語，籠絡備至，養成他的驕恣之氣；年羹堯本來就很跋扈，自以為皇帝有把柄在他手裡，無奈其何，越發起了不臣之心，種種作為都顯出他是吳三桂第二。

但時勢不同，吳三桂尚且失敗，年羹堯豈有倖理。雍正用翦除他的羽翼以及架空他的兵權的手法，雙管齊下，到他乞饒不允，年羹堯始知有滅門之禍；因而以有孕之妾贈人，希望留下自己的骨血。

這番話，在座的人都是聞所未聞，「那麼，」烏先生問說：「年羹堯有沒有留下親骨血呢？」

「有。」鄭俊生答說：「有個怪姓，就是我鄭俊生的生字；凡姓生的，就是年羹堯的後代。」

「為甚麼要取這麼一個怪姓。」

「這也是有來歷時，年字倒過來，把頭一筆的一撇移到上面，看起來不就像生字？」鄭俊生說：「閒話表過，言歸正傳。我是想到，萬一朱姨太太有孕在身，將來兩家亂了血胤，不大好。」

「啊、啊！」烏先生看著胡雪巖說：「這要問大先生自己了。」

「這也難說得很。」胡雪巖沉吟了一會說：「老鄭的話很不錯，本來是一樁好事，將來弄出誤會來倒不好了；為了保險起見，我倒有個辦法，事情我們就說定了，請少棠先找一處地方，讓她一個人住兩個月，看她一切如常再圓房。你們看好不好？」

「對，對！」鄭俊生與烏先生不約而同地表示贊成。

「那麼，兩位就算媒人；怎麼樣安排，還要請兩位費心。」

原來請烏先生跟鄭俊生上坐的緣故在此。事到如今，周少棠亦就老老臉皮，不再說假惺惺的話，逐一敬酒，頭一個敬胡雪巖。

「胡大先生，我甚麼話都用不著說；總而言之，路遙知馬力，日久見人心。倘或我能不絕後，我們周家的祖宗，在陰間都會給胡大先生你磕頭。」

「失言，失言！」胡雪巖說：「你怎麼好說這樣的話，罰酒。」

「是，是，罰酒。」周少棠乾了第二杯酒以後，又舉杯敬烏先生。

「應該先敬他。」烏先生指著鄭俊生說：「不是他看得透，說不定弄出誤會來，蠻好的一樁事情，變得糟不可言，那就叫人哭不出來了。」

「不錯！」胡雪巖接口，「提到這一層，我都要敬一敬老鄭。」

「不敢當，不敢當。」三個人都乾了酒，最後輪到烏先生。

「老周，」他自告奮勇，「你的喜事，我來替你提調。」

「那就再好都沒有。拜託拜託。」

這一頓酒，第一個醉的是主人；胡雪巖酒量不佳，不敢多喝，清醒如常，散席後邀烏先生到家裡作長夜之談。烏先生欣然同意。兩人辭謝主人，又與鄭俊生作別，帶著小廝安步回元寶街。走到半路，發現迎面來了一乘轎子，前後兩盞燈籠，既大且亮；胡雪巖一看就知道了，拉一拉烏先生，站在石板路正中不動。

走近了一看，果然不錯，大燈籠上，扁宋字一面是「慶餘堂」；一面是個「胡」字。問起來才知道螺螄太太不放心，特意打發轎子來接，但主客二人，轎只一乘；好在家也近了，胡雪巖吩咐空轎抬回，他仍舊與烏先生步行而歸。

一進了元寶街，頗有陌生的感覺；平時如果夜歸，自街口至大門，都有燈籠照明；這天漆黑一片，遙遙望去，一星燈火，只是角門上點著一盞燈籠。

但最淒涼的卻是花園裡，樓台十二，暗影沉沉；只有百獅樓中，燈火通明，卻反而顯得淒清。因為相形之下，格外容易使人興起人去樓空的滄桑之感。

這時阿雲已經迎了上來；一見前有客人，定睛細看了一下，驚訝地說：「原來是烏先生。」

「烏先生今天住在這裡。」胡雪巖說：「你去告訴螺螄太太。」

阿雲答應著，返身而去；等他們上了百獅樓，螺螄太太已親自打開門簾在等，一見烏先生，不知如何，悲從中來，眼淚忍不住奪眶而出，趕緊背過身去，拭一拭眼淚，再回過身來招呼。

「請用茶！」螺螄太太親自來招待烏先生。

「不敢當，謝謝！」烏先生看她神情憔悴，不免關心，「羅四姐，」他說：「你現在責任更加重了。千萬要自己保重。」

「唉！」螺螄太太微喟著，「真像一場夢。」

「噓！」烏先生雙指撮唇，示意她別說這些頹喪的話。

「聽說你們是走回來的？怎麼大的西北風，臉都凍紅了。」螺螄太太喊道：「阿雲，趕快打洗臉水來！」

「臉上倒還不太冷，腳凍僵了。」

螺螄太太回頭看了一眼，見胡雪巖與阿雲在說話；便即輕聲問道：「今天的事，你曉得了？」

「聽說了。」

「你看這樣做，對不對呢？」

「對！提得起，放得下，應該這麼做。」

「提得起，放不下；今天是提不動不得不放手。」螺螄太太說：「烏先生，換了你，服不服這口氣？」

「不服又怎麼樣？」胡雪巖在另一方面接口。

烏先生不作聲；螺螄太太停了一下才說：「我是不服這口氣。等一下，好好兒商量商量。」

她又問道：「烏先生餓不餓？」

「不餓、不餓。」

「不餓就先吃酒，再開點心。」螺螄太太回身跟胡雪巖商量：「烏先生就住樓下書房好了？」

「好！」胡雪巖說：「索性請烏先生到書房裡去吃酒談天。」

這表示胡雪巖與烏先生要作長夜之談。螺螄太太答應著，帶了阿雲下樓去安排。烏先生看在眼裡，不免感觸，更覺關切；心裡有個一直盤桓著的疑團，急於打破。

「大先生，」他說：「我現在說句老話：無官一身輕。你往後作何打算？」

「你的話只說對了一半，『無官』不錯；『一身輕』則不見得。」

「不輕要想法子來輕。」他問：「左大人莫非就不幫你的忙？」

「他現在的力量也有限了。」胡雪巖說：「應春到南京去了，等他來了，看是怎麼個說法？」

烏先生沉吟了好一會，終於很吃力地說了出來：「朝廷還會有甚麼處置？會不會查抄？」

「只要公款還清，就不會查抄。」胡雪巖又說：「公款有查封的典當作抵，慢慢兒還，我可以不管，就是私人的存款，將來不知道能打幾折來還。一想到這一層，我的肩膀上就像有副千斤重擔，壓得我直不起腰來。」

「其實，這是你心理不輕，不止身上不輕；你能不能看開一點呢？」

「怎麼個看開法？」

「不去想它。」

胡雪巖笑笑不作聲；然後顧左右而言他地說：「烏先生，你不要忘記少棠的事，回頭同羅四姐好好談一談。」

「唉！」烏先生搖搖頭，「你到這時候，還只想到人家的閒事。」

「只有這樣子，我才會不想我自己的事。我自己的事管不了，只好管人家的閒事；管好人家的閒事，心裡有點安慰，其實也就是管我自己的事。」

「這就是為善最樂的道理。可惜，今年——。」

「我懂，我懂！」胡雪巖接口說道：「我亦正要同你商量這件事。今天去看少棠，去也是走路去的，西北風吹在臉上發痛，我心裡就在想，身上狐皮袍子；頭上戴的貂帽；腳下棉鞋是舊的，不過鞋底上黑少白多，也同新的一樣。這樣子的穿戴還覺得冷，連件棉襖都沒有的人，怎麼樣過冬？我去上海之前，老太太還從山上帶口信下來，說今年施棉衣、施粥，應該照常。不過，烏先生，你說，我現在的情形，怎麼樣還好做好事？」

「我說可惜，也就是為此。你做這種好事的力量，還是有的；不過那一來，一定有人說閒話說得很難聽。」烏先生嘆口氣：「現在我才明白，做好事都要看機會的。」

「一點不錯。」胡雪巖說：「剛才同你走回來，身上一冷，我又想到了這件事。這樁好事，還是不能不做；你看有甚麼辦法？」

「你不能出面，你出面一定會挨罵，而且對清理都有影響。」

「對！」胡雪巖說：「我想請你來出面。」

「人家不相信的。」烏先生不斷搖頭：「我算老幾，哪裡有施棉衣、施粥的資格。」

正在籌無善策時，螺螄太太派阿雲上來通知，書房裡部署好了，請主客二人下樓用消夜。消夜亦很豐盛。明燈璀璨，燈火熊熊；烏先生知道像這樣作客的日子也不多了，格外珍惜，所以暫拋愁懷，且享受眼前，淺斟低酌，細細品嘗滿桌子的名酒美食。

直到第二壺花雕燙上來時，他才開口：「大先生，我倒想到一個法子，不如你用無名氏的名義，捐一筆款子，指定用途，也一樣的。」

話一出口，螺螄太太插嘴問說：「你們在談啥？」

「談老太太交代的那件事。」胡雪巖略略說了經過。

「那麼，你預備捐多少呢？」

「你看呢？」胡雪巖反問。

「往年冬天施棉衣、施粥，總要用到三萬銀子。現在力量不夠了，我看頂多捐一萬。」

「好！」胡雪巖點點頭說：「這個數目酌乎其中，就是一萬。」

「這一萬銀子，請烏先生拿去捐。不過，雖說無名氏，總還是有人曉得真正的名字。我看，要說是老太太捐的私房錢；你根本不曉得。要這樣說法，你的腳步才站得住。」

胡雪巖與烏先生都深以為然。時入隆冬，這件好事要做就不能片刻延誤；為此，螺螄太太特為離席上樓去籌畫——她梳妝台中有一本帳，是這天從各房姨太太處檢查出來的私房，有珠寶，也有金銀，看看能不能湊出一萬銀子？

「大先生，」烏先生說：「你也不能光做好事：也要為自己打算、打算，留起一點兒來。」

胡雪巖不作聲；過了一會，突然問道：「烏先生，你喜歡字畫；趁沒有交出去以前，你挑幾件好不好？」

原以為烏先生總還要客氣一番，要固勸以後才會接受，不道他爽爽快快地答了一個字：「好！」

於是胡雪巖拉動一根紅色絲繩，便有清越的鈴聲響起；這是仿照西洋法子所設置的叫人鈴，通到廊上，也通到樓上，頃刻之間，來了兩個丫頭，阿雲亦奉了螺螄太太之命，下樓來探問何事呼喚。

「把畫箱打開來！燈也不夠亮。」

看畫不能點燭，阿雲交代再來兩個人，多點美孚油燈；然後取來鑰匙，打開畫箱。胡雪巖買字畫骨董，真假、精粗不分，價高為貴；有個「骨董鬼」人人皆知的故事，有人拿了一幅宋畫去求售，畫是真跡，價錢也還克己，本已可以成交，不道此人說了一句：「胡大先生，這張畫我沒有賺你的錢；這個價錢是便宜的。」

「我這裡不賺錢，你到哪裡去賺？拿走、拿走；我不要占你的便宜。」交易就此告吹。

因此，「骨董鬼」上門，無不索取高價；成交以後亦必千恩萬謝。烏先生對此道是內行，亦替胡雪巖經手買進過好些精品，慶餘堂的收藏，大致有所了解。在美孚油燈沒有點來以前，他說：「我先看看帖。」

碑帖俗名「黑老虎」；胡雪巖很興奮地說：「我有一隻『黑老虎』，真正是『老虎肉』，三千兩銀子買的。說實話，我是看中乾隆皇帝親筆寫的金字。」

「喔，我聽說你有部化度寺碑，是唐拓。」烏先生說：「宋拓已經名貴得不得了，唐拓我倒要見識見識。」

「阿雲，」胡雪巖問道：「我那部帖在哪裡？」

「恐怕是在朱姨太那裡。」

「喔，」胡雪巖又問：「朱姨太還是住她自己的地方？」

「搬在客房裡住。」阿雲答說：「她原來的地方鎖起來了。」

「這樣說，那部帖一時拿不出來？」

「我先去問問朱姨太看。」

等阿雲一走，只見四名丫頭，各持一盞白銅底座、玻璃燈罩的美孚油燈，魚貫而至。書房中頓時明如白晝。胡雪巖便將一串畫箱鑰匙，交到烏先生手裡，說一句：「請你自己動手。」

烏先生亦就像處理自己的珍藏一樣，先打量畫箱，約莫三尺高，四尺寬，七尺長，樟木所製，一共八具，並排擺在北牆下，依照千字文「天地玄黃，宇宙洪荒」編號。鑰匙亦是八枚，上鐫數字，「一」字當然用來開天字號畫箱；打開一看，上面有一本冊子，標明「慶餘堂胡氏書畫碑帖目錄」字樣。

「這就省事了。」烏先生很高興地說：「我先看目錄。」

目錄分書法、名畫、黑搨三大類，每類又按朝代來分，書法類下第一件是「西晉陸機平復帖卷紙本」。烏先生入眼嚇一跳，楞在那裡說不出話來。

「怎麼樣？」胡雪巖詫異地問。

「西晉到現在，少說也有一千五百年了！居然還有紙本留下來；這比王羲之的蘭亭序還要貴重。王羲之的蘭亭序原本，唐太宗帶到棺木裡去了，想不到還有比它再早的真跡，真正眼福不淺。」

胡雪巖笑一笑說：「你看了再說。」

於是烏先生兢兢業業地從畫箱中，將「陸機平復帖卷」取了出來，這個手卷，裝潢得非常講究，外面是藍地花鳥緙絲包襯；羊脂白玉卷軸；珊瑚插籤；拔去插籤攤了開來，卷前黃絹隔水，一條月白絹籤，是宋徽宗御題：「晉陸機平復帖」六字，下鈐雙龍璽；另外又有一條極舊的絹籤題明：「晉平原內史吳郡陸士衡書」。

紙呈象牙色，字大五分許，寫的是章草，一共九行，細細觀玩，卻只識得十分之一；不過後面董其昌的一行跋，卻是字字皆識：「右軍以前，元常以後，唯存此數行，為希代寶。」

董其昌的字，烏先生見過好幾幅，細細觀察，判定不真，但不便直言論斷，只將那個手卷捲了起來。胡雪巖便問：「怎麼樣？」

「似乎有點疑問。」

「你的眼光不錯，是西貝貨。」胡雪巖指著目錄說：「你看幾件真東西。」

原來這些字畫，胡雪巖曾請行家鑑別過，在目錄上做了記號。記號分三種，單圈是假貨；雙圈則在真假疑似之間，或者雖假也很值錢，譬如宋人臨仿的唐畫之類；至於沒有疑問的真跡，則印上一朵小小的梅花為記，在目錄上，大概只有五分之一。

於是，烏先生挑了一部「蘇氏一門十二帖」來看，內中收了蘇老泉、東坡、子由及東坡幼子叔黨的十二封信，入眼即知不假。

「不必看原件，我在目錄上挑好了。大先生，你打算送我幾件？」

「你自己說。」

「你要我說，有梅花印記的我都要。」烏先生緊接著又說：「我是替你保管。大先生，你相信不相信我？」

烏先生的本意如此，是胡雪巖所意料不到的。但這便是私下藏匿資財，有欠光明磊落；他考慮了一會，斷然決然地答說：「烏先生，這不必。我仍舊送你幾件，你再細細挑。」

烏先生是一番好意，胡雪巖既然不受，他亦不便再多說甚麼。但仍舊存著能為他保全一分算一分的想法，因而除了「蘇氏一門十二帖」以外，另外選了一部「宋徽宗瘦金體書千字文」；一幅董元的「風雨出蟄龍圖」；一個趙孟頫的「竹林七賢圖」手卷。合計這四件書畫，就值上萬銀子。於是丫頭們在胡雪巖指揮之下，開啟三隻畫箱，將送烏先生的字畫找齊綑紮妥當。螺螄太太與阿雲亦相繼而回，那部「唐拓化度寺碑」，一時無從找起，也就罷了。捐給善堂的一萬銀子，已經湊齊，都是銀票，即時點交烏先生收訖；然後擺開桌子，酒食消夜。

「擺三雙杯筷！」胡雪巖關照阿雲：「一起坐。」

這是指螺螄太太而言。她視烏先生如親屬長輩，不必有禮儀上的男女之別。入座以後，用一小杯綠色的西洋薄荷酒，陪烏先生喝陳年花雕；胡雪巖仍舊照例喝睡前的藥酒。

「老七搬到客房裡去了？」胡雪巖問。

胡雪巖有時管朱姨太叫老七；「她自己提出來的。」螺螄太太說：「她說，平時大家熱熱鬧鬧的，突然之間，冷冷清清，她會睡不著。」

胡雪巖點點頭，眼看烏先生，示意他開口。於是烏先生為螺螄太太細談這天在周少棠家情形，最後提出鄭俊生的見解。

「不會的。」螺螄太太說：「大先生哪天住在哪裡，都在黃曆上記下來的；我查過，住在朱姨太那裡，最後一次是兩個多月以前。至於——。」她本來想開個小小的玩笑，說胡雪巖與朱姨太是否私下燕好過，可就不知道了。但這時候都沒有說笑話的心情，所以把話嚥住了。

「還是小心點的好。再等一個月看，沒有害喜的樣子再送到周家也還不遲。」

「也好。」螺螄太太問：「這一個多月住在哪裡呢？」

「住在我那裡好了。」

「這就更加可以放心了。」胡雪巖作個切斷的手勢，「這件事就算這樣子定規了。」

「我知道了。」螺螄太太說：「我會安排。」

於是要談肺腑之言，根本之計了；首先是烏先生發問：「大先生，你自己覺得這個跟斗是栽定了？」

「不認栽又怎麼樣？」

「我不認栽！」螺螄太太接口說道：「路是人走出來的。」

「年紀不饒人！」胡雪巖很冷靜地說：「栽了這個跟斗，能夠站起來，就不容易了，哪裡還談得到重新去走一條路出來。」

「不然，能立直，就能走路。」烏先生說：「大先生，你不要氣餒；東山再起，事在人為。」

「烏先生，你給我打氣，我很感激。不過，說實話，凡事說來容易做來難；你說東山再起，我就不曉得東山在哪裡？」

「你儘說洩氣的話！」螺螄太太是恨胡雪巖不爭氣的神情，「你從前不是這樣子的！」

「從前是從前，現在是現在。」胡雪巖也有些激動了。「我現在是革了職的一品老百姓；再下去會不會抄家都還不曉得，別的就不必說了。」

提到抄家，烏先生又有一句心裡的話要說：「大先生，你總要留點本錢起來。」

胡雪巖不作聲，螺螄太太卻觸動了心事；盤算了好一會，正要發言，不道胡雪巖先開了口。

「你不服氣，我倒替你想到一個主意。」胡雪巖對螺螄太太說：「有樣生意你不妨試一試。」

「莫非要我回老本行？」螺螄太太以為胡雪巖是勸她仍舊做繡貨生意。

「不是。」胡雪巖答說：「你如果有興致，不妨同應春合作，在上海去炒地皮、造弄堂房子；或者同洋人合夥，開一家專賣外國首飾、衣料、家具的洋行。」

「不錯。這兩樣行當，都可以發揮羅四姐的長處。」烏先生深表贊成，「大先生栽了跟斗，羅四姐來闖一番事業，也算失之東隅，收之桑榆。」

「以後我要靠你了。」胡雪巖開玩笑自嘲：「想不到我老來會『吃拖鞋飯』。」

「難聽不難聽？」螺螄太太白了他一眼。

烏先生與胡雪巖都笑了；「不過，這兩種行當，都不是小本生意。大先生，趁現在自己還能作主的時候，要早早籌畫。」

這依舊是勸他疏散財物、寄頓他處之意；胡雪巖不願意這麼做，不過他覺得有提醒螺螄太太的必要。

「她自己的私房，自己料理。」胡雪巖說：「我想，你要幹那兩樣行當，本錢應該早就有了吧？」

「沒有現款；現款存在阜康，將來能拿回多少，不曉得。首飾倒有一點，不過脫手也難。」

「你趁早拿出來，託烏先生帶到上海，交給應春去想辦法。」

「東西不在手裡。」

「在那裡？」胡雪巖說：「你是寄在甚麼人手裡。」

「金洞橋朱家。」

一聽這話，胡雪巖不作聲，臉色顯得很深沉。見此光景，螺螄太太心便往下一沉，知道不大妥當。

「怎麼了？」她說：「朱家不是老親嗎？朱大少奶奶是極好的人。」

「朱大少奶奶人好；他家的老太太是吃人不吐骨頭的腳色。」

「啊！」螺螄太太大吃一驚，「朱老太太吃素唸經；而且他們家也是有名殷實的人，莫非——。」

「莫非會吞沒你的東西？」

「是啊！我不相信她會起黑心。」

「他家本來就是起黑心發的財。」

「這話，」烏先生插嘴說道：「大概有段故事在內。大先生，是不是？」

「不錯，我來講給你們聽。」

26 城狐社鼠

胡雪巖講的是一個掘藏的故事。凡是大亂以後，撫緝流亡，秩序漸定，往往有人突然之間，發了大財，十九是掘到了藏寶的緣故。

埋藏金銀財寶的不外兩種人，一種是原為富室，遇到刀兵之災，舉家逃離，只能帶些易於變賣的金珠之類；現銀古玩，裝入堅固不易壞的容器中，找一個難為人所注目的地方，深掘埋藏，等待亂後重回家園，掘取應用。如果這家人家，盡室遇害，或者知道這個祕密的家長、老僕，不在人世而又沒有機會留下遺言，這筆財富，便長埋地下，不知多少年以後，為那個命中該發橫財的人所得。

再一種就是已得悖入之財，只以局勢大變，無法安享，暫且埋藏，徐圖後計。同治初年的「長毛」，便不知埋藏了多少悖入之財。

「長毛」一據通都大邑，各自找大家巨室為巢穴，各為「打公館」；凡是被打過「公館」的人家，亂後重歸，每每有人登門求見，說「府上」某處有「長毛」埋藏的財物，如果主人家信了他的話，接下來便是分帳，或者對半，或者四六——主人家拿六成，指點的人拿四成；最少也得三七分帳。掘到藏的固然也有，但投機的居多，反正掘不到無所損，落得根據流言去瞎撞瞎騙了。

杭州克復以後，亦與其他各地一樣，紛紛掘藏。胡雪巖有個表叔名叫朱寶如，頗熱中於此；他的妻子便是螺螄太太口中的「朱老太太」；相貌忠厚而心計極深，她跟她丈夫說：「掘藏要有路子，現在有條路子，你去好好留心，說不定時來運轉，會發橫財。」

「你說，路子在哪裡？」

「善後局。」她說：「雪巖是你表姪，你跟他要個善後局的差使，他一定答應。不過，你不要怕煩，要同難民混在一起，聽他們談天說地，靜悄悄在旁邊聽，一定會聽出東西來。」

朱寶如很服他妻子，當下如教去看胡雪巖，自願擔任照料難民的職司。善後局的職位有好有壞，最好的是管認領婦女，有那年輕貌美，而父兄死於干戈流離之中，孤苦伶仃的，有人冒充親屬來領，只要跟被領的說通了，一筆謝禮、銀子上百；其次是管伙食，管採買，亦有極肥的油水。此外，抄抄寫寫、造造名冊，差使亦很輕鬆；只有照料難民，瑣碎繁雜而一無好處，沒有人肯幹，而朱寶如居然自告奮勇，胡雪巖非常高興，立即照派。

朱寶如受妻之教，耐著心跟衣衫襤褸、氣味惡濁的難民打交道；應付種種難題，細心聽他們在閒談之中所透露的種種祕聞，感情處得很好。

有一天有個三十多歲江西口音的難民，悄悄向朱寶如說：「朱先生，我這半個多月住下來，看你老人家是很忠厚的人；我想到你府上去談談。」

「喔，」朱寶如印象中，此人沉默寡言，亦從來沒有來麻煩過他，所以連他的姓都不知道，當即問說：「貴姓？」

「我姓程。」

「程老弟，你有啥話，現在這裡沒有人，你儘管說。」

「不！話很多，要到府上去談才方便。」

朱寶如想到了妻子的話，心中一動，將此人帶回家；他進門放下包裹，解下一條腰帶，帶子裡有十幾個金戒指。

「朱先生、朱太太。」此人說道：「實不相瞞，我做過長毛，現在棄暗投明，想拜你們兩老做乾爹、乾媽？不知道你們兩老，肯不肯收我？」

這件事來得有些突兀，朱寶如還在躊躇，他妻子看出包裹裡還有花樣，當即慨然答應：「我們有個兒子，年紀同你差不多，如今不在眼前；遇見你也是緣分，拜乾爹、乾媽的話，暫且不提，你先住下來再說。」

「不！兩老要收了我，當我兒子，我有些話才敢說，而且拜了兩老，我改姓為朱，以後一切都方便。」

於是，朱寶如夫婦悄悄商量了一會，決定收這個乾兒子；改姓為朱，由於生於午年，起了個名字叫家駒。那十幾個金戒指，便成了他孝敬義父母的見面禮。

有了錢，甚麼事都好辦了；朱寶如去賣掉兩個金戒指，為朱家駒打扮得煥然一新。同時沽酒買肉，暢敘「天倫」。

朱家駒彷彿從來沒有過過這樣的好日子，顯得非常高興，一面大塊吃肉、大碗喝酒，一面談他做長毛的經過。他是個孤兒，在他江西家鄉，被長毛「拉伕」挑輜重，到了浙江衢州，長毛放他回家；他說無家可歸，願意做小長毛。就這樣由衢州到杭州，但不久便又開拔了。

那是咸豐十年春天的事，太平軍的忠王李秀成，為解「天京」之圍，使了一條圍魏救趙之計，二月初由皖南進攻浙江；目的是要將圍金陵的浙軍總兵張玉良的部隊引回來，減輕壓力。二月二十七日李秀成攻入杭州，等三月初三，張玉良的援軍趕到，李秀成因為計已得售，又怕張玉良斷他的歸路，棄杭州西走，前後只得五天的功夫。

朱家駒那時便在李秀成部下，轉戰各地，兵敗失散，為另一支太平軍所收容；他的「長官」叫吳天德，是他同一個村莊的人，極重鄉誼，所以他跟他的另一個同鄉王培利，成了吳天德的貼身「親兵」，深獲信任。

以後吳天德在一次戰役中受了重傷，臨死以前跟朱家駒與王培利說：「忠王第二次攻進杭州，我在那裡駐紮了半年；『公館』打在東城金洞橋。後來調走了，忠王的軍令很嚴，我的東西帶不走，埋在那裡，以後始終沒有機會再到杭州。現在我要死了，有樣東西交給你們。」

說著，他從貼肉的口袋中，掏出一個油紙包，裡面是一張藏寶的圖。關照朱家駒與王培利，設法找機會到杭州去掘藏；如果掘到了，作三股分，一股要送回他江西的老家。又叫朱家駒、王培利結為兄弟，對天盟誓，相約不得負義，否則必遭天譴。

「後來，我同我那位拜兄商量，把地圖一分為二，各拿半張；我們也一直在一起。這回左大人克復杭州，機會來了；因為我到杭州來過，所以由我冒充難民，先來探路，等找到地方，再通知找王培利來商量，怎麼下手。」

「那麼，」朱寶如問：「你那姓王的拜把兄弟在哪裡？」

「在上海。只要我一封信去，馬上就來。」

「你的把兄弟，也是自己人。」朱寶如的老婆說：「來嘛！叫他來嘛！」

「慢慢、慢慢！」朱寶如搖搖手，「我們先來商量。你那張圖呢？」

「圖只有半張。」

朱家駒也是從貼肉的口袋中，取出一個油紙包，打開一看，半張地圖保存得很好，攤開在桌上抹平一看，是一張圖的上半張，下端剪成鋸齒形，想來就是「合符」的意思，另外那半張，上端也是鋸齒形，兩個半張湊成一起，吻合無間，才是吳天德交來的原圖。

「這半張是地址。」朱家駒說：「下半張才是埋寶的細圖。」

這也可以理解，朱家駒在杭州住過五天，所以由他帶著這有地址的半張，先來尋覓吳天德當初打公館的原址。朱寶如細看圖上，註明兩個起點：一個是金洞橋；一個是萬安橋；另外有兩個小方塊，其中一個下註「關帝廟」；又畫一個箭頭，註明：「往南約三十步，坐東朝西。」沒有任何字樣的那一個小方塊，不言可知便是藏寶之處。

「這不難找。」朱寶如問：「找到了以後呢？」

「或者租、或者買。」

「買？」朱寶如躊躇著，「是你們長毛打過公館的房子，當然不會小，買起來恐怕不便宜。」

「不要緊。」朱家駒說：「王培利會帶錢來。」

「那好！」朱寶如很高興地，「這件事交給我來辦。」

「家駒！」他老婆問說：「裡面不曉得埋了點啥東西？」

「東西很多——。」

據說，埋藏之物有四、五百兩金葉子、大批的珠寶首飾。埋藏的方法非常講究，珠寶首飾先用棉紙包好，置於瓷罎之中，用油灰封口；然後裝入鐵箱，外填石灰，以防潮氣，最後再將鐵箱置於大木箱中，埋入地下。

朱寶如夫婦聽得這些話，滿心歡喜。當夜密密商議，怕突然之間收了一個來歷不明的乾兒子，鄰居或許會猜疑；決定第二天搬家，搬到東城去住，為的是便於到金洞橋去覓藏寶之地。

等遷居已定，朱寶如便命義子寫信到上海，通知王培利到杭州；然後到金洞橋去踏勘，「家駒，」他說：「你是外鄉口音，到那裡去查訊，變成形跡可疑，諸多不便。你留在家裡，我一個人去。」

朱家駒欣然從命，由朱寶如一個人去悄悄查訊。萬安橋是杭州城內第一座大橋，為漕船所經之地，橋洞極高；橋東橋西各有一座關帝廟，依照與金洞橋的方位來看，圖上所指的關帝廟，應該是橋東的那一座。廟旁就是一家茶館，朱寶如泡了一壺茶，從早晨坐到中午，靜靜地聽茶客高談闊論；如是一連三天，終於聽到了他想要聽的話。

當然他想聽的便是有關長毛兩次攻陷杭州，在這一帶活動的情形；自萬安橋到金洞橋這個範圍之內，長毛打過公館的民宅，一共有五處，方位與藏寶圖上相合的一處，主人姓嚴，是個進士。

這就容易找了。朱寶如出了茶店，看關帝廟前面，自北而南兩條巷子，一條寬、一條窄，進入寬的那條，以平常的腳步走了三十步，看到一塊刻有「泰山石敢當」字樣的石碑，以此為坐標，細細搜索坐東朝西的房屋，很快地發現了，有一家人家的門楣上，懸著一塊粉底黑字的匾額，赫然大書：「進士第」三字，自然就是嚴進士家了。

朱寶如不敢造次，先來回走了兩趟，一面走，一面觀察環境，這一處「進士第」的房子不是頂講究，但似乎不小：第二趟經過那裡，恰好有人出來，朱寶如轉頭一望，由轎廳望到二門，裡面是一個很氣派的大廳。

為了怕惹人注目，他不敢多事逗留。回家先不說破；直到晚上上床，才跟他老婆密議，如何下手去打聽。

「我也不能冒冒失失上門，去問他們房子賣不賣；頂多問他們，有沒有餘屋出租。如果回你一句：沒有！那就只好走路；以後不便再上門，路也就此斷了。」

他的老婆計謀很多，想了一下說：「不是說胡大先生在東城還要立一座施粥廠。你何不用這個題目去搭訕？」

「施粥廠不歸我管。」

「怕啥？」朱家老婆說：「公益事情，本來要大家熱心才辦得好，何況你也是善後局的。」

「言之有理。」朱寶如說：「明天家駒提起來，你就說還沒有找到。」

「我曉得。我會敷衍他的。」

朱家老婆真是個好腳色，將朱家駒的飲食起居，照料得無微不至；因此，對於尋覓藏寶之地遲遲沒有消息，他並不覺得焦急難耐。而事實上，朱寶如在這件事上，已頗有進展了。

朱寶如做事也很扎實，雖然他老婆的話不錯，公益事情要大家熱心，他儘不妨上門去接頭，但總覺得有胡雪巖的一句話，更顯得師出有名。

在胡雪巖，多辦一家施粥廠，也很贊成，但提出一個相對條件，要朱寶如負責籌備，開辦後，亦歸朱寶如管理。這是個意外的機緣，即便掘寶不成，有這樣一個粥廠在手裡，亦是發小財的機會，所以欣然許諾。

於是興匆匆地到嚴進士家去拜訪，接待的是他家的一個老僕叫嚴升；等朱寶如道明來意，嚴升表示他家主人全家避難在上海，他無法作主，同時抄了他家主人在上海的地址給他，要他自己去接頭。

「好的，」朱寶如問道：「不過，有許多情形，先要請你講講明白，如果你家主人答應了，這房子是租還是賣？」

「我不曉得。」嚴升答說：「我想既然是做好事，我家老爺說不定一文不要，白白出借。」

「不然。」朱寶如說：「一做了施粥廠，每天多少人進進出出，房子會糟蹋得不成樣子。所以我想跟你打聽、打聽，你家主人的這層房子，有沒有意思出讓？如果有意，要多少銀子才肯賣？」

「這也要問我家老爺。」嚴升又說：「以前倒有人來問過，我家老爺只肯典、不肯賣；因為到底是老根基，典個幾年，等時世平定了，重新翻造，仍舊好住。」

於是朱寶如要求看一看房子，嚴升很爽快地答應了。這一所坐東朝西的住宅，前後一共三進，外帶一個院落，在二廳之南，院子裡東西兩面，各有三楹精舍，相連的兩廊，中建一座平地升高、三丈見方的亭子。

院子正中，石砌一座花壇，高有五尺；「攔土」的青石，雕鏤極精。據嚴升說，嚴家老太爺善種牡丹，魏紫姚黃，皆為名種；每年春天，牡丹盛放時，嚴老太爺都會在方亭中設宴，飲酒賞花、分韻賦詩；兩廊牆壁上便嵌著好幾塊「詩碑」。當然，名種牡丹，早被摧殘，如今的花壇上只長滿了野草。

朱寶如一面看、一面盤算，嚴家老太爺既有此種花的癖好，這座花壇亦是專為種牡丹所設計，不但所費不貲，而且水土保持，亦有特別講究，所以除非家道中替，絕捨不得賣屋。出典則如年限不長，便可商量；逃難在上海的杭州仕紳，幾乎沒有一個為胡雪巖所未曾見過，有交情亦很不少，只要請胡雪巖出面寫封信，應無不成之理。

哪知道話跟他老婆一說，立即被駁，「你不要去驚動胡大先生。」她說：「嚴進士同胡大先生一定有交情的，一封信去，說做好事，人人有分，房子定在那裡，你儘管用。到那時候，輪不著你作主；就能作主，也不能關起大門來做我們自己的事！你倒想呢？」

朱寶如如夢方醒，「不錯，不錯！」他問：「那麼，照你看，應該怎麼樣下手？」

「這件事不要急！走一步，想三步，只要穩當踏實，金銀珠寶埋在那裡，飛不掉的——。」朱家老婆扳著手指，第一、第二地，講得頭頭是道：第一、胡雪巖那裡要穩住，東城設粥的事，不能落到旁人手裡。

第二、等王培利來了，看他手上有多少錢？是現銀，還是金珠細軟；如果是金珠細軟，如何變賣？總要籌足了典當的款子，才談到第三步。

第三步便是由朱寶如親自到上海去一趟，託人介紹嚴進士談判典屋。至於如何說詞，看情形而定。

「總而言之一句話，這件事要做得隱密。胡大先生這著棋，不要輕易動用；因為這著棋力量太大，能放不能收，事情就壞了。」

朱寶如諾諾連聲。遇到胡雪巖問起粥廠的事，他總是以正在尋覓適當房屋作回；這件事本就是朱寶如的提議，他不甚起勁，胡雪巖也就不去催問了。

不多幾天王培利有了回信，說明搭乘航船的日期；扣準日子，朱寶如帶著義子去接到了，帶回家中，朱家駒為他引見了義母。朱寶如夫婦便故意避開，好讓他們密談。

朱家駒細談了結識朱寶如的經過，又盛讚義母如何體貼，王培利的眼光比朱家駒厲害，「你這位乾爹，人倒不壞。」他說：「不過你這位義母我看是很厲害的角色。」

「精明是精明的，你說厲害，我倒看不出來。」

「逢人只說三分話，未可全拋一片心。」

王培利問：「地方找到了沒有？」

「聽我乾爹說，有一處地方很像；正在打聽，大概這幾天會有結果。」

「怎麼是聽說？莫非你自己沒有去找過？」

「我不便出面。」朱家駒問：「你帶來多少款子？」

「一萬銀子。」

「在哪裡？」

「喏！」王培利拍拍腰包，「阜康錢莊的票子。」

「圖呢？」

「當然也帶了。」王培利說：「你先不要同你乾爹、乾媽說我把圖帶來了；等尋到地方再說。」

「這──，」朱家駒一楞，「他們要問起來我怎麼說法？」

「說在上海沒有帶來。」

「這不是不誠嗎？」朱家駒說：「我們現在是靠人家；自己不誠，怎麼能期望人家以誠待我？」

王培利想了一下說：「我有辦法。」

是何辦法呢！他一直不開口；朱家駒忍不住催問：「是甚麼辦法，你倒說出來商量。」

「防人之心不可無。我們人地生疏，他要欺侮我們很容易，所以一定要想個保護自己的辦法。」

王培利說：「我想住到客棧裡去，比較好動手。」

「動甚麼手？」

「你不要管。你只要編造個甚麼理由，讓我能住到客棧裡就行了。」

「這容易。」

朱家駒將他的義父母請了出來，說是王培利有兩個朋友會從上海來找他；在家不甚方便，想到客棧裡去住幾天，等會過朋友以後，再搬回來住。

朱寶如夫婦哪裡會想到，剛到的生客，已對他們發生猜疑；所以一口答應，在東街上替王培利找了一家字號名為「茂興」的小客棧，安頓好了，當夜在朱家吃接風酒；談談身世經歷，不及其他。

到得二更天飯罷；朱家拿出來一床半新舊洗得極乾淨的鋪蓋，「家駒，」她說：「客棧裡的被褥不乾淨，你拿了這床鋪蓋，送你的朋友去。」

「你看，」忠厚老實的朱家駒，臉上像飛了金似地對王培利說：「我乾媽就會想得這樣周到。」

其實，言詞恰好加重了王培利的戒心；到得茂興客棧，他向朱家駒說：「你坐一坐，就回去。你乾媽心計很深，不要讓她疑心。」

「不會的。」朱家駒說：「我乾媽還要給我做媒，是她娘家的姪女兒。」

王培利淡淡一笑，「等發了財再說。」他還有句沒有說出來的話：你不要中了美人計。

「現在談談正事。」朱家駒問：「你說的『動手』是動甚麼？」

王培利沉吟了一會。他對朱家駒亦有些不大放心，所以要考慮自己的密計，是不是索性連他亦一併瞞過？

「怎麼樣？」朱家駒催問著：「你怎麼不開口？」

「不是我不開口。」王培利說：「我們是小同鄉，又是一起共過患難的，真可以說是生死禍福分不開的弟兄。可是現在照我看，你對你乾爹、乾媽，看得比我來得親。」

「你錯了。」朱家駒答說：「我的乾爹、乾媽，也就是你的；要發財，大家一起發。你不要多疑心。」

王培利一時無法駁倒他的話；但有一點是很清楚的，如果繼續再勸下去，朱家駒可能會覺得他在挑撥他們義父母與義子之間的關係。大事尚未著手，感情上先有了裂痕；如果朱家駒索性靠向他的義父母，自己人單勢孤，又在陌生地方，必然吃虧。

於是他擺出領悟的臉色說道：「你說得不錯，你的乾爹、乾媽，就是我的，明天我同你乾爹談。你半張圖帶來了沒有？」

「沒有。那樣重要的東西，既然有了家了，自然放在家裡。」朱家駒又問：「你是現在要看那半張圖？」

「不是，不是。」王培利說：「我本來的打算是，另外造一張假圖；下面鋸齒形的地方，一定要把你那半張圖覆在上面，細心剪下來，才會嚴絲合縫，不露半點破綻。現在就不必了。」

「你的法子真絕。」朱家駒以為王培利聽他的開導，對朱寶如夫婦恢復了信心，很高興地說：「你住下去就知道了，我的乾爹、乾媽真的很好。」

「我知道。」

「我要走了。」朱家駒起身說道：「明天上午來接你去吃中飯。」

「好！明天見。」王培利拉住他又說：「我對朱家老夫婦確是有點誤會，不過現在已經沒有了。我們剛剛兩個人說的話，你千萬不要跟他們說；不然我就不好意思住下去了。」

「我明白，我明白。」朱家駒連連點頭，「我又不是三歲小孩子，不識得輕重。」

等朱家駒一走，王培利到櫃房裡，跟帳房借了一副筆硯，關起門來「動手」。先從箱子裡取出來一本《縉紳錄》；將夾在書頁中的一張紙取出來，攤開在桌上；這張紙便是地圖的一半。王培利剔亮油燈，伏案細看，圖上畫著「川」字形的三個長方塊；上面又有一個橫置而略近於正方形的方塊；這個方塊的正中，畫出骰子大小的一個小方塊，中間圓圓的一點便是藏寶之處。

看了好一會，開始磨墨，以筆濡染，在廢紙上試了墨色濃淡，試到與原來的墨跡相符，方始落筆，在地圖上隨意又添畫了四個骰子大的方塊，一樣也在中間加上圓點。

畫好了再看，墨色微顯新舊，仔細分辨，會露馬腳。王培利沉吟了一會，將地圖覆置地上，再取一張骨牌凳，倒過來壓在地上，然後閂上了房門睡覺；第二天一早起來，頭一件事便是看那半張地圖，上面已沾滿了灰塵，很小心地吹拂了一番，浮塵雖去，墨色新舊的痕跡，卻被遮掩得無從分辨了。

王培利心裡很得意，這樣故布疑陣，連朱家駒都可瞞過，就不妨公開了。於是收好了圖，等朱家駒來了，一起上附近茶館洗臉吃點心。

「我們商量商量。」朱家駒說：「昨天晚上回去以後，我乾爹問我，你有沒有錢帶來？我說帶來了。他說：他看是看到了一處，地方很像。沒有錢不必開口；有了錢就可以去接頭了。或典或買，如果價錢談得攏，馬上可以成交。」

「喔，」王培利問：「他有沒有問，我帶了多少錢來？」

「沒有。」

王培利點點頭，停了一下又說：「我們小錢不能省，我想先送他二百兩銀子作為見面禮。你看，這個數目差不多吧？」

「差不多了。」

「阜康錢莊在哪裡？」王培利說：「我帶來的銀票都是一千兩一張的，要到阜康去換成小票子。」

「好！等我來問一問。」

找到茶博士，問明阜康錢莊在清河坊大街；兩人惠了茶資，安步當車尋了去。東街到清河坊大街著實有一段路，很辛苦地找到了，大票換成小票；順便買了四色水禮，雇小轎回客棧。

「直接到我乾爹家，豈不省事？」

「你不是說，你乾爹會問到地圖？」王培利說：「不如我帶了去，到時候看情形說話。」

「對！這樣好。」

於是，先回客棧，王培利即將那本《縉紳錄》帶在身邊，一起到了朱家，恰是「放午炮」的時候；朱家老婆已燉好了一隻肥雞，在等他們吃飯了。

「朱大叔、朱大嬸，」王培利將四色水禮，放在桌上，探手入懷，取出一個由阜康要來的紅封袋，雙手奉上，「這回來得匆忙，沒有帶東西來孝敬兩位，只好折乾了。」

「沒有這個道理。」朱寶如雙手外推，「這四樣吃食東西，你買也買來了，不去說它；折乾就不必了。無功不受祿。」

「不！不！以後打擾的時候還多，請兩老不要客氣。」王培利又說：「家駒的乾爹、乾媽，也就是我的長輩；做小輩的一點心意，您老人家不受，我心裡反倒不安。」

於是朱家駒也幫著相勸，朱寶如終於收了下來；抽個冷子打開來一看，是一張二百兩銀子的銀票，心裡很高興，看樣子王培利帶的錢不少，便掘寶不成，總還可以想法子多挖他幾文出來。

一面吃飯，一面談正事：「找到一處地方，很像。吃過飯，我帶你們去看看。」朱寶如問：「你那半張地圖帶來了沒有？」

「帶來了。」王培利問：「朱大叔要不要看看？」

「不忙，不忙！」朱寶如說：「吃完飯再看。」

到得酒醉飯飽，朱家老婆泡來一壺極釅的龍井，為他們解酒消食。一面喝茶，一面又談到正事，王培利關照朱家駒把他所保存的半張地圖取出來；然後從《縉紳錄》中取出他的半張，都平鋪在方桌，犬牙相錯的兩端，慢慢湊攏，但見嚴絲合縫，吻合無間；再看墨色濃淡，亦是絲毫不差，確確實實是一分為二的兩個半張。

這是王培利有意如此造作，這樣以真掩假，倒還不光是為了瞞過朱寶如，主要的還在試探朱家駒的記憶，因為當初分割此圖時，是在很匆遽的情況之下，朱家駒並未細看，但即令只看了一眼，圖上骰子大的小方塊，只有一個，他可能還記得，看真圖上多了幾個小方塊，必然想到他已動過手腳，而目的是在對付朱寶如，當然擺在心裡，不會說破，事後談論，再作道理。倘或竟不記得，那就更容易處置了。

因而在一起看圖時，他很注意朱家駒的表情；使得他微覺意外的是，朱家駒雖感困惑，而神情與他的義父相同：莫名其妙。

「畫了小方塊的地方，當然是指藏寶之處！」朱寶如問：「怎麼會有這麼多地方？莫非東西太多，要分開來埋？」

「這也說不定。」王培利回答。

「不會。」朱家駒接口說道：「我知道只有一口大木箱。」

此言一出，王培利心中一跳；因為快要露馬腳了，不過他也是很厲害的角色，聲色不動地隨機應變。

「照這樣說，那就只有一處地方是真的。」他說：「其餘的是故意畫上去的障眼法。」

「不錯、不錯！」朱寶如完全同意他的解釋：「前回『聽大書』說《三國演義》，曹操有疑塚七十三；大概當初怕地圖萬一失落，特為仿照疑塚的辦法，布個障眼法。」

王培利點點頭，順勢瞄了朱家駒一眼，只見他的困惑依舊，而且似乎在思索甚麼？心裡不免有些嘀咕，只怕弄巧會成拙，而且也對朱家駒深為不滿，認為他笨得跟木頭一樣，根本不懂如何叫聯手合作。

「我在上海，有時候拿圖出來看看，也很奇怪；懊悔當時沒有問個明白。不過，只要地點不錯，不管它是只有一處真的也好，是分開來藏寶也好，大不了多費點事，東西總逃不走的。」

聽得這一說，朱家駒似乎釋然了，「乾爹，」他說：「我們去看房子。」

「好！走吧！」

收好了圖，起身要離去時，朱家老婆出現在堂屋中，「今天風大，」她對她丈夫說：「你進來，添一件衣服再走。」

「還好！不必了。」朱寶如顯然沒有懂得他老婆的用意。

「加件馬褂。我已經拿出來了。」說到第二次，朱寶如才明白，是有話跟他說，於是答一聲：「也好。」隨即跟了過去。

在臥室中，朱家老婆一面低著頭替丈夫扣馬褂鈕扣，一面低聲說道：「他們兩個人的話不大對頭；姓王的莫非不曉得埋在地下的，只有一口箱子。」

一言驚醒夢中人，朱寶如頓時大悟，那張圖上的奧妙完全識透了；因而也就改了主意，到了嚴進士所住的那條弄堂，指著他間壁的那所房子說：「喏，那家人家，長毛打過公館，只怕就是。」

「不知道姓甚麼？」

「聽說姓王。」朱寶如信口胡說。

「喔！」王培利不作聲，回頭關帝廟，向朱家駒使個眼色，以平常腳步，慢慢走了過去；當然是在測量距離。

「回去再談吧！」朱寶如輕聲說道：「已經有人在留意我們了。」

聽這一說，王培利與朱家駒連頭都不敢抬，跟著朱寶如回家。

原來朝廷自克復金陵，戡平大亂以後，雖對長毛有「脅從不問」的寬大處置；但此輩的處境，實在跟「過街老鼠，人人喊打」無異。同時盤查奸宄，責有攸歸的地方團練，亦每每找他們的麻煩，一言不合便可帶到「公所」去法辦，所以朱家駒與王培利聽說有人注目，便會緊張。

到家吃了晚飯，朱家駒送王培利回客棧，朱寶如對老婆說：「虧你提醒我；我沒有把嚴進士家指給他們看，省得他們私下去打交道。」

「這姓王的不老實，真的要防衛他，」朱家老婆問道：「那張圖我沒有看見，上面是怎麼畫的？」

「喏！」朱寶如用手指在桌面上比畫，「一連三個長方塊；上面又有一個橫的長方塊，是嚴進士家沒有錯。」

「上面寫明白了？」

「那裡！寫明白了，何用花心思去找？」

「那麼，你怎麼斷定的呢？」

「我去看過嚴家的房子啊！」朱寶如，「他家一共三進，就是三個長方塊；上面的那一個，就是嚴老太爺種牡丹的地方。」

「啊、啊，不錯。你一說倒像了。」朱家老婆又問：「聽你們在談，藏寶的地方，好像不止一處；為啥家駒說他看到的只有一個木箱。」

「這就是你說的，姓王的不老實。」朱寶如說：「藏寶的地方只有一處，我已經曉得了。」

「在哪裡？」

「就是種牡丹的那個花壇。為啥呢？」朱寶如自問自答。「畫在別處的方塊，照圖上看，都在房子裡；嚴家的大廳是水磨青磚；二廳、三廳鋪的是地板，掘開這些地方來藏寶，費事不說，而且也不能不露痕跡，根本是不合情理的事。這樣一想，就只有那個露天之下的花壇了。」

「那麼，為啥會有好幾處地方呢？」

「障眼法。」

「障眼法？」朱家老婆問道：「是哪個搞的呢？」

「說不定是王培利。」

朱家老婆想了一下說：「這樣子你先不要響；等我來問家駒。」

「你問他？」朱寶如說：「他不會告訴王培利？那一來事情就糟了。」

「我當然明白。」朱家老婆說：「你不要管，我自有道理。」

當此時也，朱家駒與王培利亦在客棧中談這幅藏寶的地圖。朱家駒的印象中那下半幅圖，似乎乾乾淨淨，沒有那麼多骰子大的小方塊；王培利承認他動了手腳，而且還埋怨朱家駒，臨事有欠機警。

「我已經跟你說過了，我們防人之心不可無，你當時應該想得到的，有甚麼不大對勁的地方，儘管擺在肚子裡，慢慢再談；何必當時就開口，顯得我們兩個人之間就有點不搭調！」

朱家駒自己也覺得做事說話，稍欠思量，所以默默地接受他的責備；不過真相不能不問，「那麼，」他問：「到底哪一處是真的呢？」

王培利由這一次共事的經驗，發覺朱家駒人太老實；他也相信「老實乃無用之別名」這個說法，所以決定有所保留，隨手指一指第一個長方塊上端的一個小方塊說：「喏，這裡。」

「這裡！」朱家駒皺著眉問：「這裡是甚麼地方呢？」

「你問我，我去問哪個？」王培利答說：「今天我們去看的那家人家，大致不錯，因為我用腳步測量過。那裡坐西朝東，能夠進去看一看，自然就會明白。現在要請你乾爹多做的一件事，就是想法子讓我進去查看；看對了再談第二步。」

「好！我回去跟我乾爹說。」

到得第二天，朱寶如一早就出門了，朱家駒尚無機會談及此事；他的乾媽卻跟他談起來了，「家駒，」她說：「我昨天聽你們在談地圖，好像有的地方，不大合情理。」

「是。」朱家駒很謹慎地答說：「乾媽是覺得哪裡不大合情理。」

「人家既然把這樣一件大事託付了你們兩個，當然要把話說清楚；藏寶的地方應該指點得明明白白。現在好像有了圖同沒有圖一樣。你說是不是呢？」

「那，」朱家駒說：「那是因為太匆促的緣故。」

「還有，」朱家老婆突然頓住；然後搖搖頭說：「不談了。」

「乾媽，」朱家駒有些不安：「有甚麼話，請你儘管說。」

「我說了，害你為難，不如不說。」

「甚麼事我會為難？乾媽，我實在想不出來。」

「你真的想不出來？」

「真的。」

「好！我同你說。你如果覺得為難，就不必回話。」

「不會的。乾媽有話問我，我一定照實回話。」

「你老實，我曉得的。」

意在言外，王培利欠老實。朱家駒聽懂了這句話，裝作不懂。好在這不是發問，所以他可以不作聲。

「家駒，」朱家老婆問：「當初埋在地下的，是不是一口箱子？」

「是。」

「一口箱子，怎麼能埋好幾處地方？」

這一問，朱家駒立即就感覺為難了，但他知道，絕不能遲疑，否則即便說了實話，依然不能獲得信任。

因此，他很快地答說：「當然不能。昨天晚上我同王培利談了好半天，我認為藏寶的地方，只有一處；至於是哪一處，要進去查看過再說。培利現在要請乾爹想法子的，就是讓我們進去看一看。」

「這恐怕不容易，除非先把房子買下來。」

「買下來不知道要多少錢？」

「這要去打聽。」朱家老婆說；「我想總要兩三千銀子。」

「兩三千銀子是有的。」朱家駒說：「我跟培利來說，要他先把這筆款子撥出來，交給乾爹。」

「那倒不必。」朱老婆忽然問道：「家駒，你到底想不想成家？」

「當然想要成家。」朱家駒說：「這件事，要請乾媽成全。」

「包在我身上。」朱家老婆問說：「只要你不嫌愛珠。」

愛珠是她娘家的姪女兒，今年二十五歲；二十歲出嫁，婚後第二年，丈夫一病身亡，就此居孀。她所說的「不嫌」，意思便是莫嫌再醮之婦。

朱家駒卻沒有聽懂她的話，立即答說：「像愛珠小姐這樣的人品，如說我還要嫌她，那真正是有眼無珠了。」

原來愛珠生得中上之姿；朱家駒第一次與她見面，便不住地偷覷，事後談起來讚不絕口。朱家老婆拿她來作為籠絡的工具，是十拿九穩的事；不過，寡婦的身分，必須說明。她記得曾告訴過朱家駒，但因為輕描淡寫之故，他沒有聽清楚，此刻必須再作一次說明。

「我不是說你嫌她的相貌，我是說，她是嫁過人的。」

「我知道，我知道。乾娘跟我說過。這一層，請乾娘放心，我不在乎。不過，」朱家駒問：「不知道她有沒有兒女？」

「這一層，你也放心好了，絕不會帶拖油瓶過來的。她沒有生過。」

「那就更好了。」朱家駒說：「乾媽，你還有沒有適當的人，給培利也做個媒。」

「喔，他也還沒有娶親？」

「娶是娶過的，是童養媳，感情不好，所以他不肯回江西。」

「既然他在家鄉有了老婆，我怎麼好替他做媒？這種傷陰騭的事情，我是不做的。」

一句話就輕輕巧巧地推託了；但朱家駒還不死心，「乾媽，」他說：「如果他花幾個錢，把他的童養媳老婆休回娘家呢？」

「那，到了那時候再說。」朱家老婆說：「你要成家，就好買房子了。你乾爹今天會託人同姓王的房主去接頭，如果肯賣，不曉得你錢預備了沒有？」

「預備了。」朱家駒說：「我同王培利有一筆錢，當初約好不動用，歸他保管；現在要買房子，就用那筆錢。」

「那麼，是你們兩個人合買，還是你一個人買。」

「當然兩個人合買。」

「這怕不大好。」朱家老婆提醒他說：「你買來是要自己住的；莫非他同你一起住？」

朱家駒想了一下說：「或者我另外買一處；藏寶的房子一定要兩個人合買，不然，好像說不過去。」

「這話也不錯。」朱家老婆沉吟了一會說：「不過，你們各買房子以外，你又單獨要買一處，他會不會起疑心呢？」

「乾媽，你說他會起甚麼疑心？」

「疑心你單獨買的房子，才真的是藏寶的地方。」

「只要我的房子不買在金洞橋、萬安橋一帶，兩處隔遠了自然就不會起疑心。」

聽得這話，朱家老婆才發覺自己財迷心竅，差點露馬腳。原來她的盤算是，最好合買的是朱寶如指鹿為馬的所謂「王」家的房子；而朱家駒或買或典，搬入嚴進士家，那一來兩處密邇，藏寶之地，一真一偽，才不會引起懷疑。幸而朱家駒根本沒有想到，她心目中已有一個嚴進士家，才不至於識破機關；然而也夠險的了。

言多必失，她不再跟朱家駒談這件事了。到晚來，夫婦倆在枕上細語、密密商議了大半夜，定下一條連環計，第一套無中生有；第二套借刀殺人；第三套過河拆橋，加緊布置，次第施行。

第二天下午，朱寶如回家，恰好王培利來吃夜飯，他高高興興地說：「路子找到了，房主不姓王、姓劉；我有個『瓦搖頭』的朋友，是劉家的遠房親戚，我託他去問了。」

杭州人管買賣房屋的掮客，叫做「瓦搖頭」；此人姓孫行四，能言善道，十分和氣，朱寶如居間讓他們見了面，談得頗為投機。提到買劉家房子的事，孫四大為搖頭，連聲：「不好！不好！」

「怎麼不好？」朱家駒問說。

「我同老朱是老朋友，不作興害人的。劉家的房子不乾淨。」

「不乾淨？有狐仙。」

「狐仙倒不要緊，初二、十六，弄四個白灼雞蛋、二兩燒酒供一供就沒事了。」孫四放低了聲音說：「長毛打公館的時候，死了好些人在裡頭，常常會鬧鬼。」

聽這一說，王培利的信心越發堅定，「孫四爺，」他說：「我平生就是不相信有鬼。」

「何必呢？現在好房子多得很。劉家的房子看著沒人要，你去請教他，他又奇貨可居了，房價還不便宜，實在犯不著。」

話有點說不下去了，王培利只好以眼色向朱寶如求援。

「是這樣的，」朱寶如從容說道：「我這個乾兒子同他的好朋友，想在杭州落戶，為了離我家近，所以想合買劉家的房子。他們是外路人，不知道這裡的情形；我是曉得的，劉家的房子不乾淨，我也同他們提過，他們說拆了翻造，就不要緊了。啊，」他突然看著王培利、朱家駒說：「將來翻造的時候，你們到龍虎山請一道張天師的鎮宅神符下來，就更加保險了。」

「是，是！」朱家駒說：「我認識龍虎山上清宮的一個『法官』，將來請他來作法。」

「孫四哥，你聽見了，還是請你去進行。」

「既然有張天師保險，就不要緊了。好的，我三天以後來回話。」

到了第三天，回音來了，情況相當複雜，劉家的房子，由三家人家分租，租約未滿，請人讓屋要貼搬家費，所以屋主提出兩個條件，任憑選擇。

「房價是四千兩，如果肯貼搬家費每家二百兩，一共是四千六百兩，馬上可以成契交屋；倘或不肯貼搬家費，交屋要在三個月之後，因為那時租約到期，房子就可以收回。」

朱寶如又說：「當然，房價也不能一次交付，先付定洋，其餘的款子，存在阜康錢莊，交產以後兌現，你們看怎麼樣？」

「乾爹，你看呢？」朱家駒問：「房價是不是能夠減一點。」

「這當然是可以談的。我們先把付款的辦法決定下來。照我看第二個辦法比較好，三個月的功夫，省下六百兩，不是個小數。」

「到了那時候，租戶不肯搬，怎麼辦？」王培利問。

「我也這樣子問孫老四，他說一定會搬，因為房主打算讓他們白住三個月，等於就是貼的搬家費。」朱寶如又說：「而且，我們可以把罰則訂在契約裡頭，如果延遲交屋，退回定洋，再罰多少，這樣就萬無一失了。」

「既然如此，我們就先付定洋，等他交產，餘款付清。」王培利問：「何必要我們把餘款存在錢莊裡？」

「其中有個道理——。」

據說姓劉的房主從事米業，目前正有擴充營業的打算，預備向阜康錢莊借款，以房子作抵；但如出賣了，即無法抵押。但如阜康錢莊知道他有還款的來源，情況就不同了。

「我們存了這筆款子在阜康，就等於替他作了擔保；放款不會吃帳，阜康當然就肯借了。」

朱寶如又說：「我在想，款子存在阜康，利息是你們的，並不吃虧；而且這一來，我們要殺他的價，作中的孫老四，也比較好開口了。這件事，你們既然託了我，我當然要前前後後，都替你們盤算到，不能讓你們吃一點虧。」

「是，是。」王培利覺得他的話不錯；轉臉問朱家駒：「就這樣辦吧？」

「就這樣辦。」朱家駒說：「請乾爹再替我們去講講價錢。」

「好，我現在就同孫老四去談。晚上我約他來吃飽，你們當面再談。」

朱寶如隨即出門；他老婆為了晚上款客，挽個菜籃子上了小菜場，留著朱家駒看家，正好讓他把存著心裡已經好幾天的話，說了出來。

首先是談他預備成家；同時也把他請他乾媽為王培利作媒的話，據實相告，「我們是共患難的兄弟，我一直想同你在一起。」朱家駒說：「我們做過長毛，回家鄉也沒有面子；杭州是好地方，在這裡發財落戶，再好都沒有。你另外娶老婆的事，包在我身上，一定替你辦好。」

這番話說得很動聽；而且由於朱家老婆這些日子以來噓寒問暖的殷勤，王培利的觀感已多久有所改變，因而也就起勁地跟朱家駒認真地談論落戶杭州的計畫。

「劉家的房子，死了那麼多人，又鬧鬼，是一處凶宅，絕不能住人。等我們掘到了寶藏，反正也不在乎了，賤價賣掉也無所謂了。你說是不是？」

「一點不錯。」王培利說：「與其翻造，還不如另外買房子來住。」

「就是這話囉！」朱家駒急轉直下地說：「培利，我成家在先；要我成了家，才能幫你成家。所以我現在就想買房子，或者典一處，你看怎麼樣？」

「這是好事，我沒有不贊成之理。」

「好！」朱家駒非常高興地說：「這才患難弟兄。」

王培利點點，沉吟了一會說：「你買房子要多少錢？」

「目前當然只好將就，夠兩個人住就可以了。培利，我想這樣辦，我們先提出一筆款子，專門為辦『正經事』之用；另外的錢，分開來各自存在錢莊裡，歸自己用。當然，我不夠向你借；你不夠向我借，還是好商量的。」

王培利考慮了一下，同意了。帶來一萬銀子，還剩下九千五；提出四千五作為「公款」，開戶用圖章。剩下五千，各分兩千五，自行處置。

這一談妥當了，彼此都有以逸待勞之感，所以當天晚上跟孫四杯酒言歡時，王培利從容還價，而孫四是中間人的地位，只很客氣地表示，盡力跟房主去交涉，能把房價壓得越低越好。

在這樣的氣氛之下，當然談十分投機，盡歡而散。

等孫四告辭；王培利回了客棧，朱家駒將他與王培利的協議，向乾爹乾媽，和盤托出。

朱寶如有了這個底子，便私下去進行他的事，託辭公事派遣到蘇州，實際上是到上海走了一趟，打著胡雪巖招牌，見到了嚴進士，談到了典房的事，嚴進士一口應承，寫了一封信，讓他回杭州跟他的一個姪子來談細節。

一去一回，花了半個月的功夫；朱家駒與王培利買劉家房子的事，亦已談妥，三千四百兩銀子，先付零數，作為定洋，餘下三千，在阜康錢莊立個摺子，戶名叫「朱培記」，現刻一顆圖章，由王培利收執；存摺交朱家駒保管。草約亦已擬好，三個月之內交屋，逾期一天，罰銀子十兩；如果超過一個月，合約取消，另加倍退還定洋。

「乾爹，」朱家駒說：「只等你回來立契約。對方催得很急，是不是明天就辦好了它？」

「不忙，不忙！契約要好好看，立契也要挑好日子。」

事實上，是三套連環計要第二套了；朱寶如剛剛回來，需要好好布置一番。

這樣拖延了四天，終於在一個宜於立契置產的黃道吉日，訂了契約；王培利亦已決定搬至朱家來住。哪知就在將要移居的第一天，王培利為團練局的巡防隊所捕；抓到隊上一問，王培利供出朱家駒與朱寶如，結果這義父子二人亦雙雙被捕。

27 煙消雲散

胡雪巖談朱寶如夫婦的故事，話到此處，忽然看著烏先生問道：「你曉得不曉得，是哪個抓的朱寶如？」

「不是團練局巡防隊嗎？」

「不是。是他自己。這是一條苦肉計；巡防隊的人是串出來的。」胡雪巖說：「朱寶如一抓進去，問起來在我善後局做事；巡防隊是假模假樣不相信。」

「朱寶如就寫了張條子給我，我當然派人去保他。等他一保出來，戲就有得他唱了。」

據胡雪巖說，他釋放之前，向朱家駒、王培利，拍胸擔保，全力營救。其時這兩個人，已由巡防隊私設的「公堂」問過兩回，還用了刑，雖不是上「夾棍」或者「老虎凳」，但一頓「皮巴掌」打下來，滿嘴噴血、牙齒打掉了好幾顆；當然出言恫嚇，不在話下——朝廷自平洪楊後，雖有「脅從不問」的恩詔，但長毛餘孽已成「人人喊打」的「過街老鼠」，除非投誠有案，倘為私下潛行各處，地方團練，抓到了仍送官處治。因此，朱家駒、王培利驚恐萬狀，一線生機，都寄託在朱寶如身上，朝夕盼望，盼到第三天盼到了。

朱寶如告訴他們，全力奔走的結果，可以辦個遞解回籍的處分，不過要花錢。朱家駒、王培利原有款子在阜康錢莊，存摺還在；他說，這筆存款不必動，他們回到上海仍可支取。至於劉家的房子，出了這件事以後，眼前已經沒有用處；不如犧牲定洋，設法退掉，存在阜康的三千銀子提出來，在團練局及錢塘、仁和兩縣，上下打點，大概也差不多了。好在寶藏埋在劉家，地圖在他們身邊，等這場風波過去，再回杭州，仍舊可以發財。

到此境界，朱家駒、王培利只求脫卻縲絏，唯言是從；但朱寶如做事，顯得十分穩重，帶著老婆天天來探監送牢飯，談到釋放一節，總說對方獅子大開口，要慢慢兒磨，勸他們耐心等待。

這樣，過了有十天功夫，才來問他們兩人，說談妥當了，一切使費在內，兩千八百兩銀子；剩下二百兩還可以讓他們做路費，問他們願意不願意。

「你們想，」胡雪巖說：「豈有不願之理。存摺的圖章在王培利身邊，交給朱寶如以後，第二天就『開籠子』放人了。不過，兩個人還要具一張甘結，回籍以後，安分守己做個良民；如果再潛行各地，經人告發，甘願憑官法辦。」

「好厲害！」烏先生說：「這是絕了他們兩個人的後路，永遠不敢再到杭州。」

「手段是很厲害，不過良心還不算太黑。」烏先生說：「那兩個人，叫天天不應，叫地地不靈，如果要他們把存摺拿出來，五千銀子全數吞沒，亦未嘗不可。」

「不然！朱寶如非要把那張合約收回不可，否則會吃官司。為啥呢？因為從頭到底都是騙局，那家的房主，根本不姓劉；孫四也不是『瓦搖頭』，完全是朱寶如串出來的。如果這張合約捏在他們兩個人手裡，可以轉給人家，到了期限，依約付款營業，西洋鏡拆出，朱寶如不但要吃官司，也不能做人了。」

「啊，啊！」烏先生深深點頭，「這個人很高明。不吞他們的五千銀子，放一條路讓人家走，才不會出事。」

「不但不會出事，那兩個人還一直蒙在鼓裡，夢想發財——。」

「對了！」烏先生問：「嚴進士家的房子呢？」

「我先講他騙了多少？」胡雪巖扳著手指計算：「房價一共三千四百兩，付定洋四百兩是孫四的好處；整數三千兩聽說巡防隊分了一千，朱寶如實得二千兩，典嚴家的房子夠了。」

「典了房子開粥廠？」

「是啊！朱寶如來同我說，他看中嚴家房子的風水，想買下來，不過現在力量不足，只好先典下來；租給善後局辦粥廠。他說：『做事情要講公道，粥廠從頭一年十一月辦到第二年二月，一共四個月，租金亦只收四個月，每個月一百兩。』我去看了房子，告訴他說：『這樣子的房子，租金沒有這種行情，五十兩一個月都勉強；善後局的公款，我不能亂做人情。不過，我私人可以幫你的忙。』承他的情，一定不肯用我的錢。不過辦粥廠當然也有好處。」

「那麼，掘藏呢？掘到了沒有？」

「這就不曉得了。這種事，只有他們夫婦親自動手，不曾讓外人插手的。不過，朱寶如後來發了財，是真的。」

「大先生！」烏先生提出一大疑問：「這些情形，你是怎麼知道的呢？」

「有些情形是孫四告訴我的。他只曉得後半段；嚴家房子的事，他根本不清楚。」談到這裡，胡雪巖忽然提高了聲音說：「若要人不知，除非己莫為。過了有四、五年，有一回我在上海，到堂子裡去吃花酒；遇見一個江西人，姓王，他說：胡大先生，我老早就曉得你的大名了，我還是你杭州阜康錢莊的客戶。」

「不用說，這個人就是王培利了？」

「不錯。當時他跟我談起朱寶如；又問起萬安橋劉家的房子。我同他說：朱寶如，我同他沾點親；萬安橋劉家，我就不清楚了。」胡雪巖接著又說：「堂子裡要談正經事，都是約到小房間裡，躺在煙鋪上，清清靜靜私下談；席面上豁拳鬧酒，還要唱戲，哪裡好談正事？所以我說了一句：有空再談。原是敷衍的話，哪曉得——。」

「他真的來尋你了？」烏先生接口問說。

「不是來尋我，是請我在花旗總會吃大菜。帖子上寫得很懇切，說有要緊事情請教，又說並無別客。你想想，我應酬再忙，也不能不去——。」

胡雪巖說，他準時赴約，果然只有王培利一個人；開門見山地說他做過長毛，曾經與朱寶如一起被捕。這下胡雪巖才想起他保釋過朱寶如的往事，頓時起了戒心。王培利似乎知道胡雪巖在浙江官場的勢力，要求胡雪巖設法，能讓他回杭州。

「你答應他沒有呢？」烏先生插嘴發問。

「沒有。事情沒有弄清楚，我不好做這種冒失的事。」胡雪巖說：「我同他說，你自己具了結的，我幫不上忙。不過，你杭州有啥事情，我可以替你辦。他嘆口氣說：『這件事非要我自己去辦不可。』接下來就把掘藏的事告訴我。我一面聽、一面在想，朱寶如一向花樣很多，他老婆更是個厲害腳色——。」

說到這裡，烏先生突然發覺螺螄太太神色似乎不大對勁，便打斷了胡雪巖的話問：「羅四姐，你怎麼樣，人不舒服？」

「不是，不是！」螺螄太太搖著手說：「你們談你們的。」她看著胡雪巖問：「後來呢？」

「後來，他同我說，如果我能想法子讓他回杭州掘了藏，願意同我平分。這時候我已經想到，朱寶如怎麼樣發的財，恐怕其中大有文章。王培利一到杭州，說不定是要去尋朱寶如算帳；可是，這筆帳一定算不出名堂，到後來說不定會出人命。」

「出人命？」烏先生想了一下說：「你是說，王培利吃了啞巴虧，會跟朱寶如動刀子？」

「這是可以想得到的事。或者朱寶如先下手為強，先告王培利也說不定。總而言之，如果把他弄到杭州，是害了他。所以我一口拒絕；我說我不想發財，同時也要勸你老兄，事隔多年，犯不上為這種渺茫的事牽腸掛肚；如果你生活有困難，我可以幫你忙，替你尋個事情做。他說，他現在做洋廣雜貨生意，境況過得去，謝謝我，不必了。總算彼此客客氣氣，不傷感情。」

「這王培利死不死心呢？」

「大概死心了。據說他的洋廣雜貨生意，做得不錯。一個人只要踏上正途、勤勤懇懇去巴結，自然不會有啥發橫財的心思。」胡雪巖說：「你們幾時見過生意做得像個樣子的人，會去買白鴿票？」

「這倒是很實惠的話。」烏先生想了一下，好奇地問：「你倒沒有把遇見王培利的事，同朱寶如談一談？」

「沒有。」胡雪巖搖搖頭，「我從不挖人的痛瘡疤的。」

「你不挖人家，人家要挖你。」一直默默靜聽的螺螄太太開口了，「如果你同朱寶如談過就好了。」

這一說，便連烏先生都不懂她的意思；與胡雪巖都用困惑的眼光催促她解釋。

螺螄太太卻無視於此，只是怨責地說：「我們這麼多年，這些情形，你從來都沒有跟我談過。」

「你這話埋怨得沒有道理，朱寶如的事跟我毫不相干，我同你談它作啥？」胡雪巖又說：「就是我自己的事，大大小小也不知經歷過多少，有些事已經過去了，連我自己都記不得，怎麼跟你談？而況，也沒有功夫；一個人如果光是談過去，我看，這個人在世上的光陰，也就有限了。」

「著！」烏先生擊案稱賞：「這句話，我要聽。我現在要勸胡大先生的，就是雄心壯志，不可消沉。你的精力還蠻旺的，東山再起，為時未晚。」

胡雪巖笑笑不作聲。就這時聽得寺院中晨鐘已動，看自鳴鐘上，短針指著四時，已是寅正時分了。

「再不睡要天亮了！」胡雪巖說：「明天再談吧。」

於是等丫頭們收拾乾淨，胡雪巖與螺螄太太向烏先生道聲「明朝會」，相偕上樓。

到了樓上，螺螄太太還有好些話要跟胡雪巖談，頂要緊的一件是，十二樓中各房姨太太私房，經過一整天的檢查，收穫極豐，現款、金條、珠寶等等，估計不下二、三萬銀子之多；她問胡雪巖，這筆款子，作何處置？

「我沒有意見。」胡雪巖說：「現在已經輪不到我作主了。」

這句話聽起來像牢騷，不過螺螄太太明瞭他的本意，「你也不要這樣說，現在你還可以作主。」她說：「過兩三天，就難說了。」

「你說我現在還可以作主，那麼，請你替我作個主看。」

「要我作主，我現在就要動手。」

「怎麼動法？」

「趁天不亮，請烏先生把這些東西帶出去。」螺螄太太指著一口大箱子說：「喏，東西都裝在裡面。」

「喔！」胡雪巖有些茫然，定定神說：「你剛才怎麼不提起？」

「現在也還不遲。」

胡雪巖重新考慮下來，認為不妥；此舉有欠光明磊落，於心不安，因而很歉疚地表示不能同意。

「羅四姐，」他說：「我手裡經過一百個二三十萬都不止；如果要想留下一點來，早就應該籌畫了，而且也絕不止二、三十萬。算了，算了，不要做這種事。」

螺螄太太大失所望；同時聽出胡雪巖根本反對將財物寄頓他處，這就使得她擔心的一件事，亦無法跟他談了。

「我真的睏了。」胡雪巖說：「明天起碼睡到中午。」

「你儘管睡。沒有人吵醒你。」

螺螄太太等他吃了燉在「五更雞」上的燕窩粥；服侍他上床，放下帳子，移燈他處。胡雪巖奇怪地問：「你怎麼不睡？」

「我還有兩筆帳要記。你先睡。」

「我眼睛都睜不開了！隨你，不管你了。」

果然，片刻之後，帳子裡鼾聲漸起；螺螄太太雖也疲乏不堪，可是心裡有事，就是不想上床。當然也不是記甚麼帳，靠在火盆旁邊紅絲絨安樂椅上，半睡半醒地突然驚醒，一身冷汗。到得清晨，只聽房門微響，她睜開酸澀的眼看，是阿雲躡著走進來，「怎麼？」她詫異問：「不上床去睡？」

「啥辰光了？」她問。

「七點還不到。」

「烏先生起來了沒有？」

「還沒有。」

「你留心，等烏先生起來，伺候他吃了早飯，你請他等一等；上來叫我。」

「曉得了。」阿雲取床毛毯為她蓋上；隨即而去。

一半是累了，一半是想到烏先生，浮起了解消心事的希望，螺螄太太居然蜷縮在安樂椅上，好好睡了一覺，直到十點鐘方由阿雲來將她喚醒。

「烏先生起來一個鐘頭了。」阿雲告訴她說：「他說儘管請你多睡一會，他可以等；我想想，讓他多等也不好意思。」

「不錯。」螺螄太太轉過身來讓阿雲看她的髮髻：「我的頭毛不毛？」

「還好。」

「那就不必重新梳頭了，你打盆臉水來，我洗了臉就下去。」

話雖如此，略事修飾，也還花了半個鐘頭，到得樓下，先問烏先生睡得如何；又問阿雲，早飯吃的甚麼？寒暄了一會，使個眼色，讓阿雲退了出去，方始移一移椅子，向烏先生傾訴心事。

「朱寶如同我們大先生是『一表三千里』的表叔；他太太，我記得你見過的？」

「見過，也聽說過，生得慈眉善目；大家都說她精明能幹，做事情同場面上的男人一樣，很上路。」烏先生緊接著說：「昨天晚上聽大先生談起，才曉得她是好厲害的一個角色。」

「我昨天聽他一談，心裡七上八下。」螺螄太太遲疑了好一會，放低了聲音說：「烏先生，我有件事，只同你商量；我不曉得朱太太會不會起黑心，吞沒我的東西？」

烏先生問說：「你寄放在她那裡的是啥東西？」

「是一個枕頭──。」

當然，枕頭裡面有花樣，第一樣是各色寶石，不下四、五十枚，原來胡雪巖是有一回在京裡聽人談起，乾隆年間的權相和珅，一早起來，取一盤五色寶石要看好些辰光，名為「養眼」；回家以後，如法炮製，這一盤寶石，起碼要值十萬銀子。

第二樣是螺螄太太頂名貴的兩樣首飾，一雙鑽鐲、一個胸飾，中間一枚三十多克拉重的火油鑽鐲，周圍所鑲十二粒小鑽，每粒最少亦有兩克拉，是法國宮廷中流出來的珍品，胡雪巖買它時，就花了二十五萬銀子。

第三樣的價值便無法估計了，是十枚「東珠」；此珠產於黑龍江與松花江合流的混同江中，大如桂圓、勻圓瑩白，向來只供御用，採珠的珠戶，亦由吉林將軍嚴密管制，民間從無買賣，所以並無行情。這十枚「東珠」據說是火燒圓明園時，為英國兵所盜取，輾轉落入一個德國銀行家手中；由於胡雪巖為「西征」借外債，這個銀行家想做成這筆生意，特意以此為酬，以後胡雪巖就沒有再收他的佣金。

烏先生體會到此事如果發生糾紛，對螺螄太太的打擊是如何沉重？因此，他認為首先要做的一件事，便是慰撫。

「羅四姐，世事變化莫測，萬一不如意，你要看得開。」他緊接著說：「這不是說，這件事已經出毛病了，不過做要往最好的地方去做；想要往最壞的地方去想。你懂不懂我的意思？」

螺螄太太心裡很亂，「烏先生，」她答非所問地說：「我現在只有你一個人可以商量。」

「那麼，我現在有幾句話要問你；第一，這件事是你自己託朱太太的，還是她勸你這麼做的？」

「是我自己託她的。不過，她同我說過，不怕一萬，只怕萬一，意思是我自己要有個打算。」

「嗯嗯！」烏先生又問：「你把東西交給她的時候，有沒有人看見？」

「這種事怎麼好讓人看見？」

壞就壞在這裡！烏先生心裡在想，「你交給她的時候，」他問：「有甚麼話交代？」

「我說：枕頭裡面有點東西，寄放在你這裡；我隨時會來拿。」

「她怎麼說呢？」

「她說：我也不管你裡頭是甚麼東西？你交給我，我不能不替你存好；隨便你甚麼時候來拿。不過，我收條是不打的。」

「當然，這種事，哪有打收條之理？」烏先生說：「現在瞎猜也沒有用，你不放心，把它去拿回來就是。」

「我——，」螺螄太太很吃力地說：「我怕她不肯給我。」

「你說她會不認帳？」

「萬一這樣子，我怎麼辦？」說著，螺螄太太嘆了口氣，「我真怕去見她。」

不是怕見朱太太，是怕朱太太不認帳；她當時就會承受不住。既然如此，烏先生自覺義不容辭了。

「我陪你去；或者，我代你去，看她怎麼說？」

「對，你代我去，看她怎麼說。」螺螄太太說：「你帶兩樣東西給她，她就曉得你是我請去的，會跟你說實話。」

螺螄太太隨即喚阿雲來，命她去開藥箱，取來兩個錦盒，一個內貯一枝吉林老山人參，是當年山西遇到百年未有的大旱，胡老太太特捐鉅款助賑；山西巡撫曾國荃專摺請獎，蒙慈禧太后頒賜一方「樂善好施」的御筆匾額，及四兩人參，由於出自天家，格外珍貴，這是螺螄太太為了結好，自動送朱太太的。

另外一個錦盒中，只殘存了兩粒蠟丸，這是朱太太特為跟她索取的。「我們家大少奶奶、二小姐，各用了一個，還剩兩個捨不得送人。朱太太跟我要了幾回，我說不知道放在那裡了，等找出來送她。如今也說不得了，捨不得也要捨得。」螺螄太太又說：「但願她想到，要為子孫修修福，陰功積德，才不會絕後。」

原來還有這樣深意在內，螺螄太太真可說是用心良苦；烏先生點點頭說：「我拿這兩樣東西去給她，等於是信物，她會相信，我可以做你的『全權代表』。好，我今天就去。」

「烏先生，我還有件事跟你商量。」

螺螄太太要商量的，便是從各房姨太太住處查尋到的私房；本來裝一隻大箱子，想託烏先生寄頓，胡雪巖雖不贊成，螺螄太太心卻未死，想檢出最值錢的一部分，打成一個不惹人注目的小包裹，交付給烏先生，問他意下如何？

「既然大先生不贊成，我不能做。」烏先生又說：「不但我自己不做，羅四姐，我勸你也不要做。我說句不客氣的話，今天朱太太那面的事，就是你沒有先跟大先生商量，自己惹出來的煩惱。如果你再這樣私下自作主張，將來不但我同大先生沒有朋友做，連你，他都會起誤會。」

螺螄太太接受了他的勸告；但這一來便只有將全部希望寄託在烏先生身上了，諄諄叮囑，務必好好花點心思，將寄放在朱太太處的那個「寶枕」能收了回來。

烏先生不敢怠慢，回家好好休息了一夜，第二天起身破例不上茶館；在家吃了早餐，泡上一壺上好龍井，一面品茗，一面細想螺螄太太所託之事，假設了好幾種情況，也想好了不同的對策。到得九點多鐘，帶一個跟班，坐轎直到朱家。

跟班上前投帖，朱家的門房擋駕，「老爺出去了。」他說：「等我們老爺回來了，我請我們老爺去回拜。」

其時，烏先生已經下了轎；他已估計到朱寶如可能不在家，所以不慌不忙地說：「我是胡家託我來的。你家老爺不在，不要緊；我看你家太太。有兩樣胡家螺螄太太託我送來的東西，連我的名帖一起送進去，你家太太就知道了。」

門房原知主母不是尋常不善應付男客的婦道人家；聽得此一說，料知定會延見，當時想了一下，哈著腰說：「本來要請烏老爺到花廳裡坐，只為天氣太冷，花廳沒有生爐子；烏老爺不嫌委屈，請到門房裡來坐一坐，比外面暖和。」

「好，好，多謝、多謝。」

坐得不久，門房回出來說：「我家太太說，烏老爺不是外人，又是螺螄太太請來的；請上房裡坐。」

上房在三廳上，進了角門，堂屋的屏門已經開了在等；進門便是極大的一個雪白銅炭盆，火燄熊熊，一室生春。門房將烏先生交給一個十七、八歲的丫頭，關上屏門，管自己走了。

「阿春！」朱太太在東面那間屋子裡，大聲說道：「你問一問烏老爺，吃了點心沒有；如果沒有，馬上關照廚房預備。」

「吃過，吃過。」烏先生對阿春說：「謝謝你們太太，不必費心。」

他的話剛完，門簾掀處，朱太太出現了，穿一件灰鼠皮襖；花白頭髮，梳得一絲不亂，小小一個髮髻上，一面插一支碧玉挖耳，一面佩一朵紅花，臉上薄薄地搽一層粉，雙眼明亮，身材苗條，是個「老來俏」。

「烏老爺，好久不見了；烏太太好？」她一面說，一面挽手為禮。

「託福，託福！」烏先生作揖還禮，「寶如兄不在家。」

「天不亮，去料理施粥去了。」朱寶如多少年來都是善堂的董事；公家有何賑濟貧民的惠政，都有他一份。

「可佩，可佩！」烏先生說：「積善之家，必有餘慶。」

「這也難說。」朱太太停了一下，未畢其詞，先盡禮節，「請坐，請坐！」接著又在茶几上望了一下，已有一碗蓋碗茶在，便不作聲了。

「朱太太，我今天是螺螄太太託我來的。昨天我去，她正好把你要的藥找到；順便託我送來。另外有一枝人參，就算送年禮了。」

「正是！」朱太太不勝歉然的，「胡大先生出了這種事，她還要為我的這點小事情操心；又送這麼一枝貴重的人參，我受是受了，心裡實在說不出的，怎麼說呢，只好說，實在是說不出的難過。」

「彼此至交，總有補情的時候。喔，還有件事，螺螄太太說有一個枕頭寄放在你這裡。」

說到這裡，烏先生很用心地注視她的反應；直到她點了頭，他一顆心才放了下去。

「有的。」她：「怎麼樣？」

「螺螄太太說，這個枕頭，她想拿回去。」

「好極！」朱太太很快地答了這兩個字；然後又說：「烏老爺，說實話，當初她帶了一個枕頭來，說要寄放在我這裡；她沒有多說，我也沒有多問，明曉得是犯法的，我也只好替她挺。挺是挺了，心裡一直七上八下，擔心會出事。現在要拿回去，在我實在是求之不得。烏老爺，你請稍為坐一坐；我馬上拿出來，請你帶回去。」說著，起身便走。

這一番話，大出烏先生的意料，在他設想的情況中，最好的一種是：朱太太承認有此物，說要收回，毫無異議；但不是她親自送去，便是請螺螄太太來，當面交還。不過她竟是託他帶了回去。

要不要帶呢？他很快作了一個決定：不帶。因為中間轉了一手，倘或有何差錯，無端捲入是非，太不划算了。

因此，他急忙向剛掀簾入內的朱太太說道：「朱太太，你不必拿出來；我請螺螄太太自己來領回。」

於是朱太太走了回來；等烏先生將剛才的話，復又說了一遍；她平靜答說：「也好！那就請烏老爺告訴螺螄太太，請她來拿。不曉得啥時候來？」

「那要問她。」

朱太太想了一下說：「這樣，她如果有空，今天下午就來，在我這裡便飯。胡大先生的事，大家都關心，想打聽、打聽，又怕這種時候去打攪，變成不識相，既然她要來，我同她談談心；說不定心裡的苦楚吐了出來，也舒服些。」

情意如此深厚，言詞如此懇摯，烏先生實在無法想像她會是如胡雪巖所形容的，那種陰險的婦人。

然而，胡雪巖的知人之明是有名的，莫非竟會看走了眼？

這個內心的困擾，一時沒有功夫去細想，他所想到的，只是趕緊將這個好消息去告訴螺螄太太，因而起身說道：「朱太太，我不打攪了。」

「何不吃了便飯去？寶如也快回來了，你們可以多談談。」

「改天！改天。」

「那麼——，」朱太太沉吟了一會說：「螺螄太太送我這麼貴重的東西，照規矩是一定要『回盤』的。不過，一則不敢麻煩烏老爺；再則，我同螺螄太太下半天就要見面的，當面同她道謝。請烏老爺先把我的意思說到。」

饋贈儀物，即時還禮，交送禮的人帶回，稱為「回盤」；朱太太禮數周到，越使烏先生覺得胡雪巖的話，與他的印象不符。坐在轎子裡一直在想這件事，最後獲得一個折衷的結論，胡雪巖看人不會錯；自己的印象也信得過，「倉廩實而知禮節」，這朱太太從前是那種人，現在發了財要修修來世，已經回心向善了。

他不但心裡這樣在想，而且也把他的想法告訴了螺螄太太；她當然很高興，使得胡雪巖很奇怪，因為她那種喜形於色的樣子，在他已感覺到很陌生了。

「有啥開心的事情。」

螺螄太太覺得事到如今，不必再瞞他了，「我同你老實說了吧！我有一個枕頭寄放在朱太太那裡。現在可以拿回來了——。」她將整個經過情形、細說了一遍。

胡雪巖不作聲，只說了一句：「好嘛，你去拿了回來再說。」

「對，拿了回來，我們再商量。」她想了一下說：「或者拿到手不拿回家，就寄放在烏先生那裡，你贊成不贊成。」

「贊成。」胡雪巖一口答應；他對這個枕頭是否能順利收回，將信將疑；倘或如願以償，當然以寄存在烏先生處為宜。

帶著阿雲到了朱家，在大廳簷前下轎；朱太太已迎在轎前，執手問訊，她凝視了好一會：

「你瘦了點！」接著自語似地說：「怎麼不要瘦？好比天坍下來一樣，大先生頂一半，你頂一半。」

就這句話，螺螄太太覺得心頭一暖；對朱太太也更有信心了。

到得上房裡，蓋碗茶，高腳果盤，擺滿一桌；朱太太又叫人陪阿雲，招呼得非常周到。亂過一陣，才能靜靜談話。

「天天想去看你；總是想到，你事情多，心亂。」朱太太又說：「你又能幹好客，禮數上一點不肯錯的；我去了，只有替你添麻煩，所以一直沒有去，你不要怪我。」

「哪裡的話！這是你體恤我，我感激都來不及。」

「我是怕旁人會說閒話，平時那樣子厚的交情，現在倒像素不往來似地。」

「你何必去管旁人，我們交情厚，自己曉得。」螺螄太太又加了一句：「交情不厚，我也不會把那個枕頭寄放在這裡了。」

「是啊！」朱太太緊接著她的話說：「你當初把那個枕頭寄放在我這裡，我心裡就在想，總有點東西在裡頭。不過你不說，我也不便問。今天早晨，烏老爺來說，你要拿了回去，再好沒有；我也少擔多少風險。喔，」她似乎突然想起，「你送我這麼貴重的一枝參，實在不敢當。螺螄太太，我說實話，大先生沒有出事的時候，不要說一枝，送我十枝，我也老老臉皮收得下；如今不大同了，我——。」

「你不要說了。」螺螄太太打斷她的話，「我明白你的意思。不過，我也要老實說：俗話說的是，『窮雖窮，家裡還有三擔銅』，送你一枝參當年禮，你不必客氣。」

「既然你這樣說，我就安心了。不過我『回盤』沒有啥好東西。」

「你不要客氣！」螺螄太太心裡在想，拿那個枕頭「回盤」，就再好都沒有了。

就這時丫頭來請示：「是不是等老爺回來再開飯？」

「老爺回來了，也是單獨開飯。」朱太太說：「菜如果好了，就開吧！」

這倒提醒了螺螄太太，不提一聲朱寶如，似乎失禮；便即問說：「朱老爺出去了？」

接下來便是閒話家常，光是胡家遣散各房姨太太這件事，便談不完；只是螺螄太太有事在心，只約略說了些；然後吃飯、飯罷略坐一坐，該告辭了。

「現在只有你一個人了，大先生一定在等，我就不留你了。等我把東西去拿出來。」朱太太說完，回到後房。

沒有多久，由丫頭捧出來一個包裹，一個托盤，盤中是一頂貂帽；一隻女用金錶；包裹中便是螺螄太太寄存的枕頭，連藍布包袱，都是原來的。

「『回盤』沒有啥好東西，你不要見笑。」

「自己人。」螺螄太太說：「何必說客氣話。」

「這是你的枕頭。」朱太太說：「說實話，為了你這個枕頭，我常常半夜裡睡不著；稍為有點響動，我馬上會驚醒，萬一賊骨頭來偷了去，我對你怎麼交代。」

「真是！」螺螄太太不勝歉疚地，「害你受累，真正過意不去。」

「我也不過這麼說說。以我們的交情，我同寶如當然要同你們共患難的。」

這句話使得螺螄太太自然而然地想到了朱家駒與王培利，他們不也是跟他們夫婦共患難的嗎？

這樣轉著念頭，接枕頭時便迫不及待地想要知道其中的內容；但也只有掂一掂分量——很大的一個長方枕頭，亮紗枕套，內實茶葉；但中間埋藏著一個長方錫盒，珍藏都在裡面；她接枕頭時，感覺到中間重、兩頭輕，足證錫盒仍在，不由得寬心大放。

「多謝、多謝！」螺螄太太將枕頭交了給阿雲；看朱太太的丫頭在包貂帽與金表時，微笑著說：「這頂貂帽，我來戴戴看。」

是一頂西洋婦女戴的紫貂帽；一旁還飾著一枝紅藍相間，十分鮮豔的羽毛。她是心情愉快，一時好玩，親自動手拔去首飾；將貂帽覆在頭上。朱太太的丫頭，已捧過來一面鏡子，她左顧古盼了一番，自己都覺得好笑。

「像出塞的昭君。」朱太太笑著說：「這種帽子，也只有你這種漂亮人物來戴；如果戴在我頭上，變成老妖怪了。」

就這樣說說笑笑，滿懷舒暢地上了轎；照預先的約定，直到烏家。

胡雪巖已經先到了。烏太太已由丈夫關照，有要緊事要辦；所以只跟螺螄太太略略寒暄了幾句，便退了出去；同時將下人亦都遣走，堂屋裡只剩下主客三人。

「拿回來了。」螺螄太太將貂帽取了下來，「還送了我這麼一頂帽子，一個金表。」

胡雪巖與烏先生都很沉著地點點頭，默不作聲；螺螄太太便解開了藍布包袱，拿起桌上的剪刀準備動手時，烏先生開口了。

「先仔細看一看。」

看是看外表，有沒有動過手腳；如果拆過重縫，線腳上是看得出來的；一個枕角四隻角，前後左右上下都仔細檢查了，看不出拆過的痕跡。

「剪吧！」

剪開枕頭，作為填充枕頭的茶葉，落了一桌；螺螄太太捧起錫盒，入手臉色大變，「分量輕浮多了！」她的聲音已經發抖。

「你不要慌！」胡巖依舊沉著，「把心定下來。」

螺螄太太不敢開盒蓋，將錫盒放在桌上，自己坐了下來，扶著桌沿說：「你來開！」

「你有點啥東西在裡面？」胡雪巖問說。

「你那盤『養眼』的寶石；我的兩樣金剛鑽的首飾、鐲子同胸花。還有，那十二顆東珠。」

胡雪巖點點頭，拿起錫盒，有意無意地估一估重量；沉吟了一下說：「羅四姐，你不看了好不好？」

「為啥？」螺螄太太剛有些泛紅的臉色，一下子又變得又青又白了。

「不看，東西好好兒在裡面，你的心放得下來——。」

「看了，」螺螄太太搶著說：「我就放不下心？」

「不是這話。」胡雪巖說：「錢財是身外之物，生不帶來，死不帶去。這一次栽了這麼大的跟頭，我總以為你也應該看開了。」

「怎麼？」螺螄太太哪裡還能平心靜氣聽他規勸，雙手往前一伸，鼓起勇氣說道：「就算她黑良心，我總也要看個明白了才甘心。」

說著，捏住盒蓋，使勁往上一提；這個錫盒高有兩寸，盒蓋、盒底其實是兩個盒子套在一起，急切間哪裡提得起來，螺螄太太心急如焚，雙手一提，提得盒子懸空，接著使勁抖了兩下，想將盒底抖了下來。

「慢慢、慢慢，」烏先生急忙攔阻，「盒底掉下來，珠子會震碎。等我來。」

於是烏先生坐了下來，雙手扶盒蓋，一左一右地交替著往上提拔，慢慢地打開了。

盒子裡塞著很多皮紙，填塞空隙，螺螄太太不取皮紙，先用手一按；立即有數，「我的鑽鐲沒有了！」她說：「珠子也好像少了。」

烏先生幫她將皮紙都取了出來，預期的「火油鑽」閃輝出來的炫目的光芒，絲毫不見，不但鑽鐲已失，連胸飾也不在了。

螺螄太太直瞪著盒子，手足冰冷，好一會才說了句：「承她的情，還留了六顆東珠在這裡。」

「寶石也還在。」胡雪巖揭開另一個小木盒，拿掉覆蓋的皮紙說。

「甚麼還在。」螺螄太太氣急敗壞地說：「好東西都沒有了。」

「你不要氣急——。」

「我怎麼能不氣急。」螺螄太太「哇」地一聲哭了出來；旋即警覺，用手硬掩住自己的嘴，不讓它出聲，但眼淚已流得衣襟上濕了一大片。

任憑胡雪巖與烏先生怎麼勸，都不能讓她把眼淚止住。最後雪巖說了句：「羅四姐，你不是光是會哭的女人，是不是？」

這句話有意想不到的效果，頓時住了眼淚，伸手從入袖中去掏手絹拭淚；窗外的阿雲早就在留意，而且已找烏家的丫頭，預備了熱手巾在那裡，見此光景，推門閃了進來，將熱手巾送到她手裡，螺螄太太擤鼻子，抹涕淚，然後將手巾交回阿雲，輕輕說了句：「你出去。」

等阿雲退出堂屋；烏先生說道：「羅四姐，你的損失不輕；不過，你這筆帳，如果併在大先生那裡一起算，也就無所謂了。」

「事情不一樣的。做生意有賺就有賠，沒有話說。我這算啥？我這口氣嚥不落。」螺螄太太又說：「從前，大家都說我能幹，現在，大家都會說我的眼睛是瞎的；從前，大家都說我有幫夫運，現在大家都會說，我們老爺最倒楣的時候，還要幫個倒忙，是掃帚星。烏先生，你說，我怎樣嚥得落這口氣？」

烏先生無話可答；好半天才說了句：「羅四姐你不要輸到底！」

「烏先生，你是要我認輸？」

「是的。」

「我不認！」羅四姐的聲音又快又急；帶著些負氣的意味。

「你不認！」胡雪巖問：「預備怎麼樣呢？」

「我一直不認輸的。前天晚上，你勸我同七姐夫合夥買地皮、造弄堂房子；又說開一家專賣外國首飾、衣料、家具的洋行，我的心動了，自己覺得蠻有把握，你倒下去了，有我來頂，這是我羅四姐出人頭地的一個機會。」螺螄太太加重了語氣說：「千載難逢的機會。有你在場面上，我天大的本事，也不能拋頭露面；現在有了機會，這個機會是怎麼來的？是你上千萬銀子的家當，一夜功夫化為灰塵換來的。好難得噢！」

原來她是持著這種想法；胡雪巖恍然大悟，心中立刻想到，從各房姨太太那裡搜集到的「私房」，本要寄頓在烏先生處而為他所反對的，此刻看起來是要重新考慮。

「有機會也要有預備；我是早預期好的。」螺螄太太指著那個錫盒說：「這一盒東西至少值五十萬。現在呢，東珠一時未見得能脫手，剩下來的這些寶石，都是蹩腳貨，不過值個一兩萬銀子。機會在眼前，抓不住，你們說，我噎得落、噎不落這個氣。」

「機會還是有的。」胡雪巖說：「只要你不認輸，總還有辦法。」

「甚麼辦法？」螺螄太太搖搖頭，「無憑無據，你好去告她？」

「不是同她打官司，我另有辦法。」胡雪巖說：「我們回去吧！不要打攪烏先生了。」

「打攪是談不到的。」烏先生接口說道：「不過，你們兩位回去，好好兒商量商量看，是不是有啥辦法，可以挽回？只要用得著我的地方，我唯命是聽。」

「多謝、多謝！」胡雪巖加重了語氣說：「一定會有麻煩烏先生的地方；明天我再請你來談。」

「是、是！明天下午我會到府上去。」

於是，螺螄太太將阿雲喚了進來，收拾那個錫盒，告辭回家；一上了百獅樓，抽抽噎噎地哭個不停，胡雪巖無從解勸；阿雲雖約略知道是怎麼回事，但關係太大，不敢胡亂開口，只是一遍一遍地絞了熱手巾讓她擦眼淚。

終於淚聲漸住，胡雪巖亦終於打定了主意，「我明白你心裡的意思，你不肯認輸，還想翻身，弄出一個新的局面來，就算規模不大，總是證明了我們不是一蹶不振。既然如此，我倒還有一個辦法，不過，」他停了一下說：「你要有個『以前種種，譬如昨日死；以後種種，譬如今日生』的想法。」

「『以後種種譬如今日生』？」螺螄太太問說：「生路在哪裡？」

「喏！」胡雪巖指著那口存貯各房姨太太私房的箱子說：「如今說不得了，只好照你的主意，寄放在烏先生那裡；你同應春炒地皮也好，開洋行也好，一筆合夥的本錢有了。」

螺螄太太不作聲，心裡卻在激動，「以前種種，譬如昨日死」的覺悟，雖還談不到；而「以後種種，譬如今日生」的念頭，油然而生，配合她那不認輸的性格，心頭逐漸浮起了「柳暗花明又一村」的憧憬。

「現在也只好這樣子了！」螺螄太太咬咬牙說：「等我們立直了，再來同朱家老婆算帳。」

「好了！睡覺了。身子要緊，」胡雪巖說：「『留得青山在，不怕沒柴燒。』」

「阿雲！」螺螄太太的聲音，又顯得很有力、很有權威了，「等老爺吃了藥酒，服侍老爺上床；老爺睡樓下。」
「為甚麼叫我睡樓下？」胡雪巖問。
「我要理箱子；聲音響動，會吵得你睡不著。」螺螄太太又說：「既然託了烏先生了，不必一番手續兩番做，值得拿出去的東西還多，我要好好兒理一理。」
「理一隻箱子就可以了！」胡雪巖說：「多了太顯眼，傳出風聲去，會有麻煩。」
「我懂，你不必操心。」
第二天下午，烏先生應約而至，剛剛坐定，還未談到正題；門上送進來一封德馨的信，核桃大的九個字：「有要事奉告，乞即命駕。」下面只署了「兩渾」二字，沒有上款也沒有下款，授受之間，心照不宣。
「大概京裡有信息。」胡雪巖神色凝重地說：「你不要走，等我回來再談。」
「是、是。」烏先生說：「我不走、我不走。」
這時螺螄太太得報趕了來，憂心忡忡地問：「聽說德藩台請你馬上去，為啥？」
「還不曉得。」胡雪巖盡力放鬆臉上的肌肉，「不會有啥要緊事的；等我回來再說。」
說完，匆匆下樓，坐轎到了藩司衙門，在側門下轎；聽差領入簽押房，德馨正在抽大煙，擺一擺手，示意他在煙榻上躺了下來。
抽完一筒煙，德馨拿起小茶壺，嘴對嘴喝了兩口熱茶，又閉了一會眼睛；方始張目說道：
「雪巖，有人跟你過不去。」

「喔。」胡雪巖只答了這麼一個字，等他說下去。

「今兒中午，劉中丞派人來請我去吃飯，告訴我說，你有東西寄放在別處，問我知道不知道？」

這件事來得太突然了！是不是朱寶如夫婦在搗鬼？胡雪巖心裡很亂，一時竟不知如何回答。

「雪巖，」德馨又說：「以咱們的交情，沒有甚麼話不好說的。」

胡雪巖定一定神，想到劉秉璋手中不知握有甚麼證據？話要說得活絡，「曉翁，你曉得的，我絕不會做這種事。」他說：「是不是小妾起了甚麼糊塗心思，要等我回去問了才明白。」

「也許是羅四姐私下的安排。」德馨躊躇了一下說：「劉中丞為此似乎很不高興，交代下來的辦法，很不妥當；為了敷衍他的面子，我不能不交代杭州府派兩個人去，只當替你看門好了。」

很顯然的，劉秉璋交代的辦法，一定是派人監守、甚至進出家門都要搜查；果然如此，這個台坍不起。到此地步，甚麼硬話都說不起，只有拱拱手說：「請曉翁成全，維持我的顏面。」

「當然，當然；你請放心好了。不過，雪巖，請你也要約束家人；特別要請羅四姐看破些。」

「是、是。謹遵台命。」

「你請回吧！吳知府大概就會派人去，接不上頭，引起紛擾，面子上就不好看了。」

胡雪巖諾諾連聲，告辭上轎，只催腳伕快走。趕回元寶街，問清門上，杭州府或者仁和縣尚未派人來過，方始放下心來。

「如果有人來，請在花廳裡坐；馬上進來通報。」

交代完了，仍回百獅樓，螺螄太太正陪著烏先生在樓下閒談；一見了他，都站起身來，以殷切詢問的眼色相迎。

想想是絕瞞不過的事，胡雪巖決定將經過情形和盤托出；但就在要開口之際，想到還有機會，因而毫不遲疑地對螺螄太太說：「你趕快尋個皮鞄，或者帽籠，檢出一批東西來，請烏先生帶走。」

「為啥？」

「沒有功夫細說，越快越好。」

螺螄太太以為抄家的要來了，嚇得手軟心跳；倒是阿雲還鎮靜，一把拉住她說：「我扶你上樓。」

「對！阿雲去幫忙，能拿多少是多少，要快。」

螺螄太太咬一咬牙，挺一挺胸；對阿雲說道：「拿個西洋皮鞄來。」說完，首先上樓。

「怎麼？」烏先生問：「是不是京裡有消息？」

「不是。十之八九，是朱寶如去告的密，說羅四姐有東西寄放在外面。劉中丞交代德曉峰，要派人來——。」

一句話未完，門上來報，仁和縣的典史林子祥來了。

「有沒有帶人來？」

「四個。」

胡雪巖提示了一個警戒的眼色，隨即由門房引領著，來到接待一般客人的大花廳；林子祥跟胡雪巖極熟，遠遠地迎了上來，撈起衣襟打了個千，口中仍舊是以往見面的稱謂：「胡大人！」

「不敢當，不敢當！四老爺。」縣衙門的官位，典史排列第四，所以通稱「四老爺」；胡雪巖一面拱手還禮，一面說道：「現在我是一品老百姓了，你千萬不要用這個稱呼。」

「胡大人說那裡話，指日官復原職；仍舊戴紅頂子。我現在改了稱呼，將來還要改回來：改來改去麻煩，倒不如一仍舊貫。」

「四老爺口才，越來越好了。請坐。」

揖客升匠，林子祥不肯上座，甚至不肯坐匠床；謙讓了好一會，才在下首坐下，胡雪巖坐在匠旁一張紅木太師椅上相陪。

「今天德藩台已經跟我談過了，說會派人來；四老爺有啥吩咐，我好交代他們照辦。」

「不敢，不敢！上命差遣，身不由己；縣大老爺交代，我們仁和縣託胡大人的福，公益事情辦得比錢塘縣來得風光，教我不可無禮。」林子祥緊接著說：「其實縣大老爺是多交代的，我帶人到府上來，同做客人一樣，怎麼好無禮？」

這話使得胡雪巖深感安慰；每年他捐出去「做好事」的款子不少，仁和縣因為是「本鄉本土」，捐款獨多。如今聽縣官的話，可見好歹還是有人知道的。

「多謝縣大老爺的美意。」胡雪巖說：「今年我出了事；現在所有的一切，等於都是公款，我也不敢隨便再捐，心裡也滿難過的。」

「其實也無所謂；做好事嘛！」林子祥說：「哪怕撫台曉得了，也不會說話的。」

「是，是！」胡雪巖不知如何回答。

「現在辰光還來得及。」林子祥說：「今年時世不好；又快過年了，縣大老爺想多辦幾個粥廠，經費還沒有著落。」

「好！我捐。」胡雪巖問：「你看要捐多少？」

「隨便胡大人，捐一箱銀子好了。」

胡雪巖只覺得「一箱銀子」這句話說得很怪；同時一心以為縣官索賄，卻沒有想到人家是暗示，可以公然抬一個箱子出去，箱子之中有夾帶，如何移轉，那是出了胡家大門的事。

「現銀怕不多，我來湊幾千兩外國銀行的票子。等一息，請四老爺帶回去。」

林子祥苦於不便明言，正在思索著如何點醒胡雪巖，只見胡家的聽差進來說道：「仁和縣的差人請四老爺說話。」

差人就在花廳外面，從玻璃窗中望得見；林子祥怕胡雪巖疑心他暗中弄鬼，為示坦誠，隨即說道：「煩管家叫他進來說。」

這一進來反而壞事，原來烏先生拎著一個皮鞄，想從側門出去，不道林子祥帶來的差人，已經守在那裡；烏先生有些心虛、往後一縮，差人攔住盤問，雖知是胡家的客人，但那個皮鞄卻大有可疑，所以特來請示，是否放行？

「當然放。」林子祥沒有聽清楚，大聲說道：「胡大人的客人，為啥盤問？」

這官腔打得那差人大起反感，「請四老爺的示，」他問：「是不是帶東西出去，也不必盤查。」

「帶甚麼東西？」

「那位烏先生帶了個大皮包，拎都拎不動。」

這一說，胡雪巖面子上掛不住；林子祥也發覺自己在無意中弄成一個僵局，只好繼續打官腔：「你不會問一問是啥東西。」

「我問過了，那位烏先生結結巴巴說不出來。」

見此光景，胡雪巖暗暗嘆氣。他知道林子祥的本意是要表明他在他心目中，尊敬絲毫不減，但形禁勢格、今非昔比，要幫他的忙，只有在暗中調護；林子祥將差人喚進來問話，便是一誤；而開口便打官腔，更是大錯特錯，事到如今，再任令他們爭辯下去，不特於事無補，而且越來越僵，面子上會弄得很難看。

轉念到此，他以調人的口吻說道：「四老爺，你不要怪他；他也是忠於職守，並沒有錯。那皮鞄裡是我送我朋友的幾方端硯；不過也不必去說他了，讓我的朋友空手回去好了。」

「不要緊，不要緊！」林子祥說：「幾方端硯算啥，讓令友帶回去。」

胡雪巖心想，如果公然讓烏先生將那未經查看的皮鞄帶出去，那差人心裡一定不服，風聲傳出去，不僅林子祥會有麻煩，連德馨亦有不便，而劉秉璋說不定會採取更嚴厲的措施，面子難看且不說，影響到清理的全局，所失更大。

因此，他斷然地答一聲：「不必！公事公辦，大家不錯。」

他隨即吩咐聽差：「你去把烏先生的皮鞄拎進去。」

林子祥老大過意不去，「令友烏先生在哪裡？」他說：「我來替他賠個不是。」

對這一點，胡雪巖倒是不反對，「不是應該我來賠。」說著，也出了花廳。

林子祥跟在後面，走近側門，不見烏先生的蹤影；問起來才知道已回到百獅樓樓下了。

結果還是將烏先生請了出來，林子祥再三致歉以後，方始辭去。

面子是有了，裡子卻丟掉了。烏先生一再引咎自責，自嘲是「賊膽心虛」。螺蛳太太連番遭受挫折，神情沮喪；胡雪巖看在眼中，痛在心裡；而且還有件事，不能不說，躊躇再四，方始出口。

「還要湊點錢給仁和縣。快過年了，仁和縣還想添設幾座粥廠，林子祥同我說，縣裡要我幫忙，我已經答應他了。」

螺蛳太太先不作聲；過了一會才問：「要多少？」

「他要我捐一箱銀子；我想——。」

「慢點！」螺蛳太太打斷他的話：「他說啥？『一箱銀子』？」

「不錯，他是說一箱銀子。」

「箱子有大有小，一箱是多少呢？」

「是啊！」胡雪巖說：「當時我也覺得他的話很怪。」

「大先生。」一直未曾開口的烏先生說：「請你把當時的情形，說一遍看。」

「我來想想看。」

胡雪巖思索當時交談的經過，將記得起來的情形，都說了出來。一面回想，一面已漸有領悟。

「莫非他在『豁翎子？』」烏先生說：「『豁翎子』」是杭州俗語，暗示之意。

暗示甚麼呢？螺螄太太明白了，「現在也還來得及。」她說：「趁早把林四老爺請了回來；請烏先生同他談，打開天窗說亮話好了。」

烏先生不作聲，只看著胡雪巖，等候他的決定；而胡雪巖卻只是搖頭。

「事情未見得有那麼容易。箱子抬出去，中間要有一個地方能夠耽擱，把東西掉包掉出來，做得不妥當，會闖大禍。」他停了一下，頓一頓足說：「算了！一切都是命。」

這句話等於在瀕臨絕望深淵的螺螄太太身後，重重地推了一把；也彷彿將她微若游絲的一線生機，操刀一割，從那一刻開始，她的神思開始有些恍惚了，但只有一件事，也是一個人的記憶是清楚的，那就是朱寶如的老婆。

「阿雲，」她說：「佛爭一炷香，人爭一口氣，一口氣嚥不下，哽在喉嚨口，我會發瘋。我只有想到一件事，心裡比較好過些，我要教起黑心吞沒我活命的東西，還狠得下心，到巡撫衙門去告密的人，一輩子會怕我。」

阿雲愕然，「怕點啥？」她怯怯地問。

「怕我到閻羅大王那裡告狀告准了，無常鬼會來捉她。」

「太太，你，」阿雲急得流眼淚，「你莫非要尋死？」

螺螄太太不作聲，慢慢地閉上眼，嘴角掛著微笑，安詳地睡著了。

這一睡再沒有醒了；事後檢查，從廣濟醫院梅藤更醫生那裡取來的一小瓶安神藥，只剩了空瓶子了。

後記

寫完《燈火樓台》最後一章，真有如釋重負之感。《紅頂商人》、《胡雪巖》自連載未幾，即謬承讀者獎飾有加；單行本出版後，行銷遍及世界各地的華人社會；甚至還有許多外國讀者，他們不識中文，特為請他們的中國朋友講解。但說來讓我有些啼笑皆非，這些外國讀者是想從拙作中，學得胡雪巖的經商技巧；實為始料所不及。

「胡雪巖」三部曲的寫作過程，跟小女的年齡相彷彿。在這十餘年之間，我國經濟發展的情勢，使得我在寫作中途，不斷產生新的感慨；其中最深刻的是：第一、胡雪巖失敗的主要原因是，當英國瓦特發明蒸汽機，導致工業革命後，手工業之將沒落是時間的問題。胡雪巖非見不及此，但為了維持廣大江南農村養蠶人家的生計，不願改弦易轍；亦不甘屈服於西洋資本主義國家雄厚的經濟力量之下，因而在反壟斷的孤軍奮鬥之下，導致了周轉不靈的困境。

胡雪巖是不折不扣的民族資本家；如果在現代一定會獲得政府的支持，但當時的當政者並無此種意識。所以他的失敗，可說是時代的悲劇。

第二、胡雪巖失敗後，態度光明磊落，不愧為我鄉的「杭鐵頭」。看到近年來不斷發生的經濟犯罪事件，我不知道會不會有人從胡雪巖身上記取若干警惕與感化？

最近重遊香港，適逢大陸「改革派」與「保守派」發生尖銳的衝突；胡耀邦一垮台，使得香港股票大跌，意味新大陸「開放政策」的轉向，經濟前途黯淡。因而使我又有了第三個濃重的感慨，胡雪巖是李鴻章與左宗棠爭奪政治權力、爭議發展路線下的犧牲者。從事投資，要看投資環境，而其間最重要的一個因素：政治穩定。大陸「改革派」的落下風，必然有許多外商、僑商遭受到了無可申訴的打擊；如果我的外國讀者，能以胡雪巖的遭遇，印證當今中共內部政治情勢的變化，不要那樣熱衷於投資大陸，這應該是拙作的另一個始料所不及的貢獻。

高陽作品集·胡雪巖系列

燈火樓台 新校版（下）

2020年5月三版
定價：新臺幣平裝380元
精裝500元

著者	高陽
叢書編輯	黃榮慶
校對	吳美滿
內文排版	極翔
封面設計	兒日

出版者	聯經出版事業股份有限公司
地址	新北市汐止區大同路一段369號1樓
叢書編輯電話	(02)86925588轉5307
台北聯經書房	台北市新生南路三段94號
電話	(02)23620308
台中分公司	台中市北區崇德路一段198號
暨門市電話	(04)22312023
台中電子信箱	e-mail：linking2@ms42.hinet.net
郵政劃撥帳戶第	0100559-3號
郵撥電話	(02)23620308
印刷者	世和印製企業有限公司
總經銷	聯合發行股份有限公司
發行所	新北市新店區寶橋路235巷6弄6號2樓
電話	(02)29178022

副總編輯	陳逸華
總經理	陳芝宇
社長	羅國俊
發行人	林載爵

行政院新聞局出版事業登記證局版臺業字第0130號

本書如有缺頁，破損，倒裝請寄回台北聯經書房更換。
電子信箱：linking@udngroup.com

ISBN 978-957-08-5516-6 (平裝)
ISBN 978-957-08-5519-7 (精裝)

國家圖書館出版品預行編目資料

燈火樓台 新校版（下）/高陽著．三版．新北市．聯經．
2020年5月．504面．14.8×21公分（高陽作品集‧胡雪巖系列）
ISBN 978-957-08-5516-6（下冊平裝）
ISBN 978-957-08-5519-7（下冊精裝）

863.57　　109004612